KB275577

제인 에어

제인 에어

제인 에어 ^상

Jane Eyre

샬럿 브론테 장편소설 이미선 옮김

JANE EYRE
by CHARLOTTE BRONTË (1847)

이 책은 실로 꿰매어 제본하는 정통적인 사철 방식으로 만들어졌습니다.
사철 방식으로 제본된 책은 오랫동안 보관해도 손상되지 않습니다.

제1권

7

제2권

247

제1권

제1장

그날은 산책하는 것이 불가능했다. 사실 우리는 오전에 한 시간 동안 잎이 다 떨어진 관목 숲을 이리저리 거닐었었다. 그러나 점심 식사 이후부터(리드 부인은 손님이 없으면 일찌감치 식사를 했다) 찬바람과 함께 어두컴컴한 구름이 몰려오고 몸을 적실 정도로 비가 내렸기 때문에 집 밖에서 운동을 하는 것은 아예 불가능했다.

나는 이를 다행으로 여겼다. 특히 쌀쌀한 오후에 오랫동안 산책하기가 싫었다. 손발은 꽁꽁 얼고 유모인 베시의 잔소리에 마음은 우울해지고 일라이자와 존과 조지아나보다 내 체력이 떨어진다는 생각에 의기소침해진 채 으스스한 황혼 녘, 집으로 돌아오는 일이 끔찍했다.

방금 말한 일라이자와 존과 조지아나는 응접실에서 어머니 곁에 달라붙어 있었다. (당장은 싸우지도 않고 울지도 않는) 귀여운 아이들과 함께 난롯가의 소파에 기대 누워 있는 그녀의 모습은 더할 나위 없이 행복해 보였다. 그녀는 행여라도 내가 무리에 낄까 봐 이렇게 말했다. 「너와 거리를 두어야 한다는 사실이 유감스럽구나. 그러나 네가 더 상냥하고 아이 같은 성품을 지니려고 노력하고 더 애교 있고 명랑한, 말하자면 더 밝고 솔직하고 자연스러운 태도를 지니려고 진심으로 노력하고 있다는 것을 베시의 말을 통해서나 내 눈으로 직접 볼 때까지는 느긋하고 행복한 아이들에게만 주어지는 특권으로부터 너를 제외시켜야겠다.」

「제가 어떻게 했다고 베시가 그랬어요?」 내가 물었다.

「제인, 나는 생트집을 잡거나 꼬치꼬치 캐묻는 아이를 좋아하지 않는다. 게다가 어른한테 그런 식으로 질문하는 아이에게는 오만 정이 떨어져. 어디든 앉아 있어라. 상냥하게 말할 수 있을 때까지는 아무 말도 하지 마라.」

응접실 옆에 작은 거실이 딸려 있었는데 나는 그곳으로 살그머니 들어갔다. 그곳에는 책장이 하나 있었다. 나는 곧 그림으로 가득 찬 책을 신경 써서 한 권 집어 들고 창가 자리로 올라가서 발을 모으고 터키인처럼 책상다리를 하고 앉았다. 붉은색 모린[1] 커튼을 끝까지 꼭 끌어당겨 치고 나자 나는 이중으로 눈에 띄지 않게 되었다.

오른쪽으로는 붉은 커튼 자락들이 내 시야를 가리고 있었다. 왼쪽으로는 투명한 유리창이 황량한 11월의 날로부터 나를 보호해 주었지만 그것으로부터 완전히 분리시키지는 않았다. 이따금씩 책장을 넘기면서 나는 겨울 오후의 모습을 살펴보았다. 멀리 안개와 구름이 어슴푸레하게 펼쳐져 있었다. 가까이에는 젖은 잔디밭과 폭풍에 시달린 관목 숲이 보였고 구슬픈 소리를 내는 긴 돌풍에 휩쓸려서 끊임없이 내리는 빗줄기가 거칠게 흩날렸다.

나는 읽고 있던 책으로 시선을 돌렸다. 비윅의 『영국 조류사 *History of British Birds*』[2]였다. 전반적으로 본문에는 흥미

---

1 모직 또는 면모 교직의 튼튼한 천.
2 1797년 뉴캐슬에서 처음 출판되었고 1804년에 재출판되었다. 브론테는 여기서 2권 「물새들」의 서론 부분에 대해 언급하고 있다.

가 거의 없었지만 서론에는, 내가 아무리 어리다 해도 그냥 백지처럼 넘길 수 없는 면들이 있었다. 그 부분은 바닷새의 서식지와 바닷새만 살고 있는 〈외진 바위와 곳〉, 남쪽 끝인 린드니스나 네이즈부터 노스케이프까지 작은 섬들이 흩어져 있는 노르웨이의 해변을 다루고 있었다.

　　북해가 거대한 소용돌이를 일으키며
　　극북(極北)의 벌거벗은 우울한 작은 섬들 주변으로 솟
아오른다.
　　그리고 대서양의 큰 파도는 폭풍우 치는
　　헤브리디스 제도[3] 사이로 쏟아진다.[4]

라플란드와 시베리아, 슈피츠베르겐, 노바 젬블라, 아이슬란드, 그린란드의 황량한 해안에 대한 표현도 그냥 지나칠 수가 없었다. 〈북극 지대의 드넓은 벌판과 황량한 공간이 펼쳐진 그 쓸쓸한 지역들, 서리와 눈의 그 저장소, 그곳에서는 수세기의 겨울 동안 쌓여 만들어진 단단한 얼음 벌판들이 알프스의 봉우리들처럼 첩첩이 반들거리며 극지방을 둘러싸고 혹한의 몇 배나 되는 혹독한 추위를 한곳에 집중시키고 있었다.〉 이 죽음처럼 하얀 영토에 대해 나는 나름대로의 생각을 만들어 냈다. 그것은 아이들의 머릿속을 희미하게 떠다니지만 완전하게 이해되지 못한 모든 개념들처럼 아련했다. 그러나 묘하게 인상적이었다. 이 서론에 나오는 단어들은 이어지는 삽화들과 결합되어서 파도치며 물보라를 일으키는 바다위 홀로 서 있는 바위에, 황량한 바닷가에 좌초된 부서진 배에, 막 가라앉으려 하는 난파선을 구름의 빗장 사이로 바라보

3 스코틀랜드 북서쪽의 열도.
4 톰슨의 『사계』 중 「가을」, II, 862~865행.

고 있는 차갑고 창백한 달에 의미를 부여했다.

묘비명이 새겨진 묘석과 출입문, 두 그루의 나무, 부서진 담으로 둘러싸인 낮은 지평선, 저녁 무렵임을 알려 주는 초승 달이 막 떠올라 있는 고적한 묘지 그림을 보고 내가 어떤 감정에 사로잡혔는지 모른다.

잠잠한 바다 위에 꼼짝하지 않고 있는 두 척의 배를 나는 바다의 귀신이라고 믿었다.

도둑이 지고 있는 짐 보따리를 악마가 내리 누르고 있는 부분을 나는 재빨리 넘겨 버렸다. 그것은 공포의 대상이었다.

멀리 바위 위에 떨어져 앉아서 교수대를 둘러싼 군중을 바라보고 있는 뿔 난 시커먼 괴물도 마찬가지였다.

그림마다 이야깃거리가 들어 있었다. 아직 미숙한 내 이해력과 불완전한 감정으로 이해할 수 없는 경우가 많았지만 무척 흥미로웠다. 겨울 밤에 베시가 어쩌다 기분이 좋을 때 들려주던 이야기들만큼 재미있었다. 그녀는 육아실 난롯가로 다리미판을 가져와 우리를 그 주변에 둘러앉게 한 다음 리드 부인의 레이스 장식을 세우고 나이트캡 테두리 주름을 잡으며 옛날이야기와 여러 민담, 혹은 (나중에 알게 되었지만) 『파멜라 *Pamela*』[5]와 『모어랜드의 헨리 백작*Henry, Earl of Moreland*』[6]에서 따온 연애담이나 모험담을 열심히 경청하는 우리에게 들려주곤 했다.

무릎 위에 비윅의 책을 올려놓고 있던 그 순간 나는 행복했다. 적어도 내 나름대로는 그랬다. 혹시 방해받지 않을까 하

5 새무얼 리처드슨Samuel Richardson(1689~1761)의 1740년 소설. 여주인공 파멜라는 제인 에어와 마찬가지로 자신의 주인과 결혼한다.
6 헨리 브룩Henry Brooke(1703~1783)의 『수준 높은 바보』를 존 웨슬리 John Wesley(1703~1791)가 축약한 작품으로, 1781년에 처음 출판되었고 이후 여러 차례 재출판되었다.

는 우려뿐이었다. 그러나 방해꾼이 너무 빨리 나타났다. 응접실 문이 열렸다.

「왁! 청승맞은 계집애!」 존 리드가 큰 소리로 외쳤다. 그런 다음 잠시 멈췄다. 방이 비어 있다고 생각하는 것 같았다.

「도대체 애가 어디 간 거지?」 그가 말을 계속했다. 「리지! 조지! (누이들을 부르면서) 조안이 여기 없는데. 빗속으로 뛰쳐나갔다고 엄마한테 말씀드려. 못된 것 같으니라고!」

나는 〈커튼을 치길 잘했어.〉 하고 생각했다. 내가 숨어 있는 곳을 그가 찾아내지 못하길 간절히 빌었다. 존 리드 혼자서는 알아내지 못했을 것이다. 그는 눈치도 없고 머리도 빨리 돌아가지 않았다. 그러나 일라이자는 문간에 머리를 들이밀자마자 즉시 말했다.

「틀림없이 창가 자리에 앉아 있을 거야, 잭.」

그 말에 나는 재빨리 나왔다. 잭한테 끌려 나오게 된다는 생각에 몸이 떨렸기 때문이다.

「무슨 일인데?」 내가 어색하게 주뼛거리며 물었다.

「〈무슨 일인데요, 리드 도련님?〉이라고 말해.」 그가 대답했다. 「이리로 와봐.」 그가 안락의자에 앉으며 내게 자기 앞으로 와서 서라는 몸짓을 했다.

존 리드는 열네 살 된 학생이었다. 열 살밖에 안 된 나보다 네 살이 많았다. 그는 나이에 비해 몸집이 크고 뚱뚱한 데다 피부가 거무스름하고 혈색이 좋지 않았다. 넓적한 얼굴은 조목조목 생김새가 퉁퉁했고, 팔다리 역시 두툼하고 손발도 컸다. 식탁에서는 습관적으로 게걸스럽게 먹었고 그 때문에 성마른 성격이 되었다. 눈은 매우 흐릿하고 멍해 보였고 뺨은 축 늘어졌다. 지금은 학교에 가 있어야 할 때였지만 존의 어머니가 〈그의 허약한 체질 때문에〉 한두 달 동안 쉬도록 그를 집으로 데려왔다. 존의 선생님인 마일즈 씨는 집에서 케이크와 사탕과자를 덜 보내 주면 존이 무척 건강하게 지낼 수 있을 것이라고 장담했다. 그러나 어머니의 마음은 그렇게 가혹한 의견을 외면하고 존이 공부를 너무 열심히 하고 집을 그리워하느라 혈색이 안 좋고 수척해졌다는, 보다 우아한 생각으로 기울어졌다.

존은 어머니와 누이들에 대한 정이 별로 없었고 내게는 적대감을 지니고 있었다. 나를 괴롭히고 혼내는 일이 다반사였다. 일주일에 두세 번이나 하루에 한두 번이 아니라 끊임없이 그렇게 했다. 내 온몸의 신경이 그를 두려워했고 그가 가까이 다가오면 내 뼈에 붙은 모든 살점이 오그라들었다. 그의 협박이나 형벌에 맞서서 호소할 수 있는 방법이 전혀 없었기 때문에 나는 그가 불러일으키는 두려움에 어찌할 바를 모르게 되는 순간들이 있었다. 하인들은 그에 맞서서 내 편을 들다가 혹시라도 도련님의 기분을 건드리지 않을까 우려했고 리드 부인은 그 문제에 대해서는 눈멀고 귀먹은 것이나 다름없었다. 이따금씩 어머니가 보는 앞에서도 그렇고 또 그녀가 없는 곳에서 더 자주 그가 나를 때리고 괴롭혔음에도 불구하고 그녀는 아들이 나를 때리는 것을 보았거나 괴롭히는 소리를 들었다고 여기지 않았다.

습관적으로 고분고분하게 나는 존의 말에 따라 그가 앉아 있는 의자로 다가갔다. 그는 3분 동안 혀뿌리를 다치지 않고 할 수 있는 한 최대로 길게 혀를 내밀었다. 나는 그가 곧 나를 치리라는 걸 알고 있었다. 그의 주먹질을 두려워하면서 곧 타격을 가할 그 혐오스럽고 흉측한 모습을 유심히 바라보았다. 그가 내 마음속의 그런 생각을 읽은 것은 아니었나 하는 생각이 든다. 갑자기 아무 말 없이 그가 돌연 세게 나를 쳤기 때문이다. 나는 비틀거렸고 몸의 균형을 되찾자마자 그의 의자에서 한두 걸음 물러섰다.

「조금 전 어머니한테 말대꾸를 한 네 방자함에 대한 대가야. 커튼 뒤에 몰래 숨은 것, 그리고 방금 전 보인 네 눈빛에 대한 대가이기도 해. 이 쥐새끼 같은 녀석!」 그가 말했다.

존 리드의 폭언에 이력이 났으므로 나는 대답할 엄두를 내지 못했다. 내 관심사는 그런 모욕 다음에 분명히 이어질 일격을 어떻게 하면 견뎌 낼까 하는 것이었다.

「커튼 뒤에서 뭘 하고 있었지?」 그가 물었다.

「책을 읽고 있었어.」

「책 좀 보여 줘봐.」

나는 창가로 돌아가서 책을 들고 왔다.

「너한테는 우리 책을 마음대로 볼 자격이 없어. 넌 군식구일 뿐이야. 엄마가 그러셨어. 너는 돈이 한 푼도 없다고. 너희 아버지가 너한테 동전 한 닢 안 남겼대. 너는 구걸하러 다녀야 할 처지이지 우리 같은 양갓집 자제들과 여기 살면서 우리하고 똑같은 밥을 먹고 우리 엄마가 사준 옷을 입어서는 안 될 처지야. 이제는 내 책장을 마구 뒤적거리면 안 된다는 걸 알려 주마. 왜냐하면 그건 *내* 거니까. 온 집이 내 거야. 아니 몇 년 후에는 그렇게 될 거야. 가서 문 옆에 서 있어. 거울이나 창문이 없는 곳을 찾아서.」

나는 처음에 그의 의도가 무엇인지 깨닫지 못한 채 그렇게 했다. 그러나 그가 그 책을 들고 균형을 잡으며 그것을 던질 자세를 취하는 것을 보고 나는 본능적으로 놀라서 비명을 지르며 옆으로 몸을 피했다. 그러나 이미 때는 늦었다. 책이 날아와서 나를 쳤다. 넘어지면서 문에 머리를 부딪치는 바람에 머리가 찢어졌다. 찢어진 자국에서 피가 흘렀고 통증이 심했다. 공포심이 절정을 지나자 다른 감정들이 이어졌다.

「못되고 잔인한 놈!」 내가 말했다. 「이 살인자, 노예 감독관, 로마 황제들 같은!」

나는 골드스미스의 『로마사 *History of Rome*』[7]를 읽었고, 네로와 칼리굴라[8] 등등의 폭군들에 대해 나름대로의 의견을 만들어 냈었다. 마음속으로 조용히 비교도 했었지만 그처럼 큰 소리로 그것을 밝히게 될 줄은 전혀 생각지 못했었다.

「뭐라고! 뭐가 어째?」 그가 소리쳤다. 「지금 저게 나한테 하는 소리야? 일라이자, 조지아나. 저 애가 하는 말 들었어? 내가 엄마한테 안 이를 거 같아? 그런데 먼저……..」

그가 곧장 내게 달려들었다. 그가 내 머리채와 어깨를 잡는 것이 느껴졌다. 그가 필사적으로 육박해 왔다. 나는 정말로 그에게서 폭군을, 살인자의 모습을 보았다. 머리에서 목으로 한두 방울의 피가 흘러내리는 것이 느껴졌고 다소 날카로운 통증이 느껴졌다. 한동안 이런 느낌이 두려움보다 더 컸기에 나는 미친 듯이 맞섰다. 내가 양손으로 그를 어떻게 했는지 잘 기억나지 않는다. 그러나 그가 나를 〈쥐새끼! 쥐새끼!〉라고 불렀고 큰 소리로 울부짖었다. 원군은 그의 가까이에 있었다. 일라이자와 조지아나가 위층에 있는 리드 부인을 찾으러 달려 나갔다. 그녀가 곧 소란의 현장에 도착했고 베시와 하녀인 애보트가 그 뒤를 따랐다. 그들이 우리를 뜯어말렸다. 곧 다음과 같은 말들이 들려왔다.

「세상에! 세상에! 존 도련님께 달려들다니, 저렇게 난폭할 수가!」

「저렇게 길길이 날뛰는 모습을 본 사람이 있을까!」

그러자 리드 부인이 덧붙였다.

「저 애를 붉은 방으로 데려가서 가둬 놓아라.」 즉시 네 개의 손이 내 몸 위에 얹어졌고 나는 위층으로 끌려갔다.

7 1796년에 처음 출판되었고 이후 여러 차례 재출판되었다.
8 로마 제국의 제3대 로마 황제로, 본래 이름은 가이우스이며 칼리굴라는 이름이 아니라 〈꼬마 장화〉라는 뜻을 가진 별명이다.

제2장

　나는 계속 저항했다. 내가 그렇게 한 것은 처음이었다. 그런 상황은 베시와 애보트 양이 나에 대해 품고 있던 달갑지 않은 의견을 한층 굳혀 주었다. 사실 나는 약간 흥분했거나 프랑스인들의 표현처럼 제정신이 아니었다. 한순간의 반항으로 나는 이미 생소한 처벌을 받을 수 있는 상황이 되었다는 것을 알았고, 반항을 일으킨 다른 노예처럼 자포자기하는 마음으로 어떤 짓이라도 서슴지 않겠다고 결심했다.

　「저 애 팔 좀 붙잡아요, 애보트 양. 꼭 미친 고양이 같아.」

　「부끄러운 줄 알아야지! 부끄러운 줄 알아!」 하녀가 소리쳤다. 「은인의 아들인 도련님을 때리다니 그런 망측한 행동이 어디 있어, 에어 양! 어린 주인님을 말이야.」

　「주인이라뇨! 어떻게 그가 제 주인이라는 거예요? 제가 하인인가요?」

　「아니지, 하인보다 못하지. 먹고살기 위해 아무 일도 안 하니까. 저기 앉아서 잘못한 것에 대해 생각해 봐.」

　이제 그들은 나를 리드 부인이 지시한 방으로 데려가 의자에 억지로 밀어 넣어 앉혔다. 나는 충동적으로 의자에서 용수철처럼 일어서려 했지만 즉시 네 개의 손이 나를 붙잡았다.

「가만히 앉아 있지 않으면 묶여 있어야 할 거야.」 베시가 말했다. 「애보트 양, 양말대님 좀 빌려 줘요. 내 것은 저 애가 금세 끊어 버릴 거예요.」

애보트 양이 몸을 돌려 살찐 다리에서 필요한 끈을 풀어냈다. 묶을 끈이 준비되는 것을 보고 더 창피당할 일을 생각하자 격앙되었던 감정이 조금 가라앉았다.

「그걸 풀지 마요.」 내가 소리쳤다. 「꼼짝도 하지 않을게요.」

그것을 입증이라도 하듯 나는 양손으로 의자에 바싹 달라붙었다.

「움직이지 않도록 주의해라.」 베시가 이렇게 말하고 나서 내가 정말로 진정되어 가고 있다는 것을 확인하고 나자 나를 붙잡고 있던 손을 놓았다. 그런 다음 그녀와 애보트 양은 팔짱을 끼고 서서 내가 제정신으로 돌아왔는지 믿을 수 없다는 듯이 의심하는 눈초리로 내 얼굴을 넌지시 바라보았다.

「전에는 한 번도 그런 짓을 한 적이 없었어요.」 마침내 베시가 하녀에게로 몸을 돌리며 말했다.

「그렇지만 그럴 소지는 항상 다분했어요.」 그것이 대답이었다. 「저 애에 대한 제 의견을 마님께 말씀드렸더니 마님도 제 말에 동의하셨어요. 저 애는 음험하기 이를 데 없는 아이라니까요. 저 나이의 여자애 중에 저렇게 숨기는 게 많은 애를 본 적이 없어요.」

베시는 아무 대답도 하지 않았다. 그러나 곧 나를 향해 그녀가 말했다. 「리드 부인에게 은혜를 입고 있다는 사실을 잊어서는 안 돼. 마님이 널 먹여 주고 재워 주고 있다는 걸 말이야. 마님이 널 내쫓으면 너는 고아원으로 가야 할 거야.」

나는 이 얘기에 할 말이 없었다. 그런 말을 처음 들은 건 아니었다. 아주 어렸을 적에 대한 내 기억들에는 비슷한 종류의 암시가 들어 있었다. 내가 군식구라는 데 대한 이런 비난은 내 귀에 희미한 노래처럼 들릴 지경이 되었다. 한편으로는 매우 지겹기도 하고 나로 하여금 두말 못 하게 만드는 소리였지만 사실 반은 흘려들었다. 애보트 양도 합류했다.

「그리고 네가 리드 부인이나 리드 도련님과 똑같은 지위라고 생각해서는 안 된다. 마님이 친절하게도 너를 함께 살도록 해주셨으니까. 그분들은 나중에 많은 돈을 갖게 되겠지만 너는 한 푼도 없을 거야. 겸손하게, 그분들 마음에 들도록 하는 것이 네 본분이야.」

「다 너를 위해서 하는 말이야.」 베시가 전혀 쌀쌀맞지 않은 목소리로 덧붙였다. 「쓸모 있는 사람이 되고 상냥하게 굴도록 애쓰렴. 그러면 여기서 살 수 있을 거야. 그러나 네가 성질을 부리고 무례하게 굴면 마님이 너를 보내 버릴 거야. 분명히.」

「게다가 말이지.」 애보트 양이 말했다. 「하느님이 저 애를 벌주실 거야. 저 애가 난동을 부리고 있을 때 하느님이 벼락을 내려 저 애를 죽게 할지도 모르잖아. 그러면 저 애가 어디로 가겠어? 자, 베시, 저 애를 두고 갑시다. 나는 무엇을 준다 해도 저 애 같은 성질은 갖고 싶지 않아. 혼자 있게 되면 기도를 해, 에어. 만약 반성하지 않으면 끔찍한 괴물이 굴뚝을 타고 내려와서 너를 잡아갈지 모르니까.」

그들은 방을 나가서 문을 닫고 잠갔다.

붉은 방은 사람이 거의 자지 않은, 아니 한 번도 잔 적이 없는 예비용 방이었다. 사실 게이츠헤드 저택에 손님이 놀려들어 집 안의 모든 방을 써야 하는 불가피한 상황이 되지 않는 한 그곳에서 누군가가 잠을 자는 일은 한 번도 없었다. 그럼에도 불구하고 그방은 저택에서 가장 크고 웅장한 침실 중 하나였다. 거대한 마호가니 기둥들이 받치고 있고 진한 붉은 다마스크 커튼이 드리워진 침대는 신전처럼 한가운데에 자리 잡고 있었다. 항상 블라인드가 쳐 있는 두 개의 커다란 창문은 같은 천으로 된 꽃 줄과 주름 장식으로 반쯤 덮여 있었다. 양탄자도 붉은색이었다. 침대 발치에 있는 탁자에는 선홍색 천 덮개가 깔려 있었다. 벽은 분홍색이 감도는 부드럽고 엷은 황갈색이었다. 옷장과 화장대와 의자들은 검은색 광택이 감도는 오래된 마호가니로 만들어졌다. 이 주변의 깊은 그늘 속에서 눈처럼 하얀 마르세유 무명으로 된 이불이 깔려 있는 침대 위로 층층이 쌓아 올린 매트리스와 베개들이 높이 솟아서 하얗게 빛났다. 쿠션이 여러 개 놓여 있고 앞에 발판이 놓인, 침대 머리맡의 흰색 안락의자 역시 그에 못지않게 두드러져 보였다. 내게는 그것이 희뿌연 옥좌처럼 보였다.

이 방은 불을 지핀 적이 거의 없었기 때문에 썰렁했고 육아실과 부엌에서 떨어져 있었으므로 조용했다. 사람의 출입이 거의 없었기에 방 분위기 또한 엄숙했다. 하녀 한 사람만이 토요일마다 들어와서 일주일 동안 거울과 가구에 소리 없이 쌓인 먼지를 닦아 냈을 뿐이다. 그리고 어쩌다 한 번씩 리드 부인이 직접 옷장 안에 있는 어떤 비밀 서랍의 내용물을 살펴보러 방에 들렀다. 서랍 속에는 여러 가지 양피지 문서들과 보석 상자와 죽은 남편의 초상화가 보관되어 있었다. 그리고 죽은 남편이라는 그 마지막 말에 붉은 방의 비밀이 담겨 있었다. 그것은 웅장함에도 불구하고 그 방을 그토록 호젓하게 유지해 온 마법의 주문이었다.

리드 씨는 9년 전에 세상을 떠났다. 그는 바로 이 방에서 마지막 숨을 거두었다. 이곳에 그가 위엄 있게 누워 있었다. 여기에서 장의사 일꾼들이 그의 관을 내갔다. 그리고 그날부터 음산한 신성화의 느낌 때문에 사람들이 그 방을 드나들지 않게 되었다.

베시와 매정한 애보트 양이 나를 꼼짝하지 못하게 해놓고 간 자리는 대리석 벽난로 선반 가까이에 놓인 낮은 오토만이었다. 내 앞에는 침대가 높이 솟아 있었다. 오른쪽으로는 높다란 검은색 옷장이 있었고, 빛이 부드럽게 띄엄띄엄 이어지며 반사되어서 옷장의 나무판마다 반짝이는 모습이 달라졌다. 왼쪽으로는 커튼이 드리워진 창문들이 있었다. 창문 사이에 놓인 커다란 거울 속에 침대와 방의 공허한 웅장함이 그대로 비쳤다. 그들이 정말로 문을 잠갔는지 확실하지 않았다. 몸을 움직여 볼 용기가 나자 나는 일어서서 살펴보러 갔다. 그러나 문은 잠겨 있었다. 어떤 감옥도 이보다 더 도망칠 염려가 없는 곳은 없을 것이다. 자리로 돌아올 때 거울 앞을 지나야만 했다. 나도 모르게 홀린 눈빛으로 거울 속을 깊이 들여다보았다. 그 시각적인 공동(空洞) 속에서는 모든 것이 실제보다 더 차갑고 어두워 보였다. 하얀 얼굴과 양팔이 어두움 속에서 점처럼 보이고, 다른 모든 것이 정지해 있는 곳에서 두려움으로 두 눈을 반짝이며 나를 바라보고 있는 이상한 작은 모습이 진짜 귀신 같은 효과를 만들어 냈다. 그 모습이 베시가 저녁에 들려준 이야기에 나오는, 황야의 외지고 이끼 긴 골짜기에서 나와 밤길을 가는 길손 앞에 나타난다는 반은 요정이고 반은 마귀인 작은 도깨비 같다는 생각이 들었다. 나는 앉아 있던 의자로 돌아왔다.

그 순간 나는 미신에 사로잡혔다. 그러나 아직은 미신이 완전히 승리를 거둘 시간이 아니었다. 내 피는 여전히 뜨거웠다. 반란을 일으킨 노예의 기분이 여전히 나를 매우 강하게 사로잡고 있었다. 음산한 현재로 기죽어서 물러나기 전에 빠르게 밀려오는 지난 일에 대한 회고를 막아야만 했다.

존 리드의 온갖 폭력적인 횡포, 그의 누이들의 오만한 무관심, 그의 어머니의 반감, 하인들의 편파적인 태도가 흐린 샘물 속의 검은 침전물처럼 내 어지러운 마음속에 떠올랐다. 왜 나는 늘 고통받고, 위협받고, 비난받고, 혼나는 것일까? 왜 나는 한 번도 다른 사람의 마음에 들지 못할까? 어째서 다른 사람의 호감을 사려고 애써 봐야 소용이 없을까? 고집 세고 이기적인 일라이자는 정중한 대접을 받았다. 버르장머리 없고, 매우 짓궂게 심술을 부리고, 꼬투리 잡기 좋아하고 거만한 태도를 지닌 조지아나는 모두에게 귀여움을 받았다. 그녀의 예쁜 모습과 분홍빛 뺨, 금빛 곱슬머리가 보는 사람 모두에게 기쁨을 주고 온갖 잘못으로부터 면책을 시켜 주는 것 같았다. 어느 누구도 존의 뜻을 거스르지 않았고 더더구나 그에게 벌을 주는 것은 꿈도 꿀 수 없는 일이었다. 그가 비둘기의 목을 비틀고, 작은 새끼 공작을 죽이고, 양들에게 개들을 풀어놓고, 온실의 덩굴에서 열매를 떼어 내고, 온실에서 가장 귀한 식물의 꽃봉오리를 딴다 해도 그랬다. 그는 또한 자기 어머니를 〈할망구〉라 불렀다. 때로는 자기와 닮은 그녀의 피부를 새까맣다고 놀렸고 그녀의 바람을 퉁명스럽게 무시했다. 그리고 자주 그녀의 실크 드레스를 찢어서 망쳐 놓았다. 그럼에도 불구하고 그는 여전히 〈그녀의 귀염둥이〉였다. 나는 감히 어떤 잘못을 저지를 엄두도 내지 못했다. 다만 내 의무를 다하기 위해 애썼다. 그런데도 나는 아침부터 밤까지 하루 온종일 못되고, 성가시며, 부루퉁하고, 내숭스럽다는 말을 들었다.

아까 맞고 넘어진 데가 아직도 아프고 피가 났다. 나를 무자비하게 때린 존을 아무도 꾸짖지 않았다. 그리고 더 이상의 터무니없는 폭력을 당하지 않도록 그에게 맞섰다는 이유로 모두 내게 비난을 퍼부었다.

〈억울해! 억울해!〉 마음을 괴롭게 만드는 자극으로 인해 어쩔 수 없이 일시적이지만 조숙한 힘을 갖게 된 내 이성이 말했다. 그리고 똑같이 자극받은 결단력이 참을 수 없는 억압으로부터 벗어날 수 있는 어떤 별난 방편이라도 써보라고, 도망을 치거나 그것이 여의치 않으면 더 이상 아무것도 먹거나 마시지 말고 죽어 버리라고 부추겼다.

　그 처량한 오후에 내 영혼은 얼마나 당혹스러웠던가! 머릿속 전체가 얼마나 산란했고 온 마음은 얼마나 반항심으로 가득 찼던가! 그럼에도 불구하고 마음속의 전투는 얼마나 깊은 어둠 속에서, 얼마나 깊은 무지 속에서 이루어졌던가! 나는 끝없이 떠오르는 마음속의 질문에 대답할 수가 없었다. 내가 왜 이렇게 고통을 당해야 하는가? 한참 시간이 지난 지금에야 — 얼마나 여러 해가 지났는지는 말하지 않겠다 — 나는 그것을 분명히 알 수 있다.

　게이츠헤드에서 나는 싸움만 일으키는 골칫거리였다. 나는 그곳에 있는 어느 누구와도 닮은 점이 없었다. 나는 리드 부인이나 그녀의 자식들, 혹의 그녀가 좋아하는 하인들과 공통점이 없었다. 사실 그들이 나를 사랑하지 않는다면 나도 그들을 거의 사랑하지 않았다. 그들에게는 자신들 중 어느 누구와도 공감할 수 없는 존재를 애정으로 대해 줄 의무가 결코 없었다. 나는 기질과 능력과 성향 면에서 그들과 반대되는 이질적인 존재였고 그들의 이익에 도움이 되지도 않고 그들을 즐겁게 해주지도 못하는 쓸모없는 존재였다. 그들의 취급에 분개하고 그들의 판단을 경멸하는 조짐을 품고 있는 유해한 존재였다. 설사 똑같이 군식구에다 친척이 없었다 해도, 내가 쾌활하고 명랑하며 태평하고 깐깐하고 예쁜 장난꾸러기였다면 리드 부인이 내 존재를 더 너그럽게 받아들여 주었을 것이다. 그녀의 자식들은 나를 동무 같다는 느낌으로 더 상냥하게 대해 주었을지도 모른다. 하인들이 나를 육아실의 희생양으로 삼는 일이 더 줄어들었을 것이다.

　붉은 방 안이 어두워지기 시작했다. 4시가 지났고 구름 긴 오후는 음침한 석양으로 향하고 있었다. 비가 끊임없이 계단의 창문을 두드리는 소리와 저택 뒤쪽 숲에서 윙윙거리는 바람 소리가 들려왔다. 몸이 조금씩 돌처럼 차가워졌고 용기도 줄어들었다. 습관적으로 느끼는 굴욕감과 자기 의심과 쓸쓸한 우울함이 점점 사그라지고 있는 분노에 찬물을 끼얹었었다. 모두 내가 심술궂다고 말했고 어쩌면 나 자신이 정말로 그런지도 몰랐다. 굶어 죽어 버리겠다는 생각 말고 달리 무슨 생각을 할 수 있었던가? 그것은 분명 죄악이었다. 그리고 내가 죽음을 감당할 수 있었을까? 아니면 게이츠헤드 교회의 성단소 아래에 있는 지하 납골당이 매력적인 목적지였던가? 그런 지하 납골당에 리드 씨가 묻혀 있다는 말을 들은 적이 있었다. 그리고 이 생각에 이끌려서 그에 대해 떠올리자 생각할수록 두려움이 점점 더 커졌다. 그에 대해 기억나는 것이 없었다. 그러나 그가 내 진짜 외삼촌이었다는 사실만은 알고 있었다. 그는 어머니의 오빠였다. 그는 내가 고아가 되었을 때 나를 자신의 집으로 데려왔고 운명하기 전 마지막 순간에도 나를 자기 친자식으로 키우고 부양하겠다는 약속을 리드 부인으로부터 받아 냈다. 리드 부인은 아마도 자신이 이 약속을 지켰다고 생각하고 있는지도 모른다. 감히 말하건대 그녀는 자신의 본성이 허용하는 한, 최대로 그 약속을 잘 지켰다. 그러나 자신과 같은 부류도 아니고 남편이 죽은 후에는 아무 연관도 없는 침입자를 그녀가 어떻게 진심으로 좋아할 수 있겠는가? 사랑할 수 없는 이상한 아이에게 부모 노릇을 해주겠다는 억지 서약에 묶여서, 서로 잘 맞지 않는 이방인이 자기 가족들 속에 계속 끼어 있는 것을 보아야만 했으니 이야말로 어쩌면 가장 진저리 나는 일이었을 터이다.

내게 한 가지 생각이 떠올랐다. 리드 씨가 살아 있었다면 그가 나한테 친절하게 대해 주었으리라는 점에 있어서만큼은 단 한 번도 의심한 적이 없었다. 그리고 지금 흰 침대와 어둑해진 벽들을 바라보며, 또한 이따금씩 희미하게 빛나는 거울

쪽으로 매료된 눈길을 돌리며 앉아서, 나는 자신들의 마지막 소원이 지켜지지 않은 데 대해 무덤 속에서 괴로워하다가 이 승으로 되돌아와 거짓 맹세를 한 사람들에게 벌을 내리고 억압받은 사람들의 원수를 갚아 준다는 죽은 사람들 이야기를 들은 기억을 떠올리기 시작했다. 누이의 자식에 대한 학대에 괴로워하던 리드 씨의 귀신이 교회의 지하 납골당이건 아니면 죽은 사람들이 가는 미지의 세상이건 그 거처를 떠나 이 방 안에 있는 내 앞으로 올라올 것만 같은 생각이 들었다. 혹시라도 내가 격렬하게 슬픔을 표시하면 나를 위로하려는 초자연적인 목소리를 깨우거나 이상하게 동정하는 표정으로 나를 굽어보는 후광을 두른 어떤 얼굴을 어둠으로부터 불러내지 않을까 우려하는 마음에서 나는 눈물을 닦고 흐느껴 우는 소리를 죽였다. 이런 생각은 이론적으로는 위로가 되었지만 실제로 이루어진다면 무시무시할 것 같았다. 나는 온 힘을 다해서 그 생각을 억누르려고 애썼다. 그리고 마음을 굳게 먹으려고 노력했다. 눈에 붙은 머리카락을 떼어 내면서 고개를 들고 용감하게 어두운 방 안을 둘러보려고 했다. 이 순간 벽 위에서 불빛 하나가 반짝거렸다. 나는 그것이 블라인드의 틈새로 새어 들어온 달빛인지 스스로에게 물어보았다. 아니었다. 달빛은 움직이지 않지만 이 불빛은 움직였다. 그것을 바라보고 있는 동안 불빛이 천장으로 미끄러져 올라가더니 내 머리 위에서 맴돌았다. 지금은 이 불줄기가 십중팔구 잔디밭 건너편에서 누군가가 들고 있는 등롱에서 나온 불빛이었다고 쉽게 추측할 수 있다. 그러나 그때는 내 마음이 두려움에 빠질 준비가 되어 있었고 흥분으로 냉정함이 흔들리고 있었기 때문에, 빠르게 움직이는 그 불빛이 다른 세상으로부터 올 환영의 전령처럼 여겨졌다. 가슴이 두근거리고 머리에서 열이 나기 시작했다. 어떤 소리가 내 귀를 가득 채웠고 나는 그것을 날개들이 달려드는 소리라고 생각했다. 무엇인가가 내 곁에서 보였다. 뭔가가 날 덮치는 것 같아서 숨이 막혔다. 나는 문으로 달려가서 필사적으로 기를 쓰고 자물쇠를 흔들었다. 바깥 통로를 따라 달려오는 발소리가 들렸다. 열쇠가 돌려지고 베시와 애보트가 들어왔다.

「에어 양, 어디 아픈 거야?」 베시가 물었다.

「정말 끔찍하게 시끄러웠어. 내가 있는 데까지 들렸다니까!」 애보트가 소리쳤다.

「날 내보내 줘요. 육아실로 가게 해줘요!」 내가 소리쳤다.

「왜 그래? 어디 아프니? 뭘 보았어?」 베시가 다시 물었다.

「아, 불빛을 보았어요. 유령이 나오는 줄 알았어요.」 내가 베시의 손을 붙잡았지만 그녀는 내 손을 뿌리치지 않았다.

「저 애가 일부러 비명을 지른 거예요.」 애보트가 넌더리를 치며 말했다. 「그리고 비명 소리가 얼마나 엄청났는지! 저 애가 정말 많이 아팠다면 눈감아 줬을 거예요. 그렇지만 저 애는 우리 모두를 여기로 불러 모으고 싶었을 뿐이에요. 저 애의 못된 계략을 알아요.」

「이게 무슨 일이지?」 또 다른 목소리가 단호하게 물었다. 그리고 리드 부인이 모자 가장자리를 휘날리고 드레스 자락을 소란스럽게 바스락거리며 복도를 따라 걸어왔다. 「애보트와 베시, 내가 직접 제인 에어에게 올 때까지 그 애를 붉은 방에 내버려 두라고 명령을 내린 것 같은데.」

「제인 양이 하도 시끄럽게 비명을 질러서요, 마님.」 베시가 이유를 둘러댔다.

「그 애를 놓아줘.」 그것이 유일한 대답이었다. 「베시의 손을 놓아라, 애야. 이런 방법으로는 절대 밖으로 나올 수 없다는 걸 명심해라. 나는 꾀부리는 걸 싫어한다. 특히 어린애들이 그러는 걸 싫어한다. 꾀부려 봐야 소용없다는 걸 보여 주는 것이 내가 할 일이다. 여기서 한 시간 더 있어라. 완전하게 복종하고 조용히 군다는 조건에서만 널 풀어 주겠다.」

「아, 외숙모님. 자비를 베풀어 주세요! 절 용서해 주세요! 도저히 못 견디겠어요. 다른 식으로 벌을 받도록 해주세요! 제가 죽을지도 몰라요. 만약……. 」

「조용히 해라! 이렇게 날뛰다니 정말 혐오스럽구나.」 그리고 의심할 여지 없이 그녀는 그렇게 느끼는 것 같았다. 나는 그녀의 눈에 조숙한 배우였다. 그녀는 진심으로 나를 적의에 찬 분노와 비열한 마음을 지닌, 위험한 이중성의 덩어리로 간주했다.

베시와 애보트가 물러간 후 이제는 미친 듯이 괴로워하며 격렬하게 흐느끼는 나를 보고 참다못한 리드 부인이 나를 안으로 와락 밀쳐 넣고 더 이상 한마디 말도 없이 문을 잠가 버렸다. 그녀가 휙 지나가는 소리가 들렸다. 그녀가 떠난 직후 내가 발작을 일으킨 것 같다. 의식을 잃은 것으로 그 장면이 끝이 났다.

제3장

    다음에는 악몽을 꾼 듯한 기분으로 일어난 것과 두꺼운 검은색 가로줄 무늬의 무서운 붉은빛이 눈앞에 보였던 게 기억난다. 마치 바람이나 물이 밀려오는 소리에 떠밀려서 약해진 것 같은 공허한 목소리도 들렸다. 흥분과 불확실함, 그리고 모든 것을 압도하는 공포감이 내 정신 기능을 혼란스럽게 만들었다. 곧 누군가가 나를 잡고 일으켜 세운 다음 앉은 자세로 쓰러지지 않게 붙잡아 주었다. 나를 일으켜 세워서 붙잡아 준 이전의 그 어떤 손길보다 더 부드러웠다. 나는 베개인지 팔인지에 머리를 기댔고 편안했다.

    5분이 지나자 혼란의 구름이 흩어졌다. 내가 내 침대에 누워 있다는 사실이 분명해졌고 붉은 불빛은 육아실의 난로 불빛이었다. 밤이었고 탁자 위에서 촛불이 하나 타고 있었다. 베시가 손에 대야를 들고 침대 발치에 서 있었고 한 신사가 내 침대 옆 의자에 앉아서 내 쪽으로 몸을 기울이고 있었다.

    게이츠헤드에 살지 않고 리드 부인과 아무 연관 없는 낯선 사람이 방 안에 있다는 사실을 알게 되자 말로 표현할 수 없는 안도감이 느껴졌다. 보호받고 있으며 안전하다는, 이제 마음을 진정시킬 수 있다는 확신이 들었다. (애보트가 옆에 있는 것보다 베시가 옆에 있는 것이 훨씬 더 좋기는 했지만) 나는 베시에게서 몸을 돌린 다음 신사의 얼굴을 자세히 살펴보았다. 내가 아는 사람이었다. 약제사인 로이드 씨로, 가끔 하인들이 아플 때면 리드 부인이 그를 불러들였다. 그녀는 자신과 자식들이 아프면 의사를 불렀다.

「자, 내가 누구지?」 그가 물었다.

나는 그의 이름을 소리 내어 말하면서 동시에 손을 내밀었다. 그가 내 손을 잡고 웃으면서 말했다. 「차차 많이 좋아질 거야.」 그런 다음 나를 눕히고는 베시를 불러서 밤에 절대 안정을 취하도록 해주라고 지시했다. 몇 가지 지시를 더 내리고 다음 날 다시 오겠다는 말을 한 다음 섭섭하게도 그가 떠났다. 그가 내 베개 옆의 의자에 앉아 있는 동안에는 내가 보호를 받고 보살핌을 받는다는 느낌이 강하게 들었었다. 그러나 그가 방을 나가고 난 후 문이 닫히자 온 방 안이 깜깜해지고 가슴이 다시 철렁 내려앉았다. 말로 표현할 수 없는 슬픔으로 마음이 울적해졌다.

「잠이 올 것 같기는 하니?」 베시가 상당히 부드럽게 물었다.

그다음 말이 혹시 거칠어지지 않을까 두려워 나는 감히 대답할 엄두가 나지 않았다. 「자도록 해볼게요.」

「물을 마실래? 아니면 뭘 좀 먹을 수 있겠어?」

「괜찮아요. 고마워요, 베시.」

「그렇다면 나도 이제 그만 자야겠구나. 벌써 12시가 넘었어. 하지만 혹시 밤에 필요한 게 있으면 날 불러도 돼.」

이는 정말 놀랄 만한 상냥함이었다. 여기에 고무돼서 나는 그녀에게 물었다.

「베시, 제가 어디가 잘못된 거예요? 제가 아픈가요?」

「붉은 방에서 울다가 쓰러진 것 같아. 틀림없이 곧 좋아질 거야.」

베시가 가까이 있는 하녀 방으로 들어갔다. 그녀의 말소리가 들려왔다.

「세라, 나랑 함께 육아실로 와서 자도록 해. 오늘 밤에는 저 불쌍한 아이와 단둘이 못 있겠어. 그 애가 죽을지도 몰라. 그 애가 그런 발작을 일으키다니 정말 이상한 일이야. 그 애가 뭔가를 본 것 같아. 마님이 좀 심하신 것 같아.」

세라가 베시와 함께 들어왔다. 두 사람 모두 잠자리에 들었다. 그들은 잠들기 전에 반 시간 동안 서로 속삭이며 이야기를 나누었다. 드문드문 알아들은 그들의 대화를 통해 나는 그들이 나누고 있는 주된 주제를 아주 희미하게만 추측해 낼 수 있었다.

「온통 하얀 옷을 입은 것이 그 애 곁을 지나 사라졌대.」「그 뒤에는 커다란 검은 개가 따라갔다는데.」「방문을 두드리는 소리가 크게 세 번 났대.」「묘지에 있는 그의 무덤 위로 불빛이 하나 보였다는데…….」

마침내 두 사람 모두 잠이 들었다. 벽난로 불과 촛불도 꺼졌다. 나는 그 긴 밤의 시간들을 무서워서 잠들지 못한 채 꼬박 뜬눈으로 보냈다. 나는 어린아이들만이 느낄 수 있는 두려움으로 긴장해 있었다.

붉은 방에서 이 일이 있은 후 오랫동안 몸이 심하게 아프지는 않았다. 다만 지금까지도 그 여파를 느낄 수 있는 충격이 내 신경에 가해졌을 뿐이다. 그렇다. 리드 부인, 당신 덕분에 정신적인 고통의 끔찍한 괴로움을 겪었습니다. 당신을 용서해야만 할 것입니다. 〈그들은 자기가 하는 일을 모르고 있습니다.〉[9] 내 심금을 끊어 놓으면서도 당신은 내 못된 성향을 없애고 있을 뿐이라고 생각했으니까요.

9 「루가의 복음서」 23장 34절. 예수 그리스도가 십자가에 못 박혀 한 말.

다음 날 정오 무렵 나는 일어나 옷을 입고 숄로 몸을 감싼 채 육아실의 난로 옆에 앉아 있었다. 몸에 기운이 없고 쇠약해진 느낌이 들었지만 더 심한 병은 말로 표현할 수 없는 비참함이었다. 비참함에 소리 없이 계속 눈물이 흘렀다. 뺨에서 눈물 한 방울을 닦아 내자마자 또다시 눈물방울이 흘러내렸다. 그럼에도 불구하고 나는 즐거워해야 한다고 생각했다. 리드 집안 사람이 그곳에 한 명도 없었기 때문이다. 모두 어머니와 함께 마차를 타고 외출 중이었다. 애보트 역시 다른 방에서 바느질을 하고 있었고 베시는 여기저기 돌아다니며 장난감을 치우고 서랍을 정리하면서 이따금씩 내게 이례적으로 친절한 말을 건넸다. 끊임없이 꾸지람을 듣고 인정도 못 받는 잔심부름을 하던 생활에 너무 익숙해져 있었기 때문에 이런 상태는 내게 평화로운 천국이어야 했다. 그러나 사실 완전히 피폐해진 내 신경은 어떤 평온함에도 진정될 수 없고 어떤 기쁨에도 기분 좋게 흥분될 수 없는 상태에 빠져 있었다.

베시가 부엌으로 내려갔다가 밝은 색칠이 된 도자기 접시에 과일 파이를 하나 담아 가지고 왔다. 이전에는 나팔꽃과 장미 화환 속에 둥지를 틀고 있는 극락조가 그려진 그 접시를 보면 감탄하는 마음이 절로 우러나곤 했었다. 접시를 들고 더 자세히 들여다볼 수 있게 해달라고 간청하곤 했었지만 나는 항상 그런 특권을 누릴 만한 자격이 없는 사람으로 간주되어 왔었다. 이 소중한 접시가 지금은 내 무릎 위에 올려져 있고 나는 그 위에 놓인 동그랗고 부드러운 페이스트리를 먹어 보라는 따뜻한 권유를 받았다. 헛된 호의여! 여러 번 청했음에도 오랫동안 지연된 다른 대부분의 부탁들과 마찬가지로 그것은 너무 늦게 왔다! 나는 과일 파이를 먹을 수가 없었다. 새의 깃털도, 꽃들의 빛깔도 이상하게 바랜 것처럼 보였다. 나는 접시와 과일 파이를 밀쳐 냈다. 베시가 내게 책을 읽고 싶으냐고 물었다. 책이라는 말에 잠깐 자극을 받은 나는 그녀에게 서재에서 『걸리버 여행기』를 가져다 달라고 간청했다. 내가 계속해서 여러 번 재미있게 탐독한 책이었다. 나는 책의 내용을 실화로 간주했고 그 안에서 동화에서보다 훨씬 더 흥미로운 특질을 발견했다. 요정에 대해 말하자면 디기탈리스 잎과 꽃 속에서, 버섯 아래서, 담쟁이넝쿨로 뒤덮인 오래된 담장 구석 밑에서 요정을 찾아보았지만 허사였기 때문에 결국 나는 그들이 모두 영국을 떠나 숲이 더 무성하고 울창하며 인구가 더 적은 어떤 야만적인 나라로 떠나 버렸다는 슬픈 사실을 받아들이기로 작정했다. 반면에 소인국과 거인국이 지상에 확실히 존재한다고 믿었기 때문에 오랫동안 여행을 해서 언젠가는 내 눈으로 직접 소인국의 작은 들판과 집들, 나무와 난쟁이들, 조그만 암소와 양, 새들을 보고, 거인국에 있는 수풀만큼 키 큰 옥수수 밭과 거대한 맹견들, 괴물 고양이들, 탑 높이의 남자, 여자들을 볼 수 있으리라는 것을 의심하지 않았다. 그럼에도 불구하고 지금 이 소중한 책을 손에 들고 책장을 넘기며 멋진 그림들 속에서 지금까지 매번 발견했던 매력을 찾아보았지만 모든 것이 섬뜩하고 따분했다. 거인들은 수척한 악귀들이었고 난쟁이들은 심술궂고 무서운 꼬마 도깨비들이었다. 걸리버는 가장 무섭고 위험한 나라들을 돌아다니는 쓸쓸한 방랑자였다. 나는 더 이상 탐독할 엄두가 안 나서 책을 덮은 다음 그것을 탁자 위의 입도 안 댄 과일 파이 옆에 올려놓았다.

베시는 이제 방 안의 먼지를 떨어내고 정리하는 일을 끝내고 손을 씻은 다음 실크와 새틴으로 된 화려한 천 조각들로 가득 찬 작은 서랍을 열고 조지아나의 인형에게 씌울 새 보닛을 만들기 시작했다.

먼 옛날,
우리가 집시처럼 방랑하고 다니던 시절에.

　나는 그 노래를 전에도 자주 들었고 그 노래를 들을 때마다 항상 즐거웠다. 베시의 목소리가 고왔기 때문이다. 적어도 나는 그렇게 생각했다. 그러나 지금은 그녀의 목소리가 여전히 고왔음에도 불구하고 그 곡조에서 말로 표현할 수 없는 슬픔을 발견했다. 때로는 그녀가 일에 몰두해서 후렴을 매우 낮게, 천천히 불렀다. 「먼 옛날」이 장송곡의 가장 슬픈 가락처럼 흘러나왔다. 그녀가 다른 노래로 넘어갔다. 이번에는 정말로 슬픈 곡이었다.

　　두 발은 쑤시고 몸은 지쳤는데
　　길은 멀고 산은 황량하다.
　　불쌍한 고아가 가는 길 위로
　　달도 없이 처량한 석양이 드리운다.

　　그들이 왜 나를 보냈을까? 그렇게 멀고 외로운 곳으로.
　　황야가 펼쳐지고 잿빛 바위들이 쌓여 있는 곳으로.
　　사람들은 매정하고
　　친절한 천사들만이 불쌍한 고아의 발걸음을 지켜본다.

　　그럼에도 멀리서 부드럽게 밤바람이 불어오고
　　구름 한 점 없는 하늘에는 맑은 별들이 부드럽게 빛난다.
　　자비로운 하느님이
　　불쌍한 고아에게 위로와 희망을 보여 주신다.

　　설사 부서진 다리 위를 지나더라도

잘못된 불빛에 속아 늪지를 헤매더라도
여전히 하느님 아버지가 약속과 축복으로
불쌍한 고아를 가슴에 안아 주시리라.

집도 친척도 없다 해도
내게 힘이 되는 생각이 있다.
천국이 내 집이니 언제나 편안하리라.
하느님은 불쌍한 고아의 친구이시니.

「저런, 제인 양. 울지 말아요.」 베시가 노래를 마치고 말했다. 차라리 불에 대고 〈타지 마!〉라고 말하는 게 나았을 것이다. 그러나 내가 겪은 그 소름 끼치는 고통을 그녀가 어떻게 상상이나 할 수 있었겠는가? 오전에 로이드 씨가 다시 찾아왔다.

「저런, 벌써 일어났구나!」 그가 육아실로 들어오며 말했다. 「자, 보모. 애는 좀 어떻소?」

베시는 내가 아주 잘 지내고 있다고 대답했다.

「그렇다면 좀 더 밝아 보여야 할 텐데. 이리 와요, 제인 양. 이름이 제인이지, 맞지?」

「네, 선생님. 제인 에어예요.」

「저런, 울고 있었구나, 제인 에어 양. 무엇 때문인지 말해 줄 수 있을까? 어디가 아픈 거니?」

「아니에요, 선생님.」

「아! 제가 말씀드리자면 마님과 함께 마차를 타고 밖에 나갈 수 없어서 울고 있는 거예요.」 베시가 끼어들었다.

「분명히 아닐 거요! 글쎄, 그런 시시한 일 때문에 울 만한 나이는 아닌데.」

나 또한 그렇다고 생각했다. 잘못된 비난에 자존심이 상했기 때문에 나는 즉시 대답했다. 「저는 그런 일 때문에 울어 본 적이 한 번도 없어요. 마차 타고 나가는 건 싫어해요. 비참해서 운 거예요.」

「아, 저런!」 베시가 말했다.

착한 약제사가 약간 당황한 듯했다. 나는 그 앞에 서 있었다. 그가 계속 나를 매우 뚫어지게 쳐다보았다. 그의 눈은 작고 회색이었다. 아주 반짝이지는 않았지만 지금 생각해 보면 눈치가 빨라 보이는 눈이었다고 감히 말할 수 있다. 그의 얼굴은 험상궂었지만 온화해 보였다. 나를 천천히 살펴본 다음 그가 말했다.

「저 애가 어제 무엇 때문에 아픈 거였죠?」

「넘어졌어요.」 베시가 자기가 한 말을 실제 행동으로 보여 주면서 대답했다.

「넘어지다니! 저런, 그건 다시 아기처럼 구는 건데! 저 애 나이에 제대로 걷질 못해요? 틀림없이 여덟이나 아홉 살 정도는 되었을 것 같은데요.」

「맞아서 넘어졌어요.」 다시 자존심이 상해서 나도 모르게 불쑥 튀어나온 설명이었다. 「그렇지만 그것 때문에 제가 아픈 것은 아니에요.」 내가 덧붙였다. 그동안 로이드 씨는 코담배를 한 번 들이마셨다.

그가 담배 상자를 조끼 호주머니에 다시 집어넣고 있을 때 하인들의 점심 식사를 알리는 종소리가 크게 울렸다. 그는 그 것이 무슨 소리인지 알고 있었다. 「당신을 부르는 소리군요, 보모.」 그가 말했다. 「내려가 봐요. 당신이 되돌아올 때까지 제인 양에게 훈계를 하고 있겠소.」

베시는 그냥 있고 싶었겠지만 게이츠헤드 저택에서는 식사 시간이 엄격하게 지켜지고 있었기 때문에 마지못해 방을 나 갔다.

「넘어져서 아픈 게 아니라면 무엇 때문에 아픈 거였니?」 베시가 떠난 후 로이드 씨가 물었다.

「귀신이 나오는 방에 날이 어두워질 때까지 갇혀 있었어요.」

나는 로이드 씨가 미소를 지으면서 동시에 얼굴을 찡그리는 것을 보았다.

「귀신이라! 저런, 결국 어린애구나! 귀신이 무섭니?」

「리드 삼촌의 귀신은 무서워요. 그 방에서 돌아가셨고 그곳에 안치되었으니까요. 베시도 다른 어느 누구도 할 수만 있다면 밤에는 그 방에 안 들어가려 해요. 촛불도 없이 절 그곳에 혼자 가둬 두다니 정말 잔인했어요. 너무 잔인해서 앞으로도 절대 그 일을 잊지 못할 거예요.」

「말도 안 되는 소리! 그런데 그것 때문에 그렇게 비참했니? 지금 낮에도 무섭니?」

「아니요. 그렇지만 머지않아 다시 밤이 될 거예요. 게다가 저는 불행해요. 다른 것들 때문에 매우 불행해요.」

「어떤 다른 것들 말이냐? 나한테 조금만 알려 줄 수 있니?」

이 질문에 전부 대답하고 싶은 마음이 얼마나 굴뚝같았던가! 답을 말로 표현하기는 얼마나 어려운지! 아이들은 느낄 수 있지만 자신의 감정을 분석할 줄은 모른다. 그리고 생각 속에서 분석이 부분적으로 이루어진다 해도 그 과정의 결과를 말로 어떻게 표현할지 모른다. 그러나 내 슬픔을 전달함으로써 그것을 조금이라도 덜 수 있는 첫 번째이자 유일한 기회를 잃을까 두려워서 나는 잠깐 동안 혼란스러워하며 멈췄다가 빈약하나마 진실한 대답을 간신히 만들어 냈다.

「먼저 제게는 아버지도, 어머니도, 형제자매도 없어요.」

「자상한 외숙모님과 사촌들이 있지 않니?」

나는 다시 말을 멈췄다가 서투르게 대답했다.

「그렇지만 존 리드가 저를 넘어뜨렸어요. 그러자 외숙모가 절 붉은 방에 가뒀고요.」

로이드 씨가 두 번째로 코담배 상자를 꺼냈다.

「게이츠헤드 저택이 무척 아름답다고 생각하지 않니?」 그가 물었다. 「이렇게 좋은 집에서 살 수 있게 된 데 대해 감사하지 않니?」

「제 집이 아닌걸요, 선생님. 그리고 애보트는 제가 하인보다도 이 집에 살 자격이 없다고 했어요.」

「흠, 이렇게 좋은 곳을 떠나고 싶어 할 만큼 네가 어리석은 것은 아니겠지?」

「달리 갈 곳이 있다면 기쁘게 떠날 거예요. 그러나 어른이 될 때까지는 게이츠헤드를 벗어나지 못할 거예요.」

「어쩌면 그럴 수도 있지. 누가 알겠니? 리드 부인 말고 다른 친척은 없니?」

「없는 것 같아요, 선생님.」

「아버지 쪽 친척이 아무도 없어?」

「모르겠어요. 리드 외숙모께 한번 여쭤 보았는데 에어라고 불리는 가난하고 지체 낮은 친척들이 몇 명 있을지도 모르겠다고 말씀하셨어요. 그렇지만 외숙모도 그들에 대해 아는 것이 전혀 없어요.」

「그런 친척이 있다면 그들에게 가고 싶니?」

나는 곰곰이 생각해 보았다. 어른들에게는 가난이 끔찍해 보인다. 아이들에게는 더욱더 끔찍해 보인다. 아이들은 근면하고 성실하게 사는 훌륭한 가난함이 무엇인지 잘 모른다. 그들은 그저 가난이라는 단어를 누더기 옷과 빈약한 음식, 불기 없는 난로와 무례한 행동거지, 저속한 악으로만 간주한다. 내게 가난은 타락과 동의어였다.

「아니요. 저는 가난한 사람들과 섞이고 싶지 않아요.」 내가 대답했다.

「그들이 네게 친절하게 대해 줘도 말이니?」

나는 고개를 저었다. 나는 가난한 사람들이 무슨 수로 친절함을 베풀 수 있을지 알 수가 없었다. 그들처럼 말하는 법을 배우고, 그들의 행동거지를 따라하고, 교육도 못 받고, 게이츠헤드 마을의 오두막집 문간에서 때로는 아이들을 돌보거나 빨래를 하던 가난한 여자들처럼 된다고 생각하니, 그건 아니었다. 나는 성을 대가로 치르고 자유를 살 수 있을 만큼 영웅적이지 않았다.

「그렇지만 네 친척들이 그렇게 정말 가난한 거니? 노동하는 사람들이니?」

「모르겠어요. 리드 외숙모는 설사 제게 친척이 있다 해도 틀림없이 거지나 다름없을 거라고 하셨어요. 구걸하러 다니고 싶지는 않아요.」

「학교에 가고 싶니?」

다시 나는 생각에 잠겼다. 학교가 어떤 곳인지는 잘 몰랐다. 그곳에서는 젊은 아가씨들이 손가락 칼집[10]을 끼고 척추교정판을 댄 채 엄청나게 유순하고 꼼꼼하게 처신해야 한다고 베시가 말해 준 적이 있었다. 존 리드는 자기 학교를 싫어했고 선생님 흉을 보았다. 그러나 존 리드의 취향이 결코 내 취향의 기준은 아니었다. 그리고 학교 규율에 대한 (게이츠헤드에 오기 전에 일했던 집안의 젊은 숙녀들로부터 얻어 들은) 베시의 설명이 약간은 무시무시했지만 이 젊은 숙녀들이 갖춘 소양에 대한 설명은 매력적으로 느껴졌다. 베시는 그들이 그린 아름다운 풍경화와 꽃 그림, 그들이 노래하고 연주할 줄 아는 곡, 그들이 짤 수 있는 지갑, 그들이 해석할 수 있는 프랑스 책들에 대해 자랑을 늘어놓았다. 나는 그 말을 들으면서 경쟁하

---

10 목에 채우는 칼처럼 손가락에 끼워 움직이지 못하게 하는 처벌 도구.

고 싶은 마음이 들 지경이었다. 게다가 학교는 완전한 변화를 의미했다. 그것은 긴 여행을 뜻했고 게이츠헤드로부터 완전히 분리되어서 새로운 삶으로 들어가는 것을 의미했다.

「정말 학교에 가고 싶어요.」 이것이 내가 오래 숙고한 다음 입 밖에 낸 결론이었다.

「좋아! 좋아! 무슨 일이 일어날지 누가 알겠니?」 로이드 씨가 일어서면서 말했다. 「저 애한테는 새로운 분위기와 새로운 장소가 필요해.」 그가 혼잣말을 하면서 덧붙였다. 「신경 상태가 좋지 않아.」

이제는 베시가 돌아왔다. 동시에 자갈길을 따라 굴러오는 마차 소리가 들렸다.

「마님이 돌아오시는 건가요, 보모?」 로이드 씨가 물었다. 「가기 전에 마님과 이야기를 나누고 싶은데.」

베시는 그에게 거실로 가자고 청했고 앞장서서 방을 나갔다. 나중에 벌어진 일들을 통해 추측해 보건대, 이어진 리드 부인과의 면담에서 약제사가 나서서 나를 학교에 보내도록 추천한 것 같았다. 그리고 그 추천은 의심할 여지 없이 즉시 받아들여졌다. 어느 날 밤 내가 잠들어 있으리라 생각하고는 육아실에서 베시와 애보트 두 사람이 바느질을 하며 앉아 그 문제에 대해 이야기를 주고받을 때 애보트가 다음과 같이 말했기 때문이다. 「마님이 그렇게 성가시고 성질머리 나쁜 애를 치울 수 있게 되어서 기쁘다고까지 말씀하시더라니까요. 그 애가 항상 모두를 바라보면서 몰래 음모를 꾸미고 있는 것처럼 보인다는 거예요.」 애보트는 내게 어린이 가이 포크스[11]가 되는 영예를 부여해 주었다.

그날 밤 애보트 양이 베시에게 전해 준 말을 통해 나는 아

11 귀도 포크스라고도 불렸으며 영국에서 화약 음모 사건을 계획한 로마 가톨릭 혁명 단체의 구성원이었다.

버지가 가난한 성직자였고, 아버지와의 결혼을 신분 낮은 사람과의 결합으로 간주하는 친척들의 뜻을 어기고 어머니가 결혼했으며, 자신의 뜻을 거스른 데에 진노한 외할아버지 리드 씨가 어머니에게 한 푼도 주지 않은 채 인연을 끊었고, 결혼 1년 후 아버지가 교구에 있던 공장촌의 빈민가를 방문하던 중 당시 창궐하던 티푸스에 걸렸으며, 어머니가 아버지에게 전염돼서 두 사람 모두 한 달 사이에 세상을 떠났다는 등의 사실을 알게 되었다.

이 이야기를 들은 베시가 한숨을 쉬며 말했다. 「불쌍한 제인을 가엽게 여겨 줘야 하는데, 애보트.」

「맞아요.」 애보트가 동의했다. 「그 애가 착하고 예쁜 아이라면 혼자 남겨진 것을 모두 불쌍하게 여길 텐데. 그런데 그렇게 징그러운 아이를 누가 진심으로 예뻐할 수 있겠어요?」

「귀여움을 많이 받지는 못하죠. 분명히.」 베시가 동의했다. 「어쨌든 조지아나 아가씨처럼 예쁘면 같은 상황에서도 더 가슴을 아프게 만드는 법이니까요.」

「그래요. 조지아나 아가씨는 너무 귀여워요.」 애보트가 열렬하게 말했다. 「너무 귀여운 꼬마예요! 긴 곱슬머리에 파란 눈하며 얼마나 눈 색깔이 예쁜지. 꼭 그림 같아요. 베시, 저녁 식사로 치즈 토스트가 나오면 좋겠는데.」

「나도 그래요. 구운 양파도 곁들여서요. 자, 내려가 봅시다.」 그들이 방을 나갔다.

제4장

　로이드 씨와 나눈 대화와 앞에서 언급한 베시와 애보트의 대화로부터 나는 몸이 회복되길 바랄 수 있는 동기로 충분히 작용할 수 있을 만큼 희망을 얻었다. 곧 변화가 일어날 듯이 보였고 나는 조용히 그것을 바라면서 기다렸다. 그러나 그 변화는 쉽게 오지 않았다. 며칠이 지나고 몇 주가 지났다. 건강 상태는 정상으로 돌아왔지만 내가 마음속에 품고 있던 문제에 대해서는 새로운 언급이 전혀 없었다. 리드 부인이 가끔씩 나를 무서운 눈초리로 바라보았지만 내게 아무 말도 건네지 않았다. 내가 아픈 후부터 그녀는 나와 자기 자식들 사이에 그 어느 때보다도 더 분명하게 선을 그었다. 그녀는 작은 방에서 나 혼자 자게 정해 주었고 식사도 나 혼자 하게 했으며 사촌들이 응접실에 있는 동안에는 나를 육아실에서 지내게 했다. 그러나 나를 학교에 보내겠다는 뜻을 비치는 말은 한마디도 하지 않았다. 그럼에도도 불구하고 나와 같은 지붕 아래에서 함께 지내는 것을 그녀가 오래 견디지 못하리라고 나는 본능적으로 확신하고 있었다. 그녀의 시선이 내게로 향할 때면 그 어느 때보다도 극복할 수 없는 뿌리 깊은 혐오감이 드러났다.

일라이자와 조지아나는 되도록 내게 말을 걸지 않으려 했는데, 자기 어머니의 명에 따라 그러는 것이 분명했다. 존은 나를 볼 때마다 혀로 볼을 볼록하게 만들어서 놀렸고 한번은 때리려고 했다. 그러나 전에 나를 불같이 화나게 만들었던 것과 똑같은 강한 분노와 맹렬한 반항심에 휩싸여서 나는 즉시 그에게 맞섰다. 그는 그만두는 편이 낫겠다고 생각했는지 심한 욕설을 퍼붓고 내가 분명히 자기 코를 부러뜨렸다고 말하며 달아나 버렸다. 사실 나는 주먹으로 있는 힘껏 얼굴에서 툭 튀어나온 코를 후려쳤다. 그 일 때문인지 아니면 내 모습 때문인지 그가 겁을 먹었다는 사실을 알았을 때 나는 유리한 상황을 효과적으로 지속시키고 싶은 강한 충동을 느꼈다. 그러나 그는 이미 자기 어머니 옆에 가 있었다. 〈저 심술궂은 제인 에어〉가 미친 고양이처럼 어떻게 자기에게 달려들었는지 그가 울먹이며 이야기하는 소리가 들려왔다. 그러나 그의 말은 매우 냉정하게 중단당했다.

「그 애에 대해서라면 아무 말도 하지 마라, 존. 내가 그 애 곁에 가지 말라고 그랬지? 그 애는 관심을 받을 만한 가치도 없어. 너나 네 누이들이 그 애와 어울리기를 바라지 않는다.」

난간에 기대 있던 나는 내가 무슨 말을 하는지 전혀 생각해 보지도 않은 채 불쑥 소리를 질렀다.

「그 애들이야말로 나와 어울릴 자격이 없어요.」

리드 부인은 뚱뚱한 편이었지만 전에 없던 이 대담한 말을 듣자마자 날쌔게 계단을 올라와서 회오리바람처럼 나를 육아실로 휘몰고 가서는 내 침대 가장자리에 나를 부서질 듯이 앉히고 단호한 목소리로 날이 샐 때까지 그곳에서 일어서거나 한마디라도 입을 열면 가만두지 않겠다고 말했다.

「리드 외삼촌이 살아 계신다면 뭐라 하셨을까요?」 나도 모르게 그런 질문이 튀어나왔다. 나도 모르게라고 말한 것은 내 의지가 동의하지 않았음에도 불구하고 혀가 소리를 냈기 때문이다. 스스로 제어할 수 없는 무엇인가가 내 입을 통해 말했다.

「뭐라고?」 리드 부인이 숨을 죽이며 말했다. 평소 차갑고 냉정한 그녀의 회색 눈에 공포의 빛이 서렸다. 그녀는 내 팔을 놓더니 어린애인지 아니면 악마인지 모르겠다는 듯 나를 가만히 쳐다보았다. 이제는 어쩔 도리가 없는 상황이 되었다.

「리드 외삼촌이 천국에서 외숙모의 행동과 생각을 전부 보고 계실 거예요. 우리 부모님도 마찬가지고요. 그분들은 외숙모가 나를 하루 종일 가둬 두는 것도, 내가 죽기를 바란다는 것도 아실 거예요.」

리드 부인이 곧 정신을 가다듬었다. 그녀는 내 몸을 세게 흔든 다음 내 양쪽 따귀를 갈기더니 아무 말 없이 나가 버렸다. 그녀가 아무 말도 안 한 대신 베시가 한 시간 동안 장황하게 설교를 해댔다. 그녀는 지금까지 집안에서 키운 아이들 중에서 나처럼 못되고 방자한 아이는 없을 것이라고 우겨 댔다. 나는 그녀의 말을 어느 정도 인정했다. 실제로 내 마음속에서 나쁜 감정들만 들끓는 것이 느껴졌기 때문이다.

11월, 12월이 지나고 1월도 반이나 지나갔다. 게이츠헤드에서는 크리스마스와 새해가 평소와 다름없이 떠들썩한 명절 분위기 속에서 치러졌다. 선물이 오가고 만찬과 이브닝 파티가 열렸다. 당연히 나는 모든 즐거움으로부터 제외되었다. 내 몫의 즐거움은 일라이자와 조지아나가 날마다 얇은 모슬린 프록에 주홍색 허리띠를 매고 머리를 예쁘게 말고 응접실로 내려가는 모습을 보는 것과, 나중에는 아래에서 연주되는 피아노와 하프 소리나 집사와 하인이 이리저리 오가는 소리, 다과를 낼 때 유리잔과 자기가 부딪히면서 내는 달그락 소리, 응접실 문이 여닫힐 때 잠깐 들리는 웅성거리는 대화를 듣는 것이 전부였다. 이 일이 지겨워지면 나는 계단 꼭대기에 있다가 고적하고 조용한 육아실로 물러났다. 그곳에 있으면 조금 슬프기는 했지만 비참하지는 않았다. 사실을 말하자면 나는 사람들과 어울리고 싶지 않았다. 사람들과 어울려 있으면 나는 거의 눈에 띄지 않았다. 베시가 상냥하고 친근한 사람이었다면 나는 신사 숙녀들로 가득한 방에서 리드 부인의 무시무시한 감시의 눈초리 아래 저녁 시간을 보내느니 베시와 조용히 지내는 쪽을 기쁘게 여겼을 것이다. 그러나 베시는 주인집 아가씨들에게 옷을 입히고 나면 대개는 촛불을 들고 떠들썩한 부엌과 가정부 방으로 재빨리 가버리곤 했다. 그러면 나는 난롯불이 낮게 사그라질 때까지 무릎 위에 인형을 올려놓은 채 앉아서 어두운 방 안에 나 말고 유령은 나타나지 않았는지 확인해 보기 위해 이따금씩 방 안을 둘러보았다. 그리고 타다 남은 불씨가 흐릿한 붉은색으로 잦아들면 나는 매듭과 끈을 최대한으로 잘 당겨서 서둘러 옷을 벗고 추위와 어둠을 피해 침대 속으로 들어갔다. 침대에 들 때마다 나는 항상 인형을 가져갔다. 사람에게는 사랑을 쏟아부을 뭔가가 필요하다. 애정을 쏟아부을 더 중요한 대상이 없었기 때문에 나는 허수아비 축소판처럼 닳아 해진, 바래고 구멍 난 인형을 사랑하고 소중히 여기는 데서 기쁨을 찾기로 마음먹었다. 인형이 살아 있어서 느낄 수 있다고 반쯤 생각하며 어쩌면 그렇게도 이 작은 장난감을 우스꽝스러울만큼 진지하고 소중히 여겼는지, 지금 생각하면 이해가 잘 안 될 정도다. 인형을 잠옷으로 감싸고 자지 않으면 잠을 잘 수가 없었다. 인형이 잠옷 속에 안전하고 따뜻하게 있으면 인형 역시 행복하다고 믿으면서 나도 어느 정도 행복한 기분이 들었다.

손님들이 돌아가길 기다리며 계단을 올라오는 베시의 발소리가 들리길 기다리다 보면 시간이 더디게 가는 것처럼 느

꺼졌다. 때로 그녀는 중간에 골무나 가위를 찾으러, 혹은 내게 저녁 식사로 롤빵이나 치즈 케이크를 가져다주러 올라와서는 내가 그것을 먹는 동안 침대에 앉아 있다가 다 먹고 나면 이불로 나를 꼭 덮어 준 다음 두 번 입을 맞추고 〈잘 자요, 제인 양〉이라고 말해 주곤 했다. 그렇게 상냥할 때면 베시가 내게는 세상에서 가장 착하고, 예쁘고, 친절한 사람처럼 보였다. 그녀가 항상 그렇게 기분 좋고 상냥하다면 얼마나 좋을까, 실제로는 자주 그러지만 내게 매정하게 대하거나 꾸짖거나 부당하게 일을 많이 시키지 않으면 얼마나 좋을까 하고 나는 생각했다. 나는 베시 리가 틀림없이 타고난 능력이 뛰어난 아가씨였다고 생각한다. 그녀는 맡은 일을 모두 빈틈없이 해냈고 뛰어난 이야기 솜씨를 지니고 있었다. 적어도 그녀가 들려준 옛날이야기를 통해 내게 남겨 준 인상으로 판단해 보면 그렇다. 그녀의 얼굴과 몸매에 대한 내 기억이 정확하다면 그녀는 예쁘기도 했다. 날씬하고 젊은 그녀는 검은 머리와 검은 눈에 이목구비가 매우 아름다웠고 피부가 곱고 깨끗했다. 그러나 성격은 변덕스럽고 조급했으며 원칙이나 정의를 대수롭지 않게 여겼다. 설사 그랬다 해도 나는 게이츠헤드 저택에 있는 다른 누구보다도 그녀를 더 좋아했다.

1월 15일 오전 9시경이었다. 베시는 아침을 먹으러 나가고 없었다. 사촌들은 아직 어머니에게 불려 가지 않은 상태였다. 일라이자는 닭 모이를 주러 가기 위해 보닛을 쓰고 따뜻한 정원용 외투를 입고 있었다. 그녀는 그 일을 좋아했지만 그것 못지않게 가정부에게 달걀을 팔아 번 돈을 어딘가에 꼬불쳐 두기도 좋아했다. 그녀는 장사 수완이 있었고 저축을 좋아하는 성향이 두드러졌다. 그러한 성향은 달걀과 닭을 파는 데서뿐만 아니라 화초의 뿌리와 씨, 식물 가지들을 정원사에게 유리한 조건으로 거래하는 데서도 나타났다. 일라이자의 정원에서 나오는 물건 중에 그녀가 팔고 싶어 하는 것은 전부 사라고 리드 부인이 정원사에게 명령을 내려 놓은 상태였다. 그리고 일라이자는 상당한 이익을 얻을 수만 있다면 자기 머리카락이라도 잘라서 팔았을 것이다. 돈으로 말하자면 그녀는 처음에는 그것을 낡은 헝겊 조각이나 오래된 머리 지짐용 종이에 싸서 이상한 구석진 곳에 숨겨 놓았다. 그러나 이렇게 숨겨 놓은 돈이 가정부에게 계속 들통이 났기 때문에 언젠가는 자신의 소중한 보물을 잃게 되지나 않을까 두려운 나머지 일라이자는 5, 6할 정도로 고리대금업자 수준의 이자를 받고 어머니에게 돈을 맡기는 데 동의했다. 그녀는 석 달마다 이자를 챙겼고 작은 장부에 거래 내역을 불안해 하면서 꼼꼼하게 적어 두었다.

조지아나는 높은 의자에 앉아 거울을 보면서 머리를 매만지며 다락의 서랍에 쌓여 있던 조화와 낡은 깃털을 섞어 가며 곱슬머리를 땋고 있었다. 베시로부터 자기가 돌아오기 전에 정리를 해놓으라는 엄한 명령을 받았기 때문에 나는 내 침대를 정리하고 있었다(베시가 지금은 나를 일종의 육아실의 보조 하녀 취급을 하며 내게 방을 정리하고 의자의 먼지를 터는 등의 일을 자주 시켰다). 퀼트를 바르게 정리하고 잠옷을 개킨 다음 나는 창가 의자로 가서 그곳에 흩어져 있는 그림책 몇 권과 인형 집 가구를 바르게 놓았다. 자기 장난감에 손대지 말라는 조지아나의 갑작스러운 명령에 나는 하던 일을 그만두었다(작은 의자들과 거울, 요정 접시와 잔들은 그녀 소유의 물건들이었다). 달리 할 일이 없었기 때문에 나는 창문에 낀 꽃 모양의 성에에 입김을 불어서 바깥마당을 내다볼 수 있을 만큼의 공간을 만들기 시작했다. 밖은 사방이 고요했고 혹독한 서리의 영향으로 생기를 잃은 상태였다.

이 창문에서는 문지기의 오두막집과 마찻길이 보였다. 유리를 덮고 있는 나뭇잎 모양의 은색 성에를 녹여서 밖을 내다볼 수 있을 만큼의 공간을 막 만들어 낸 순간 대문이 활짝 열리고 마차 한 대가 굴러 들어왔다. 나는 마차가 길을 따라 올라오는 모습을 무심히 바라보았다. 게이츠헤드에 마차들이 자주 왔지만 내 관심을 끌 손님을 태우고 오는 마차는 하나도 없었다. 마차가 집 앞에서 멈춰 섰고 초인종이 크게 울린 다음 새로 온 사람이 안으로 맞아들여졌다. 이 모든 것이 내게는 아무 의미도 없었기 때문에 그저 멍하니 바라보고 있던 나는, 배고픈 작은 울새가 가까이 다가와 창틀 옆 담에 기대선 벌거벗은 벚나무 가지 위에 앉아 지저귀고 있는 광경에 더 강하게 끌렸다. 내가 아침 식사로 먹다 남긴 빵과 우유가 탁자 위에 놓여 있었다. 롤빵 조각을 잘게 부순 다음 창턱 위에 빵 조각을 놓아 주려고 창틀을 당겨 열고 있을 때 베시가 위층으로 뛰어 올라와서 육아실로 들어왔다.

「제인 양, 앞치마를 벗어요. 거기서 뭐하고 있는 거야? 오늘 아침에 세수는 한 거지?」 나는 새에게 빵을 주고 싶어서 대답하기 전에 창틀을 한 번 더 당겼다. 창틀이 열렸다. 나는 빵 부스러기를 석조 창턱 위에 조금, 벚나무 가지 위에 조금 뿌린 다음 창문을 닫고 대답했다.

「아니요, 베시. 이제 막 겨우 먼지 털기를 끝냈는데요.」

「골칫거리에 속 편한 아이 같으니라고! 도대체 지금 뭘 하고 있었니? 장난이라도 치고 있었던 것처럼 얼굴이 아주 벌겋네. 왜 창문을 열고 있었니?」

베시가 몹시 서둘러서 설명을 들을 시간이 없는 것처럼 보였기 때문에 나는 굳이 대답하는 수고를 덜 수 있었다. 그녀는 나를 세면대로 끌고 가서 비누와 물로 내 얼굴과 손을 인정사정없이, 그래도 다행히 잠깐 동안만 박박 문지른 다음 거친 수건으로 닦아 주었다. 그녀는 뻣뻣한 빗으로 내 머리를 빗겨 정리하고 내 앞치마를 벗기더니 서둘러 계단 꼭대기로 데려간 다음 거실에서 날 보자는 사람이 있다며 곧장 내려가라고 일러 주었다.

나는 누가 나를 보고 싶어 하는지 물어보려 했다. 리드 부인이 그곳에 있는지 물어보려 했다. 그러나 베시는 이미 그 자리를 떠나 육아실로 들어가서 문을 닫아 버린 후였다. 나는 천천히 내려갔다. 거의 석 달 동안 한 번도 리드 부인의 면전으로 불려 가본 적이 없었다. 너무 오랫동안 육아실에서만 지냈기 때문에 거실과 식당과 응접실은 내게 들어가기 싫은 끔찍한 곳이 되었다.

나는 이제 텅 빈 복도에 서 있었다. 내 앞에 응접실 문이 보였다. 나는 무섭고 떨려서 발걸음을 멈췄다. 그 시절에는 부당한 벌 때문에 생겨난 두려움으로 내가 얼마나 한심한 꼬마 겁쟁이가 되었던가! 육아실로 되돌아가기도 두려웠고 응접실을 향해 앞으로 나아가기도 두려웠다. 나는 안절부절 망설이며 10분 동안 서 있었다. 세차게 울리는 거실 종소리에 나는 결심했다. 들어가야만 했다.

〈날 보고 싶어 하는 사람이 도대체 누구지?〉 속으로 자문하면서 나는 양손으로 뻣뻣한 문손잡이를 돌렸다. 그러나 1, 2초 동안 문손잡이가 꿈쩍도 하지 않았다. 〈방 안에서 리드 외숙모 외에 어떤 사람을 보게 될까? 남자일까? 아니면 여자일까?〉 손잡이가 돌려지고 문이 열렸다. 문으로 들어서며 몸을 숙여 절을 하고 고개를 들자…… 〈검은 기둥〉이 보였다. 처음에는 양탄자 위에 똑바로 서 있는 그 곧고 가늘고 검은담비를 입은 형체가 내게는 적어도 그렇게 보였다. 맨 꼭대기에 있는 험상궂은 얼굴은 기둥머리 대신 작은 기둥 위에 올려놓은 조각 가면 같았다.

리드 부인은 평소처럼 난롯가 옆자리를 차지하고 있었다.

그녀가 내게 가까이 오라는 신호를 보냈다. 내가 다가가자 그녀가 나를 무자비한 돌 같은 그 남자에게 다음과 같이 소개했다. 「바로 이 아이 때문에 당신에게 문의를 드렸습니다.」

그는 ─ 그 사람은 남자였다 ─ 내가 서 있는 곳을 향해 천천히 고개를 돌리고 짙은 눈썹 아래서 반짝이고 있는, 캐묻는 것 같은 회색 눈으로 나를 찬찬히 살펴보더니 낮은 목소리로 엄숙하게 말했다. 「몸집이 작군요. 몇 살이죠?」

「열 살입니다.」

「그렇게 많습니까?」 그가 의심스럽다는 투로 대꾸했다. 그가 몇 분 동안 나를 자세히 더 살펴보더니 곧 말을 건넸다. 「이름이 뭐지, 꼬마 아가씨?」

「제인 에어예요.」

이 말을 하면서 나는 고개를 들었다. 내 눈에 그는 키가 커 보였다. 그러나 그때만 해도 나는 매우 어렸다. 그는 얼굴 생김새가 컸고 얼굴뿐만 아니라 골격 윤곽도 똑같이 무정하고 엄해 보였다.

「그런데 제인 에어, 너는 착한 아이니?」

나는 이 질문에 그렇다고 대답할 수가 없었다. 내 주변의 작은 세계는 정반대되는 의견을 지니고 있었다. 나는 아무 말도 하지 않았다. 리드 부인이 고개를 세게 젓는 것으로 나 대신 답을 한 다음 곧 덧붙였다. 「어쩌면 그 문제에 대해서는 말을 적게 할수록 더 좋을 겁니다, 브로클허스트 씨.」

「그런 말을 듣다니 유감입니다. 저 애와 이야기를 좀 나눠야 할 것 같습니다.」 그가 수직 상태에서 몸을 구부리며 리드 부인 맞은편의 안락의자에 앉았다. 「이리 오너라.」 그가 말했다.

나는 양탄자 위를 가로질러 걸어갔다. 그는 나를 자기 앞에 정면으로 똑바르게 세웠다. 이제는 그의 얼굴이 내 얼굴과 거의 같은 높이에 있었기 때문에 그의 얼굴이 얼마나 대단한

지 드러났다. 코도 크고, 입도 크고, 튀어나온 이빨도 얼마나 크던지!

「못된 아이를 보는 것만큼 딱한 일도 없지.」 그가 말을 시작했다. 「특히 못된 여자아이의 경우에 말이야. 나쁜 아이들이 죽어서 어디로 가는지 알고 있니?」

「지옥으로 갑니다.」 나는 그렇게 즉시, 정답을 말했다.

「그러면 지옥이 뭐지? 그것에 대해 말할 수 있니?」

「불구덩이예요.」

「그러면 너는 그 구덩이에 떨어져 거기에서 영원히 불에 타고 싶니?」

「아니요.」

「그것을 피하려면 어떻게 해야 하지?」

나는 잠깐 동안 곰곰이 생각했다. 하고 보니 내 대답은 불쾌하기 짝이 없는 것이었다. 「반드시 건강을 유지해서 죽지 말아야 합니다.」

「어떻게 건강을 유지할 수 있지? 너보다 어린아이들이 날마다 죽는데. 겨우 하루 이틀 전에도 내가 다섯 살 된 어린아이를 묻었다. 착한 아이였다. 그 애의 영혼은 지금 천국에 있다. 네가 불려 간다면 너에 대해서는 똑같은 말을 할 수 없을 것 같구나.」

그의 의심을 없애 줄 수 있는 상황이 아니었기 때문에 나는 양탄자 위에 놓인 두 개의 커다란 발 위로 시선을 내려뜨리고 그 자리에서 멀리 벗어나기를 바라며 한숨을 쉬었다.

「그 한숨이 마음에서 우러난 것이며 네 훌륭한 은인에게 폐를 끼친 데 대해 반성하는 마음에서 나온 것이기를 바란다.」

〈은인? 은인이라고?〉 나는 마음속으로 말했다. 〈사람들은 모두 리드 부인을 은인이라고 하는데 그렇다면 은인이라는 건 기분 나쁜 것임에 틀림없어.〉

「아침저녁으로 기도를 올리니?」 내 심문자가 계속 물었다.

「네.」

「성서도 읽고?」

「가끔요.」

「기쁜 마음으로 읽니? 성서 읽는 것을 좋아하니?」

「요한의 묵시록과 다니엘, 창세기와 사무엘, 출애굽기 조금하고 열왕기와 역대기, 욥기와 요나 중에서 몇 군데를 좋아해요.」

「그리고 시편은? 네가 그걸 좋아하면 좋겠는데.」

「안 좋아해요.」

「안 좋아한다고? 저런, 놀랍구나. 나한테 어린 아들이 있는데 너보다 어리다. 그 애는 시편을 여섯 편이나 외운단다. 그 애에게 생강 비스킷하고 시편 중에서 고르라고 하면 그 애가 그런단다. 〈아, 시편요. 천사들은 시편을 노래해요. 저는 여기 하늘 아래에서 작은 천사가 되고 싶어요.〉 그러면 그 애는 아이임에도 불구하고 돈독한 신앙심을 가진 것에 대해 비스킷 두 개로 보상을 받는단다.」

「시편은 재미없어요.」 내가 말했다.

「그게 바로 네 마음씨가 나쁘다는 것을 보여 주는 증거다. 그것을 바꾸려면 하느님께 기도해야만 한다. 새롭고 깨끗한 사람이 되기 위해, 돌 같은 네 심장을 버리고 살로 된 심장을 갖기 위해서 말이다.」

심장을 바꾸는 수술을 어떤 식으로 실시할 것인가에 대해 내가 막 질문을 제기하려는 순간 리드 부인이 끼어들어서 내게 자리에 앉으라고 말했다. 그런 다음 그녀가 직접 대화를 끌고 나가기 시작했다.

「브로클허스트 씨, 제가 삼 주 전 보낸 편지에서 말씀드렸듯이 이 아이는 제가 바라는 성격과 성질을 전혀 지니고 있지 않아요. 당신이 이 아이를 로우드 학교에 받아주신다면, 교장 선생님과 다른 선생님들께 이 아이를 엄격하게 감시하고 무엇보다 최악의 결점인 남을 속이는 버릇을 잘 감시해 달라고 요청해 주시면 감사하겠습니다. 네가 브로클허스트 씨를 속이려 들지 못하게 네가 직접 듣는 자리에서 이 말을 하는 것이다.」

내가 리드 부인을 무서워하고 그녀를 싫어하는 것은 당연했다. 내게 잔인하게 상처를 주는 것이 그녀의 본성이기 때문이었다. 아무리 신경 써서 그녀의 말에 복종하고, 그녀의 마음에 들기 위해 아무리 열심히 노력해도 내 노력은 여전히 수포가 되거나 위와 같은 말로 보답을 받았다. 지금 낯선 사람 앞에서 그런 비난을 듣자 마음이 쓰라렸다. 그녀가 내게 새로운 생활을 시작하게 해놓고는 벌써 그것으로부터 희망을 없애 버리려 하고 있다는 느낌이 어렴풋이 들었다. 말로 표현할 수는 없다 해도 그녀가 내 앞길에 혐오와 매정함의 씨앗을 뿌리고 있다는 것이 느껴졌다. 나는 브로클허스트 씨가 보는 앞에서 교활하고 유해한 아이로 바뀌어 버렸다. 어떻게 하면 그 상처를 치유할 수 있을까?

〈실제로 아무것도 없어.〉 나는 터져 나오려는 흐느낌을 참으려고 애쓰면서 내 고통의 무기력한 증거인 눈물방울을 서둘러 닦으며 생각했다.

「사실 속임수는 어린아이에게는 딱한 결점이죠.」 브로클허스트 씨가 말했다. 「그것은 거짓말을 하는 것과 비슷합니다. 그리고 모든 거짓말쟁이의 운명은 불과 유황으로 불타는 구렁에 빠지는 겁니다. 그렇지만 저 애를 잘 감시하라고 시키겠습니다, 리드 부인. 템플 선생과 다른 선생들에게 지시해 놓겠습니다.」

「저는 저 아이가 장래의 가망에 맞게, 쓸모 있고 겸손한 사람이 되도록 교육을 받길 바랍니다.」 내 은인이 계속했다. 「그리고 방학에 대해 말씀드리자면 저 아이를 방학 때에도 계속 로우드에서 지내게 해주시면 좋겠어요.」

「정말 현명하신 결정을 하셨습니다, 부인.」 브로클허스트 씨가 대답했다. 「겸손함은 기독교인의 미덕입니다. 특히 로우드 학생들에게 적합한 미덕이죠. 그래서 저는 학생들이 그 미덕을 함양시킬 수 있게끔 특별한 관심을 기울이도록 감독하고 있습니다. 저는 어떻게 하면 오만함이라는 세속적인 감정을 학생들에게서 가장 잘 억제시킬 수 있을지 고심했습니다. 그리고 불과 며칠 전에 제가 성공했다는 것을 보여 주는 기분 좋은 증거를 얻었습니다. 제 둘째 딸인 오거스타가 자기 어머니와 함께 학교를 방문했다가 돌아오자마자 외치더군요. 〈아, 친애하는 아버지. 로우드 여학생들 모두가 너무나 조용하고 소박해 보였어요. 모두 머리는 빗어서 귀 뒤로 넘기고, 긴 앞치마를 입고, 외투 밖에 그 작은 삼베 주머니를 달고 있는 모습이 흡사 가난한 집 아이들처럼 보였어요.〉 그 애가 그러더군요. 〈한 번도 비단 옷을 구경해 본 적이 없는 것처럼 제 옷과 엄마 옷을 쳐다보았어요.〉」

「이것이야말로 제가 진정 바라는 상태예요.」 리드 부인이 대꾸했다. 「온 영국을 뒤졌더라도 제인 에어 같은 아이한테 더 딱 들어맞는 학교를 찾아낼 수 없었을 거예요. 친애하는 브로클허스트 씨. 일관성 말이에요, 저는 모든 일에 일관성이 있어야 한다고 생각해요.」

「부인, 일관성이야말로 기독교인의 의무 중 으뜸이지요. 그리고 그것은 로우드 학교와 연관된 모든 면에서 준수되어 왔습니다. 소박한 음식과 검소한 복장, 투박한 시설, 강건하고 적극적인 습관. 그것이 기숙사와 기숙사에서 거주하는 학생들의 일과 체제입니다.」

「정말 지당하신 말씀입니다. 그렇다면 이 아이를 로우드의 학생으로 받아들여 그곳에서 저 애의 처지와 장래 전망에 맞게 훈련을 시켜 주실 거라 믿어도 되겠죠?」

「부인, 그러셔도 됩니다. 저 애를 선택된 식물들[12]의 온상에 넣도록 하겠습니다. 그리고 저 애가 그런 선택을 받은 것의 헤아릴 수 없는 특권에 대해 감사를 표하리라고 믿습니다.」

「그렇다면 최대한 빨리 저 애를 보내도록 할게요, 브로클허스트 씨. 분명히 말씀드리지만 점점 더 넌더리가 나는 책임에서 하루빨리 벗어나고 싶으니까요.」

「물론이지요. 당연합니다, 부인. 이제 그만 작별을 고해야겠습니다. 저는 일이 주 후에 브로클허스트관으로 돌아갑니다. 친한 친구인 부감독이 절 빨리 떠나지 못하게 잡는군요. 저 아이를 받아들이는 데 아무 어려움이 없도록 템플 선생에게 신입생이 갈 것이라고 통지를 보내겠습니다. 안녕히 계십시오.」

「안녕히 가세요, 브로클허스트 씨. 부인과 큰따님께도 안부 전해 주세요. 오거스타와 시어도어, 브루턴 브로클허스트 도련님에게도요.」

「그러겠습니다, 부인. 꼬마 아가씨, 여기 『어린이 지침서 *Child's Guide*』[13]가 있다. 기도하면서 읽어 보아라. 특히 〈거짓말과 속임수에 중독된 못된 아이, 마르타 G의 매우 갑작스러운 죽음에 대한 이야기〉 부분을 읽어 보렴.」

이 말과 함께 브로클허스트 씨는 표지가 달린 얇은 소책자

---

12 칼뱅주의식 표현으로, 선택된 사람들만이 구원을 받을 수 있다고 간주되었다.

13 카루스 윌슨은 『어린이들의 친구』라는 잡지를 냈다. 그가 천명한 목적은 아주 어린 아이들에게 하느님을 알고 사랑하는 법을 가르치는 것이었지만 영원한 지옥불의 위험을 주로 강조했다.

한 권을 내 손에 쥐여 주었다. 마차를 대령했다는 종소리가 울리자 그는 떠났다.

리드 부인과 나 단둘만 남았다. 몇 분 동안 침묵이 흘렀다. 그녀는 바느질을 하고 있었다. 나는 그녀를 바라보고 있었다. 리드 부인은 그 당시 서른예닐곱 살 정도였다. 그녀는 체격이 건장하고 각진 어깨에 팔다리가 튼튼했다. 키가 크지 않았고 비만은 아니었지만 뚱뚱했다. 얼굴은 상당히 컸고 아래턱 부분이 매우 발달해서 무척 튼튼해 보였다. 이마는 낮았고 턱은 크고 튀어나왔으며 입과 코는 그런대로 보통 크기였다. 옅은 눈썹 아래에서 동정심이라고는 눈곱만큼도 없는 눈이 반짝였다. 또한 피부는 거무스름하고 칙칙했으며 머리는 거의 담황 갈색에 가까웠다. 그리고 체격은 매우 건장해서 병이 그녀 근처에는 얼씬도 하지 못할 것처럼 보였다. 그녀는 정확하고 유능한 관리자였으며 집안의 식솔과 소작인을 철저하게 관리했다. 자식들은 매우 이따금씩 그녀의 권위에 맞섰고 그것을 조롱했다. 그녀는 옷을 잘 입었고 멋진 옷을 돋보이기에 적합한 풍채와 외양을 지니고 있었다.

그녀의 안락의자에서 몇 야드 떨어진 낮은 스툴에 앉아 나는 그녀의 모습과 얼굴을 뜯어보았다. 내 손에는 거짓말쟁이의 갑작스러운 죽음을 이야기한 작은 책이 들려 있었다. 적절한 경고로 읽어 보도록 권유받은 책이었다. 방금 전에 일어난 일, 리드 부인이 나에 대해 브로클허스트 씨에게 한 말, 그들이 나눴던 대화의 내용이 전부 생생하게 내 마음속에서 아프게 찔러 대고 있었다. 그들의 말 한마디 한마디를 분명하게 들었고 그 한마디 한마디에 마음이 쓰렸었다. 그러자 다시 마음속에서 울컥하고 분노가 치밀어 올랐다.

리드 부인이 바느질을 멈추고 고개를 들었다. 그녀의 시선이 못 박힌 듯 나를 빤히 바라보았고 동시에 그녀의 손가락들도 날렵한 움직임을 멈췄다.

「방에서 나가라. 육아실로 돌아가.」 그녀가 명령을 내렸다. 내 표정이나 다른 뭔가에 기분이 상한 것이 분명했다. 그녀는 무척 화가 났음에도 불구하고 그것을 애써 억누르며 말했다. 나는 일어나 문으로 갔다가 다시 돌아서서 창문 쪽으로 걸어 가서는 방을 가로질러 그녀에게 가까이 다가갔다.

나는 반드시 말해야만 했다. 나는 심하게 짓밟혔고 반드시 보복을 해야 했다. 그렇지만 어떻게 해야 할까? 적대자에게 앙갚음해 줄 힘이 내게 남아 있었던가? 나는 젖 먹던 힘까지 다 끌어모아 퉁명스럽게 그것을 쏟아부었다.

「나는 사람을 속이지 않아요. 만약 그랬다면 외숙모를 사랑한다고 말할 거예요. 그런데 분명히 말하지만 나는 외숙모를 사랑하지 않아요. 존 리드 빼놓고 외숙모를 세상에서 그 누구보다도 가장 끔찍하게 싫어해요. 그리고 거짓말쟁이에 관한 이 책은 외숙모 딸인 조지아나에게 주세요. 거짓말하는 사람은 내가 아니라 그 애니까요.」

리드 부인의 두 손은 여전히 바느질감 위에 꼼짝도 하지 않은 채 놓여 있었다. 얼음 같은 그녀의 눈이 계속 내 눈을 차갑게 쏘아보았다.

「더 할 말이 남았니?」 그녀는 아이가 아니라 어른 나이의 적수에게 말할 때나 쓸 법한 어조로 물었다.

그녀의 그 눈빛과 목소리에 내가 품고 있던 모든 반감이 흔들렸다. 머리부터 발끝까지 온몸이 떨리면서 억제할 수 없는 흥분에 사로잡혀 나는 말을 계속했다.

「당신이 나랑 아무 관련 없는 사람이라 다행이에요. 내가 살아 있는 동안 다시는 외숙모라고 부르지 않을 거예요. 커서도 절대 만나러 오지 않을 거예요. 그리고 혹시 누군가가 외숙모를 얼마나 좋아했고 어떤 대접을 받았느냐고 묻는다면 생각만 해도 구역질이 나고 날 지독하게 구박했다고 말해 줄 거예요.」

「어떻게 감히 그런 말을 하느냐, 제인 에어?」

「어떻게 감히냐고요, 리드 부인? 어떻게 감히냐고 그랬어요? 그게 사실이니까요. 내가 아무 감정도 없는 줄 알아요? 눈곱만큼의 사랑이나 친절함 없이도 내가 살 수 있는 사람이라고 생각해요? 나는 그렇게는 살 수 없어요. 당신은 인정머리라고는 눈을 씻고 찾으려야 찾을 수가 없어요. 당신이 어떤 식으로 나를 붉은 방에 처넣었는지, 얼마나 거칠고 난폭했는지, 내가 괴로움과 고통으로 숨이 막혀서 〈자비를 베풀어 주세요! 절 용서해 주세요! 리드 외숙모님!〉 하고 울부짖었음에도 불구하고 어쩜 그렇게도 매정하게 나를 그곳에 가둬 둘 수 있었는지 죽는 날까지 잊지 않을 거예요. 그리고 당신이 내게 내린 벌은 고약한 당신의 아들이 아무 이유 없이 나를 때리고 넘어뜨렸기 때문이었어요. 누가 물으면 이 이야기를 그대로 해줄 거예요. 사람들은 당신이 착한 사람이라고 생각하지만 당신은 못되고 모진 사람이에요. 당신이야말로 거짓말쟁이라고요.」

이 말을 다 끝내기도 전에 내 마음은 지금까지 느껴 보지 못한 야릇한 자유와 승리감으로 부풀어 오르고 후련해지기 시작했다. 보이지 않는 굴레가 떨어져 나가고 생각지도 않았던 자유 속으로 헤치고 들어간 느낌이었다. 아무 이유 없이 이런 감정이 생겨난 것은 아니었다. 리드 부인이 겁을 먹은 것 같았다. 그녀의 바느질감이 무릎에서 미끄러져 떨어졌다. 그녀가 양손을 들어 올리고 몸을 앞뒤로 흔들면서 마치 울음이라도 터뜨릴 듯이 얼굴을 찡그리기까지 했다.

「제인, 네가 잘못 생각하고 있는 것 같구나. 도대체 무슨 일이니? 왜 그렇게 심하게 몸을 떠는 거니? 물 좀 마실래?」

「아니요, 리드 부인.」

「달리 더 원하는 건 없니, 제인? 다시 말하지만 나는 네 친구가 되고 싶다.」

「당신하고는 친구가 되고 싶지 않아요. 당신은 브로클허스트 씨에게 내 성격이 고약하고 남을 속이는 성향이 있다고 말했어요. 로우드의 모든 사람에게 당신이 어떤 사람인지, 당신이 무슨 짓을 했는지 말해 줄 거예요.」

「제인, 네가 뭘 잘 몰라서 그러는 모양인데, 아이들한테는 잘못된 점이 있으면 반드시 고쳐 줘야 하는 거야.」

「속이는 것은 내 결점이 아니에요.」 내가 격렬하고 높은 목소리로 외쳤다.

「그렇지만 너는 걸핏하면 욱하고 성을 내잖니, 제인. 그건 너도 인정해야지. 자, 이제는 육아실로 돌아가렴. 자, 착하지, 잠깐 누워 있으렴.」

「내가 착하다고요? 누워 있을 수가 없어요. 바로 학교로 보내 줘요, 리드 부인. 여기서 살고 싶지 않으니까요.」

「그렇지 않아도 저 앨 곧 학교에 보낼 작정이었는데.」 리드 부인이 낮은 소리로 중얼거렸다. 그녀는 바느질감을 모아 방에서 급히 나가 버렸다.

나는 그곳에서 혼자 전투의 승자로 남았다. 그것은 가장 힘든 전투였고 내가 얻은 최초의 승리였다. 나는 브로클허스트 씨가 서 있었던 양탄자 위에 한동안 서서 정복자의 고독을 만끽했다. 처음에는 혼자 미소를 지으며 우쭐해 했다. 그러나 이런 격렬한 기쁨은 빠르게 뛰고 있던 맥박의 고동만큼 빠른 속도로 가라앉았다. 내가 그랬던 것처럼 어린애가 어른과 맞서 싸우고 격렬한 감정을 아무렇게나 폭발시키고 나면 결국에는 고통스러운 후회와 오싹한 반작용을 겪게 되는 법이다. 리드 부인을 비난하고 위협하던 내 마음을 적절히 비유하자면 그것은 번득이며 활활 타오르면서 모든 것을 삼켜 버리는 불붙은 히스 언덕과 같았으리라. 불꽃이 잦아든 후 새까맣게 변한 언덕의 모습은 반 시간 동안 조용히 반성을 하고 나서 내 행동이 얼마나 무모했으며 미움받고 미워하는 내 처지가 얼마나 처량한지 깨달았을 때의 내 심정을 똑같이 적절하게 나타내 주었을 것이다.

복수라는 것을 나는 처음으로 맛보았다. 향기로운 포도주처럼 그것을 마시고 나자 따뜻하고 독특한 맛이 났다. 그러나 금속성의, 살을 파고드는 것 같은 뒷맛은 마치 독을 마신 듯이 느껴졌다. 나는 기꺼이 리드 부인에게 가서 용서를 구하고 싶었다. 그러나 그렇게 하면 그녀가 나를 두 배로 경멸하면서 혐오하게 될 뿐이고 결국에는 내 천성의 온갖 거친 충동이 다시 흥분하게 되리라는 것을 나는 반은 경험을 통해서, 반은 본능적으로 알고 있었다.

나는 거친 말을 내뱉기보다 더 나은 정신력을 발휘하고 싶었다. 심한 분노의 감정보다 덜 험악한 감정을 기를 수 있는 자양분을 찾고 싶었다. 책을 한 권 ─ 아라비아 이야기책[14] ─ 집어 들고 앉아서 그것을 읽으려고 애썼다. 그러나 책의 내용이 전혀 머리에 들어오지 않았다. 온갖 생각이 나 자신과 이전에는 대개 매혹적이라고 여겨졌던 지면 사이에서 계속 넘실거렸다. 거실의 유리문을 열었다. 관목 숲은 매우 고요했다. 태양이나 미풍에 녹은 곳 없이 검은 서리가 땅 위를 온통 뒤덮고 있었다. 나는 프록의 치맛자락으로 머리와 팔을 감싼 다음 수확하고 난 뒤 텅 빈 농장으로 나갔다. 그러나 조용한 나무들과 떨어져 있는 전나무 솔방울들, 지나간 바람에 무더기로 휩쓸렸다가 지금은 함께 굳어 있는, 얼어붙은 가을의 유물인 적갈

14 『아라비안나이트』나 『램프의 요정』.

색 잎들에서 아무런 기쁨을 발견할 수가 없었다. 나는 대문에 기대서 풀을 뜯는 양 떼도 없이 짧은 풀이 시들어 하얗게 바랜 텅 빈 들판을 바라보았다. 날이 매우 흐렸다. 〈곧 눈이라도 펑펑 쏟아질 것 같은〉 매우 우중충한 하늘이 모든 것을 덮고 있었다. 그때부터 이따금씩 눈발이 하늘에 비치더니 얼어붙은 길과 희끗희끗한 풀밭 위로 내려앉아 녹지 않았다. 나는 정말로 참담함을 느끼며 그곳에 서서 계속 나 자신에게 속삭였다. 〈어떻게 하지? 어떻게 해야 할까?〉

갑자기 나를 부르는 소리가 똑똑히 들려왔다. 「제인, 어디 있니? 점심 먹으러 와.」

베시였다. 나는 분명 듣고 있었지만 꼼짝도 하지 않았다. 그녀가 가벼운 발걸음으로 경쾌하게 길을 따라 걸어왔다.

「못된 말썽꾸러기 같으니라고!」 그녀가 말했다. 「부르는 소리를 듣고도 왜 안 오는 거니?」

비록 그녀가 평소처럼 기분이 약간 언짢아 있었다 해도 내가 그동안 하고 있던 생각과 비교하면 베시의 존재는 기분 좋았다. 사실 리드 부인과 싸워서 이기고 난 후라 베시의 일시적인 짜증에 크게 신경 쓰고 싶지 않은 기분이었다. 오히려 나는 그녀의 발랄하고 밝은 기분을 즐기고 싶었다. 나는 양팔로 그녀를 감싸며 말했다. 「가요, 베시! 야단치지 말아요.」

그 행동은 평소의 내 어떤 모습보다도 더 솔직하고 대담했다. 어쩐 일인지 그녀가 이에 기분이 좋아진 듯했다.

「정말 이상한 아이야, 제인 양은.」 그녀가 나를 내려다보면서 말했다. 「망아지처럼 혼자 이리저리 헤매고 다니고. 그런데 곧 학교에 가는 거지?」

내가 고개를 끄덕였다.

「불쌍한 베시랑 헤어지는 것이 섭섭하지 않아?」

「베시가 날 신경이나 쓰나요? 맨날 혼내기만 하잖아요.」

「그거야 네가 정말로 이상하고 겁에 질린 숫기 없는 꼬마니까 그렇지. 더 배짱이 있어야지.」

「아이고, 그러다 더 두들겨 맞으라고요?」

「말도 안 돼. 그렇지만 네가 약간 심하게 구박을 받고 있는 건 확실해. 지난주에 우리 어머니가 날 보러 와서는 그러셨어. 당신 자식이 너 같은 처지가 되길 바라진 않으신다고. 자, 들어가자. 좋은 소식이 있어.」

「그럴 것 같지 않은데요, 베시.」

「애! 그게 무슨 말이야? 그렇게 슬픈 눈으로 날 쳐다보다니! 그런데 마님이랑 아가씨들과 존 도련님은 오늘 오후에 차 마시러 외출하실 거야. 너는 나랑 차를 마시자. 요리사에게 너를 위해 작은 케이크를 구워 달라고 부탁할 거야. 그런 다음에 네 장롱 정리하는 걸 좀 도와주렴. 곧 네 짐을 싸야 하니까. 마님은 너를 하루나 이틀 후에 게이츠헤드에서 떠나보낼 작정이셔. 가져가고 싶은 장난감은 다 가져가도 돼.」

「베시, 내가 떠날 때까지 야단치지 않겠다고 약속해 줘요.」

「아, 그러마. 그렇지만 네가 굉장히 착한 아이라는 걸 명심해라. 날 무서워하지 말고. 혹시라도 내가 좀 날카롭게 굴 때는 말대꾸를 하지 마. 그게 얼마나 화를 돋우는지 몰라.」

「베시, 다시는 무서워하지 않을 것 같아요. 이제는 베시한테 익숙해졌으니까요. 아마 곧 다른 사람들을 무서워하게 될 거예요.」

「네가 그 사람들을 무서워하면 그들이 널 싫어할 거야.」

「베시가 그러는 것처럼요?」

「나는 널 싫어하지 않아. 다른 아이들보다 널 더 좋아한다고 생각하는데.」

「그런 표시를 한 적이 없잖아요.」

「눈치는 빨라가지고. 그런데 네 말투가 많이 달라졌구나.

어떻게 그렇게 용감하고 대담해졌지?」

「아, 곧 베시에게서 멀리 떠날 테고 또…….」 나는 나와 리드 부인 사이에 벌어진 일에 대해 말하려다가 한 번 더 생각해 보고 그 문제에 대해서는 아무 말도 하지 않는 편이 나을 것 같다고 판단했다.

「그래서 나와 헤어지게 되니까 시원하니?」

「전혀요, 베시. 사실 지금은 살짝 섭섭해요.」

「지금은 살짝이라고! 우리 꼬마 아가씨는 어쩌면 이렇게 쌀쌀하게 말을 하는지! 내가 키스해 달라고 하면 분명히 넌 안 해줄 거야. 안 하고 싶은 마음이 살짝 든다고 말이야.」

「키스해 줄게요, 기꺼이. 고개를 숙여 봐요.」 베시가 몸을 수그렸다. 우리는 서로 포옹했고 나는 편안해진 마음으로 그녀를 따라 집으로 들어갔다. 그날 오후는 평화롭고 조화롭게 지나갔다. 밤에는 베시가 가장 재미있는 이야기를 들려주고 가장 달콤한 노래를 불러 주었다. 내게도 햇살처럼 환한 때가 있었다.

제5장

　1월 19일 아침, 채 5시가 되기도 전에 베시가 내 방으로 촛불을 들고 왔을 때 나는 이미 일어나서 옷을 다 차려입고 있었다. 나는 그녀가 들어오기 반 시간 전에 일어나서 침대 옆의 좁은 창문을 통해 흘러 들어오는, 막 지고 있는 반달의 달빛에 의지해 세수를 하고 옷을 입었다. 그날 아침 6시에 나는 문지기의 집 앞을 지나가는 마차를 타고 게이츠헤드를 떠나기로 되어 있었다. 잠자리에서 일어난 사람은 베시뿐이었다. 그녀는 육아실의 난롯불을 켜고 그곳에서 내 아침밥을 만들기 시작했다. 여행 생각에 들떠 있을 때 밥을 먹을 수 있는 아이는 거의 없다. 나도 밥을 먹을 수가 없었다. 베시가 나를 위해 준비한 끓인 우유 몇 숟가락과 빵을 권해 보았지만 소용이 없자 종이에 비스킷을 몇 개 싸서 내 가방에 넣어 주었다. 그런 다음 내게 긴 외투를 입히고 보닛을 씌워 주고는 자신도 숄로 몸을 감싸고서 함께 육아실을 나왔다. 리드 부인의 침실을 지날 때 그녀가 물었다. 「들어가서 마님께 작별 인사를 드릴 거니?」

　「아니요, 베시. 어젯밤 베시가 저녁 식사를 하러 간 동안 외숙모가 내 방에 들르셔서 아침에 외숙모나 사촌들을 깨우지 말라고 하셨어요. 외숙모는 자기가 나의 가장 친한 친구였다는 것을 기억하고 남들에게 그렇게 말하고 감사해야 한다고 말씀하셨어요.」

「그래서 뭐라고 했는데?」

「아무 말도 안 했어요. 이불로 얼굴을 감싸고 벽 쪽으로 돌아누워 버렸어요.」

「그건 잘못했네, 제인 양이.」

「정말 잘한 거예요, 베시. 당신의 마님은 내 친구가 아니라 내 적이었어요.」

「제인 양! 그렇게 말하면 안 돼!」

홀을 지나 현관문을 나왔을 때 내가 외쳤다. 「게이츠헤드, 잘 있어!」

달이 져서 매우 깜깜했다. 베시가 들고 온 등불에 막 녹아서 젖은 계단과 질퍽한 자갈길이 살짝 보였다. 겨울 새벽은 으스스하고 쌀쌀했다. 마찻길로 서둘러 내려갈 때 이가 덜덜 떨렸다. 문지기의 오두막집에 불이 하나 켜져 있었다. 우리가 도착하자 문지기의 아내가 막 난롯불을 지피고 있었다. 전날 저녁 미리 내려다 놓은 내 짐 가방이 문간에 끈으로 묶인 채 세워져 있었다. 6시까지 몇 분밖에 남지 않았다. 6시가 되자마자 멀리서 바퀴 구르는 소리가 들려서 마차가 오고 있음을 알 수 있었다. 나는 문으로 가서 마차의 불빛이 어둠 속을 뚫고 빠르게 다가오는 것을 바라보았다.

「저 애 혼자 가는 거예요?」 문지기의 아내가 물었다.

「네.」

「얼마나 가야 하는데요?」

「50마일이래요.」

「정말 먼 길이네요! 리드 부인은 저 애 혼자 그 먼 곳에 맡기는 게 걱정도 안 되나 봐요.」

마차가 멈춰 섰다. 손님들을 태우고서 네 필의 말이 끄는 마차가 문 앞에 서 있었다. 차장과 마부가 빨리 타라고 큰 소리로 재촉했다. 짐 가방이 올려졌다. 베시의 목에 매달려 키스를 하던 나는 억지로 떼내졌다.

「제발 그 애를 잘 보살펴 주세요.」 그녀가 나를 안으로 들어 올리는 차장에게 소리쳤다.

「네, 네!」 차장이 대답했다. 그가 문을 탁 하고 치자 〈출발!〉하고 외치는 소리가 들렸다. 그렇게 나는 베시와 게이츠헤드로부터 떨어져서 알 수 없는, 그래서 그 당시만 해도 내가 머나먼 신비스러운 곳으로 간주했던 어딘가를 향해 쏜살같이 실려갔다.

여행에 대해서는 기억나는 것이 별로 없다. 하루가 이상하게 길게 느껴졌고 수백 마일의 길을 달린 듯했던 기분만 기억난다. 여러 도시를 지났고 꽤 큰 도시에서 마차가 멈춰 섰다. 말들이 마차에서 풀렸고 승객들은 식사를 하기 위해 내렸다. 나는 여관으로 안내되었다. 차장이 내게 식사를 좀 하라고 권했다. 그러나 내가 식욕이 전혀 없었기 때문에 그는 나를 커다란 방에 남겨 두고 갔다. 방 안 양쪽 끝에 난로가 놓여 있었고 천장에는 샹들리에가 달려 있었다. 벽의 높은 곳에는 악기로 가득 찬 빨간색 작은 발코니가 있었다. 방 안을 오랫동안 이리저리 서성거리다 보니 이상한 기분이 들면서 누군가가 날 유괴해 갈지도 모른다는 걱정이 생겼다. 나는 유괴범이 있다고 믿고 있었다. 베시가 난롯가에서 들려준 이야기에 유괴범들이 아이들을 잡아다 부려 먹는다는 내용이 자주 등장했기 때문이다. 마침내 차장이 돌아왔다. 다시 나는 마차에 태워졌고 내 보호자가 자기 자리에 올라타서 힘없이 울리는 뿔피리를 불자 우리는 L 시의 자갈길 위로 덜거덕거리며 출발했다.

그날 오후에는 비가 내리고 안개가 약간 끼기 시작했다. 석양이 가까워지자 게이츠헤드에서 매우 멀어지고 있다는 느낌이 들기 시작했다. 마차는 더 이상 읍을 지나지 않았다. 시골 풍경이 달라지기 시작했다. 큰 잿빛 언덕들이 지평선 위로 높이 솟아올라 있었다. 황혼이 깊어 갈 무렵 우리는 숲 때문에 깜깜해진 계곡을 따라 내려갔다. 밤이 되어 전망이 흐려지고 나서 한참이 지나자 나무들 사이로 빠르게 불어오는 거친 바람 소리가 들려왔다.

그 소리에 마음이 진정된 나는 마침내 잠이 들었다. 그러나 막 선잠이 들려는 순간 갑자기 마차가 멈춰 서는 바람에 잠에서 깨고 말았다. 마차 문이 열리자 하녀처럼 보이는 사람이 문 앞에 서 있었다. 등잔불 빛에 그녀의 얼굴과 옷이 보였다.

「제인 에어라는 여자 아이가 타고 있어요?」 그녀가 물었다. 〈네.〉 하고 대답하자 나는 곧 마차에서 내려졌다. 내 짐 가방을 내려놓은 다음 마차는 즉시 떠났다.

오랫동안 앉아 있었던 탓에 온몸이 뻣뻣했고 마차 소리와 움직임에 정신이 없었다. 나는 정신을 가다듬고 주변을 둘러보았다. 비바람과 어둠이 사방에 가득했다. 그러나 곧 눈앞에 담장과 담장 안으로 들어가는 문이 열려 있는 모습이 희미하게 보였다. 나는 새 안내인과 함께 이 문을 지나갔다. 안으로 들어서자 그녀가 문을 닫고 잠갔다. 창문이 많이 나 있고 몇몇 창에는 불이 켜져 있는 집이, 아니 집들이 — 건물이 멀리까지 펼쳐져 있었기 때문에 — 보였다. 우리는 빗물을 튀기며 넓은 자갈길을 따라 올라가서 집 안으로 들어갔다. 하녀는 복도를 지나 난롯불이 타고 있는 방으로 안내한 다음 나를 혼자 두고 가버렸다.

나는 서서 불을 쪼이며 언 손을 녹인 다음 방 안을 둘러보았다. 촛불이 켜 있지 않았지만 난로에서 나오는 희미한 불빛을 통해 이따금씩 벽지 바른 벽과 양탄자, 커튼과 반짝이는 마호가니 가구가 보였다. 게이츠헤드의 응접실만큼 넓거나 화려하진 않았지만 상당히 편안한 거실이었다. 내가 벽에 걸린 그림의 주제를 알아내려고 고민하고 있을 때 문이 열리고 등불을 든 사람이 들어왔다. 또 한 사람이 그 뒤를 바싹 따라왔다. 첫 번째 사람은 검은 머리와 검은 눈에 이마가 창백하고 넓은, 키가 큰 숙녀였다. 몸매는 부분적으로 숄로 감싸고 있었고 근엄한 얼굴에 자세가 곧았다.

「어린아이를 이렇게 혼자 보내다니.」 그녀가 탁자 위에 촛불을 내려놓으며 말했다. 그녀는 1, 2분 동안 나를 찬찬히 뜯어보더니 덧붙였다.

「빨리 잠자리에 들게 하는 편이 낫겠어요. 피곤해 보이네요. 피곤하니?」 그녀가 내 어깨에 손을 올려놓으며 물었다.

「조금요.」

「그리고 배도 고플 거에요, 틀림없이. 재우기 전에 저녁을 먹이도록 해요, 밀러 선생님. 부모님 곁을 떠나 학교에 온 게 이번이 처음이니, 꼬마야?」

나는 부모님이 안 계시다는 것을 그녀에게 설명했다. 그녀는 부모님이 돌아가신 지 얼마나 되는지 물었고 다음에는 나이와 이름, 글을 읽고 쓸 줄 아는지, 바느질을 할 줄 아는지 물었다. 그런 다음 집게손가락으로 내 뺨을 부드럽게 어루만지며 〈착한 아이가 되길 바란다〉라고 말하고는 나를 밀러 선생님과 함께 내보냈다.

나와 헤어진 숙녀는 스물아홉 살 정도 되어 보였고 나와 함께 방을 나온 숙녀는 몇 살 더 어려 보였다. 첫 번째 숙녀는 목소리와 표정과 분위기로 내게 깊은 인상을 심어 주었다. 밀러 선생님은 더 평범했다. 근심 걱정으로 얼굴은 여위었지만 혈색은 좋아 보였다. 항상 가까이에 해야 할 일이 쌓여 있는 사람처럼 걸음걸이와 행동이 빨랐다. 그녀는 보조 교사처럼 보였는데 나중에 알고 보니 실제로 그랬다. 그녀에게 이끌려서 나는 불규칙하게 지어진 큰 건물의 여러 방과 복도를 지났다. 마침내 우리가 지나온 건물 곳곳에 감돌던, 약간은 무시무시한 정적으로부터 벗어나자 윙윙거리는 목소리들이 들려왔다. 우리는 곧 양쪽 가장자리마다 두 개씩 엄청나게 많은 탁자들이 늘어선 넓고 길쭉한 방에 들어섰다. 탁자 위에는 촛불이 하나씩 켜져 있었고 아홉이나 열 살에서 열두 살에 이르는, 나이가 제각각인 여자아이들이 긴 의자에 빙 둘러앉아 있었다. 희미한 촛불 빛으로 보이는 그들의 수는 실제로는 80명을 넘지 않았지만 내게는 셀 수 없을 만큼 많아 보였다. 그들 모두 이상한 모양의 갈색 모직 옷을 입고서 하나같이 긴 리넨 앞치마를 두르고 있었다. 자습 시간이었고 그들은 내일 공부할 것을 열심히 외우고 있었다. 내 귀에 들리는 윙윙거리는 소리는 그들이 소리 죽여 암송하는 소리가 합쳐져서 만들어 낸 결과였다.

밀러 선생님이 내게 문 옆의 긴 의자에 앉으라고 손짓을 하고는 긴 방의 안쪽 끝으로 걸어가서 큰 소리로 말했다.

「반장들! 교재를 모아서 치워요!」

각 탁자에서 키 큰 여학생 네 명이 일어나 돌아다니며 책들을 모아 치웠다. 밀러 선생님이 다시 명령을 내렸다.

「반장들! 저녁 식사 접시를 가져와요!」

키 큰 여학생들이 나가서 무엇인지는 잘 모르겠지만 일인분씩 음식이 담겨 있고 한가운데에 물 주전자와 잔이 놓인 접시를 하나씩 들고 곧 돌아왔다. 일인분씩 음식이 돌려졌다. 잔이 공용이었기 때문에 물을 마시고 싶은 사람은 한 모금씩 물을 마셨다. 내 차례가 되었을 때 나는 목이 말라서 물을 마셨다. 그러나 흥분과 피로로 인해 음식을 먹을 수가 없었기 때문에 음식에는 손도 대지 않았다. 그런데 그제야 나는 그것이 얇은 귀리 빵을 잘게 썰어 놓은 것임을 알았다.

식사가 끝나고 밀러 선생님이 기도를 드렸다. 모든 반이 둘씩 줄을 지어 위층으로 올라갔다. 이제는 피곤함에 지쳐서 나는 침실이 교실처럼 굉장히 길다는 것 말고는 어떻게 생긴 방인지 거의 알아차리질 못했다. 오늘 밤 나는 밀러 선생님과 같은 침대에서 잘 예정이었다. 내가 옷 벗는 것을 선생님이 도와주었다. 자리에 누워서 나는 길게 여러 줄로 놓인 침대들을 바라보았다. 각 침대가 재빨리 두 사람으로 채워졌다. 10분 후에 켜져 있던 단 하나의 불이 꺼졌고 고요함과 완전한 어둠 속에서 나는 잠이 들었다.

밤은 순식간에 지나갔다. 너무 피곤해서 꿈도 꾸지 않았다. 딱 한 번 잠에서 깼을 때는 바람이 사납게 휘몰아치면서 억수같이 비가 내리는 소리가 들렸고, 밀러 선생님이 내 옆에서 자고 있었다. 다시 눈을 떴을 때는 시끄럽게 종이 울리고 있었다. 여학생들이 자리에서 일어나 옷을 입고 있었다. 아직 동이 트지도 않은 상태였고 한두 대의 골풀 양초가 방 안을 비추고 있었다. 나도 마지못해 간신히 일어났다. 혹독하게 춥고 와들와들 떨려서 나는 최대한 옷을 잘 걸친 다음 빈 세면기가 났을 때 세수를 했다. 그러나 빈 세면기가 날 때까지 오랜 시간이 걸렸다. 방 한가운데 놓인 세면대에서는 여섯 명이 한 개의 세면기를 써야 했다. 다시 종이 울렸다. 모두 둘씩 줄을 지어 순서대로 계단을 내려간 다음 희미하게 불이 켜진 추운 교실로 들어갔다. 여기서 밀러 선생님이 기도를 드린 다음 소리쳤다.

「각 반 편성!」

몇 분 동안 큰 소동이 이어졌고 그사이 밀러 선생님은 계속 〈조용히!〉와 〈질서를 지켜요!〉를 외쳐 댔다. 소란이 가라앉았을 때 학생들이 모두 네 개의 탁자에 놓인 네 개의 의자 앞에 네 개의 반원 형태로 정렬해 있는 모습이 보였다. 모두 손에 책을 들고 있었고 빈 의자 앞의 각 탁자 위에는 성서처럼 보이는 큰 책이 한 권 놓여 있었다. 몇 초 동안 침묵이 이어졌다가 곧 알아들을 수 없이 낮게 윙윙거리는 사람들 소리로 채워졌다. 밀러 선생님이 이 반 저 반을 걸어다니며 이 불분명한 소리를 잠재웠다.

멀리서 종이 울렸다. 즉시 세 숙녀가 방으로 들어와 각자 탁자로 가서는 자리를 잡았다. 밀러 선생님은 문에서 가장 가깝고 가장 어린 학생들이 둥글게 모여 있는 네 번째 비어 있는 의자에 자리를 잡았다. 나는 이 하급반으로 불려 가서 제일 끝자리를 배정받았다.

이제 일과가 시작되었다. 그날의 본기도가 반복되었고, 성서의 구절을 읽은 다음에는 한 시간 동안 성서의 여러 장을 읽는 것이 이어졌다. 이 예배가 끝날 무렵에는 완전히 동이 텄다. 지칠 줄 모르는 종이 이제 네 번째로 울렸다. 각 반은 줄을 지어 정렬한 다음 아침 식사를 하기 위해 다른 방으로 행진해 들어갔다. 무언가 음식을 먹게 된다는 기대에 얼마나 기뻤는지 모른다. 그 전날 거의 아무것도 먹지 않았기 때문에 지금은 배가 고파서 거의 쓰러질 지경이었다.

식당은 컸지만 천장이 낮고 음침한 방이었다. 두 개의 긴 식탁 위에는 뭔가 뜨거운 것이 담긴 동이에서 김이 모락모락 나고 있었다. 그러나 실망스럽게도 이 음식에서는 전혀 먹고 싶은 마음이 들지 않는 냄새가 풍겼다. 음식을 삼켜야 하는 사람들의 코에 음식 냄새가 닿았을 때 모두가 한결같이 불만스러움을 표시하는 모습이 보였다. 행렬의 선두인 첫 번째 학급의 키 큰 여학생들로부터 〈지겨워! 포리지[15]를 또 태워 먹

15 오트밀을 물이나 우유로 끓인 죽.

었어!)라며 소곤거리는 소리가 들려왔다.

「조용히!」 누군가가 갑자기 소리를 질렀다. 밀러 선생님의 목소리가 아니라 상급반 선생님 중 한 사람의 목소리였다. 작고 가무잡잡한 사람으로 맵시 있게 옷을 입었지만 약간 뚱한 얼굴을 하고 있었고 한 식탁의 맨 끝자리에 자리를 잡고 앉아 있었다. 더 풍만한 숙녀가 다른 식탁을 관장하고 있었다. 그 전날 밤에 내가 맨 처음 보았던 숙녀를 찾아보았지만 허사였다. 그녀는 보이지 않았다. 밀러 선생님이 내가 앉은 식탁의 맨 끝자리를 차지하고 있었고 나중에 프랑스어 선생님이라는 것을 알게 된 이상하고 외국인같이 생긴 나이 많은 숙녀가 다른 식탁의 끝자리에 앉아 있었다. 우리는 긴 감사 기도를 드린 다음 찬송가를 불렀다. 그런 다음 하인이 선생님들에게 차를 가져왔고 식사가 시작되었다.

배가 고파서 이제 거의 기절할 것 같았던 나는 맛은 전혀 생각하지 않은 채 내 몫의 음식에서 한두 숟가락을 게걸스럽게 떠먹었다. 그러나 처음에 느꼈던 격렬한 허기가 조금 무디어지고 나자 내가 구역질 나는 음식을 먹었다는 것을 깨달았다. 태운 포리지는 거의 썩은 감자만큼이나 지독하다. 허기 자체도 곧 그것에 넌더리를 낸다. 숟가락들이 천천히 움직였다. 모든 여학생이 음식을 맛본 다음 그것을 삼키려 애쓰고 있는 모습이 보였다. 그러나 대부분의 경우 그런 노력을 곧 포기했다. 아침 식사는 끝이 났지만 어느 누구도 제대로 아침밥을 먹지 못했다. 우리는 먹지도 못한 식사에 대해 감사 기도를 다시 올리고 두 번째 찬송가를 부른 다음 교실로 가기 위해 식당을 나왔다. 나는 꼴찌로 나가는 학생들 속에 끼어 있었다. 내가 식탁들을 지나가고 있을 때 한 선생님이 포리지 동이를 가져다가 맛을 보는 모습이 보였다. 그녀가 다른 선생님들을 쳐다보았다. 그들의 얼굴에 불쾌함이 역력히 드러났다. 그들 중 뚱뚱한 선생님이 속삭였다.

「지독한 음식이에요! 정말 부끄러운 일이에요!」

15분이 지난 후 다시 수업이 시작되었다. 그동안 교실은 지독히 소란스러웠다. 그 시간 동안에는 큰 소리로 보다 자유롭게 떠드는 것이 허용되는 듯했고 그들은 그 특권을 마음껏 이용했다. 모든 대화가 포리지에 관한 것이었고 모두가 그 음식에 대해 가차 없이 비난을 가했다. 불쌍한 학생들! 그것만이 그들이 누릴 수 있었던 유일한 위안이었다. 지금은 선생님들 중에서 밀러 선생님만이 교실 안에 있었다. 키 큰 여학생들이 그녀 주변에 몰려들어서 심각하고 뚱한 표정으로 이야기를 나눴다. 누군가의 입에서 브로클허스트 씨의 이름이 튀어나왔다. 그러자 밀러 선생님이 그러지 말라는 식으로 고개를 저었지만 학생들의 분노를 감히 달래 보려고 크게 애쓰지는 않았다. 틀림없이 그녀 역시 같이 분노하고 있었다.

교실의 시계가 9시를 알리자 밀러 선생님이 함께 있던 무리에서 빠져나와 교실 한복판에 서서 소리쳤다.

「조용히! 각자 자기 자리로!」

곧 기강이 잡혔다. 5분이 지나자 소란스러웠던 무리는 질서 정연해졌고 왁자지껄 바벨탑처럼 떠들어 대던 상태가 잠잠해져서 비교적 조용해졌다. 상급반 선생님들이 정확하게 시간에 맞춰서 자기 자리로 돌아왔다. 그러나 아직도 모두가 누군가를 기다리는 것처럼 보였다. 방의 사면을 따라 놓인 긴 의자에 줄을 지어서 80명의 여학생들이 꼼짝도 하지 않은 채 꼿꼿하게 앉아 있었다. 그들 모두 기묘하게 보였다. 모두 머리카락을 밑에서부터 바싹 잡아당겨 꾸밈없이 쫙 펴서 빗었기 때문에 곱슬곱슬하게 말린 머리카락이 하나도 보이지 않았다. 목 주변에 좁은 깃 장식이 높게 달린 갈색 옷을 입고, 옷 앞자락에는 일할 때 주머니 용도로 쓰일, 리넨으로 만든

(스코틀랜드 사람들이 차는 주머니같이 생긴) 작은 주머니를 달고 있었다. 또한 모두 털양말에 금속 버클로 고정되는 촌스러운 신발을 신고 있었다. 이런 옷을 입고 있는 학생들 중에서 스무 명 이상은 완전히 성숙하게 자란 소녀들, 아니 젊은 아가씨들처럼 보였다. 그런 옷차림은 그들에게 어울리지 않았고 아무리 예쁜 여학생이라도 우스꽝스럽게 보였다.

나는 계속 그들을 바라보면서 이따금씩 선생님들을 자세히 살펴보았다. 내 마음에 드는 선생님이 하나도 없었다. 뚱뚱한 선생님은 약간 거칠어 보였고 머리가 검은 선생님은 약간 무서워 보였으며 외국인 선생님은 사납고 괴상해 보였다. 불쌍한 밀러 선생님은 얼굴빛이 푸르죽죽하고 고생에 찌들고 과로에 시달린 것 같았다. 내 시선이 이리저리 이 얼굴 저 얼굴로 옮겨 다니고 있을 때 하나의 용수철에 의해 튕겨 나간 것처럼 학교 전체가 동시에 벌떡 일어났다.

도대체 무슨 일일까? 구령 소리를 전혀 듣지 못했기 때문에 무슨 일인지 알 수가 없었다. 내가 채 정신을 차리기도 전에 각 반이 다시 자리에 앉았다. 그러나 이제는 모든 시선이 한 곳으로 향하고 있었기 때문에 나도 그 시선이 향하는 쪽을 바라보다가 어젯밤 나를 맞아 준 사람을 발견했다. 그녀는 긴 방의 맨 끝부분 난롯가에 서 있었다. 방 양쪽 끝에는 난로가 놓여 있었다. 그녀는 두 줄로 늘어선 여학생들을 조용히 엄숙하게 훑어보았다. 밀러 선생님이 다가가서 그녀에게 질문을 하는 것처럼 보였고 대답을 듣고는 다시 자기 자리로 돌아와 큰 소리로 말했다.

「1반 반장, 지구의를 가져와요!」

지시 사항이 시행되고 있는 동안 상의를 받은 그 숙녀가 방 안쪽으로 천천히 움직였다. 눈으로 그녀의 발자국을 따라가며 감탄해 마지않았던 그 경외의 감정을 아직도 간직하고 있는 걸 보면 나는 존경심을 표현하는 상당히 큰 기관을 지니고 있는 것 같다. 환한 대낮에 보니 그녀는 키가 크고 피부가 희고 균형 잡힌 몸매를 하고 있었다. 다정함이 담겨 있는 갈색 눈동자와 연필로 그린 것 같은 주변의 긴 속눈썹 때문에 그녀의 넓은 이마가 덜 창백해 보였다. 그녀의 양쪽 관자놀이에는 매우 진한 갈색 머리가 유행에 따라 동글동글하게 말려 있었다. 그 당시에는 머리를 매끈하게 묶는다거나 고수머리를 길게 늘어뜨리는 일이 거의 없었다. 그녀의 드레스 역시 당시의 유행을 좇아 보라색 천에 검정 벨벳으로 스페인식 장식을 달아 변화를 주었다. 금시계가 그녀의 허리띠에서 반짝였다(그때는 지금처럼 시계가 그렇게 흔하지 않았다). 창백하지만 맑은 안색과 품위 있는 분위기와 몸가짐처럼 그녀의 모습을 완성시킬 수 있는 여러 세련된 특징들도 추가시켜 볼 수 있겠다. 그러면 적어도 말로 표현할 수 있는 한도 내에서 최대한 명확하게 템플 선생님의 — 나중에 교회에 심부름으로 기도서를 가져가게 되었을 때 거기 적혀 있던 이름을 보고 선생님의 이름이 마리아 템플이라는 것을 알았다 — 외모에 대한 정확한 인상을 파악하게 될 것이다.

로우드 학교 교장 선생님 — 이 숙녀가 바로 교장 선생님이었다 — 이 탁자 위에 놓인 한 쌍의 지구의 앞에 자리를 잡은 다음 제일 상급반 학생들을 자기 주변으로 불러 모아 놓고 지리 수업을 하기 시작했다. 하급반 학생들도 선생님들이 불러 모았다. 역사와 문법 등의 암송이 한 시간 동안 계속되었다. 글쓰기와 산수가 이어졌고 템플 선생님이 나이 많은 여학생들에게 음악을 가르쳤다. 각 수업 시간은 시계로 측정되었고 마침내 시계가 12시를 쳤다. 교장 선생님이 일어섰다.

「학생들에게 할 말이 있어요.」 그녀가 말했다.

수업 종료로 막 소란스러워지기 시작했지만 그녀의 목소

리에 모두 잠잠해졌다. 그녀가 말을 계속했다.

「오늘 아침 여러분에게 도저히 먹을 수 없는 아침 식사가 나왔습니다. 틀림없이 배가 고플 것입니다. 점심 식사로 여러분 모두에게 빵과 치즈를 제공하라고 지시해 놓았습니다.」

선생님들이 상당히 놀란 표정으로 그녀를 바라보았다.

「내 책임하에 그렇게 행해질 것입니다.」 그녀가 설명하는 어조로 그들에게 덧붙인 다음 즉시 방을 나갔다.

빵과 치즈가 즉시 배급되었다. 전교생이 크게 기뻐하고 좋아했다. 이제는 〈교정으로!〉라는 지시가 내려졌다. 모두 염색된 옥양목 끈이 달린 거친 밀짚 보닛을 쓰고 회색빛 거친 모직 망토를 입었다. 나도 같은 차림을 하고 행렬을 따라 밖으로 나갔다.

교정은 안을 전혀 들여다볼 수 없을 만큼 높은 담으로 둘러싸여서 넓게 자리 잡고 있었다. 지붕 달린 베란다가 한쪽으로 죽 이어져 있었고 넓은 산책길들 사이의 공간은 수십 개의 작은 화단으로 나뉘어 있었다. 이 화단은 학생들이 맡아서 가꾸도록 배정이 되었고 각 화단마다 주인이 정해져 있었다. 꽃이 만발하면 틀림없이 예쁠 것 같았지만 지금은 1월 하순이라 모든 것이 추위로 말라붙고 갈색으로 쇠락해 있었다. 나는 몸을 떨며 서서 주변을 둘러보았다. 야외 운동을 하기에는 혹독하게 추운 날이었다. 확실하게 비가 내리지는 않았지만 이슬비처럼 내리는 누런 안개로 날이 어두컴컴해졌다. 발밑의 모든 것이 어제의 홍수로 인해 아직도 흥건히 젖어 있었다. 튼튼한 축에 드는 여학생들은 이리저리 뛰어다니며 활발하게 놀이를 하느라 바빴지만 창백하고 마른 많은 여학생들은 추위를 피하고 온기를 찾아 베란다에 옹기종기 모여 있었다. 짙은 안개가 그들의 떨리는 몸속으로 파고들자 이 여학생들 사이에서 잔기침 소리가 자주 들려왔다.

나는 아직 어느 누구와도 말을 나눠 보지 않았고 날 주목하는 사람도 전혀 없는 것 같았다. 나는 혼자 서 있었지만 그런 고립감에 익숙해져 있었기 때문에 크게 괴롭지는 않았다. 나는 베란다 기둥에 기대서 회색 망토를 바싹 끌어당겨 몸을 감싸고 꼬집는 것처럼 얼얼한 바깥의 추위와 몸 안에서 날 갉아먹을 듯이 괴롭히는, 완전하게 달래지지 않은 허기를 잊으려 애쓰면서 주변을 관찰하고 생각에 잠겨 보려 했다. 내 생각은 너무 막연하고 단편적이어서 기록할 만한 가치는 없다. 내가 어디에 와 있는지 아직도 얼떨떨했다. 게이츠헤드와 지난날의 생활은 측량할 길 없을 정도로 멀리 흘러가 버린 것 같았다. 현재는 막연하고 낯설었다. 미래에 대해서는 아무 추측도 할 수가 없었다. 나는 수녀원 같은 정원을 둘러본 다음 교사를 올려다보았다. 반은 잿빛으로 낡아 보였지만 나머지 반은 상당히 새것처럼 보이는 큰 건물이었다. 교실과 기숙사가 포함된 새 건물 부분은 방사형의 격자창을 통해 채광이 되었고 이 창문들 때문에 건물이 교회처럼 보였다. 입구 위에 달린 돌 현판에는 다음과 같은 글이 새겨져 있었다.

　　로우드 시설. 건물의 이 부분은 서기 ××××년에 이 고장의 브로클허스트관에 사는 나오미 브로클허스트 여사가 재건축했다. 〈이같이 너희 빛을 사람들 앞에 비치게 하여 그들로 하여금 너희 착한 행실을 보고 하늘에 계신 너희 아버지께 영광을 돌리게 하라.〉 —「마태오의 복음서」 5장 16절.

　　나는 이 구절을 되풀이해서 읽었다. 그에 대해 설명이 필요한 것처럼 느껴졌고 그 구절이 무엇을 의미하는지 완전하게 파악할 수 없었다. 나는 〈자선 학교〉가 무슨 의미인지 여전히 곰곰이 생각해 보고 첫 구절과 성경 구절 사이에 어떤 연관 관계가 있는지 이해해 보려 애를 쓰고 있었다. 그때 바로 뒤쪽에서 기침 소리가 들려 고개를 돌렸다. 근처 돌 의자에 한 여자아이가 앉아 있었다. 그녀는 책 위로 몸을 구부리고 독서 삼매경에 빠져 있는 것처럼 보였다. 내가 서 있는 곳에서도 책의 제목이 보였다. 『라셀라스*Rasselas*』[16]였다. 이상하지만 결과적으로 매력적으로 느껴지는 이름이었다. 책장을 넘기면서 그녀가 우연히 고개를 들었을 때 나는 그녀에게 직접적으로 물었다.

「책이 재미있어?」 나는 언젠가는 그녀에게 그 책을 빌려 달라고 부탁하기로 이미 작정을 하고 있었다.

「마음에 들어.」 그녀가 아주 잠깐 사이를 뒀다가 대답했다. 그동안 그녀가 나를 살펴보았다.

「무슨 내용인데?」 내가 계속 물었다. 낯선 사람과 그렇게 말문을 틀 배짱이 어디서 나왔는지 지금도 알 수가 없다. 그런 행동은 내 본성과 습성과는 정반대였다. 그러나 그렇게 책 읽기에 열중해 있는 그녀의 모습이 내 마음 어딘가에 있는 공감을 자극한 것 같다. 비록 시시하고 유치한 종류이긴 했지만 나 역시 책 읽기를 좋아했기 때문이다. 그러나 나는 심각하거나 어려운 내용은 제대로 이해할 수 없었다.

「한번 봐.」 그녀가 내게 책을 주며 대답했다.

나는 그녀의 말대로 했다. 그러나 잠깐 살펴보자 제목만큼 내용이 마음을 끌진 않는다는 확신이 들었다. 『라셀라스』는 내 경박한 취향에는 따분하게 보였다. 요정이나 꼬마 도깨비에 대한 내용이 전혀 보이지 않았다. 빽빽하게 인쇄된 지면에 가지각색의 멋진 이야기가 펼쳐져 있을 것 같지 않았다. 나는

16 새뮤얼 존슨Samuel Johnson(1709~1784)이 쓴 풍자적 산문집.

책을 그녀에게 돌려주었다. 그녀는 조용히 책을 받은 다음 아무 말 없이 전처럼 열심히 책을 읽는 분위기로 되돌아가려 하고 있었다. 나는 다시 대담하게 그녀를 방해하기로 했다.

「문 위의 저 돌 현판에 새겨진 글귀가 무슨 뜻인지 알려 줄 수 있어? 로우드 시설이 뭐야?」

「네가 살려고 온 이 집이야.」

「그런데 왜 그걸 시설이라고 부르는 거지? 다른 학교들하고 어떤 식으로든 다른 점이 있는 거야?」

「여기는 부분적으로 자선 학교야. 너와 나, 그리고 나머지 애들 모두 자선에 의지해서 사는 아이들이야. 너도 고아일 거라고 생각하는데. 너희 아버지나 어머니가 돌아가시지 않았니?」

「내가 기억할 수도 없을 때 두 분 다 돌아가셨어.」

「음, 여기 있는 여자애들 모두 부모 중 한 분이 돌아가셨거나 양친이 모두 돌아가셨어. 그래서 이곳이 고아들을 교육시키는 시설로 불리는 거야.」

「우리가 돈을 전혀 안 내는 거야? 공짜로 우리를 데리고 있는 거야?」

「본인이나 친척들이 돈을 내지. 각자 1년에 15파운드씩.」

「그렇다면 왜 우리를 구제 아동이라고 부르는 거야?」

「15파운드가 식비와 학비로 충분한 돈은 아니니까. 부족한 돈은 기부금으로 충당이 되고 있어.」

「누가 기부를 하는데?」

「이 근처나 런던에 사는 착한 마음을 가진 여러 신사 숙녀들이지.」

「나오미 브로클허스트가 누구야?」

「저 현판에 기록된 대로 새 교사를 지은 분이야. 그분 아들이 여기 일을 전부 감독하고 운영하고 있어.」

「왜?」

「그분이 이 시설의 회계 담당이자 경영자이니까.」

「그러면 시계를 차고 우리에게 빵과 치즈를 먹게 해주겠다고 말한 그 키 큰 숙녀의 소유가 아니란 말이야?」

「템플 선생님 것이냐고? 아, 아니야. 그러면 좋겠다. 그 선생님은 전부 브로클허스트 씨한테서 지시를 받고 따라야 해. 브로클허스트 씨가 우리가 입는 옷이랑 먹을 것을 전부 사주는 거야.」

「그분이 여기 살아?」

「아니, 2마일 떨어진 큰 저택에서 살아.」

「좋은 분이야?」

「목사님이야. 그리고 좋은 일을 많이 한다고 알려져 있어.」

「키 큰 숙녀가 템플 선생님이라고 했지?」

「응.」

「그러면 다른 선생님들 이름은 뭔데?」

「볼이 빨간 선생님은 스미스 선생님이야. 우리 재봉 선생님이고 재단을 하셔. 우리가 입을 옷과 프록, 앞치마, 온갖 것은 우리가 직접 다 만드니까. 검은 머리에 몸집이 작은 선생님은 스캐처드 선생님이야. 역사와 문법을 가르치고 2학년 반의 암송 담당이야. 숄을 두르고 노란색 리본이 달린 손수건을 허리에 차고 있는 선생님은 피에로 부인이야. 프랑스의 릴 출신으로 프랑스어를 가르쳐.」

「선생님들이 마음에 들어?」

「상당히.」

「몸집이 작고 머리가 까만 선생님하고 무슨 부인? ― 너처럼 그 선생님 이름을 잘 발음하지 못하겠어 ― 그 선생님들을 좋아하니?」

「스캐처드 선생님은 성질이 급해. 선생님을 화나게 하지 않도록 주의해야 해. 피에로 선생님은 나쁜 사람은 아니야.」

「그렇지만 템플 선생님이 최고야, 그렇지 않니?」

「템플 선생님은 매우 착하고 똑똑하셔. 다른 선생님들보다 뛰어나지. 다른 선생님들보다 훨씬 더 많이 아니까.」

「여기에 오래 있었니?」

「2년 동안 있었어.」

「고아니?」

「어머니가 돌아가셨어.」

「여기 있는 게 좋아?」

「넌 참 묻는 것도 많다. 현재로서는 충분히 답을 해준 것 같아. 이제는 책을 읽고 싶어.」

그러나 그 순간 점심 식사를 하러 모이라는 소리가 들렸다. 모두 교사로 다시 들어갔다. 식당에 가득 찬 냄새는 아침에 우리의 후각을 자극했던 냄새보다 결코 식욕을 더 돋게 해주는 것이라 할 수가 없었다. 저녁 식사는 두 개의 커다란 놋쇠 그릇에 담겨서 나왔다. 그릇에서 고약한 기름 냄새를 풍기는 김이 모락모락 솟아올랐다. 음식은 맛없는 감자와 고약한 냄새가 나는 이상한 고기를 함께 섞어서 요리한 것이었다. 이 요리는 상당히 푸짐하게 모든 학생에게 배당되었다. 나는 먹을 수 있는 만큼 먹었고 속으로 매일 이런 음식을 먹는 것은 아닌가 하는 생각을 했다.

점심 식사 후 우리는 즉시 교실로 자리를 옮겼다. 수업이 재개되었고 5시까지 계속되었다.

오후에 일어난 일 중에서 유일하게 두드러진 사건은 베란다에서 나와 이야기를 나누었던 여학생이 역사 수업 시간에 스캐처드 선생님한테 꾸지람을 듣고 쫓겨나 큰 교실 한가운데에 서 있게 된 일이었다. 그 벌이 내게는 매우 수치스러운 일처럼 보였다. 특히 그렇게 큰 여학생에게는 더욱 그럴 것 같았다. 그녀는 열세 살이 넘은 듯 보였다. 나는 그녀가 매우 힘들어하거나 부끄러워할 줄 알았다. 그러나 놀랍게도 그녀는 울지도 않았고 얼굴을 붉히지도 않았다. 그녀는 모든 시선을 받으며 엄숙하지만 차분하게 서 있었다. 〈어떻게 저 애는 저렇게 조용하고 의젓하게 이런 일을 견딜 수 있을까?〉 나는 자문했다. 〈만약 내가 저 애의 입장이었다면 쥐구멍에라도 숨고 싶었을 텐데. 저 애는 자신이 벌을 받고 있다는 것, 그러니까 자신이 처해 있는 상황을 초월해서 뭔가를 생각하고 있는 것 같아. 자기 주변이나 앞에 없는 무엇인가를. 백일몽에 대해 들은 적이 있는데 저 애가 지금 백일몽을 꾸고 있는 것일까? 저 애의 시선은 마룻바닥에 고정되어 있지만 사실은 마룻바닥을 보고 있지 않은 게 분명해. 저 애의 시선은 안으로, 마음속 깊은 곳으로 향하고 있는 것 같아. 실제로 존재하는 것을 보는 게 아니고 기억을 되살려서 보고 있는 것 같아. 도대체 저 애가 어떤 아이인지 궁금해. 착한 아이인지 못된 아이인지.〉

　5시 직후에 우리는 작은 찻잔의 커피 한 잔에 갈색 빵 반 조각이 전부인 저녁 식사를 했다. 나는 맛있게 빵을 삼키고 커피를 마셨다. 그러나 그만큼을 더 먹고 싶었다. 여전히 배가 고팠다. 반 시간 동안 쉬는 시간이 이어진 다음 공부 시간이 되었다. 이어 물 한 잔과 전날 밤 보았던 그 귀리 빵이 나왔고 기도를 드린 다음 잠자리에 들었다. 로우드에서의 첫날이 그렇게 지나갔다.

제6장

　다음 날 역시 전날과 똑같이 일어나서 골풀 양초 불빛으로 옷을 입는 것으로 시작되었다. 그러나 오늘 아침에는 세수하는 의식을 생략해야만 했다. 물주전자의 물이 다 얼어 버렸기 때문이다. 전날 밤 날씨가 급변해서 밤새 침실 창문 틈새로 새어 들어온 날카로운 북동풍에 우리는 침대 속에서 벌벌 떨었고 물 항아리 속의 물은 얼어붙어 버렸다.

　한 시간 반 동안의 긴 기도와 성서 낭독이 끝나기도 전에 나는 얼어 죽을 것만 같았다. 마침내 아침 식사 시간이 되었고 그날 아침에는 포리지가 타지 않았다. 그런대로 먹을 만했지만 양이 많지가 않았다. 내 몫이 얼마나 적어 보이던지! 딱 두 배면 좋을 것 같았다.

　그날 나는 4학년 반으로 등록이 되었고 정식 임무와 일을 배정받았다. 지금까지는 로우드에서 진행되는 일을 바라보는 구경꾼에 불과했지만 이제는 그곳에서 배우가 되어야만 했다. 처음에는 암기에 익숙하지 않았기 때문에 수업 시간이 길게 느껴졌고 어렵다는 생각이 들었다. 수시로 공부해야 하는 과목이 바뀌는 것도 당혹스러웠다. 오후 3시경에 스미스 선생님이 2야드 길이의 모슬린 단과 바늘과 골무 등을 주면서 교실의 조용한 구석에 앉아 가장자리를 감치라는 지시를 내렸다. 그 시간에는 대부분의 다른 학생들도 똑같이 바느질을 하고 있었다. 그러나 한 반은 아직도 스캐처드 선생님의 의자를 둘러싸고 서서 책을 읽고 있었다. 사방이 조용했기 때문에 수업 내용과 함께 각 여학생의 대답과 그것에 대한 스캐처드 선생님의 꾸지람과 칭찬이 모두 들렸다. 영국사 수업이었다. 책을 읽고 있는 여학생들 가운데 나는 베란다에서 만난 여학생을 관찰했다. 수업이 시작되었을 때 그녀의 자리는 반의 맨 앞자리였다. 그러나 발음이 틀렸거나 구두점을 잘못 읽었다는 이유 때문에 그녀는 갑자기 맨 끝자리로 쫓겨났다. 그 구석진 자리로 쫓아낸 후에도 스캐처드 선생님은 그녀를 끊임없이 주시했다. 선생님이 그녀에게 다음과 같은 말을 계속 건넸다.

「번스.」(그것이 그녀의 이름인 것 같았다. 이곳 여학생들은 남자 학교의 학생들과 마찬가지로 성으로 불렸다.)「번스, 너 지금 신발을 한쪽으로 세우고 서 있구나. 빨리 발가락을 가지런히 바닥에 붙이지 못할까?」「번스, 너 지금 턱을 정말 보기 흉하게 내밀고 있구나. 안으로 잡아당기도록.」「번스, 고개를 똑바로 들고 있어라. 내 앞에서 그런 태도는 용납하지 않겠다.」

한 장을 두 번 죽 읽고 난 후 학생들은 책을 덮고 시험을 치렀다. 수업은 찰스 1세의 통치에 대한 것이었고 화물에 대한 항구세와 군함 건조세[17]에 대해 잡다한 질문이 이어졌지만 대

---

17 찰스 1세가 의회의 동의 없이 부과하려 한 세금. 중세 전시에 해안 도시들에만 부과되었던 이 세금은 해안을 방어하는 비용을 충당하기 위한 것으로, 실제 배나 그에 상응하는 돈으로 지불될 수 있었다. 1634년 평화 시에 내륙에서도 이 세금이 부과되기 시작했고 1636년에는 점점 더 많은 반대가 일어났다. 이런 갈등이 영국의 내전을 불러일으키는 한 원인이 되었다.

부분의 문제에 학생들이 제대로 답을 하지 못하는 것 같았다. 그러나 아무리 세부적인 어려운 문제라도 번스에게 가면 순식간에 풀렸다. 그녀는 수업 내용을 전부 다 기억하고 있는 듯했고 모든 요점에 대해 대답할 수 있는 준비가 되어 있었다. 나는 스캐처드 선생님이 그녀의 집중력을 칭찬해 주리라고 줄곧 기대했지만 오히려 선생님은 느닷없이 호통을 쳤다.

「이 지저분하고 불쾌한 녀석! 오늘 아침에 손 안 씻었지?」

번스는 아무 대답도 하지 않았다. 나는 왜 그녀가 침묵을 지키는지 궁금했다. 〈물이 얼어서 손을 씻을 수도, 세수를 할 수도 없었다고 왜 설명하지 않는 거지?〉 나는 속으로 그렇게 생각했다.

스미스 선생님이 내게 실타래를 들고 있으라고 부탁했기 때문에 내 주의는 그곳으로 쏠렸다. 스미스 선생님은 이따금 씩 내게 말을 걸면서 전에 학교를 다녀본 적이 있는지, 이름을 수놓을 수 있는지, 바느질이나 뜨개질 등을 할 수 있는지 물었다. 스미스 선생님이 나를 놓아주기 전에는 스캐처드 선생님의 움직임에 대해 자세히 관찰할 수가 없었다. 내 자리로 돌아왔을 때 스캐처드 선생님이 도저히 이해가 안 되는 명령을 내리고 있었다. 그러나 번스는 즉시 반을 떠나 책을 보관하는 안쪽 작은 방으로 들어가더니 곧 한쪽 끝을 동여 묶어 놓은 회초리 다발을 들고 돌아왔다. 그녀는 이 끔찍한 도구를 공손하게 절을 하며 스캐처드 선생님께 드렸다. 그런 다음 조용히, 아무런 지시가 없었음에도 불구하고 앞치마를 풀었다. 그러자 선생님이 즉시, 세게 회초리 다발로 그녀의 목을 열두 번 내리쳤다. 번스의 눈에는 눈물 한 방울 맺히지 않았다. 나는 이 광경을 보고 무력하고 헛된 분노의 감정으로 손가락이 떨렸기 때문에 잠깐 바느질을 멈췄다. 생각에 잠긴 그녀의 얼굴 표정은 평소와 한 치도 달라지지 않았다.

「지독한 녀석!」 스캐처드 선생님이 소리쳤다. 「아무리 해도 칠칠치 못한 네 버릇을 고칠 수가 없구나. 회초리를 치워라.」

번스는 그 말에 따랐다. 서고에서 나오는 그녀의 모습을 나는 자세히 바라보았다. 호주머니에 손수건을 막 집어넣고 있던 그녀의 마른 뺨 위에서 눈물 자국이 반짝였다.

로우드에서의 일과 중 저녁 자유 시간이 나는 가장 즐거운 때라고 생각했다. 5시에 삼키듯 먹은 빵 반 조각과 커피 한 모금이 허기를 완전히 달래 주지는 못했지만 생기를 되살려 주었다. 하루 동안 나를 내리누르던 긴장이 느슨해졌다. 아침보다 교실이 더 따뜻하게 느껴졌다. 아직 켜놓지 않은 촛불을 어느 정도 대신할 수 있도록 난롯불을 좀 더 밝게 지필 수 있게 허용되었기 때문이다. 불그스름한 불빛과 허용된 소란, 왁자지껄한 목소리들이 기분 좋은 해방감을 가져다주었다.

스캐처드 선생님이 번스에게 매질하는 모습을 본 그날 저녁에 나는 친구는 없었지만 전혀 외로움을 느끼지 않은 채 평소처럼 긴 의자와 탁자, 웃고 떠드는 무리들 사이를 이리저리 돌아다녔다. 창문 옆을 지나면서 나는 이따금씩 블라인드를 들추고 밖을 내다보았다. 눈이 세차게 내리고 있었고 창 아래쪽에는 이미 바람에 밀려 눈이 쌓이고 있었다. 창문에 귀를 가까이 대자 실내의 즐거운 소란스러움과 달리 창밖에서는 쓸쓸한 바람의 신음 소리가 들려왔다.

최근에 좋은 집과 다정한 부모 곁을 떠나왔다면 나는 아마도 그 시간에 집과 부모와 헤어져 떨어져 있는 것을 가장 절실하게 후회했으리라. 바람 소리에 내 마음이 슬퍼졌을 테고 이렇게 어두침침한 상태에서 벌어지고 있는 소란스러움에 마음의 평화가 깨졌을 터이다. 그러나 나는 집도 부모도 없었기 때문에 바람과 소란스러움으로부터 묘한 흥분을 끌어냈고 마음이 분별없이 들떠서 바람이 더 거칠게 불고 어둑어둑한 상태가 깜깜한 어둠으로 바뀌고 혼란이 왁자지껄한 소란으로 변하길 바랐다.

긴 의자들을 뛰어넘고 탁자 밑을 기어서 나는 난롯불 옆으로 다가갔다. 높은 난로 울 옆을 기어가다가 나는 타다 남은 불꽃의 희미한 빛에 의지해서 주변의 모든 것으로부터 벗어나 말없이 책 읽기에 몰두해 있는 번스를 발견했다.

「아직도 『라셀라스』를 읽고 있니?」 내가 그녀 뒤에서 나오며 물었다.

「응, 지금 막 다 읽어 가고 있는 중이야.」 그녀가 말했다.

그리고 5분 후에 그녀가 책을 덮었다. 나는 기뻤다. 〈이제는 함께 이야기를 나눌 수 있겠구나〉 하고 속으로 생각하며 그녀 옆의 바닥에 앉았다.

「번스 말고 이름이 뭐야?」

「헬렌이야.」

「먼 곳에서 왔니?」

「스코틀랜드 경계에 있는 먼 북쪽 지방에서 왔어.」

「다시 돌아갈 거야?」

「그러고 싶어. 그렇지만 누가 미래를 장담할 수 있겠어?」

「틀림없이 로우드를 떠나고 싶을 것 같은데.」

「아니야. 왜 그래야 하는데? 나는 교육을 받으러 로우드로 온 거야. 그 목표를 달성하지도 않고 떠나면 아무 소용이 없지.」

「그렇지만 그 선생님이, 스캐처드 선생님이 너무 심하게 굴잖아.」

「심하다고? 전혀 아니야. 선생님이 엄한 거야. 내 결점을 싫어하시고.」

「내가 네 입장이라면 나는 그 선생님을 싫어할 거야. 선생님에게 대들 거야. 선생님이 날 그런 회초리로 때리면 회초리를 빼앗아 선생님이 보는 앞에서 부러뜨려 버릴 거야.」

「너도 절대 그러지 못할 거야. 그랬다간 브로클허스트 씨가 널 학교에서 쫓아낼걸. 그러면 네 친척들이 얼마나 상심하겠니? 너와 연관된 모든 사람에게까지 누를 끼칠 성급한 행동을 저지르기보다는 너만 느끼면 되는 고통을 참고 견디는 편이 훨씬 낫지. 게다가 성서에서도 악을 선으로 갚으라고 가르치잖니.」

「그렇지만 매를 맞고, 학생들로 가득 찬 방 한복판에서 벌을 받는 것은 수치스러워 보여. 너는 정말 대단해. 나는 훨씬 어린데도 그런 걸 견딜 수 없을 것 같아.」

「그렇지만 피할 수 없으면 견디는 게 네 의무일 거야. 견디도록 운명 지워진 것을 참을 수 없다고 말하는 건 나약하고 어리석은 짓이야.」

나는 그녀의 말을 들으며 놀라움을 금치 못했다. 인내심에 대한 이런 원칙을 이해할 수가 없었다. 더구나 자신을 벌준 사람에 대해 그녀가 보여 준 관용을 이해할 수도 공감할 수도 없었다. 그럼에도 불구하고 헬렌 번스가 내 눈에는 보이지 않는 빛으로 사물을 판단하는 것 같은 느낌이 들었다. 그녀가 옳고 내가 틀렸을지 모른다는 생각이 들었다. 그러나 그 문제를 깊이 따져 보고 싶지 않았다. 펠릭스[18]처럼 더 편리한 시기가 올 때까지 그것을 미뤄 두기로 했다.

「너한테 결점이 있다고 했는데, 헬렌? 그게 뭐지? 내가 보기에는 매우 훌륭해 보이는데.」

「그렇다면 나를 통해 배우도록 해. 겉모습으로 판단해서는 안 된다는 걸. 스캐처드 선생님 말씀대로 나는 칠칠치 못해. 물건을 제자리에 놓는 법도 거의 없고 질서 정연하게 간수하

18 「사도행전」 24장과 25장에 나오는 카이사르 총독으로, 바오로의 가르침에 따르지 않았다.

는 것도 전혀 못해. 부주의한 데다 규칙을 잊어버리곤 해. 수업 시간에 공부는 안 하고 책을 읽어. 나는 조리가 없어. 그리고 때로는 너처럼 체계적인 통제를 받는 것이 참을 수 없다고 말하기도 해. 이런 문제들이 스캐처드 선생님한테는 무척 짜증 나는 일인 거야. 선생님은 원래 단정하고 시간을 엄수하고 꼼꼼하신 분이니까.」

「그리고 까다롭고 혹독하기도 하지.」 내가 덧붙였다. 그러나 헬렌은 내 말을 인정하려 하지 않고 입을 다물었다.

「템플 선생님도 스캐처드 선생님만큼 너한테 엄격하시니?」

템플 선생님의 이름을 듣자 부드러운 미소가 그녀의 진지한 얼굴을 스치고 지나갔다.

「템플 선생님은 정말 좋으신 분이야. 누구에게라도 엄하게 하면 마음 아파하셔. 학교에서 제일 말썽을 많이 피우는 아이들에게도 말이야. 선생님은 내가 잘못한 것을 보면 부드럽게 말씀해 주셔. 그리고 내가 혹시 칭찬받을 만한 일을 하면 후하게 칭찬을 해주시고. 한심할 정도로 결점투성인 내 본성에 대한 한 가지 확고한 증거는 그렇게 부드럽고 합리적인 선생님의 충고조차도 내 결점을 고칠 수 있을 만큼 영향을 미치지 못한다는 거야. 내가 선생님의 칭찬을 매우 중요하게 여긴다 해도 그것조차도 오랫동안 신경 쓰고 조심하도록 자극이 되지는 않는다니까.」

「그건 이상해.」 내가 말했다. 「조심하는 것은 정말 쉬운데.」

「너한테는 그게 쉬울 거라고 장담해. 오늘 아침 너희 반에서 공부하는 널 유심히 봤는데 너는 정말 열심히 주의를 기울이더라. 밀러 선생님이 수업 시간에 설명하고 너한테 질문할 때 너는 딴생각을 전혀 하지 않는 것처럼 보였어. 그런데 나는 끊임없이 딴생각을 해. 스캐처드 선생님 수업을 들으면서 열심히 선생님 말씀에 집중해야 하는데 나는 가끔 선생님 목소리조차 놓치는 경우가 있어. 일종의 꿈에 빠지는 거지. 때로는 내가 노섬벌랜드(잉글랜드 북동부의 주)에 있다는 생각을 해. 내 주변에서 들려오는 소음은 우리 집 근처의 딥덴을 가로질러 흐르는 작은 시냇물의 졸졸거리는 소리가 되는 거지. 그러다가 내가 대답할 차례가 오면 꿈에서 깨어나야만 해. 상상 속의 시냇물 소리를 듣느라 선생님이 읽어 준 내용을 전혀 듣지 못했기 때문에 바로 대답을 못 하는 거야.」

「그렇지만 오늘 오후에는 얼마나 대답을 잘했는데.」

「그건 순전히 우연일 뿐이야. 우리가 읽고 있던 주제가 재미있었거든. 오늘 오후에는 딥덴에 대해 꿈꾸는 대신, 올바른 일을 하고 싶었던 사람이, 찰스 1세가 종종 그러했듯 어떻게 그처럼 부당하고 어리석게 행동할 수 있을까 생각했어. 그처럼 고결하고 성실한 사람이 국왕의 특권밖에 보지 못했다니 정말 유감이라고 생각했어. 그가 좀 더 멀리까지 볼 수 있어서 소위 시대정신이라는 것이 어떻게 퍼지고 있었는지 알았더라면 좋았을 텐데. 그래도 나는 찰스 1세가 좋아. 그를 존경해. 그가 불쌍해. 불쌍하게 살해된 왕이야. 맞아, 그의 적들이 제일 나빠. 피를 흘리게 할 자격이 없는 사람들 때문에 피를 흘린 거야. 그 사람들이 감히 그를 죽이다니.」

헬렌은 이제 혼잣말을 하고 있었다. 그녀는 내가 자기 말을 제대로 이해할 수 없다는 것을, 그녀가 논하고 있는 주제에 대해 내가 무지하거나 거의 모르고 있다는 것을 잊어버렸다. 나는 그녀를 내 수준으로 돌아오게 했다.

「그럼 템플 선생님 수업 시간에는 어떤데? 그때도 딴생각을 해?」

「아니, 당연히 그렇게 자주는 아니야. 템플 선생님은 대개 내 생각보다 더 새로운 것을 알려 주시거든. 선생님이 하는 말은 특히 기분 좋아. 그리고 선생님이 전달해 주는 내용은 내가 꼭 알고 싶은 것인 경우가 많거든.」

「그렇다면 템플 선생님한테는 착한 학생이야?」

「응, 수동적인 방식으로. 나는 전혀 노력하지 않아. 내 마음이 이끄는 대로 따라갈 뿐이야. 그렇게 착한 것은 장점이 아니야.」

「장점이 많지. 너한테 잘해 주는 사람들한테는 너도 잘하잖아. 나는 딱 그렇게 되고 싶은데. 잔인하고 부당한 사람들한테 우리가 친절하게 대해 주고 순종하면 그 못된 사람들은 자기들 하고 싶은 대로 하잖아. 그 사람들은 두려움도 전혀 못 느낄 테고, 절대 변하지도 않고 점점 더 나빠질 거야. 아무 이유도 없이 맞게 되면 가만히 있지 말고 때린 사람을 정말 세게 되받아 때려 줘야 해. 꼭 그래야 한다고 생각해……. 다시는 그런 짓을 하지 못하도록 우리를 때린 사람한테 따끔한 맛을 보여 주게끔 세게 때려 줘야 해.」

「너도 나이를 더 먹으면 생각이 바뀌리라 믿어. 넌 아직 많이 배우지 못한 꼬마일 뿐이니까.」

「그렇지만 나는 이렇게 생각해, 헬렌. 마음에 들려고 아무리 발버둥을 쳐봐도 나를 계속 싫어하는 사람들을 내가 미워하는 것은 당연하다고. 부당하게 내게 벌을 주는 사람들한테는 반항해야 한다고. 내게 정을 주는 사람들을 내가 사랑하고 나 스스로 받아 마땅하다고 생각하는 벌은 기꺼이 받는 것이 당연해.」

「이교도와 야만인들은 그런 원칙을 주장하지만 기독교인과 문명국가는 그것을 인정하지 않아.」

「어떻게? 이해가 안 돼.」

「미움을 극복하는 가장 좋은 방법은 폭력이 아니야. 상처를 치유하는 가장 확실한 방법도 복수가 아니고.」

「그럼 뭔데?」

「신약 성서를 읽고 예수님이 뭐라고 말씀하는지, 어떻게 행동하는지 살펴봐. 예수님의 말씀을 너의 법으로, 예수님의 행동을 너의 본보기로 삼아 봐.」

「예수님이 뭐라 하셨는데?」

「원수를 사랑하고 너희를 박해하는 사람들을 위하여 기도하여라.」[19]

「그렇다면 나는 리드 부인을 사랑해야겠네. 그런데 그렇게 할 수가 없어. 그 아들인 존을 위해 기원해야 하는데 그건 도저히 안 돼.」

이번에는 헬렌 번스가 내게 설명을 청했고 나는 곧 내 방식대로 내가 고통당하고 분개했던 이야기를 쏟아 놓기 시작했다. 흥분했기 때문에 신랄하고 혹독해져서 나는 자세하거나 억제하지 않고 느끼는 그대로 말을 쏟아 냈다.

헬렌은 끝까지 참을성 있게 내 말을 들었다. 무슨 말인가를 해주리라 예상했지만 그녀는 아무 말도 하지 않았다.

「어때, 리드 부인이 매정하고 나쁜 여자지?」 내가 조급하게 물었다.

「너한테 못되게 군 건 틀림없어. 너도 알다시피 그녀가 네 성격을 싫어한 거야. 스캐처드 선생님이 내 성격을 싫어하듯이 말이야. 그런데 어쩌면 그토록 세세하게 그녀가 너한테 한 말과 행동을 기억할 수 있니? 그녀의 구박이 마음속의 한이 된 것 같구나. 아무리 구박을 받아도 나는 그렇게 절절히 기억하지는 못하는데. 그녀의 구박과 함께 그것이 불러일으키는 격렬한 감정을 잊으려고 노력하면 더 행복해지지 않을까? 원한을 키우거나 잘못을 되새김하면서 보내기에는 인생이 너무 짧은 것 같아. 우리는 누구나 결점들을 잔뜩 지니고 이 세

19 「마태오의 복음서」 5장 44절.

상에 존재하고 또 그렇게 존재해야 해. 그러나 썩어서 흙이 될 우리 몸[20]을 벗어 놓으면서 우리 결점들도 함께 벗어 버릴 때가 곧 올 거야. 타락과 죄악이 귀찮은 이 육체의 틀로부터 떨어져 나가서 창조주를 떠나 피조물에게 숨을 불어넣을 때처럼 순수한, 빛과 생각의 감지 불가능한 원칙인 영혼의 불꽃만이 남게 될 그날이 말이야. 영혼이 처음에 왔던 곳으로 되돌아가는 거야. 어쩌면 인간보다 더 고결한 어떤 존재에게 다시 전달되는 것인지도 몰라. 어쩌면 창백한 인간의 영혼으로부터 천사까지 밝게 비추기 위해 영광의 여러 단계들을 거쳐서 말이야. 반대로 영혼이 인간에서 악마로 타락하는 일은 절대 일어나지 않겠지? 아니야. 그것은 믿을 수 없어. 내게는 또 다른 신조가 있어. 어느 누구도 내게 가르쳐 주지 않았고 거의 입 밖에 내본 적도 없었던 신조야. 그러나 나는 그 신조에 기뻐하고 그것을 고수하고 있어. 그것이 모두에게 희망을 주니까. 그 신조는 내세를 공포와 미로가 아니라 안식처와 거대한 집으로 만들어 줘. 게다가 이 신조를 품고 있으면 죄지은 사람과 죄를 매우 명확하게 분리시킬 수가 있어. 그래서 나는 죄지은 사람은 진심으로 용서할 수 있지만 죄 자체는 질색이야. 이런 신조를 지니고 있으면 복수 때문에 마음이 괴로운 법도 전혀 없고, 타락에 대해 강한 혐오감을 느끼는 법도 없고, 불의 때문에 내가 완전히 짓밟히는 법도 없어. 나는 죽음을 기다리며 조용히 살고 있어.」

　항상 앞으로 수그린 듯한 헬렌의 머리가 이 말을 끝마칠 때쯤에는 더 낮게 수그러졌다. 그녀의 표정을 보고 나는 그녀

---

20 「고린토인들에게 보낸 첫째 편지」 15장 52~53절. 〈마지막 나팔 소리가 울릴 때에 순식간에 눈 깜짝할 사이도 없이 죽은 이들은 불멸의 몸으로 살아나고 우리는 모두 변화할 것입니다. 이 썩을 몸은 불멸의 옷을 입어야 하고 이 죽을 몸은 불사의 옷을 입어야 하기 때문입니다.〉

가 더 이상 나와 이야기를 나누지 않고 그녀 자신의 생각과 대화하고 싶어 한다는 것을 알았다. 그녀에게는 깊은 생각에 잠길 시간이 많이 허용되지 않았다. 곧 몸집이 크고 거친 반장이 다가와서 강한 컴벌랜드[21] 사투리로 소리쳤다.

「헬렌 번스. 즉시 가서 네 서랍을 정리하고 바느질감을 개켜 두지 않으면 스캐처드 선생님한테 이를 거야.」

헬렌은 자신의 몽상이 도망가 버리자 한숨을 쉬며 일어서서 아무 말 없이 지체하지 않고 반장의 말에 따랐다.

21 이전의 잉글랜드 북서부의 주.

제7장

　로우드에서 보낸 내 첫 학기는 한 시대만큼 길게 느껴졌다. 그러나 그것은 황금시대가 아니었다. 새 규칙들과 익숙하지 않은 일과를 익혀 나가는 어려움과의 넌더리 나는 싸움의 연속이었다. 이런 일을 제대로 해내지 못할지도 모른다는 두려움이 생활하면서 겪는 육체적인 고초보다 더 힘들게 나를 괴롭혔다. 그렇다고 해서 육체적인 고초가 결코 적은 것은 아니었다.

　1월과 2월 내내 그리고 3월 잠깐 동안, 깊게 쌓인 눈과 눈이 녹은 후에는 거의 지나다닐 수 없는 길 때문에 교회에 가는 것을 제외하고는 교정 담장 밖으로 나가는 것이 불가능했다. 그러나 이런 제약 속에서도 우리는 매일 한 시간씩 바깥 바람을 쐬어야 했다. 우리의 옷은 혹독한 추위를 막아 주기에는 턱없이 부족했다. 장화가 없었기 때문에 눈이 신발 속으로 들어와 녹았다. 장갑을 끼지 않은 손은 곱아서 온통 동상에 걸렸고 발도 마찬가지였다. 발이 부어오르면 동상 때문에 매일 밤 참아야 했던 미칠 것 같은 염증과, 아침에 퉁퉁 붓고 아리고 뻣뻣한 발가락을 신발 속으로 쑤셔 넣을 때의 고통이 아직도 기억에 생생하다. 그 당시에는 음식을 조금밖에 배당

받지 못해서 견디기가 힘들었다. 성장기의 아이들이라 식욕이 왕성했지만 우리는 허약한 병자를 연명시키기에도 부족할 정도밖에 먹질 못했다. 이렇게 먹을 것이 부족하자 괴롭히는 일이 생겨났고 하급생들이 심하게 괴롭힘을 당했다. 배고픈 상급생들은 기회가 있을 때마다 하급생들을 구슬리거나 위협해서 그들 몫의 음식을 빼앗았다. 다과 시간에 배급된 귀한 갈색 빵 조각을 요구하는 두 상급생에게 내 몫을 나눠 줘야 하는 일이 여러 번 있었다. 세 번째 요구자에게 커피 잔에 담긴 커피의 반을 넘기고 난 후 나는 배가 너무 고픈 나머지 몰래 눈물을 흘리며 나머지를 들이켰었다.

그 겨울에는 일요일이 비참한 날이었다. 우리는 후원자가 예배를 집전하는 브로클브리지 교회까지 2마일을 걸어가야 했다. 출발할 때도 추웠지만 교회에 도착하면 더 추웠다. 오전 예배를 보는 동안 온몸이 거의 마비되었다. 식사를 하러 학교로 돌아가기에는 거리가 너무 멀었기 때문에 평소 식사 때 지급되는 것과 똑같이 눈곱만큼의 차가운 고기와 빵이 오전 예배와 오후 예배 사이에 제공되었다.

오후 예배가 끝나면 우리는 바람을 막아 줄 것이 아무것도 없는 험한 길을 따라 돌아왔다. 굽이굽이 이어진 눈 덮인 산 정상을 넘어 북쪽으로 불고 있는 혹독한 겨울바람이 얼굴 살을 도려내는 것 같았다.

템플 선생님이 얼음장 같은 바람에 펄럭이는 체크무늬 코트를 바싹 잡아 여미고 축 처져 걷고 있는 우리 줄 옆에서 가볍고 빠르게 걸으며 훈계와 본보기를 통해 우리가 선생님 말씀대로 〈용감한 군인처럼〉 전진하도록 격려해 주던 모습이 지금도 기억에 남아 있다. 불쌍한 다른 선생님들은 대개 그들 자신이 기진맥진해서 다른 사람의 기운을 북돋아 줄 엄두조차 내지 못했다.

학교로 돌아오면 우리는 활활 타오르는 불꽃의 빛과 열기를 얼마나 갈망했는지 모른다. 그러나 적어도 하급생들에게는 이것이 거부되었다. 상급생들이 교실에 있는 모든 난로를 두 줄로 금세 둘러싸 버리면 하급생들은 앞치마에 추위로 감각이 마비된 양팔을 감싸고 그들 뒤에 무리 지어 웅크리고 앉았다.

다과 시간에 빵이 두 배로, 그러니까 반 조각 대신 온전하게 한 조각 다 배급되고 거기에 추가로 버터가 얇게 발라져 나오면서 약간의 위안이 찾아왔다. 그것은 일요일마다 우리 모두가 고대했던 특별식이었다. 대개는 용케 이 풍요로운 식사의 절반을 차지할 수 있었지만 나머지는 항상 어쩔 수 없이 나눠 주어야만 했다.

일요일 저녁 시간은 교회의 교리 문답과 「마태오의 복음서」 5, 6, 7장을 암송하고 밀러 선생님이 읽어 주는 긴 설교문을 들으면서 보냈다. 참지 못하고 자꾸 나오는 밀러 선생님의 하품은 그녀 역시 녹초가 되었음을 보여 주었다. 이 공연 도중에 자주 일어나는 막간극은 반쯤 잠이 든 몇몇 하급생들이 유디코[22] 역을 직접 연기하는 것이었다. 그들은 잠을 못 이기고 삼층은 아니지만 네 번째 줄 의자에서 떨어졌다가 반쯤 죽은 상태로 들어 올려졌다. 치료 방법은 그들을 교실 한가운데로 밀어낸 다음 설교가 끝날 때까지 그곳에 서 있도록 하는 것이었다. 때로는 그들이 잠에 취해 다리가 풀려서 무더기로 함께 쓰러지기도 했다. 그러면 반장의 높은 의자로 그들을 받쳐 놓았다.

나는 브로클허스트 씨가 방문했는지에 대해 아직까지 아무 말도 하지 않았다. 사실 그 신사는 내가 도착하고 난 후 처

22 「사도행전」 20장 9절에 나오는 이야기로, 유디코는 바울의 설교를 듣던 도중 3층에서 떨어져 죽었다가 바울에 의해 다시 살아난다.

음 한 달 동안 거의 집을 떠나 있었다. 아마도 친구인 부감독과 함께 지내는 기간을 연장했는지도 모른다. 그가 집을 떠나 있는 것에 나는 오히려 안심했다. 그가 오는 것을 두려워할 내 나름대로의 이유가 있다는 데 대해 굳이 말할 필요가 없을 것이다. 그러나 결국 그가 오고 말았다.

어느 날 오후(내가 로우드에 온 지 석 주가 되었을 때였다) 손에 석판을 들고 앉아 긴 나눗셈 문제로 고민하면서 망연하게 창밖을 바라보던 내 시야에 막 그 앞을 지나가고 있는 사람의 모습이 들어왔다. 나는 거의 본능적으로 그 마른 모습을 알아보았다. 그리고 2분 후에 선생님들을 비롯한 전교생이 한꺼번에 일어섰다. 누구를 맞이하기 위해 그러는 것인지 확인하기 위해 굳이 고개를 들고 살펴볼 필요도 없었다. 긴 다리가 큰 걸음으로 교실을 가로질러 가더니 곧 함께 일어서 있던 템플 선생님 곁에 나란히 섰다. 게이츠헤드의 난로 옆 양탄자 위에서 나를 그토록 불길하고 언짢은 표정으로 바라보던 그 검은 기둥이…… 나는 이 건물같이 생긴 사람을 곁눈질로 바라보았다. 그랬다. 내 예상이 맞았다. 외투의 단추를 턱까지 채우고 있는 그 사람은 그 어느 때보다 더 길고, 더 홀쭉하고, 더 엄격해 보이는 브로클허스트 씨였다.

내게는 이 뜻하지 않은 출현에 당황해 할 만한 나름대로의 이유가 있었다. 내 성질 등에 대한 리드 부인의 성의 없는 암시와, 내 못된 성격을 템플 선생님과 다른 선생님들에게 알리겠다는 브로클허스트 씨의 다짐이 내 기억 속에 생생하게 남아 있었다. 나는 이 약속이 이행되지나 않을까 줄곧 두려웠었다. 그래서 날마다 〈돌아올 사람〉이 찾아오지 않을까 밖을 내다보았다. 내 과거의 생활과 대화를 그가 다른 사람들에게 알리면 나는 영원히 못된 아이로 낙인찍힐 것이다. 지금 그가 와 있었다.

그는 템플 선생님 곁에 서서 선생님에게 귓속말을 하고 있었다. 내 악행을 폭로하고 있는 것이 확실했다. 나는 선생님의 눈을 가슴 졸이며 바라보면서 선생님의 검은 눈동자가 혐오와 경멸의 시선을 내게 보낼 것이라고 매 순간 예상했다. 또한 열심히 귀를 기울였다. 마침 나는 방 안쪽 맨 끝에 앉아 있었기 때문에 그들의 말소리가 거의 다 들렸다. 그들이 하는 말을 듣고 나자 당장은 걱정을 하지 않아도 될 것 같았다.

「템플 선생, 내가 로튼에서 산 실이 괜찮을 것 같소. 그 실의 질이 옥양목 슈미즈를 만들기에 딱 맞을 것이라는 생각이 들더군요. 그리고 거기에 맞는 바늘도 골랐소. 스미스 선생에게 내가 뜨개질바늘을 기록에서 빠뜨렸다고 알려 줘요. 다음 주에 그녀에게 몇 가지 서류를 보내 주겠다고요. 그리고 어떤 일이 있더라도 학생 한 명당 한 번에 한 개 이상은 나누어 주지 말라고 스미스 선생에게 이르도록 해요. 한 개 이상을 갖게 되면 학생들이 부주의해져서 잊어버리기 십상이니까요. 그리고 선생! 모직 양말을 더 잘 관리하도록 해요. 지난번 여기 왔을 때 뒤뜰에 들어갔다가 빨랫줄에 널려 있는 옷들을 유심히 보게 되었는데 검은 양말의 수선 상태가 엉망이더군요. 양말에 난 구멍의 크기로 보았을 때 이따금씩 제대로 수선이 안 된 게 틀림없었소.」

그가 말을 잠시 멈췄다.

「지시하신 것들은 잘 처리하겠습니다.」 템플 선생님이 말했다.

「그리고, 선생.」 그가 말을 계속했다. 「세탁부가 그러는데 몇몇 여학생들이 한 주에 깨끗한 깃을 두 개나 쓴다고 하더군요. 그건 너무 많소. 규칙상 하나로 제한하고 있는데.」

「그 상황에 대해서는 설명드릴 수 있습니다. 지난 주 목요일에 아그네스와 캐서린 존스턴이 로튼에 사는 몇몇 친구들과 차를 마시도록 초대를 받았어요. 그래서 제가 그들에게 깨끗한 깃을 달고 가도록 허락해 주었습니다.」

브로클허스트 씨가 고개를 끄덕였다.

「좋아요. 한 번은 그냥 넘어갈 수 있소. 그러나 제발 그런 상황이 너무 자주 일어나지 않게 해줘요. 그리고 날 놀라게 한 일이 또 있소. 가정부와 계산을 맞춰 보다 점심 식사에 빵과 치즈가 지난 이 주 동안 두 번이나 학생들에게 배급된 사실을 발견했소. 이게 어찌된 거죠? 규정을 살펴보았지만 점심으로 그런 식사가 언급된 것을 보질 못했소. 이런 개혁을 누가 시작한 거요? 무슨 권한으로요?」

「그 상황은 제 책임입니다.」 템플 선생님이 대답했다. 「아침 식사가 형편없어서 학생들이 제대로 밥을 먹지 못했습니다. 점심 식사 때까지 학생들을 계속 굶길 수가 없었습니다.」

「선생, 잠깐만요. 이 여학생들에 대한 내 교육 방침은 그들을 사치와 나태함의 습관에 익숙하게 만들어 주는 것이 아니라 그들을 강인하고 참을성 있고 금욕적인 사람으로 만드는 것이란 사실을 잊지 말아 주시오. 한 끼 식사를 망친다거나, 음식에 드레싱이 너무 많거나 혹은 너무 적은 경우처럼 설사 우연히 식욕을 실망시키는 작은 일이 일어난다 해도 더 맛있는 것으로 놓친 안락함을 대체함으로써 그 일을 중화시키려 해서는 안 되는 법이오. 그렇게 되면 육체가 하고 싶은 대로 하게 해줌으로써 이 시설의 목적을 무화시키는 거니까요. 그런 일이 일어나면 일시적인 결핍하에서도 불굴의 정신을 보여 주도록 학생들을 북돋아 줌으로써 그들이 정신적인 계몽에 이를 수 있는 기회로 활용되어야 해요. 그런 경우에 간결하게 훈계를 해주면 시기적절한 일이라 할 수 있겠죠. 현명한 교사는 그것을 초기 기독교인들의 고난과 순교자들의 고통, 제자들에게 십자가를 짊어지고 자신을 뒤따르라고 말씀하신 예수님의 가르침과 〈사람이 빵으로만 사는 것이 아니라 하느님의 입에서 나오는 모든 말씀으로 살리라〉[23]는 예수님의 경고, 그리고 〈옳은 일에 주리고 목마른 사람은 행복하다〉[24]라는 예수님의 신성한 위로를 언급하는 기회로 삼을 것이오. 아, 선생. 탄 포리지 대신 빵과 치즈를 이 아이들의 입에 넣어줌으로써 비천한 그들의 몸을 살찌게 했을지는 모르지만, 아이들의 불멸의 영혼을 얼마나 굶겼는지에 대해서는 선생이 전혀 생각하지 않았소.」

브로클허스트 씨가 감정에 복받쳐서 그랬는지 다시 말을 멈췄다. 템플 선생님은 처음에 그가 말을 시작했을 때는 아래를 내려다보았지만 이제는 앞을 똑바로 응시하고 있었다. 그렇지 않아도 대리석처럼 창백한 그녀의 얼굴이 이제는 대리석의 그 차갑고 딱딱한 성질을 띠기 시작하는 것처럼 보였다. 특히 그녀의 입은 조각가의 끌로나 열 수 있을 듯 꼭 닫혔고 이마는 점차 화석처럼 굳어졌다.

그동안 브로클허스트 씨는 양손으로 뒷짐을 진 채 난롯가에 서서 위엄 있게 전교생을 훑어보았다. 뭔가를 보고 눈이 부셨거나 충격을 받은 듯 그가 갑자기 눈을 깜박였다. 몸을 돌리며 그가 지금까지보다 더 빠른 말투로 말했다.

「템플 선생, 템플 선생. 머리를 만 저 여학생은 도대체, 도대체 누구요? 빨간 머리를 말다니, 선생! 머리 전체를 곱슬거리게 말다니.」 그러고는 지팡이로 그 끔찍한 대상을 가리켰다. 그의 손이 부들부들 떨리고 있었다.

「줄리아 세번입니다.」 템플 선생님이 매우 조용히 대답했다.

「줄리아 세번이라고요, 선생? 그런데 왜 저 학생은, 아니 다

23 「마태오의 복음서」 4장 4절.
24 「마태오의 복음서」 5장 6절, 「루가의 복음서」 6장 21절, 「베드로서」 3장 14절.

른 누구건, 머리를 마는 것이오? 이 학교의 온갖 가르침과 원칙을 무시하고 복음을 전파하는 자선 시설인 이곳에서 머리를 온통 곱슬머리 덩어리로 만들며 왜 저 애는 속세를 저렇게 대놓고 따르는 것이오?」

「줄리아는 선천적으로 곱슬머리입니다.」 템플 선생님이 훨씬 더 조용히 대꾸했다.

「선천적이라! 그렇군요, 그러나 우리는 타고난 상태를 따르면 안 되오. 나는 이 여학생들이 하느님의 은총을 받은 아이들이 되기를 바라오. 그런데 왜 저렇게 부한 것이오? 머리를 바싹 당겨서, 수수하고 검소하게 정리하고 다니길 바란다고 내가 몇 번이나 말하지 않았소? 템플 선생, 저 여학생의 머리를 완전히 잘라 내시오. 내일 이발사를 보내겠소. 그리고 머리를 너무 길게 기른 다른 학생들도 보이는군요. 저기 키큰 학생에게 돌아서라고 하시오. 상급 학생들에게 모두 일어서서 얼굴을 벽 쪽으로 돌리라고 해요.」

템플 선생님은 자신도 모르게 번지는 미소를 닦아 내려는 듯 손수건을 입술로 가져갔다. 그러나 그녀는 명령을 내렸고 상급반 학생들은 그 명령의 의미가 무엇인지 알아듣자 그에 따랐다. 내가 의자 등 쪽으로 몸을 약간 기대자 이 조치에 대한 의견을 표출한 표정들과 찡그린 얼굴들이 보였다. 브로클허스트 씨가 그것을 보지 못하는 점이 유감이었다. 그랬다면 그는 자신이 외부적인 간섭은 마음대로 할 수 있지만 마음속은 자신이 상상하는 것보다 훨씬 더 간섭이 미치지 않는다는 점을 느꼈으리라.

그는 5분 정도 이 살아 있는 메달들의 뒷면을 자세히 뜯어보고 나서 다음과 같이 선고를 내렸다. 이 말이 애도의 종소리처럼 내려앉았다.

「위로 묶어 올린 저 머리카락을 전부 자르도록 하시오!」

템플 선생님이 항의를 하려는 것 같았다.

「선생.」 그가 말을 이었다. 「내가 섬기는 주님의 왕국은 이 세상에 있지 않소. 내 임무는 이 여학생들에게서 육체의 탐욕을 억제시켜 주는 것이오. 내 임무는 그들에게 땋은 머리와 비싼 옷이 아니라 부끄러움과 절제로 옷 입는 법을 가르치는 것이오. 우리 앞에 있는 어린아이들 모두 허영심 자체가 땋은 것처럼 늘어뜨려 놓은 머리카락을 한 오라기라도 전부 다 가지고 있소. 반복해서 말하지만 이것들은 잘라 내야 하오. 허비된 시간을 생각해 보시오.」

여기서 브로클허스트 씨의 말이 중단되었다. 세 명의 다른 숙녀 방문객들이 방으로 들어왔다. 그들이 좀 더 일찍 와서 옷에 대한 그의 강연을 들었어야 했다. 그들이 벨벳과 실크와 모피로 화려한 옷차림을 하고 있었기 때문이다. 세 사람 중 나이가 더 적은 두 사람(열여섯과 열일곱 살의 세련된 아가씨들)은 당시 유행이던, 타조 깃털이 달린 회색 비버 모자를 쓰고 있었고 우아한 모자 테두리 밑으로는 공들여 만 삼단 같은 밝은 색 머리가 치렁치렁하게 흘러내렸다. 나이 든 숙녀는 담비로 가장자리를 두른 비싼 벨벳 숄로 몸을 감싸고 있었고 프랑스식 컬로 된 앞머리 가발을 쓰고 있었다.

템플 선생님은 브로클허스트 부인과 딸들인 이 숙녀들을 정중하게 맞았고 그들을 방 안쪽 끝에 있는 귀빈석으로 안내했다. 그들은 목사인 남편이자 아버지와 함께 마차를 타고 와서 그가 가정부와 사무를 처리하고, 세탁부에게 질문하고, 교장 선생님에게 설교를 하는 동안 위층에 있는 방을 샅샅이 뒤지고 다니며 자세하게 검사를 하고 있었던 것 같았다. 그들이 리넨 관리와 기숙사 검사를 담당하고 있는 스미스 선생님에게 여러 가지를 지적하며 선생님을 꾸짖기 시작했다. 그러나 나는 그들의 말을 들을 시간이 없었다. 다른 일들에 내 관심이 온통 쏠려 있었기 때문이다. 이때까지 나는 브로클허스트 씨와 템플 선생님의 대화를 주워들으면서 동시에 내 개인적인 안전을 확보할 수 있는 방책을 게을리하지 않았다. 눈에 띄는 것만 피하면 목적을 이룰 수 있을 것 같은 생각이 들었다. 그래서 긴 의자에 깊숙이 몸을 기대고 앉아 셈을 하느라 바쁜 척하며 석판으로 얼굴을 가리고 있었다. 어찌된 일인지 몹쓸 석판이 내 뜻을 거역하고 손에서 미끄러져 귀청이 떨어질 정도로 큰 소리를 내며 떨어지는 바람에 모든 사람의 시선이 즉시 내게로 몰리지만 않았더라도 나는 들키지 않고 그 상황을 잘 모면할 수 있었으리라. 그러나 이제 모든 것이 끝났다. 나는 두 동강 난 석판을 줍기 위해 몸을 구부리면서 최악의 상황을 대비하도록 기운을 모았다. 드디어 올 것이 왔다.

「조심성 없는 여학생 같으니라고!」 브로클허스트 씨가 말하고는 즉시 덧붙였다. 「새로 온 학생인 것 같군.」 내가 미처 숨을 돌리기도 전에 그가 말했다. 「저 애에 대해 할 말이 있다는 걸 잊어버리면 안 되지.」 그런 다음 그가 큰 소리로 말했다. 그 소리가 내게 얼마나 크게 들렸던지! 「석판을 깬 학생을 앞으로 나오게 하시오!」

나는 내 힘으로는 꿈쩍도 하지 못했을 것이다. 온몸이 마비되었다. 그러나 내 양쪽에 앉아 있던 큰 여학생 두 명이 나를 일으켜 세우고 무시무시한 심판관 앞으로 떠밀자 템플 선생님이 부드럽게 나를 붙잡아서 그의 발치까지 가도록 도와주었다. 그녀가 내게 조그맣게 조언을 속삭여 주었다.

「제인, 두려워하지 마라. 그것이 사고라는 걸 나는 알아. 벌을 받지 않을 거야.」

그녀의 친절한 말이 칼날처럼 내 가슴을 찔렀다.

〈1분 후면 선생님이 날 위선자라고 경멸할 거야〉라는 생각이 들었다. 그런 확신이 들자 리드와 브로클허스트 등에 대한 분노의 충동이 격하게 일었다. 나는 헬렌 번스가 아니었다.

「그 의자를 가져오너라.」 브로클허스트 씨가 반장이 막 일어선 매우 높은 의자를 가리켰다. 곧 의자가 대령되었다.

「그 위에 저 아이를 앉혀라.」

나는 누군가에 의해 의자 위에 올려졌다. 세부적인 사항들에 주목할 만한 겨를이 없었다. 내가 의식할 수 있었던 것은 그들이 나를 브로클허스트 씨의 코 높이까지 올려놓았고, 그가 내게서 채 1미터도 안 되는 지척에 있으며, 오렌지 색조와 보라색의 실크 외투 자락과 은색 깃털의 구름이 내 아래에 펼쳐져서 흔들리고 있다는 것뿐이었다.

브로클허스트 씨가 헛기침을 했다.

「숙녀 여러분!」 그가 자기 가족 쪽으로 몸을 돌리며 말했다. 「템플 선생님, 여러 선생님들, 그리고 학생 여러분. 여러분 모두 이 여학생이 보입니까?」

물론 그들 모두 나를 보고 있었다. 그들의 시선이 타들어 가는 내 살갗에 댄 화경처럼 뜨겁게 느껴졌기 때문이다.

「저 아이가 아직 어리다는 사실을 여러분도 알 겁니다. 저 아이가 보통 아이처럼 생겼다는 것이 보일 겁니다. 하느님은 자비롭게도 우리 모두에게 주신 것과 똑같은 모습을 저 아이에게도 주셨습니다. 저 아이를 두드러져 보이게 할 만한 뚜렷한 기형이 없습니다. 악마가 저 아이를 이미 자신의 종이자 심부름꾼으로 삼았다는 생각을 누가 할 수 있겠습니까? 그러나 이런 말을 하기 유감스럽지만 사실은 그렇습니다.」

잠시 침묵이 흘렀다. 그동안 나는 마비된 신경을 진정시키고 루비콘 강을 이미 건넜다고 느끼기 시작했다. 더 이상 피할 수 없는 시련은 굳건하게 참고 견뎌 내야 했다.

「친애하는 여러분.」 검은 대리석 같은 목사가 비장하게 말을 계속했다. 「이것은 슬프고도 우울한 일입니다. 하느님의 양이 되어야 할 이 아이가 사실은 버림받은 아이라는 점을 여러분에게 경고해 주는 것이 내 의무가 되었기 때문입니다. 저 아이는 진짜 양 떼의 일원이 아니라 침입자이자 이방인입니다. 저 아이를 항상 경계해야 합니다. 저 아이를 본받아서는 안 됩니다. 필요에 따라서는 저 애와 함께 있는 것을 피하고, 같이 놀지 말아야 합니다. 저 애를 제외시키고 말동무도 해주지 말아야 합니다. 선생님들, 저 아이를 잘 감시하기 바랍니다. 저 아이의 모든 움직임을 놓치지 말고, 저 아이의 말을 잘 따져 보고, 저 아이의 행동을 자세하게 살펴보고, 저 아이의 영혼을 구하기 위해 육체를 벌주십시오. 실제로 그런 구원이 가능하다면 말입니다. 왜냐하면 (이 말을 하는 동안 혀가 잘 돌아가지 않는군요) 이 여자아이는, 이 아이는, 기독교 국가에서 태어난 이 아이는 브라마[25]에게 기도하고 크리슈나[26] 앞에 무릎을 꿇은 수많은 이교도 아이들보다 더 나쁜 거짓말쟁이이기 때문입니다!」

10분 동안 휴식 시간이 있었고, 이때쯤 완전히 제정신으로 돌아온 나는 브로클허스트 씨의 딸들이 모두 손수건을 꺼내서 눈에 대고 있고, 나이 든 숙녀가 몸을 앞뒤로 흔들고 있는 모습을 바라보았다. 두 젊은 숙녀들이 〈정말 기가 막히는군!〉하고 속삭였다. 브로클허스트 씨가 다시 말하기 시작했다.

「나는 이 사실을 저 아이의 은인으로부터 들었습니다. 고아 상태인 저 아이를 양녀로 맞아 친딸처럼 키운 경건하고 자비심 많은 숙녀로부터요. 저 불행한 아이가 그녀의 친절함과 관대함을 너무나 못되고 끔찍하게 배은망덕으로 갚았기 때문에 결국 저 아이의 훌륭한 후원자는 혹시라도 친자식들이 못된 저 아이를 본받아 순수함을 오염시키지나 않을까 하는

25 힌두교 최고의 신.
26 인도 신화에서 비시누 신의 제8화신.

노파심에서 어쩔 수 없이 친자식들과 떼어 놓을 수밖에 없었습니다. 옛날 유대인들이 병자들을 베짜타의 거친 못으로 보낸 것처럼[27] 그 숙녀는 저 아이를 고치려고 여기로 보냈습니다. 그러니 선생님들과 교장 선생님, 여러분에게 저 애 주변의 물이 썩지 않도록 주의해 주길 간청합니다.」

이렇게 장엄하게 결론을 내리고 나서 브로클허스트 씨는 외투의 맨 위 단추를 매만진 다음 가족들에게 뭐라고 중얼거렸다. 그러자 그의 가족들이 일어서서 템플 선생님에게 절을 했고 지체 높은 분들 모두 당당하게 교실에서 걸어 나갔다. 문간에서 내 심판관이 몸을 돌려 말했다.

「저 아이를 저 의자 위에 30분 동안 더 세워 두시오. 오늘 남은 시간 동안에는 어느 누구도 저 애에게 말을 걸지 말도록 하시오.」

나는 높은 의자에 올려진 채 서 있었다. 교실 한가운데에 서 있는 수치를 견딜 수 없다고 말했던 내가 이제는 불명예의 단 위에서 모두의 시선을 받으며 노출되어 있었다. 내가 어떤 기분이었는지 어떤 말로도 표현할 수가 없다. 그런 기분이 들자 숨이 턱턱 막히고 목이 죄어 왔다. 한 여학생이 내 곁을 지나갔다. 지나갈 때 그녀가 눈을 들어 나를 바라보았다. 얼마나 묘한 빛이 그 눈 속에 깃들어 있었던가! 그 눈빛 때문에 얼마나 묘한 느낌이 온몸을 훑고 지나갔던가! 새로운 감정이 얼마나 나를 든든하게 받쳐 주었던가! 그것은 마치 순교자나 영웅이 노예나 희생자 옆을 지나가면서 힘을 불어넣어 준 것과 같았다. 나는 점점 더 격렬해지는 흥분을 가라앉힌 다음 머리를 꼿꼿하게 들고 의자 위에 똑바로 서 있었다. 헬렌 번스가 스미스 선생님에게 바느질에 대해 대수롭지 않은 질문

27 「요한의 복음서」 5장 2~9절 참조.

을 했고 중요하지도 않은 질문을 했다며 꾸지람을 들은 다음 자기 자리로 돌아가면서 내게 미소를 보냈다. 얼마나 굉장한 미소였던가! 지금도 생생하게 기억난다. 그 미소가 뛰어난 지성과 진정한 용기의 발산이었음을 나는 알고 있다. 그 미소는 천사의 모습을 반영한 것처럼 그녀의 두드러진 용모와 마른 얼굴, 움푹 들어간 갈색 눈을 환하게 밝혀 주었다. 그러나 그 순간 헬렌 번스는 팔에 〈복장 불량 배지〉를 달고 있었다. 불과 한 시간 전에 나는 그녀가 연습 문제를 베끼면서 팔을 얼룩지게 만들었다는 이유로 스캐처드 선생님으로부터 다음 날 아침 빵과 물만 먹으라는 벌을 선고받는 소리를 들었다. 인간의 불완전한 본성이란 원래 이런 것이다. 그런 오점들은 가장 깨끗한 별의 표면에도 있는 법이다. 스캐처드 선생님 같은 사람의 눈에는 그런 사소한 결점만 보일 뿐 그 별의 찬란한 빛은 보이지 않는다.

제8장

　30분이 채 지나기 전에 5시 종이 울렸다. 수업이 끝나고 모두 차를 마시러 식당으로 들어갔다. 나는 그제야 겨우 내려갈 수 있었다. 어둠이 짙게 깔린 황혼이었다. 나는 구석으로 가서 바닥에 앉았다. 지금까지 나를 지탱해 주었던 마법이 조금씩 풀리기 시작했다. 반응이 일어났고 곧 나는 격한 슬픔에 사로잡혀서 바닥에 쓰러져 엎드렸다. 울음이 터져 나왔다. 헬렌 번스도 없었다. 나를 지탱해 줄 것이 아무것도 없었다. 혼자 남게 되자 나는 실컷 울었다. 눈물이 바닥 널빤지를 흥건하게 적셨다. 나는 로우드에서 착하게 지내며 정말로 많은 것을 하고 싶었다. 친구도 많이 사귀고 존경과 사랑을 받고 싶었다. 이미 눈에 띄게 좋아졌었다. 바로 그날 아침만 해도 나는 우리 반에서 일등을 했다. 밀러 선생님이 나를 따뜻하게 칭찬해 주었고 템플 선생님은 동의의 미소를 지었다. 템플 선생님은 내가 두 달 동안 계속해서 비슷하게 향상을 보이면 그림 그리는 것을 가르쳐 주고 프랑스어를 배우게 해주겠다고 약속했다. 동료 여학생들은 나를 인정해 주었고 동갑내기 여학생들은 나를 동등하게 대해 주었으며 어느 누구도 나를 괴롭히지 않았다. 그러나 이제 이곳에서도 나는 다시 짓이겨지고 짓밟힌 채 누워 있다. 내가 다시 일어설 수 있을까?

〈절대 그럴 수 없을 거야.〉 그런 생각이 들자 죽고 싶은 마음이 굴뚝같았다. 흐느끼면서 이 소원을 띄엄띄엄 말하고 있을 때 누군가가 다가왔다. 나는 깜짝 놀라 일어섰다. 다시 헬렌 번스가 내 곁으로 왔다. 꺼져 가는 난롯불이 길고 텅 빈 교실을 걸어오는 그녀를 비춰 줄 뿐이었다. 그녀가 내게 커피와 빵을 가져왔다.

「자, 뭐 좀 먹어 봐.」 그녀가 말했다. 그러나 현재 상태로는 커피 한 방울이나 빵 한 부스러기라도 먹으면 목에 걸려 숨이 막힐 것 같아서 모두 밀쳐 냈다. 헬렌이 놀란 듯 나를 바라보았다. 아무리 애를 써도 이제는 흥분 상태를 진정시킬 수가 없었다. 나는 계속 큰 소리로 울었다. 그녀가 내 옆의 바닥에 앉아 양손으로 세운 무릎을 감싸고는 그 위에 머리를 기댔다. 그 자세로 그녀는 인도인처럼 조용히 앉아 있었다. 먼저 입을 연 사람은 나였다.

「헬렌, 왜 모두가 거짓말쟁이라고 여기는 애 옆에 있는 거야?」

「모두라고, 제인? 네가 거짓말쟁이라고 불리는 걸 들은 사람은 겨우 80명밖에 안 돼. 세상에는 수억 명이 살고 있어.」

「그렇지만 수백 만이 나하고 무슨 상관 있어? 그 80명이 날 경멸하는 걸 알고 있는데.」

「제인, 그건 네가 잘못 생각하는 거야. 아마 학교의 어느 누구도 널 경멸하거나 싫어하지 않을 거야. 많은 사람들이 널 무척 안됐다고 생각할 거라 믿어.」

「브로클허스트 씨가 한 말을 들었는데 어떻게 날 안됐다고 생각하겠어?」

「브로클허스트 씨가 신은 아니잖아. 또한 훌륭하거나 존경받는 사람도 아니고. 여기서 그를 좋아하는 사람은 거의 없어. 오히려 네가 특별히 귀여움을 받았다면 아마 공공연하게 든 암암리든 사방에 네 적이 생겼을 거야. 그런데 사실 할 수 만 있다면 많은 사람들이 너에게 동정을 표시할 거야. 선생님 들과 학생들이 처음 하루 이틀 동안에는 널 차갑게 대할 거 야. 그렇지만 그들 마음속에는 따뜻한 감정이 숨겨져 있어. 그리고 네가 잘 참고 지내면 일시적으로 억눌러 놓은 것 때문 에 이런 따뜻한 감정이 머지않아 더욱더 확실하게 표출될 거 야. 게다가 제인……」 그녀가 말을 멈췄다.

「뭔데, 헬렌?」 내가 그녀의 손을 잡으며 말했다. 그녀가 내 손을 부드럽게 비벼서 따뜻하게 해주며 말을 계속했다.

「세상 사람들 모두가 널 미워하고, 네가 못됐다고 믿는다 해도 네 자신의 양심이 떳떳하고 죄책감을 느끼지 않는다면 네 곁에는 친구들이 있을 거야.」

「아니, 나 자신을 좋게 생각해야 한다는 건 알아. 그렇지만 그것만으로는 충분하지 않아. 만약 다른 사람들이 날 사랑하 지 않으면 그렇게 사느니 죽는 게 나아. 나는 외로움과 미움 받는 것을 참을 수가 없어, 헬렌. 이걸 봐. 너나 템플 선생님, 혹은 내가 진정으로 사랑하는 사람들로부터 진짜 사랑을 받 기 위해서라면 팔뼈가 부러지거나 황소에게 받히거나 발길질 하는 말 뒤에 서서 말발굽에 가슴을 차이는 일도 기꺼이 감수 할 수 있어.」

「쉿, 제인! 너는 인간의 사랑을 너무 중요하게 생각하는구 나. 너는 너무 충동적이고 격렬해. 너의 몸을 만들고 그것에 생명을 불어넣으신 하느님의 손은 네 연약한 자신이나 너만 큼 연약한 다른 피조물들 이외의 다른 방책도 너에게 마련해 두셨어. 이 세상 외에도, 인류 외에도, 눈에 보이지 않는 세상 과 영혼들의 왕국이 있어. 그 세상이 우리 주변에 존재하고 있어. 그 세상은 사방에 존재하니까. 그리고 그 영혼들이 우리를 바라보고 있어. 그들의 임무는 우리를 수호하는 것이거든. 그리고 우리가 고통과 수치로 죽어 가면, 사방에서 조소가 우리를 괴롭히고 미움이 우리를 짓밟으면, 천사들이 우리의 고통을 보고 우리의 결백함을 인정해 줘. (우리가 정말로 결백하다면 말이야. 브로클허스트 씨가 리드 부인으로부터 간접적으로 듣고 설득력 없이 과장해서 반복하는 이 비난으로부터 네가 결백하다는 것을 나는 알아. 네 열렬한 눈빛과 맑은 얼굴에서 진지한 본성을 읽을 수 있으니까.) 하느님은 육체로부터 영혼이 분리되기를 기다렸다가 우리에게 완전한 보상을 해주시지. 그렇다면 인생이 그렇게 빨리 끝나 버리고 죽음이 행복으로 — 영광으로 — 들어가는 너무나 확실한 길인데 왜 우리가 비탄에 빠져 주저앉아 있어야 하는 거지?」

나는 조용해졌다. 헬렌이 나를 진정시켜 주었다. 그러나 그녀가 내게 준 평온함에는 말로 표현할 수 없는 슬픔이 섞여 있었다. 그녀가 말할 때 슬프다는 인상을 받았지만 그 슬픔이 어디서 온 것인지 알 수가 없었다. 그녀가 말을 마치고 숨을 약간 빠르게 쉬면서 짧게 기침을 했을 때 나는 잠시 내 자신의 슬픔을 잊어버리고 그녀에 대한 막연한 걱정에 빠졌다.

헬렌의 어깨에 머리를 기대고서 나는 양팔로 그녀의 허리를 감쌌다. 그녀가 나를 자기 쪽으로 끌어당겼고 우리는 조용히 그렇게 있었다. 그러나 우리가 그렇게 앉아 있은 지 얼마 지나지 않아서 다른 사람이 들어왔다. 강한 바람에 하늘에서 짙은 구름이 휩쓸려 사라지고 나자 그 자리에 달이 모습을 드러냈다. 가까운 창문을 통해 쏟아져 들어오는 달빛이 우리 두 사람과 다가오고 있는 형체를 모두 환히 비쳐 주었다. 우리는 다가오고 있는 형체가 템플 선생님이라는 것을 금세 알아보았다.

「널 일부러 찾아왔다, 제인 에어.」 그녀가 말했다. 「내 방에서 널 좀 보고 싶구나. 헬렌 번스가 함께 있으니까 같이 와도 된다.」

우리는 방을 나갔다. 교장 선생님의 안내에 따라 우리는 구불구불한 복도를 지나고 계단을 올라서 선생님의 방에 도착했다. 방에는 난롯불이 잘 지펴져 있었고 안락해 보였다. 템플 선생님이 헬렌 번스에게 난로 옆의 낮은 안락의자에 앉으라고 한 다음 자신도 다른 안락의자에 앉으면서 나를 옆으로 불렀다.

「실컷 울었니?」 그녀가 내 얼굴을 내려다보며 물었다. 「울고 나니 속상한 게 풀렸니?」

「절대 그러지 못할 것 같아요.」

「왜?」

「제가 억울하게 비난을 받았으니까요. 그리고 이제는 선생님과 다른 사람 모두 절 못된 아이라고 생각할 테니까요.」

「애야, 우리는 네가 어떤 사람인지 보여 주는 걸로 널 판단할 거야. 계속 착한 여학생이 되렴. 그러면 우리는 너한테 만족할 거야.」

「정말요, 템플 선생님?」

「그럼.」 선생님이 한 팔로 나를 감싸며 말했다. 「그럼 이제는 브로클허스트 씨가 네 은인이라고 부른 숙녀가 누구인지 말해 볼래?」

「리드 부인이에요. 제 외숙모예요. 외삼촌은 돌아가셨고 외숙모한테 절 맡기셨어요.」

「그렇다면 그녀가 자발적으로 널 맡은 게 아니었니?」

「아니에요, 선생님. 그녀는 절 맡은 걸 못마땅해 했어요. 하인들 말로는 외삼촌이 돌아가시기 전에 외숙모로부터 절 돌봐 주겠다는 약속을 받아 냈대요.」

「좋아, 그런데 제인. 너도 알고 있을 거야. 아니면 내가 알려 줄게. 죄를 지은 사람에게도 자신을 변론할 수 있는 기회를 주는 법이다. 너는 거짓말쟁이라는 비난을 받았다. 최대한 너 자신을 변호해 보거라. 네가 진실이라고 기억하는 것이 있으면 무엇이든지 말해 보렴. 그러나 아무것도 보태지도, 과장하지도 마라.」

나는 최대한 절제해서 매우 정확하게 말을 하겠다고 마음속 깊이 결심했다. 몇 분 동안 생각하면서 해야 할 말을 조리 있게 정리한 다음 나는 슬픈 어린 시절에 대한 이야기를 선생님에게 들려주었다. 우느라 감정이 탈진해 있었기 때문에 평상시 그 슬픈 주제를 이야기할 때보다 더 차분하게 말을 할 수 있었다. 원한에 빠져서는 안 된다는 헬렌의 경고를 잊지 않았기 때문에 나는 보통 때보다 이야기 속에 증오와 고뇌를 훨씬 덜 드러내면서 이야기했다. 이야기를 하는 동안 템플 선생님이 내 말을 완전히 믿어 주는 것처럼 느껴졌다.

나는 이야기 도중에 내가 졸도를 한 후 로이드 씨가 진찰하러 왔었다는 사실을 언급했다. 끔찍했던 그 붉은 방 사건을 결코 잊을 수가 없었기 때문이다. 자세하게 그 사건에 대해 묘사하다 보니 틀림없이 내 흥분 상태가 어느 정도 도를 지나쳤을 것이다. 용서해 달라는 간절한 청을 묵살당하고 다시 귀신 나오는 그 껌껌한 방에 갇혔을 때 가슴을 죄어 오던 복받치는 고통은 내 기억 속에서 그 어떤 것으로도 누그러뜨릴 수 없었기 때문이다.

내가 말을 마치자 템플 선생님이 몇 분 동안 나를 가만히 바라보다가 입을 열었다.

「로이드 씨를 좀 알고 있다. 그분에게 내가 편지를 쓰겠다. 그의 대답이 네가 한 말과 일치한다면 너는 공개적으로 모든 누명을 벗게 될 것이다. 제인, 나한테 너는 이제 결백하다.」

그녀가 내게 키스를 한 다음 나를 계속 곁에 있게 하면서

(나는 그녀 곁에 있는 것이 좋았다. 그녀의 얼굴과 옷, 한 두 개의 장식품, 그녀의 하얀 이마, 한데 말린 반짝이는 컬, 빛나는 검은 눈을 찬찬히 뜯어보는 데서 아이다운 즐거움을 느꼈기 때문이다) 헬렌 번스에게 말을 걸었다.

「오늘 밤은 어떠니, 헬렌? 오늘 기침 많이 했니?」

「그렇게 심하지는 않은 것 같아요, 선생님.」

「가슴 통증은 어떠니?」

「조금 나아졌어요.」

템플 선생님이 일어서서 헬렌의 손을 잡고 맥을 짚어 보았다. 그런 다음 그녀가 자기 자리로 돌아왔다. 선생님이 자리에 다시 앉으며 나지막하게 한숨을 쉬었다. 선생님이 몇 분 동안 곰곰이 생각에 잠겼다가 정신을 가다듬고 명랑하게 말했다.

「너희 둘이 오늘 밤 내 손님들이니까 손님 대접을 해야겠지?」 그녀가 종을 울렸다.

「바바라.」 종소리를 듣고 온 하인에게 선생님이 말했다. 「내가 아직 차를 못 마셨는데 쟁반을 가져오면서 이 두 숙녀들 잔도 함께 가져와요.」

곧 쟁반이 대령되었다. 내 눈에는 난로 옆의 작은 둥근 탁자 위에 놓인 그 도자기 잔들과 빛나는 찻주전자가 얼마나 예뻐 보였는지, 모락모락 풍기는 차 향기와 토스트 냄새가 얼마나 향기로웠는지 모른다. 그러나 실망스럽게도 (막 배가 고파지려 하고 있었기 때문에) 양이 너무 적었다. 템플 선생님도 그 점을 깨달은 것 같았다.

「바바라!」 그녀가 말했다. 「버터 바른 빵을 조금만 더 가져올 수 없어? 세 사람이 먹기에는 충분하지 않은데.」

바바라가 나갔다가 곧 돌아왔다.

「선생님, 하든 부인이 평소 올려 보내는 양만큼 보냈다고 하는데요.」

하든 부인은, 말해 두건대, 가정부였다. 고래수염과 쇠로 반반씩 이루어진 브로클허스트 씨의 심장을 그대로 본떠 만들어진 심장을 가진 여자였다.

「아, 이것 참!」템플 선생님이 대꾸했다. 「바바라, 저걸로 만족해야 할 것 같군요.」하녀가 나가자 선생님이 미소를 지으며 덧붙였다. 「다행히 이번 한 번은 내 힘으로 부족한 것을 보충할 수 있단다.」

선생님은 헬렌과 나를 탁자 옆으로 가까이 오게 한 다음 각자의 앞에 맛있어 보이기는 하지만 얇은 토스트 조각과 함께 찻잔을 놓았다. 선생님이 일어서서 서랍을 열고 종이에 싸인 꾸러미를 꺼내 풀자 곧 우리 눈앞에 상당히 큰 씨드 케이크가 모습을 드러냈다.

「이따 너희들이 갈 때 이걸 조금씩 주려고 했었는데.」그녀가 말했다. 「토스트가 너무 적어서 지금 그걸 먹어야겠구나.」그녀가 후한 손으로 조각을 내기 시작했다.

우리는 그날 저녁 신들이 마시는 음료와 음식으로 향연을 즐겼다. 안주인이 후하게 내놓은 맛있는 음식으로 굶주린 식욕을 채우고 있는 우리를 바라보며 짓던 흐뭇한 미소야말로 그날 우리가 저녁 대접을 받으면서 느낀 큰 기쁨이었다.

차를 다 마시고 쟁반을 치운 다음 선생님이 다시 우리를 난롯가로 불렀다. 우리는 그녀의 양옆에 앉았다. 이제는 그녀와 헬렌 사이에 대화가 이어졌고 사실 그 대화를 들을 수 있게 된 것만으로도 특권이었다.

템플 선생님은 항상 차분한 분위기와 위엄 있는 태도를 지니고 있었고, 말씨에는 세련된 교양이 배어 있어서 절대 격해져 흥분하거나 열을 올리는 법이 없었다. 이런 성향들이 그녀의 모습을 바라보고 그녀의 말을 듣는 사람들의 즐거움을 경외감으로 제어해서 순화시켜 주었다. 지금 내 감정이 바로 그랬다. 그러나 헬렌 번스에 대해서는 경탄을 금할 수가 없었다.

기운을 북돋아 주는 음식과 환한 난롯불, 그녀가 좋아하는 선생님이 곁에 있다는 것과 선생님의 다정함, 아니면 이 모든 것보다 그녀 자신의 독특한 마음속 무언가가 그녀 안에 들어 있는 기운을 일깨운 것 같았다. 기운이 깨어나 밝게 타올랐다. 처음에 그것은 이 시간까지 오로지 창백하고 핏기 없어 보이기만 했던 그녀의 볼에서 환한 빛으로 타올랐고, 다음에는 갑자기 템플 선생님의 눈보다 더 특이한 아름다움을 발하게 된 그녀의 눈에서 촉촉하게 광채를 띠며 빛났다. 그것은 멋진 눈빛이라든가 긴 속눈썹에서 생겨난 아름다움, 혹은 그린 듯한 눈썹에서 생겨난 아름다움이 아니라 의미와 움직임과 광휘에서 생겨난 아름다움이었다. 다음에는 영혼이 그녀의 입술에 내려앉았다. 내가 알 수 없는 원천으로부터 말이 흘러나왔다. 열네 살 소녀가 순수하고 풍부하며 열정적인 웅변의 샘을 담아 둘 만큼 충분히 크고, 충분히 원기 왕성한 가슴을 지닐 수 있을까? 두고두고 기억에 남을 그날 밤 헬렌이 한 말은 바로 그런 특징을 지니고 있는 것 같았다. 그녀의 영혼은 아주 짧은 동안 다른 많은 사람들이 오랜 기간에 걸쳐 사는 것만큼 많이 살아 내기 위해 서두르는 듯했다.

그들은 내가 한 번도 들어 본 적이 없는 것들에 대해 이야기를 나눴다. 그들은 여러 나라와 과거의 시대, 먼 나라들, 발견되었거나 추측되고 있는 자연의 비밀에 대해 이야기를 나눴고 책에 대해서 이야기했다. 얼마나 책을 많이 읽었던지! 또한 그들은 프랑스 인명과 프랑스 작가들을 잘 알고 있는 것 같았다. 그러나 템플 선생님이 헬렌에게 가끔씩 시간을 내어 아버지로부터 배운 라틴어를 복습하는지 물은 다음 선반에서 책을 한 권 집어서 그녀에게 베르길리우스[28]를 한쪽 읽고 해석해 보라고 시켰을 때 내 감탄은 절정에 이르렀다. 헬렌은 지시에 따랐고 내 존경심은 그녀가 한 줄 한 줄 소리 내서 읽을 때마다 커져만 갔다. 그녀가 책을 다 읽자마자 취침 시간을 알리는 종이 울렸다. 지체하는 것은 절대 허용되지 않았다. 템플 선생님이 우리 두 사람을 포옹하고 가슴 쪽으로 끌어당기며 말했다.

「하느님의 축복이 있기를, 내 아이들에게!」

선생님은 헬렌을 나보다 조금 더 오래 안았다. 선생님은 헬렌을 더 아쉬워하면서 놓아주었다. 선생님의 시선이 문까지 따라온 것은 헬렌이었다. 선생님이 슬픈 한숨을 두 번째로 내쉰 것도 헬렌 때문이었다. 헬렌 때문에 선생님은 뺨에 흐르는 눈물을 닦았다.

침실에 도착하자마자 스캐처드 선생님의 목소리가 들려왔다. 그녀는 서랍을 검사하고 있었다. 그녀가 막 헬렌 번스의 서랍을 꺼내고 있던 참이었다. 우리가 들어가자 날카로운 질책이 헬렌을 맞았고 다음 날 단정하지 못하게 접어 놓은 여섯 벌의 옷가지를 그녀의 어깨에 핀으로 꽂아 놓겠다는 말을 들었다.

「내 물건들은 정말 부끄러울 정도로 정리가 안 되어 있었어.」 헬렌이 내게 낮은 목소리로 중얼거렸다. 「정리하려고 했는데 잊어버렸어.」

다음 날 아침 스캐처드 선생님이 판지 조각에 큰 글씨로 〈칠칠치 못한 여학생〉이라고 써서 그것을 헬렌의 크고 부드럽고 지적이고 온화해 보이는 이마에 부적처럼 묶어 주었다. 헬렌은 그것을 저녁까지 참을성 있게, 화내지 않고, 당연한

---

28 Publius Vergilius Maro(B.C.70~B.C.19). 로마의 국가 서사시 『아이네이스』를 쓴 시인으로, 단테가 『신곡』에서 저승의 안내자로 그를 선정한다.

벌로 생각하면서 붙이고 다녔다. 스캐처드 선생님이 오후 수
업을 끝낸 후 나가자마자 나는 헬렌에게 달려가서 그것을 떼
어 내 난롯불 속으로 집어 던져 버렸다. 헬렌이 낼 줄 몰랐던
분노가 하루 종일 내 영혼 속에서 불타오르고 있었고 뜨거운
닭똥 같은 눈물이 계속 내 뺨을 데우고 있었다. 그녀가 슬프
게 체념하고 있는 모습을 보면 참을 수 없을 정도로 가슴이
아팠다.

　앞에서 말한 사건이 있고 나서 약 일주일 후 로이드 씨에게
편지를 보낸 템플 선생님이 그로부터 답장을 받았다. 그의 말
이 내 설명을 확인해 준 것 같았다. 템플 선생님은 전교생을
모아 놓고 제인 에어에 대해 가해진 비난에 대해 조사를 실시
한 결과 그녀가 모든 혐의를 완전히 벗게 된 사실을 공표할
수 있게 되어 매우 기쁘다고 선언했다. 그러자 선생님들이 내
게 악수를 청하고 키스를 해주었고 줄지어 서 있던 내 동료들
사이에서는 기뻐서 웅성거리는 소리가 일어났다.

　고통스러운 짐을 그렇게 벗었기 때문에 나는 모든 어려움
을 뚫고 내 길을 개척하겠다는 결심으로 그 시간부터 새롭게
공부에 매달렸다. 나는 열심히 노력했고 노력한 만큼 성과가
있었다. 타고날 때부터 그렇게 뛰어나지는 않았던 내 기억력
은 연습을 통해 나아졌다. 연습으로 내 이해력도 날카로워졌
다. 몇 주 후에 나는 상급반으로 진급했다. 두 달도 채 안 되
어서 나는 프랑스어와 그림 그리기를 시작해도 된다는 허락
을 받았다. 에트르*être* 동사[29]의 처음 두 시제를 배웠고 같은
날 (피사의 사탑에 버금갈 만큼 벽이 기울어진) 내 첫 번째 오
두막집을 그렸다. 그날 밤 잠자리에 들자마자 나는 마음속
갈망을 충족시키기 위해 늘 하던 대로 상상 속에서 따뜻한 구

　29 영어의 *be*동사에 해당함.

운 감자나 흰 빵과 신선한 우유로 가공의 저녁 식사를 준비하는 것을 잊어버렸다. 대신 나는 어둠 속에서 본 이상적인 그림들의 모습을 마음껏 즐겼다. 모두 내 손으로 그린 작품들이었다. 자유롭게 연필로 그린 집들과 나무들, 아름다운 바위와 폐허, 코이프[30] 스타일의 소 떼들, 덜 핀 장미 위를 맴도는 나비들과 익은 체리를 쪼아 먹고 있는 새들, 진주 같은 알이 들어 있는, 담쟁이덩굴의 새 가지를 둥글게 말아 만든 굴뚝새의 둥지를 그린 감미로운 그림들이었다. 나는 또한 그날 피에로 부인이 보여 준 작은 프랑스 이야기책을 유창하게 번역할 수 있게 되는 가능성에 대해서도 마음속으로 따져 보았다. 그 문제 역시 만족스러울 정도로 해결되기 전에 나는 달콤한 잠에 빠져들었다.

솔로몬이 이것을 잘 표현했다. 〈서로 미워하며 살진 쇠고기를 먹는 것보다 서로 사랑하며 채소를 먹는 것이 낫다.〉[31]

이제 나는 온갖 것이 다 부족한 로우드를 게이츠헤드와 그곳에서의 일상적인 호사와 절대 바꾸지 않을 것이다.

30 Cuyp(1620~1691). Cuijp라고도 씀. 네덜란드의 풍경화 화가.
31 「잠언」 15장 17절.

제9장

　로우드에서의 궁핍이나, 더 정확히 말하면 고생은 줄어들었다. 봄이 다가오고 있었다. 사실 이미 왔다. 겨울 서리가 더 이상 내리지 않았다. 눈이 녹았고 살을 에는 바람은 부드러워졌다. 날카로운 1월의 한기에 살갗이 벗겨지고 절룩거릴 정도로 부어올랐던 내 불쌍한 발은 4월의 부드러운 미풍에 나아서 진정되기 시작했다. 밤이나 새벽에 더 이상 캐나다 같은 혹한으로 혈관 속의 피까지 얼어붙지는 않게 되었다. 이제는 정원에서 보내는 놀이 시간이 견딜 만해졌다. 맑은 날에는 때로 날씨가 기분 좋고 쾌적해지기 시작했고 갈색 화단들 위로 녹색이 짙어졌다. 화단은 날마다 새로워져 가고 있었고, 밤에 그곳을 지나가면서 희망이 매일 아침 더 밝은 흔적을 남겨 놓은 것 같다는 생각이 들게 만들었다. 잎 사이로 꽃들이 고개를 살짝 내밀었다. 아네모네와 크로커스, 보라색 앵초와 황금색 눈을 가진 팬지가 피어났다. (반공일인) 목요일 오후가 되면 우리는 산책을 하면서 길옆이나 울타리 밑에서 훨씬 더 예쁜 꽃이 피어 있는 것을 발견했다.

　나는 또한 교정의 담장 못이 박힌 높은 담들 밖에 있는, 지평선에 의해서만 한정되는 큰 즐거움이자 기쁨을 발견했다.

이 기쁨은 신록과 그늘이 넘쳐 나고, 검은 바위와 반짝이는 소용돌이로 가득한 맑은 시내들이 사방에서 흐르고 있는 큰 골짜기 주변의 웅장한 산 정상들을 바라보는 것이었다. 서리에 딱딱해지고 눈에 뒤덮인 채 겨울의 냉혹한 하늘 아래 펼쳐져 있을 때의 모습과 이 광경은 얼마나 다른가! 그때는 죽음처럼 차가운 안개가 충동적으로 휘몰아치는 동풍에 보랏빛 산봉우리들 주변을 서성이다가 시냇가의 낮은 풀밭을 감돌며 내려와 시냇물에서 나오는 차가운 안개와 섞였다. 시냇물 자체가 통제 불가능한 흙탕물로 이루어진 급류였다. 급류에 숲이 갈기갈기 찢겨 나가고, 거칠게 내리는 비나 소용돌이치는 진눈깨비로 흐려진 허공 속에 노호하는 소리가 울려 퍼졌다. 양쪽 둑 위의 숲에는 뼈대만 앙상하게 남은 나무들이 줄줄이 서 있는 모습만 보였다.

4월에서 5월로 넘어갔다. 밝고 화창한 5월이었다. 푸른 하늘과 잔잔한 햇살, 부드러운 서풍이나 동풍이 5월을 가득 채웠다. 그리고 이제는 초목이 활기차게 자라났고 로우드는 머리를 풀어 헤친 것처럼 울창해졌다. 사방이 녹색으로 물들었고 꽃이 지천에 피었다. 커다란 느릅나무와 물푸레나무, 참나무의 앙상한 뼈대가 당당한 생명력을 회복했다. 숲 속 식물들이 구석구석에서 지천으로 솟아올랐다. 수없이 다양한 이끼가 숲 속의 우묵한 곳을 채웠고 지천으로 피어 있는 야생 앵초 꽃나무에서 햇살 같은 이상한 광채가 뿜어져 나왔다. 가장 사랑스러운 광채를 흩뿌려 놓은 것처럼 그늘진 곳에서 그 꽃들이 연한 황금색으로 반짝였다. 이 모든 것을 나는 자주, 완전히, 자유롭게, 누구의 시선도 받지 않은 채, 거의 혼자 즐겼다. 이런 이례적인 자유와 기쁨에는 까닭이 있었고 이제는 반드시 그것에 대해 언급해야겠다.

언덕과 숲에 파묻혀 시냇가에 서 있는 그곳이 거주지로 쾌적한 장소라고 내가 말하지 않았던가? 분명히 매우 쾌적한 곳이긴 하지만 건강에 좋은 곳인지 아닌지에 대한 문제라면 또 다르다.

로우드가 자리 잡고 있는 그 숲 골짜기는 안개와 안개가 만들어 낸 질병의 요람이었다. 소생하는 봄과 더불어 소생한 질병이 고아원으로 살금살금 기어 들어와서 바글거리는 교실과 기숙사 안으로 티푸스를 불어넣었다. 그리고 5월이 오기 전에 학교를 병원으로 바꿔 놓았다.

반(半)기아 상태에다 제대로 치료받지 못한 감기 때문에 대부분의 학생들은 감염되기 딱 좋은 상태였다. 80명의 여학생 중 45명이 한꺼번에 병에 걸려 자리에 누웠다. 수업은 취소되었고 규칙은 느슨해졌다. 여전히 건강한 소수의 학생들에게는 거의 무제한의 파격이 허용되었다. 의사가 그들의 건강 상태를 유지하려면 자주 운동을 시켜야 한다고 주장했기 때문이다. 그렇지 않았다 해도 어느 누구에게도 그들을 감시하거나 규제할 만한 시간적인 여유가 없었다. 템플 선생님은 환자들에게 관심을 전부 쏟아부었다. 선생님은 병실에서 살다시피 했고 밤에 몇 시간씩 잠깐 쉴 때만 제외하고는 그곳을 떠나지 않았다. 선생님들은 감염의 온상으로부터 여학생들을 데려갈 수 있는 능력과 기꺼운 마음을 지닌 친구들과 친척들을 둔 운 좋은 여학생들이 떠나는 데 필요한 짐을 꾸리고 여타 준비를 하느라 여념이 없었다. 이미 병에 걸린 많은 여학생들은 그저 죽으러 집으로 돌아갔다. 몇몇 여학생은 학교에서 죽었고 질병의 특성상 지체할 수 없었기 때문에 조용히 신속하게 매장되었다.

질병이 그렇게 로우드의 거주자가 되고 죽음이 그곳을 자주 찾는 방문객이 되고 있는 동안, 로우드 담 안에 음침함과 두려움이 자리 잡고 방과 복도가 병원 냄새와 약 냄새, 죽음의 악취를 없애기 위해 헛된 노력을 기울이고 있는 훈증 소독제 냄새로 자욱해 있는 동안, 문 밖에서는 빛나는 5월이 깎아지른 언덕과 아름다운 숲 위로 구름 한 점 없이 빛났다. 5월의 정원 역시 꽃으로 붉게 타올랐다. 접시꽃은 나무만큼 높이 솟아올랐고 백합이 벌어졌으며 튤립과 장미가 활짝 피었다. 작은 화단 가장자리는 분홍색 아르메리아와 선홍색 두 겹 데이지로 화려했다. 들장미는 아침저녁으로 방향과 사과 향을 뿜어냈다. 이런 향기로운 보물들은 이따금씩 관에 넣을 한 줌의 잎과 꽃송이를 공급해 주는 것 말고는 로우드에 누워 있는 대부분의 병자들에게는 무용지물이었다.

그러나 나와 계속 건강하게 지낸 나머지 학생들은 경치와 계절의 아름다움을 만끽했다. 학교는 우리를 숲 속에서 아침부터 밤까지 집시처럼 거닐도록 내버려 두었다. 우리는 하고 싶은 것을 했고 가고 싶은 곳엘 갔다. 우리는 더 잘 지냈다. 브로클허스트 씨와 그의 가족이 이제는 로우드 근처에 얼씬도 하지 않았다. 가사 문제를 가지고 왈가왈부 따지지도 않았다. 심술궂은 가정부는 감염될까 두려워서 떠나 버렸다. 로튼의 양호실에서 보모로 지냈던 후임자는 새 거처의 방식에 익숙하지 않아서 상당히 관대했다. 게다가 음식을 먹을 사람의 수가 줄어들었다. 아픈 학생들은 음식을 거의 먹질 않았다. 아침 식사 동이에는 음식이 보다 많이 채워졌다. 자주 이런 일이 일어났지만, 정규 식사를 준비할 시간이 없을 때는 그녀가 우리에게 큼지막하고 차가운 파이를 한 덩어리씩 주거나 두꺼운 빵 한 조각과 치즈를 나눠 주곤 했다. 우리는 이것을 들고 숲으로 가서 각자 자기가 제일 좋아하는 장소를 골라 사치스럽게 식사를 했다.

내가 가장 좋아하는 자리는 물을 건너야만 갈 수 있는, 시냇물 한 가운데에 하얗게 솟아올라 말라 있는 매끈하고 넓은 바위였다. 나는 맨발로 이 위업을 달성했다. 이 바위는 나와 다른 여학생 딱 한 사람만 편안하게 올라갈 있을 수 있을 정도의 크기였다. 그 당시 내가 선택한 동무는 메리 앤 윌슨이었다. 눈치가 빠르고 관찰력이 예리한 아이로, 나는 그 애와 같이 있으면 즐거웠다. 그녀는 재치 있고 독창적이었을 뿐만 아니라 나를 편하게 해주는 태도를 지니고 있었기 때문이다. 나보다 몇 살이 더 많은 그녀는 세상에 대해 더 많이 알고 있었고 내가 듣고 싶은 이야기를 많이 들려줄 수 있었다. 그녀와 함께 있으면 내 호기심이 충족되었다. 또한 내 결점에 대해서도 그녀는 엄청나게 관대해서 내가 어떤 말을 하더라도 거기에 제약이나 구속을 가하지 않았다. 그녀는 이야기를 잘하는 재주가 있었고 나는 분석을 잘했다. 그녀는 알려 주기를 좋아했고 나는 질문하기를 좋아했다. 그래서 우리는 서로 사귀면서 많이 진보하지는 않았다 해도 많이 즐거워하면서 함께 잘 지냈다.

그렇다면 그동안 헬렌 번스는 어디에 있었을까? 나는 왜 자유를 만끽하는 이 달콤한 날들을 그녀와 함께 보내지 않았을까? 내가 그녀를 잊은 걸까? 아니면 내가 너무 못난 사람이라 그녀와의 순수한 교제를 점점 더 지겨워하게 된 것이었을까? 물론 앞에서 언급한 메리 앤 윌슨은 내 첫 번째 친구보다 뛰어나지 않았다. 그녀는 내게 재미있는 이야기만 들려주고 내가 실컷 떠들기로 작정한 잡담을 솔직하고 신랄하게 주고받을 수 있었을 뿐이었다. 반면 헬렌에 대해 진실을 말한다면 그녀는 자신과 대화를 나눌 특권을 누리는 사람들에게 훨씬 더 고상한 것들에 대한 취향을 제공해 줄 수 있는 자격을 갖추고 있었다.

이것은 분명 사실이다. 나는 이를 몸소 느끼고 알고 있었다. 비록 내가 많은 결점을 지니고 있고 그것을 보충할 만한 점을 별로 지니지 못한 결함 있는 존재라 해도 나는 헬렌 번스를 전혀 지겨워하지 않았다. 나는 항상 그녀에 대해 내 마음을 고무시킨 그 어떤 애착보다도 더 강하고 부드럽고 존경심 가득한 애정을 품고 있었다. 기분이 안 좋다고 해서 변하지도 않고 화가 났다고 해서 동요를 일으키지도 않으며 언제나, 어떤 상황에서도 내게 조용하고 변함없는 우정을 보여 준 헬렌에게 어떻게 그러지 않을 수 있겠는가? 그러나 헬렌은 현재 병이 났다. 몇 주 동안 그녀는 내가 모르는 위층의 어느 방으로 옮겨져서 그녀를 볼 수가 없었다. 그녀의 병이 티푸스가 아니라 결핵이어서 그녀가 열병 환자들과 같은 병동에 있지 않다는 말을 들었다. 나는 아무것도 몰랐기 때문에 결핵이라는 병이 오랜 시간 잘 간호하면 분명히 나을 수 있는 가벼운 것인 줄 알았다.

날씨가 매우 따뜻하고 화창한 오후에는 템플 선생님이 한두 번 아래층으로 내려와서 헬렌을 정원으로 데려갔기 때문에 이런 내 생각은 더욱 굳어졌다. 그러나 이런 경우에도 헬렌에게 가서 이야기를 나누는 것은 허용되지 않았다. 나는 교실 창문을 통해서, 그저 어렴풋이 헬렌을 볼 수 있을 뿐이었다. 헬렌이 몸을 겹겹이 감싸고 있는 데다 멀리 베란다 밑에 앉아 있었기 때문이다.

6월 초의 어느 날 저녁 나는 메리 앤과 함께 아주 늦게까지 숲 속에 있었다. 우리는 평소처럼 다른 여학생들과 떨어져서 멀리까지 돌아다녔다. 너무 멀리 가는 바람에 우리는 길을 잃었고 숲에서 도토리나 밤을 먹고 사는 반야생 돼지 떼를 돌보는 부부가 살고 있는 외진 오두막집에 가서 길을 물어야 했다. 우리가 돌아왔을 때는 이미 달이 뜬 후였다.

의사 선생님이 타고 다니는 것으로 알려진 조랑말이 정원 입구에 서 있었다. 메리 앤은 베이츠 선생님이 그 저녁 시간에 불려 온 걸 보면 틀림없이 누군가 크게 아픈 것 같다고 말했다. 그녀가 안으로 들어갔다. 나는 몇 분 더 뒤에 남아서 숲에서 캐온 한줌의 뿌리를 내 화단에 심었다. 아침까지 그대로 내버려 두면 뿌리들이 말라 죽지 않을까 걱정이 되었기 때문이다. 이 일을 마친 후에도 나는 조금 더 머물러 있었다. 이슬이 내리자 꽃 향기가 너무나 달콤했다. 매우 기분 좋고, 고요하고, 따뜻한 저녁이었다. 아직까지 노을로 붉게 물든 서쪽 하늘은 내일도 맑으리란 사실을 알려 주는 확실한 전조였다. 침침한 동쪽에는 달이 너무나 장엄하게 떠 있었다. 내가 어린 아이처럼 이런 것들을 바라보며 만끽하고 있을 때 전에는 한 번도 해보지 못한 생각이 문득 떠올랐다.

〈지금 병상에 누워 죽을지도 모르는 상황이라면 얼마나 슬플까! 세상이 이렇게 즐거운데…… 이 세상으로부터 불려 나가서 어디인지 아무도 모르는 곳으로 가야 한다면 얼마나 끔찍할까?〉

나는 그때 처음으로 천국과 지옥에 관해 마음속에 담아 놓은 생각을 이해해 보려고 진지하게 노력했다. 처음으로 내 마음이 주춤거리고 당혹스러워졌다. 처음으로 전후좌우를 살펴보았지만 사방에 깊이를 알 수 없는 심연이 보였다. 마음이 서 있는 하나의 지점, 바로 현재만이 느껴졌다. 나머지는 형체 없는 구름과 공허한 심연뿐이었다. 비틀거리다 그런 혼돈 속에 빠질지도 모른다는 생각에 내 마음은 전율했다. 이런 새로운 생각을 하고 있을 때 앞문이 열리는 소리가 들렸다. 베이츠 선생님이 나왔고 간호사도 그와 함께 있었다. 그녀가 말에 올라 출발하는 의사를 배웅한 다음 막 문을 닫으려 할 때 내가 그녀에게 달려갔다.

「헬렌 번스는 어때요?」

「아주 상태가 안 좋단다.」 그것이 그녀의 대답이었다.

「베이츠 선생님이 헬렌을 보러 오셨나요?」

「그렇단다.」

「그런데 선생님이 헬렌에 대해 뭐라 말씀하시는데요?」

「여기 오래 있지 못할 것 같다고 그러신다.」

어제 이 말을 들었다면 나는 헬렌이 곧 노섬벌랜드에 있는 헬렌의 집으로 옮겨질 것이라는 의미로만 받아들였으리라. 헬렌이 곧 죽는다는 뜻이라고는 상상도 못 했을 것이다. 그러나 이제는 그것을 즉시 알았다. 나는 헬렌 번스가 이 세상에서의 마지막 날들을 손으로 헤아리고 있으며, 혹시 그런 곳이 있다면 영혼들의 나라로 가게 되리라는 것을 명확하게 이해했다. 나는 공포의 충격과 함께 다음에는 강한 슬픔의 전율을 느꼈고 이후에는 헬렌을 만나 보아야 한다는 소망과 필요를 느꼈다. 나는 헬렌이 어느 방에 누워 있는지 물었다.

「템플 선생님 방에 있어.」 간호사가 말했다.

「올라가서 헬렌과 이야기를 나눠도 되나요?」

「아, 안 된다. 얘야! 그것은 적절하지 않다. 그리고 지금은 네가 안으로 들어가야 할 시간이다. 밤이슬이 내리고 있을 때 계속 밖에 있으면 열병에 걸릴 거야.」

간호사가 앞문을 닫았다. 나는 교실로 통하는 옆문으로 들어갔다. 나는 딱 제시간에 들어갔다. 9시였고 밀러 선생님이 학생들에게 취침 시간을 알리고 있었다.

두 시간쯤 후에 거의 11시가 다 되었을 때 잠을 잘 수 없었던 나는 기숙사가 완전히 조용해진 틈을 이용해 내 동료들이 모두 단잠에 빠져 있다고 생각하고 잠옷 위에 외투를 걸치고 신발을 신지 않은 채 방에서 기어 나와 템플 선생님의 방을 찾아 나섰다. 선생님의 방은 건물의 반대편 끝에 있었다. 그러나 나는 길을 알고 있었다. 여기저기 복도 창문을 통해 들어온 구름 한 점 없는 하늘에 떠 있는 달빛으로 어려움 없이 그 방을 찾을 수 있었다. 열병 환자들 방 옆을 지나갈 때 장뇌와 태운 식초 냄새가 내게 경고를 보냈다. 나는 밤을 새우며 간호하는 간호사가 혹시라도 내 소리를 들을까 두려워서 그 방문을 재빨리 지나갔다. 발각되어서 돌려보내지지 않을까 겁이 났다. 헬렌을 반드시 만나 보아야만 했다. 헬렌이 죽기 전에 그녀를 안아 주어야 했다. 그녀에게 마지막 입맞춤을 하고 마지막 말을 주고받아야 했다.

계단을 내려가서 아래층의 일부 구역을 지나고 소리 없이 두 개의 문을 여닫은 다음 또 하나의 계단 층계에 이르렀다. 여기를 올라가자 바로 맞은편에 템플 선생님의 방이 있었다. 열쇠 구멍과 문 아래쪽으로 불빛이 새어 나왔다. 깊은 정적이 그 부근을 감돌고 있었다. 가까이 다가가자 병이 머무는 밀폐된 공간에 신선한 공기가 약간 들어오도록 하기 위해서인지 문이 살짝 열려 있는 것이 보였다. 주저하고 싶은 마음이 눈곱만큼도 없었고 조급한 충동으로 가득 차 있었기 때문에 — 영혼과 감각이 날카로운 통증으로 전율하고 있었다 — 나는 문을 밀치고 안을 들여다보았다. 내 눈은 헬렌을 찾았지만 혹시나 죽어 있는 모습을 발견하지 않을까 두려웠다.

템플 선생님의 침대 가까이에 하얀 커튼으로 반쯤 가려진 채 작은 침대가 놓여 있었다. 커튼 아래에 한 형체의 윤곽이 보였지만 얼굴은 커튼에 가려져 있었다. 정원에서 이야기를 나눴던 간호사는 안락의자에 앉은 채 잠이 들어 있었다. 꺼지지 않은 촛불이 탁자 위에서 희미하게 타고 있었다. 템플 선생님은 보이지 않았다. 나중에 알았지만 선생님은 헛소리를 하는 한 환자 때문에 열병 환자들의 방으로 불려 가 있었다. 나는 가까이 다가가서 작은 침대 옆에 잠깐 멈췄다. 커튼을 잡았지만 그것을 밀쳐 내기 전에 먼저 말을 하고 싶었다. 혹시나 시체를 보게 될지도 모른다는 두려움에 주춤거렸다.

「헬렌!」 내가 부드럽게 속삭였다. 「안 자니?」

헬렌이 몸을 약간 움직이더니 커튼을 뒤로 젖혔다. 창백하고 쇠약하지만 매우 침착한 헬렌의 얼굴이 보였다. 헬렌의 모습이 거의 달라지지 않았기 때문에 내 두려움은 즉시 사라졌다.

「제인 아니니?」 헬렌이 부드러운 목소리로 물었다.

〈아! 헬렌은 죽지 않을 거야.〉 나는 속으로 생각했다. 〈사람들이 잘못 안 거야. 그녀가 죽을 거라면 저렇게 말을 할 수도, 저렇게 평온해 보이지도 않을 거야.〉

나는 헬렌의 침대 위로 올라가서 그녀에게 입을 맞췄다. 헬렌의 이마는 차가웠다. 뺨 또한 차갑고 야위었으며 손과 손목도 마찬가지였다. 그러나 헬렌의 미소는 예전과 다름없었다.

「왜 여길 온 거야, 제인? 11시가 넘었어. 11시 종소리를 몇 분 전에 들었어.」

「널 보러 왔어, 헬렌. 네가 매우 아프다는 소리를 들었어. 너하고 이야기를 나누기 전에는 잠을 잘 수가 없었어.」

「그럼 나한테 작별 인사를 하러 온 거구나. 아마도 제시간에 딱 맞춰 온 것 같아.」

「어디 가는 거야, 헬렌? 집에 가는 거야?」

「응. 오래 지낼 집, 내 마지막 집으로.」

「안 돼. 안 돼, 헬렌!」 나는 슬퍼서 말을 멈췄다. 내가 눈물을 삼키려고 애쓰는 동안 헬렌에게 기침 발작이 일어났다. 그러나 간호사가 깨지는 않았다. 발작이 진정되자 헬렌은 기운이 빠져서 몇 분 동안 누워 있다가 속삭였다.

「제인, 너 맨발이구나. 누워서 내 이불을 덮어.」

나는 그렇게 했다. 헬렌이 나를 팔로 감싸 주었고 나는 헬렌 옆에 기대 누웠다. 긴 침묵 뒤에 헬렌이 여전히 속삭이면서 말하기 시작했다.

「나는 지금 무척 기뻐, 제인. 내가 죽었다는 소리를 들으면 절대 슬퍼해서는 안 돼. 슬퍼할 이유가 전혀 없으니까. 우리 모두 언젠가는 죽어야 해. 그리고 날 죽게 만든 병은 고통스럽지 않아. 부드럽게 조금씩 나빠지는 거야. 내 마음은 편안해. 내가 떠나도 날 위해 슬퍼해 줄 사람이 많지 않아. 아버지가 계시지만 최근에 재혼을 하셔서 섭섭해 하지 않으실 거야. 어려서 죽음으로써 나는 큰 고통들에서 벗어나는 거야. 세상에서 성공할 만한 자질이나 재능이 내게는 없었어. 나는 계속 잘못을 저질렀을 거야.

「그렇지만 어디로 가는 건데, 헬렌? 보여? 알아?」

「나는 믿어. 내게는 믿음이 있어. 나는 하느님 곁으로 가는 거야.」

「하느님이 어디 계신데? 하느님이 뭔데?」

「나를 만드시고 널 만드신 분이야. 자신이 창조한 것을 절대 파괴하지 않으시는 분이지. 나는 하느님의 힘에 절대적으로 의지하고 하느님의 선함을 전적으로 믿어. 다시 하느님 곁으로 가서 하느님을 보게 될 그 소중한 시간이 오기를 손꼽아 기다리고 있어.」

「그렇다면 너는 천국 같은 데가 정말로 있고 우리가 죽으면 영혼이 그곳으로 간다는 것을 확신하는 거야, 헬렌?」

「나는 내세가 있다고 확신해. 하느님이 선하다고 믿어. 나는 눈곱만큼도 불안해 하지 않고 내 영혼을 맡길 수 있어. 하느님이 내 아버지이고 하느님이 내 친구이셔. 나는 하느님을 사랑하고, 하느님도 나를 사랑하신다고 믿어.」

「그럼 내가 죽으면 널 다시 만날 수 있을까, 헬렌?」

「너도 똑같은 행복의 나라로 올 거야. 틀림없이 전능하신 만물의 아버지가 너도 맞아 주실 거야, 귀여운 제인.」

다시 나는 질문했지만 이번에는 마음속으로만 물었다. 〈그

나라가 어디에 있는데? 그게 정말로 존재하는 거야?〉 나는 양팔로 헬렌을 꼭 껴안았다. 헬렌이 그 어느 때보다 내게 더 소중하게 느껴졌다. 헬렌을 놓아줄 수 없을 것 같았다. 나는 헬렌의 목에 얼굴을 묻었다. 곧 헬렌이 가장 부드러운 목소리로 말했다.

「정말 편안하다. 아까 일으킨 기침 발작 때문에 조금 피곤해졌어. 이제는 잘 수 있을 것 같아. 그렇지만 날 두고 가지 마, 제인. 네가 옆에 있으면 좋겠어.」

「같이 있을게, 사랑하는 헬렌. 어느 누구도 날 떼어 놓지 못할 거야.」

「따뜻하니?」

「응.」

「잘 자, 제인.」

「잘 자, 헬렌.」

헬렌이 내게 입을 맞췄고 나도 헬렌에게 입을 맞췄다. 그리고 곧 우리 둘 다 잠이 들었다.

잠에서 깨어났을 때는 날이 밝아 있었다. 이상한 움직임 때문에 나는 잠에서 깼다. 고개를 들어 보니 내가 누군가의 품에 안겨 있었다. 간호사가 나를 안고 복도를 지나 다시 기숙사로 옮기고 있었다. 침대를 떠났다고 날 나무라는 사람이 없었다. 사람들은 다른 생각을 하느라 여념이 없었다. 그때는 내가 여러 가지 질문을 해도 아무런 설명을 들을 수 없었다. 하루 이틀이 지나고 나서야 새벽에 자기 방으로 돌아온 템플 선생님이 작은 침대에 누워 있는 나를 발견했다는 이야기를 들었다. 내가 헬렌 번스의 어깨에 얼굴을 대고 양팔로 헬렌의 목을 감고 있었다고 한다. 나는 잠이 들어 있었고 헬렌은……죽어 있었다.

헬렌의 무덤은 브로클허스트 교회 묘지에 있다. 헬렌이 죽고 나서 15년 동안 그 무덤은 풀이 무성한 흙더미로 덮여 있었다. 그러나 지금은 헬렌의 이름과 〈나는 다시 일어나리라〉라는 말이 새겨진 회색 대리석 비석이 그곳에 서 있다.

제10장

지금까지 나는 별로 중요하지 않은 내 삶의 사건들에 대해 자세하게 기록했다. 내 삶의 첫 10년에 나는 거의 같은 수의 장을 할애했다. 그러나 이 책이 일반적인 자서전으로 쓰인 것은 아니다. 나는 어느 정도의 흥미를 불러일으킬 것으로 생각되는 기억만 불러낼 예정이다. 그래서 이제는 8년의 기간을 거의 언급하지 않고 지나가려 한다. 연결 고리를 이어 나가기 위해 몇 줄만 필요할 뿐이다.

티푸스 열병은 로우드를 초토화시키는 임무를 완수하고 나자 점차 그곳에서 사라지기 시작했다. 그러나 그 전에 그 병의 해독성과 희생자의 숫자로 인해 학교에 세상의 이목이 쏠리게 되었다. 이 재앙의 원인에 대한 조사가 이루어졌고 점차 여러 가지 사실들이 밝혀지면서 사람들이 크게 분개하게 되었다. 건강에 좋지 않은 학교의 위치와 원아들에게 공급된 음식의 양과 질, 음식 준비에 사용된 불쾌하고 악취 나는 식수, 학생들의 비참한 옷과 시설들. 이 모든 것들이 폭로되었고 이 폭로로 인해 브로클허스트 씨에게는 굴욕적인 결과가, 학교에는 이로운 결과가 초래되었다.

그 지방의 인정 많은 몇몇 부호들이 더 나은 장소에 더 편리한 건물을 세울 수 있도록 거액을 기부했다. 새로운 규정들이 만들어졌고 식사와 의복이 개선되었다. 학교 기금은 위원회의 관리에 맡겨졌다. 재산뿐만 아니라 가족 관계 때문에 간과될 수 없었던 브로클허스트 씨는 여전히 회계 감독직을 유지했지만 훨씬 더 관대하고 인정 많은 마음씨를 지닌 신사들이 그의 일을 도왔다. 조사관으로서의 그의 직책도 합리성과 엄격함, 안락함과 경제성, 이해와 냉정함을 결합할 줄 아는 사람들이 분담했다. 그렇게 향상된 학교는 머지않아 진정으로 유용하고 훌륭한 시설이 되었다. 나는 그곳이 쇄신된 후에도 6년은 학생으로, 2년은 교사로 총 8년 동안 그곳에서 계속 살았다. 그리고 학생과 교사로서의 두 가지 능력 면에서 학교의 가치와 중요성을 입증했다.

이 8년 동안 내 생활은 한결같았다. 그러나 한가로이 보내지만은 않았기 때문에 불행하지는 않았다. 내게는 공부를 잘할 수 있는 여러 자산이 가까이 있었다. 특히 내가 사랑했던 선생님들을 기쁘게 하는 데서 느끼는 환희와 더불어 몇 가지 과목을 좋아했던 것과 다른 학생들보다 더 잘하고 싶은 바람 때문에 더욱 분발할 수 있었다. 나는 내게 주어진 장점들을 최대한 이용했다. 머지않아 나는 상급반에서 일등으로 올라섰다. 다음에는 내게 교사의 임무가 맡겨졌다. 나는 2년 동안 이 일을 열성적으로 이행했다. 그러나 2년이 다 되어 갈 무렵 내게 변화가 생겼다.

템플 선생님은 모든 변화에도 불구하고 계속 학교의 교장 선생님으로 남았다. 내가 배운 것의 대부분은 선생님으로부터 배운 것이었다. 선생님과의 우정과 만남이 지속적으로 내게 위안이 되었다. 선생님은 내게 어머니이자 가정 교사 대신이었으며 나중에는 친구 대신이었다. 이 시기에 선생님은 결혼을 해서 (성직자로 그런 아내를 맞이할 자격이 충분한 훌륭한 사람이었던) 남편과 함께 먼 지방으로 옮겨 갔고 그 결과 나는 선생님을 잃게 되었다.

선생님이 떠난 날부터 나는 더 이상 같은 사람이 아니었다. 내게 로우드를 어느 정도 집처럼 느끼게 만들어 주었던 모든 안정된 느낌과 연상이 선생님과 함께 사라져 버렸다. 나는 선생님으로부터 선생님의 성품 중 일부와 선생님의 습관 중 많은 부분을 흡수했었다. 더 조화로운 생각과, 더 잘 절제된 감정들이 내 마음속에 자리 잡게 되었다. 나는 의무와 명령에 충실하게 따랐고 조용했다. 나는 내게 불만이 없다고 믿었다. 다른 사람들 눈에, 그리고 대개는 내 눈에도 나는 절제되고 차분한 성격을 지닌 사람처럼 보였다.

그러나 운명이 네이즈미스 목사님의 형태로 나와 템플 선생님 사이에 끼어들었다. 결혼식 직후 나는 선생님이 여행복 차림으로 사륜 역마차에 오르는 것을 보았다. 역마차가 언덕을 올라 언덕마루를 넘어 사라지는 것을 본 다음 나는 내 방으로 돌아와 결혼식을 축하하기 위해 주어진 반공일의 대부분을 혼자 보냈다.

나는 대부분의 시간 동안 방 안을 서성였다. 그러면서 나 자신이 단지 잃어버린 것을 슬퍼하고 그것을 어떻게 회복할 것인지에 대해 생각하고 있다고 상상했다. 그러나 오랜 숙고가 끝나 고개를 들었을 때 오후가 다 지나고 저녁이 된 지 한참이 되었으며 내게 또 다른 발견이 일어났다는 것을 깨달았다. 즉, 그동안 내가 변화의 과정을 겪었음을 알았다. 내 마음은 그동안 템플 선생님에게서 빌려 온 모든 것을 버렸다. 아니 정확하게 말하자면 선생님은 내가 선생님 가까이에 있을 때 들이마셨던 차분한 공기를 함께 가져가 버렸다. 이제 나는 타고난 천성 속에 남겨졌고 옛 감정들이 꿈틀거리는 것을 느끼기 시작했다. 받침대가 치워졌다기보다는 동기가 사라진 것 같은 느낌이 들었다. 평정함을 유지할 수 있는 능력이 사라진 것이 아니라 평정함을 유지할 이유가 더 이상 존재하지 않았다. 여러 해 동안 내 세계는 로우드에 있었다. 내 경험은 그곳의 규칙과 체계였다. 이제 나는 진짜 세상이 넓다는 것을 기억했고 광활한 그 세상으로 나아가 온갖 위험 속에서 삶에 대한 진짜 지식을 얻고자 하는 용기를 지닌 사람들에게는 희망과 두려움, 감각과 흥분의 다양한 영역이 기다리고 있다는 것을 기억했다.

나는 창가로 가서 창문을 열고 창밖을 내다보았다. 본채에 딸린 부속 건물 두 동과 교정이 보였다. 로우드의 가장자리가 보였고 산이 중첩된 지평선이 보였다. 내 시선은 다른 모든 물체들을 지나 가장 먼 곳에 있는 푸른 산봉우리에 머물렀다. 내가 오르고 싶은 것은 바로 그 산봉우리들이었다. 바위와 황야의 경계 안에 있는 모든 것은 감옥이자 유배지처럼 보였다. 나는 산기슭을 휘감고 내려오다 두 산 사이의 협곡으로 사라져 버린 하얀 길을 눈으로 좇았다. 그 길을 따라 더 멀리 가고 싶은 마음이 얼마나 굴뚝같았던가! 마차를 타고 바로 그 길을 지나갔던 때가 떠올랐다. 황혼 무렵에 그 언덕을 따라갔다. 내가 처음 로우드에 왔던 날이 까마득한 옛날처럼 느껴졌다. 그 이후 나는 한 번도 그곳을 떠나 본 적이 없었다. 나는 학교에서 항상 방학을 보냈다. 리드 부인은 한 번도 나를 게이츠헤드로 부르지 않았다. 그녀도, 그녀의 가족 중 어느 누구도 나를 찾아온 적이 없었다. 편지나 전갈을 통해 바깥세상과 소통해 본 적도 없었다. 학교의 규칙과 학교에서의 의무, 학교의 습관과 개념, 목소리와 얼굴들, 말씨와 복장, 좋아하는 것과 싫어하는 것. 그것이 내가 알고 있는 생활의 전부였다. 지금은 그것만으로 충분하지 않은 듯했다. 오후 반나절 만에 나는 8년간의 일상이 지겨워졌다. 나는 자유를 원했다.

자유를 열망했고 자유를 갈구하며 기도를 드렸다. 그때 살짝 불고 있던 바람에 그 기도가 흩어지는 것 같았다. 나는 기도를 포기하고 더 겸손하게 변화와 자극을 기원했다. 그 탄원 역시 막연한 공간 속으로 휩쓸려 가버리는 것 같았다. 나는 거의 필사적으로 소리쳤다. 「그렇다면 적어도 새로운 고생살이라도 저에게 내려 주세요!」

이때 저녁 식사를 알리는 종이 울려서 아래층으로 내려가야 했다.

잠자리에 들기까지는 중단된 생각의 고리를 자유롭게 재개할 수가 없었다. 잠자리에 들어서도 나와 한방을 쓰던 선생님이 계속 수다를 떠는 바람에 되돌아가고 싶은 주제로 돌아갈 수가 없었다. 나는 그녀가 잠이 들어서 조용해지기를 얼마나 바랐는지 모른다. 창가에 서 있었을 때 마지막으로 했던 생각으로 돌아갈 수만 있다면 나를 구원해 줄 어떤 좋은 생각이 떠오를 것 같았다.

마침내 그라이스 선생님이 코를 골았다. 그녀는 몸집이 큰 웨일즈 여성으로, 지금까지는 그녀의 습관적인 코골이를 항상 성가시다고만 생각했었다. 오늘 밤에는 첫 번째 깊은 코골이 소리를 기뻐하며 맞았다. 더 이상 간섭을 받지 않아도 되는 데에 안도했다. 반쯤 지워진 내 생각이 즉시 되살아났다.

〈새로운 고생살이라! 그것도 괜찮을 것 같아.〉 나는 독백했다(물론 마음속으로만 말이다. 소리 내서 말하지는 않았다). 〈분명히 괜찮을 거야. 왜냐하면 그 말이 그렇게 달콤하게 들리진 않으니까. 자유, 흥분, 즐거움 같은 말하고는 같지 않아. 그런 말들은 정말로 기분 좋게 들려. 그러나 나한테는 소리에 불과해. 너무나 공허하고 덧없어서 그 말들을 듣는 것은 시간 낭비에 불과해. 그러나 고생살이라! 그건 틀림없이 실제로 존재하는 것에 관한 문제야. 누구나 봉사할 수 있는 거니까.

나는 여기서 8년을 봉사했어. 지금 나의 바람은 다른 곳에서 봉사하고 싶다는 것뿐이야. 그만큼도 내 마음대로 할 수 없는 거야? 그 일이 실현 불가능한 걸까? 아니야, 아니야. 그 목적을 달성할 수 있는 방법을 찾아낼 예리한 두뇌만 있다면 그것이 그렇게 어려운 일은 아니야.〉

방금 말했듯이 두뇌를 일깨우기 위한 방법으로 나는 침대에 일어나 앉았다. 쌀쌀한 밤이었다. 나는 숄로 어깨를 감싼 다음 온 힘을 다해서 다시 생각을 이어 나갔다.

〈내가 무엇을 원하지? 새로운 집에서, 새로운 얼굴들 속에서, 새로운 환경에서 살 수 있는 새로운 곳이야. 나는 이것을 원해. 더 나은 것을 원해 봐야 소용없으니까. 사람들은 새로운 일자리를 찾기 위해 어떻게 하지? 친구들한테 부탁을 할 것 같은데. 나는 친구가 없어. 친구가 없어서 스스로 찾아보고 스스로 해결해야 하는 사람들도 많아. 그렇다면 그런 사람들이 의지하는 방법이 뭘까?〉

알 수가 없었다. 어떻게 해도 답이 나오지 않았다. 나는 내 두뇌에게 빨리 답을 찾아내라고 명령했다. 두뇌가 더 빨리 돌고 돌았다. 머리와 관자놀이가 지끈거렸다. 거의 한 시간 동안 내 두뇌는 혼란 상태에서 돌았다. 노력을 기울였음에도 아무 결과가 나오지 않았다. 헛된 수고로 열이 났기 때문에 나는 일어서서 방을 한 바퀴 돌았다. 커튼을 젖히고 별 한두 개가 추위에 떨고 있는 것을 본 다음 다시 침대로 기어 들어갔다.

내가 없는 사이 친절한 요정이 내 베개 위에 필요한 제안을 떨어뜨려 놓고 간 것이 분명했다. 자리에 눕자 그것이 조용히 자연스럽게 내 마음속에 떠올랐으니 말이다. 〈일자리를 원하는 사람들은 광고를 해. ○○○ 주 「헤럴드」지에 광고를 내야 돼.〉

〈어떻게? 나는 광고에 대해 아무것도 모르는데.〉

이제는 대답이 즉각적으로 술술 나왔다.

〈광고 문구와 광고료를 봉투에 넣어서 신문사 편집자에게 보내. 기회가 오는 대로 로튼에 있는 우체통에 집어넣도록 해. 답장받을 주소는 그곳 우체국으로, 수취인은 J. E.로 하고. 편지를 보낸 다음 일주일 정도 후 우체국에 가서 문의해 봐. 답장이 오면 그에 따라 행동하면 돼.〉

나는 이 계획을 두 번, 세 번 검토했다. 그러자 마음속에서 정리가 잘 되었고 그 계획이 명확하고 실제적인 형태를 갖추게 되었다. 나는 만족해서 잠이 들었다.

아침 일찍 일어난 나는 광고 문구를 써서 그것을 봉투에 넣은 다음 기상 종이 울리기 전에 겉봉을 썼다. 광고 문구는 다음과 같다.

〈가르친 경험이 풍부한(나는 2년 동안 교사로 가르치지 않았던가?) 젊은 여성이 14세 이하의 아이들이 있는 일반 가정에서 일자리를 찾고자 합니다(내가 겨우 열여덟 살밖에 되지 않았기 때문에 내 나이 또래 학생들을 가르치는 일을 맡는 것은 좋지 않으리란 생각이 들었다). 프랑스어, 그림 그리기, 음악과 더불어 좋은 영어 교육의 일반적인 분야들을 가르칠 수 있는 자격을 갖추고 있습니다(지금은 빈약해 보이는 이런 업적의 목록이 그 당시에는 상당히 광범위한 것으로 받아들여졌으리라). 수신인 주소, J. E., ○○○ 주 로튼, 우체국.〉

이 편지는 하루 종일 내 서랍 속에 들어 있었다. 차를 마신 후 나는 새 교장 선생님에게 내 볼일과 한두 명의 동료 선생님들을 위해 몇 가지 작은 심부름을 하러 로튼에 다녀오겠다고 허락을 구했다. 즉시 허락이 떨어져서 출발했다. 1, 2마일 걸어야 하는 거리였고 저녁에 비가 내렸지만 아직도 날이 환했다. 나는 가게를 한두 곳 들르고 편지를 우체통에 밀어 넣은 다음 옷에서 김이 모락모락 나는 상태로, 그러나 가벼워진 마음으로 폭우 속을 걸어서 돌아왔다.

그다음 주는 길게 느껴졌다. 그러나 모든 세상사처럼 마침내 끝이 났다. 기분 좋은 가을날이 질 무렵 다시 한 번 나는 로튼으로 걸어갔다. 어쨌든 시냇가를 따라서 골짜기의 가장 아름다운 만곡부를 지나는 그 길은 그림처럼 아름다웠다. 그러나 그날은 풀밭과 시냇물의 아름다움보다 내가 가고 있는 작은 읍에서 날 기다리고 있을, 아니면 기다리고 있지 않을 편지에 대해 더 많이 생각했다.

이번 외출에 대한 표면적인 용무는 신발을 맞추는 것이었다. 그래서 나는 그 일 먼저 해치우고 그 일이 끝나자 제화점에서 깨끗하고 조용한 작은 길을 건너 우체국으로 갔다. 우체국에는 코에 뿔테 안경을 걸치고 양손에 검은 벙어리장갑을 낀 나이 많은 부인이 지키고 있었다.

「J. E.한테 온 편지가 있나요?」

그녀가 안경 너머로 나를 자세히 쳐다보고 나서는 서랍을 열고 오랫동안 내용물을 더듬었다. 너무 오래 걸려서 내 희망은 무너지기 시작했다. 그녀가 마침내 서류 하나를 꺼내 안경 앞에 들고 5분 정도 보더니 카운터 너머로 그것을 건네고 한 번 더 꼬치꼬치 캐묻는 듯한 불신의 눈초리를 보냈다. 그것은 J. E.에게 온 것이었다.

「한 통밖에 없어요?」 내가 물었다.

「더 이상 없어요.」 그녀가 말했다. 나는 봉투를 호주머니에 넣고 학교로 향했다. 그때는 그것을 열어볼 수가 없었다. 규칙상 8시까지는 돌아가야 했고 이미 7시 반이었다.

내가 도착하자마자 여러 가지 해야 할 일들이 기다리고 있었다. 공부 시간 동안 학생들 옆에 앉아 있어야 했고, 다음에는 내가 기도문을 읽고 학생들의 취침을 책임지는 순서였다.

그다음에는 다른 선생님들과 저녁 식사를 했다. 마침내 잠을 자러 방으로 물러난 후에도 피할 수 없는 그라이스 선생님이 계속 내 옆에 붙어 있었다. 방의 촛대에는 양초가 조금밖에 남아 있지 않았다. 초가 다 타버릴 때까지 그녀가 계속 말을 하지 않을까 두려웠다. 그러나 다행히도 그녀가 먹은 엄청난 양의 저녁 식사가 수면 효과를 발휘했다. 내가 옷을 다 벗기도 전에 그녀는 이미 코를 골고 있었다. 초가 아직 1인치가량 남아 있었다. 이제 나는 편지를 꺼냈다. 봉인에 찍힌 글자는 F.라는 이니셜이었다. 봉투를 열어 보니 내용은 간략했다.

〈지난 목요일 ○○○ 주 헤럴드에 광고된 J. E.가 언급된 학식을 갖추고 있고, 신원과 능력에 대한 만족스러운 추천서를 제시할 수 있는 입장이라면 일자리를 드릴 수 있습니다. 학생은 열 살이 안 된 어린 여자아이 딱 한 명입니다. 보수는 연봉 30파운드입니다. J. E.는 보증인들과 이름, 주소, 그리고 모든 상세한 사실들을 다음 주소로 보내 주기 바랍니다.《○○○ 주 밀코트 근처의 손필드, 페어팩스 부인.》〉

나는 그 편지를 오랫동안 살펴보았다. 필체가 구식이었고 노부인의 필체처럼 약간 불분명했다. 조건은 만족스러웠다. 스스로의 지도에 따라 행동하면서 곤경에 처하게 되지나 않을까 하는 혼자만의 두려움에 시달려 왔었다. 그리고 무엇보다도 나는 내 노력의 결과가 좋고, 타당하며, 합당한 것이길 바랐다. 지금 준비하고 있는 일에서 노부인이 결코 나쁜 요소는 아니라고 느꼈다. 페어팩스 부인이라! 검은 드레스에 미망인 모자를 쓴 그녀의 모습이 그려졌다. 쌀쌀맞겠지만 무례하지는 않을 것이다. 나이 많은 영국인다운 점잖음의 표본이리라. 손필드는 틀림없이 그녀가 살고 있는 집의 이름일 것이다. 나는 그곳이 아담하고 정돈이 잘 되어 있으리라 확신했다. 그러나 집과 대지의 정확한 구조는 아무리 노력해도 상상할 수가 없었다. ○○○ 주의 밀코트. 기억을 되살려 영국 지도를 떠올려 보자. 그렇지, 주와 도시가 모두 보였다. ○○○ 주는 내가 지금 살고 있는 외진 주보다 런던에 70마일 더 가까웠다. 이는 내게 장점이었다. 나는 생기와 활력이 넘치는 곳으로 가고 싶었다. 밀코트는 A 강변에 위치한 제조업으로 번성한 큰 도시였다. 의심할 여지 없이 매우 번화한 곳이었다. 번화한 곳일수록 더 좋았다. 적어도 완벽한 변화가 될 것이다. 내 상상이 높은 굴뚝들과 연기로 자욱한 도시를 그려 보는 데에 많이 매료되지 않은 것은 아니었다. 〈그러나 손필드는 읍내에서 상당히 떨어져 있을 것 같아.〉 나는 스스로 그렇게 주장했다.

이때 초가 다 녹아서 심지가 나갔다.

다음 날 새로운 조치가 취해졌다. 내 계획을 더 이상 가슴에 묻어 둘 수가 없었다. 그것을 성사시키려면 다른 사람들에게 전해야만 했다. 낮 휴식 시간에 교장 선생님과의 공식 면담을 요청해서 이를 허락받았을 때 나는 그녀에게 내가 현재 받고 있는 보수의 두 배를 받을 수 있는(로우드에서는 연봉이 15파운드밖에 되지 않았기 때문이다) 새로운 일자리를 얻을 수 있는 가능성이 있다는 것과, 나를 위해 브로클허스트 씨나 위원회의 누구에게라도 그 문제를 알려서 그들을 추천인으로 언급하도록 허용해 줄 수 있는지 알아봐 달라고 요청했다. 교장 선생님은 기꺼이 그 문제의 중재자가 되어 주겠다고 동의했다. 다음 날 그녀는 그 문제를 브로클허스트 씨에게 알렸고 그는 리드 부인이 원래 내 보호자이기 때문에 그녀에게 편지를 써서 상의해야 한다고 말했다. 그에 따라 리드 부인에게 편지가 보내졌고 그녀는 〈네가 하고 싶은 대로 해도 된다, 나는 이미 오래전부터 네 문제에 대해 일절 간여하지 않는다〉는 답변을 보내왔다. 이 편지는 위원회에서 회람되었고 가장 지루하게 지연된 것처럼 보인 과정을 거친 후 드디어 내가 할 수만 있다면 스스로 조건을 더 나아지게 해도 좋다는 정식 허가가 났다. 그리고 내가 로우드에서 교사로서뿐만 아니라 학생으로서 항상 잘 처신해 왔기 때문에 그 시설의 조사관들이 서명한 신원과 능력의 증명서를 즉시 발부해 주겠다는 확약도 덧붙여졌다.

이에 따라 약 한 달 후 나는 이 증명서를 받아서 한 부를 페어팩스 부인에게 전했고 그 부인으로부터 자신이 만족해 하고 있으며, 가정 교사 일을 시작하는 시기를 그날부터 이 주 후로 정한다는 내용의 답장을 받았다.

이제 나는 준비를 하느라 정신없이 바빴다. 이 주는 쏜살같이 지나갔다. 필요한 만큼은 넉넉히 있었지만 옷이 그렇게 많지는 않았기 때문에 마지막 날 짐을 싸도 충분했다. 짐 가방은 8년 전 게이츠헤드에서 들고 온 바로 그것이었다.

가방에 줄을 감아 묶고 이름표를 달았다. 반 시간 후면 짐꾼이 와서 그것을 로튼까지 옮겨 주기로 되어 있었다. 그러면 다음 날 아침 일찍 내가 직접 로튼에서 가방을 찾아 마차를 탈 예정이었다. 나는 검은색 모직 여행복을 솔질해 놓았고 보닛과 장갑, 토시를 준비해 둔 다음 혹시라도 빼놓고 가는 물건이 없는지 서랍을 전부 뒤져 보았다. 이제는 할 일이 없었기 때문에 앉아서 쉬려고 했지만 그럴 수가 없었다. 나는 너무 흥분해 있었다. 오늘 밤 내 삶의 한 시기가 막을 내리고 있었고 새로운 시기가 내일 아침 막을 올릴 것이다. 그사이에 잠을 자는 것은 불가능했다. 변화가 일어나고 있는 동안 나는 열기에 휩싸여서 그것을 지켜보아야만 했다.

「선생님.」 불안한 유령처럼 내가 로비에서 서성이고 있을 때 하인이 말했다. 「아래층에서 어떤 사람이 선생님을 뵙고 싶어 하는데요.」

〈짐꾼이 틀림없어.〉 나는 그렇게 생각하고 아무것도 묻지 않은 채 아래층으로 달려갔다. 교사 휴게실로 쓰이는 뒷방을 지나서 부엌 쪽으로 가고 있을 때 반쯤 열려 있던 교사 휴게실의 문으로 누군가가 달려 나왔다.

「그 애야. 확실해! 어디서건 그 애를 알아볼 수 있었을 거야!」 길을 막고 내 손을 잡으며 그 사람이 소리쳤다.

내가 쳐다보자 기혼 여성처럼 점잖아 보이지만 아직 젊고 옷을 잘 입은 하녀로 여겨지는 한 부인이 보였다. 검은 머리와 검은 눈에 활기 넘치는 얼굴을 한 미모의 여성이었다.

「자, 누굴까?」 내가 어렴풋이 기억하는 목소리로 미소를 지으며 그녀가 물었다. 「설마 날 잊지는 않았겠지, 제인 양?」

나는 너무 기뻐서 곧장 그녀를 안고 키스를 퍼부었다. 「베시! 베시! 베시!」 그 말밖에 할 수가 없었다. 그런 반응에 베시는 웃다가 울었다. 우리는 함께 거실로 들어갔다. 난롯불 가에 세 살 정도 되어 보이는 꼬마가 체크 코트에 바지를 입고 서 있었다.

「내 아들이야.」 베시가 곧장 말했다.
「그렇다면 결혼한 거예요, 베시?」
「그래. 마부인 로버트 리벤에게 시집간 지 거의 5년이나 되었어. 저기 바비 말고도 딸이 하나 있어. 세례명을 제인이라 지어 줬어.」
「그럼 게이츠헤드에서 살지 않겠네요.」
「문지기 집에 살아. 늙은 문지기가 떠났거든.」
「그런데 그 사람들 모두 어떻게 지내고 있어요? 그들에 대해 전부 말해 줘요, 베시. 그렇지만 먼저 앉아요. 그리고 바비, 이리 와서 내 무릎 위에 앉지 않을래?」 그러나 바비는 게걸음을 치며 엄마에게 가버렸다.

「제인 양, 키가 그렇게 많이 크지 않았네. 살도 많이 찌지 않았고.」리벤 부인이 말을 계속했다. 「학교에서 널 그렇게 잘 돌보진 않았나 보다. 리드 아가씨 어깨 밑에나 오겠는데. 조지아나 아가씨는 네 몸의 두 배는 될 거야.」

「조지아나는 예쁠 것 같은데요, 베시.」

「굉장히 예뻐. 작년에 어머니와 함께 런던에 갔어. 그곳 사람들이 전부 아가씨를 보고 감탄했다더군. 한 젊은 귀족이 그녀와 사랑에 빠졌는데 그의 친척들이 결혼을 반대했어. 그래서 어떻게 됐을 것 같아? 결국 그와 조지아나 아가씨가 도망치기로 결정을 했대. 그런데 들통이 나서 중단되었어. 그 두 사람을 찾아낸 게 바로 리드 아가씨였어. 그녀가 시샘을 한 것 같아. 지금은 아가씨와 동생이 함께 견원지간처럼 살고 있어. 날마다 싸운다니까…….」

「그런데 존 리드는 어떻게 되었어요?」

「아, 도련님은 어머니가 원하는 만큼 그렇게 잘 지내고 있지 않아. 대학에 갔는데 낙제를 했나 봐. 사람들이 그렇게 말하는 것 같아. 그런 다음에는 삼촌들이 그에게 변호사가 되도록 법률 공부를 시키려고 했는데 너무 방탕한 젊은이라 삼촌들이 그다지 기대를 많이 하지는 않는 것 같아.」

「어떻게 생겼어요?」

「키가 굉장히 커. 어떤 사람들은 그를 보고 잘생긴 청년이라 그러는데 입술이 너무 두툼해.」

「리드 부인은요?」

「마님은 살도 찌고 얼굴은 충분히 건강해 보이는데 마음은 썩 편하지 않을 것 같아. 존 도련님의 행동이 마님 마음에 들지 않으니까. 돈을 너무 많이 써.」

「리드 부인이 당신을 여기에 보낸 거예요, 베시?」

「아니야. 오랫동안 널 보고 싶었는데 마침 너한테서 편지가 왔고 다른 곳으로 떠날 거라고 해서 완전히 멀리 가버리기 전에 와서 한번 만나야겠다고 생각했어.」

「나한테 실망했을 거 같아요, 베시.」 나는 웃으면서 이렇게 말했다. 나는 베시의 눈길이 호감을 표하기는 했지만 결코 감탄한 표정은 아니라는 것을 깨달았다.

「아니야, 제인 양. 그렇지 않아. 너는 충분히 고상해. 숙녀처럼 보여. 그게 내가 너한테서 가장 바랐던 거야. 어렸을 때 예쁘지는 않았잖아.」

나는 베시의 솔직한 대답에 미소를 지었다. 그 말이 정확하다고 느꼈지만 그 말의 의미에 신경이 쓰이지 않은 것은 아니었다. 열여덟 살 때 대부분의 사람들은 다른 사람의 호감을 얻고 싶어 하고 그런 소망을 뒷받침해 줄 외모를 지니지 못했다는 확신은 결코 만족감을 가져다주지 못한다. 「그래도 너는 똑똑하잖아.」 베시가 위로할 셈으로 말을 이었다. 「뭘 할 수 있어? 피아노를 칠 줄 알아?」

「조금요.」

방에 피아노가 한 대 있었다. 베시가 가서 피아노 뚜껑을 열더니 내게 앉아서 한 곡 연주해 달라고 청했다. 내가 왈츠를 한두 곡 연주하자 베시가 황홀해 했다.

「리드 아가씨들 모두 그렇게 연주를 잘하진 못해!」 그녀가 기뻐하며 말했다. 「공부에서는 네가 그들보다 나을 거라고 내가 항상 말했잖아. 그림도 그릴 수 있니?」

「저기 벽난로 선반 위에 걸린 그림들 중 하나가 제가 그린 거예요.」 그것은 풍경 수채화였는데 나를 위해 위원회에 기꺼이 중재해 준 데 대한 감사의 뜻으로 내가 교장 선생님에게 선물한 그림이었다. 교장 선생님은 그 그림을 액자에 넣고 판유리에 끼워서 걸어 두었다.

「와! 멋지다, 제인 양! 리드 아가씨들의 선생님이 그린 그림 못지않게 훌륭해. 젊은 아가씨들은 말할 것도 없고. 아가씨들은 네 발꿈치도 못 따라갈 거야. 프랑스어도 배웠어?」

「네, 베시. 읽고 말하고 다 할 수 있어요.」

「그럼 모슬린과 범포에 자수를 놓을 줄도 알아?」

「네.」

「와! 정말 숙녀가 되었네, 제인 양! 그럴 줄 알았어. 친척들이 널 알아주건 안 알아주건 아가씨는 잘 지낼 수 있을 거야. 물어보고 싶은 말이 있어. 아버지 친척들인 에어가(家) 사람들로부터 혹시 소식 들은 것 있어?」

「살아 있는 동안 한 번도 없었어요.」

「음, 그분들이 가난하고 매우 형편없다고 마님이 항상 말씀하시는 걸 너도 알고 있을 거야. 그분들이 가난할 수도 있겠지만 내 생각에는 리드가 못지않게 명문가인 것 같아. 7년 전쯤 어느 날 에어 가문의 어떤 남자분이 게이츠헤드에 찾아와서 널 만나고 싶어 했었거든. 네가 50마일 떨어진 학교에 있다고 알려 주자 그 사람이 무척 실망한 듯했어. 오래 머물 수가 없었나 봐. 외국 여행을 떠날 예정이었는데 배가 런던에서 하루나 이틀 후에 출항한다고 했으니까. 진짜 신사분처럼 보였는데, 내 생각에는 네 아버지 형제분 같았어.」

「그분이 어느 나라로 간다고 그랬어요, 베시?」

「수천 마일 떨어진 섬이래. 그곳에서 포도주를 만든다고 했어. 집사가 말해 줬는데…….」

「마데이라요?」 내가 힌트를 줬다.

「맞아, 그거야. 바로 그 단어야.」

「그분이 그렇게 떠났나요?」

「응. 그분이 집에 머문 시간은 몇 분도 안 돼. 마님이 그분한테 얼마나 잘난 체를 했는지 몰라. 나중에 그분을 〈비열한 장사꾼〉이라고 부르셨어. 우리 남편 로버트는 그분이 포도주 제조업자일 거라 생각해.」

「정말 그럴 거 같아요.」내가 대꾸했다.「아니면 포도주 제조업체의 직원이거나 판매원일 수도 있고요.」

베시와 나는 옛날이야기를 한 시간 동안 더 나눴다. 그런 다음 그녀는 마지못해 나를 떠났다. 다음 날 아침 로튼에서 마차를 기다리는 동안 그녀를 몇 분간 다시 만났다. 우리는 마침내 그곳에 있는 브로클허스트 암스 어귀에서 헤어져 각자 길을 갔다. 그녀는 게이츠헤드로 다시 돌아갈 마차를 타기 위해 로우드 펠 언덕으로 출발했고 나는 밀코트의 미지의 환경에서 날 기다리고 있는, 새로운 의무와 새로운 생활로 나를 데려다 줄 마차에 올라탔다.

제11장

소설 속의 새 장(章)은 연극의 새 장과 같다. 독자여, 이번에 내가 막을 열면 여러분은 밀코트에 있는 조지 여관의 한 방을 보게 되리라고 상상해 주기 바란다. 그 방에는 보통 여관방들처럼 커다란 문양이 그려진 벽지가 발려 있고 양탄자와 가구, 벽난로 선반 위의 장식물들, 조지 3세의 초상화와 황태자의 초상화 사본, 울프 장군[32]의 죽음을 그린 그림의 사본이 걸려 있다. 이 모든 것은 천장에 걸려 있는 기름 등잔불과 환한 난롯불 빛을 통해 보인다. 나는 지금 보닛을 쓰고 망토를 입은 채 난롯불 옆에 앉아 있다. 내 토시와 우산은 탁자 위에 놓여 있고 나는 10월의 으스스한 날씨에 열여섯 시간 동안 노출되어 있느라 오그라져서 무감각하고 차가워진 몸을 데우고 있다. 로튼에서 새벽 4시[33]에 출발했는데 지금 밀코트의 시계는 방금 전 8시를 쳤다.

독자여, 비록 내가 편안하게 숙소에 자리를 잡고 있는 것처럼 보일지 모르지만 사실 마음속은 그리 평온하지가 않다. 마

---

32 캐나다에서 프랑스군을 무찌르고 승리한 것으로 유명한 장군.

33 이 부분은 원문에 P.M.으로 되어 있지만 저녁 8시까지 열여섯 시간이 되려면 A.M.이 맞을 것이다.

차가 이곳에서 멈췄을 때 누군가가 날 마중 나와 있으리라고
생각했다. 편의를 위해 여관 하인이 놓아 준 나무 계단을 내
려오면서 나는 어디선가 내 이름을 불러 주길 기다렸다. 그리
고 뭐든 마차라고 불릴 수 있는 것이 나를 손필드로 데려가기
위해 기다리고 있으리라 기대하면서 주변을 애타게 둘러보았
다. 그러나 그런 것은 눈을 씻고 찾아 봐도 없었다. 시중드는
사람에게 제인 양을 찾는 사람이 없었느냐고 물었지만 부정
적인 대답이 돌아왔다. 그래서 어쩔 수 없이 방으로 안내해
달라고 요청하는 것 외에는 다른 방법이 없었다. 그리고 이곳
에서 기다리고 있는 동안 온갖 종류의 의혹과 두려움으로 내
마음은 어수선했다.

모든 관계로부터 떨어져 나와 표류하는 가운데 과연 목적
지 항구에 도달할 수 있을지 알 수도 없고 여러 가지 장애 때
문에 떠나온 곳으로 되돌아갈 수도 없는 상황에서, 세상천지
에 오롯이 혼자 세상을 맛보게 되는 것은 경험 없는 젊은이에
게 매우 묘한 느낌을 안겨 준다. 모험의 매력이 그런 느낌을
누그러뜨리고 자존심의 불꽃이 그런 느낌을 따뜻하게 해주
지만 진동하는 두려움이 그 느낌을 어지럽힌다. 반 시간이 지
나도 날 찾는 사람이 아무도 없자 두려움이 나를 압도했다.
나는 종을 울리기로 마음먹었다.

「이 근처에 손필드라는 곳이 있나요?」 내 부름을 받고 온
시중꾼에게 물었다.

「손필드요? 모르겠는데요. 바에 가서 물어보겠습니다.」 그
가 사라졌다가 즉시 다시 나타났다.

「혹시 에어 양이신가요?」

「네.」

「어떤 사람이 기다리고 있는데요.」

나는 벌떡 일어서서 토시와 우산을 챙기고 서둘러 현관 복

도로 나갔다. 열린 문 옆에 어떤 남자가 서 있었다. 등불이 켜진 거리에 말 한 필이 끄는 마차가 희미하게 보였다.

「이것이 당신 짐이겠군요.」 그 남자가 나를 보자 복도에 놓인 가방을 가리키며 다소 퉁명스럽게 물었다.

「네.」 그가 짐마차 같은 데에 가방을 실어 올렸고 나도 올라탔다. 그가 문을 닫기 전에 나는 손필드까지 거리가 얼마나 되는지 물었다.

「6마일쯤 될 거요.」

「그곳에 닿으려면 얼마나 걸릴까요?」

「한 시간 반쯤 걸릴 거요.」

그가 짐마차 문을 닫은 다음 비깥의 자기 자리로 올라다고 나자 마차가 곧 출발했다. 마차 속도가 느렸기 때문에 생각할 수 있는 시간은 충분했다. 나는 마침내 여정의 목적지에 거의 다 오게 된 데 대해 기뻤다. 편하긴 하지만 썩 우아하지는 않은 마차에 몸을 뒤로 기대고 앉아서 나는 편하게 많은 생각을 했다.

〈하인과 마차의 소박함으로 판단해 보건대 페어팩스 부인이 그렇게 화려한 사람은 아닌 것 같아. 그럴수록 더 좋지, 뭐. 딱 한 번 빼고는 멋 내는 사람들 속에서 산 적이 없어. 그렇지만 그들과 함께 살 때 정말 비참했어. 부인이 이 어린 딸하고 단둘이 사는지 궁금해. 만약 그렇기도 하고 또 거기다 부인이 조금이라도 상냥하다면 분명히 잘 지낼 수 있을 텐데. 나는 최선을 다할 거야. 최선을 다한다고 항상 좋은 결과가 나오진 않아서 유감이야. 로우드에서는 사실 그 결심을 한 다음 그것을 지켰고 다른 사람들을 기쁘게 해주는 데 성공했어. 그러나 리드 부인한테는 내가 아무리 최선을 다해도 항상 조소와 함께 경멸을 받았어. 하느님, 제발 페어팩스 부인이 제2의 리드 부인이 아니길 기도합니다. 그러나 그녀가 리드 부인 같으면 나는 절대 함께 살지 않을 거야. 최악의 상황이 닥친다 해도 괜찮아. 다시 광고를 낼 수 있으니까. 지금 길을 얼마나 왔는지 궁금하네.〉

나는 창문을 내리고 밖을 내다보았다. 밀코트는 뒤로 멀어졌다. 불빛의 숫자로 판단해 보건대 밀코트는 로튼보다 훨씬 큰, 상당한 규모의 도시 같았다. 내가 볼 수 있는 한도 내에서 우리는 지금 일종의 공유지를 지나는 것 같았다. 그러나 온 지역에 집들이 산재해 있었다. 인구는 더 많지만 덜 아름답고 더 번화하지만 덜 낭만적인, 로우드와는 다른 지방에 와 있다는 것이 느껴졌다.

길은 험하고 밤은 안개로 자욱했다. 나를 호송하는 마부는 말을 계속 걷게 했다. 내가 확신하건대 한 시간 반이 두 시간으로 늘어났다. 마침내 그가 자리에서 몸을 돌리고 말했다.

「이제 손필드에 거의 다 왔어요.」

나는 다시 밖을 내다보았다. 우리는 교회를 지나고 있었다. 하늘을 배경으로 교회의 낮고 넓은 탑이 보였고 탑에서는 15분마다 시각을 알리는 종이 울리고 있었다. 언덕 중턱에 부락이나 작은 마을이 있음을 나타내는 은하수 같은 좁은 불빛들의 줄이 보였다. 10분쯤 후에 마부가 내려서 두 개의 문을 열었다. 문을 지나자 뒤에서 꽝 하고 문이 닫혔다. 우리는 이제 천천히 마찻길을 올라 집의 긴 정면으로 다가갔다. 커튼이 드리워진 활 모양의 돌출 창에서 촛불이 반짝였다. 짐마차가 현관문에 멈춰 섰다. 하녀가 문을 열어 주었다. 나는 내려서 안으로 들어갔다.

「이쪽으로 오시겠어요, 선생님?」 하녀가 말했다. 나는 사방에 높은 문들이 있는 네모난 홀을 가로질러 그녀를 따라갔다. 그녀가 나를 방 안으로 안내했다. 그곳에는 난롯불과 촛불로 이중 조명이 되어 있었고 두 시간 동안 내 눈이 익숙해 있던 어둠과 대비가 되어서 처음에는 눈이 부셨다. 그러나 눈앞이 선명해지자 아늑하고 기분 좋은 풍경이 시야에 들어왔다.

아담한 작은 방이었다. 쾌적한 난롯불 가에 둥근 탁자가 놓여 있었고 등이 높은 구식 안락의자에 미망인 모자를 쓰고 검은색 실크 드레스에 새하얀 모슬린 앞치마를 입은, 상상할 수 있는 한 가장 단정해 보이는 자그마한 체격의 노부인이 앉아 있었다. 생각보다 위엄이 덜하고 더 부드러워 보였을 뿐 페어팩스 부인에 대해 내가 상상했던 모습 그대로였다. 그녀는 뜨개질을 하느라 여념이 없었다. 그녀의 발치에 커다란 고양이 한 마리가 새침을 떨며 앉아 있었다. 간단하게 표현하면 가정적인 안락함의 이상적인 전형을 완성하기 위해 부족한 점이 하나도 없었다. 새 가정 교사를 이보다 더 안심시켜 주는 첫인사를 상상해 내기 힘들 것이다. 상대방을 압도할 만한 웅장함도, 당황하게 할 만한 위엄도 없었다. 내가 들어가자 노부인이 일어서서 즉시 친절하게 앞으로 나와 나를 맞이해 주었다.

「처음 뵙네요, 선생님. 마차 타고 오느라 지겹지나 않았는지 걱정스럽군요. 존이 워낙 말을 천천히 몰아서요. 틀림없이 추울 텐데 난롯불 옆으로 와요.」

「페어팩스 부인이시죠?」 내가 말했다.

「네, 맞아요. 앉아요.」

그녀가 나를 자기 자리로 데려가서는 내 숄을 벗기고 보닛 끈을 풀기 시작했다. 나는 그녀에게 그런 수고를 하지 말라고 간청했다.

「아, 전혀 힘들지 않아요. 추워서 선생님 양손은 거의 곱아 있을 거예요. 리아, 따뜻한 니거스주(酒)[34] 한 잔 작은 걸로 만

---

34 포도주, 끓는 물, 설탕, 레몬즙 등을 섞어 만든 음료.

들고 샌드위치를 한두 조각 잘라 와. 여기, 저장실 열쇠를 줄 테니까.」

그녀가 호주머니에서 진짜 가정주부다운 모습을 보여 주는 열쇠 꾸러미를 꺼내 그것을 하녀에게 건네주었다.

「자, 이제는 난롯불 곁으로 더 가까이 와요.」 그녀가 말을 계속했다.「짐을 가져왔겠죠, 선생님?」

「네, 부인.」

「짐을 선생님 방으로 옮겨 놓도록 할게요.」 그녀가 그렇게 말하고 부산스럽게 밖으로 나갔다.

〈날 손님처럼 대해 주시네.〉 나는 속으로 생각했다. 〈이런 대접을 받으리라고는 생각도 못 했어. 냉담하고 딱딱한 대접을 예상하고 있었는데. 가정 교사가 받는 대접에 대해 들은 바하고 다르네. 그렇지만 너무 성급하게 기뻐하지는 말아야지.〉

그녀가 돌아왔다. 그녀는 자기 손으로 직접 탁자 위에 놓인 뜨개질 기구와 책을 한두 권 치워서 리아가 막 가져온 쟁반을 놓을 자리를 만든 다음 내게 다과를 건넸다. 나는 지금까지 받아 본 어떤 배려보다 더 많은 배려의 대상이 된 데 대해, 그것도 나를 고용한 연장자가 보여 준 배려에 상당히 난감했다. 그러나 그녀 자신이 뭔가 부적절한 처신을 하고 있다고 여기는 것 같지 않았기 때문에 나는 그녀의 정중한 행동을 조용히 받아들이는 편이 낫겠다고 생각했다.

「페어팩스 양을 오늘 밤에 만나 볼 수 있을까요?」 나는 그녀가 내게 권한 것을 다 먹고 마신 다음 물었다.

「뭐라고 했어요, 선생님? 가는 귀가 먹어서요.」 마음씨 좋은 부인이 이렇게 대꾸하고는 귀를 내 입 쪽으로 가까이 댔다.

나는 좀 더 명확하게 질문을 반복했다.

「페어팩스 양이라고요? 아, 바렝 양을 말하는 거군요. 바렝이 바로 선생님이 가르칠 학생 이름이에요.」

「그렇군요! 그렇다면 부인의 따님이 아닌가요?」

「그럼요. 나는 가족이 없어요.」

바렝 양과 부인이 어떤 관계인지 물어서 내 첫 번째 질문을 이어 나가는 쪽이 맞겠지만 너무 많은 질문을 하는 것이 무례한 행동이라는 생각이 들었다. 게다가 그 문제에 대해서는 곧 이야기를 듣게 되리라는 확신이 있었다.

「정말 기뻐요.」 그녀가 내 맞은편에 앉아서 무릎 위에 고양이를 올려놓고 말을 계속했다. 「선생님이 와서 얼마나 기쁜지 몰라요. 이제 말벗이 생겼으니 살기가 굉장히 좋을 거예요. 물론 언제라도 살기 좋죠. 손필드는 오래된 훌륭한 저택이에요. 최근 몇 년 동안 조금 방치되긴 했지만 여전히 손색없는 곳이에요. 그렇지만 알다시피 겨울에는 아무리 좋은 거처에서라도 혼자 지내면 쓸쓸함을 느끼게 되거든요. 혼자라고 했는데, 물론 리아는 착한 아이이고 존과 그의 아내도 매우 참한 사람들이에요. 그렇지만 알다시피 그 사람들은 하인들일 뿐이라 동등한 조건에서 대화를 나눌 수가 없어요. 자기 권위를 잃지 않으려면 그들과 적당한 거리를 유지해야 하니까요. 작년 겨울에는, 선생님도 기억나겠지만 정말 혹독한 겨울이었어요. 눈이 안 오면 비가 오고 바람이 불어 댔죠. 11월부터 2월까지 푸줏간 주인하고 우편집배원 말고는 집에 찾아오는 사람이 아무도 없었다니까요. 밤마다 혼자 앉아 있는 데에 얼마나 우울해졌는지 몰라요. 때때로 리아를 불러들여서 책을 소리 내어 읽어 달라고 부탁하기도 했죠. 그런데 그 불쌍한 아이는 그걸 별로 안 좋아하는 것 같아요. 그 일을 답답하게 여겨요. 봄, 여름에는 더 잘 지낼 수 있었어요. 햇볕과 낮이 길다는 것 때문에 얼마나 달라지는데요. 그러다가 이번 가을이 막 시작될 무렵 꼬마 아델러 바렝이 유모와 함께 왔어요. 아이가 있으면 항상 집안에 생기가 넘쳐요. 그리고 이제는 선생님까지 이곳에 와 있으니 굉장히 즐거워질 거예요.」

그녀의 말을 들으면서 그 훌륭한 부인에 대해 정말로 내 마음이 따뜻해졌다. 나는 그녀 쪽으로 의자를 살짝 더 가까이 끌어당기고 내가 그녀의 기대만큼 마음에 드는 말벗이 되면 좋겠다는 진지한 바람을 표현했다.

「그렇지만 오늘 밤에는 선생님을 오래 붙잡아 두지 않을게요.」 그녀가 말했다. 「벌써 12시 정각이네요. 하루 종일 여행하느라 틀림없이 피곤할 거예요. 발을 잘 녹였으면 이제 선생님 방으로 안내해 줄게요. 내 옆방을 선생님 방으로 준비시켜 두었어요. 작지만 선생님이 앞쪽 큰 방들보다 그 방을 더 좋아할 거라고 생각했어요. 물론 가구야 더 좋지만 그 방들은 너무 휑하고 쓸쓸해서 나도 거기서는 절대 안 자요.」

나는 그녀의 사려 깊은 선택에 감사를 드렸다. 오랜 여행으로 나는 정말 피곤했기 때문에 빨리 쉬러 가고 싶다는 생각을 밝혔다. 그녀가 촛불을 들었고 나는 방에서 나와 그녀 뒤를 따랐다. 먼저 그녀는 현관문이 잠겼는지 확인하러 갔다. 자물쇠에서 열쇠를 뺀 다음 그녀가 위층으로 앞장서 올라갔다. 계단과 난간은 참나무로 만들어져 있었다. 높은 계단 창에는 격자창이 달려 있었다. 그 창과 침실 문들로 통하는 복도 모두 보통 집이 아니라 교회에 있는 창과 복도처럼 보였다. 계단과 복도에 지하 납골당 같은 매우 으스스한 공기가 감돌고 있어서 그곳이 얼마나 넓고 쓸쓸한 장소인지를 가늠하게 해주었다. 마침내 내 방에 안내되었을 때 나는 방이 크지 않고, 평범하게 현대적으로 꾸며져 있는 것을 보고 기뻤다.

페어팩스 부인이 내게 상냥하게 잘 자라는 인사를 하고 나가자 나는 문을 잠그고 천천히 방 안을 둘러보았다. 그 넓은 홀과 어둡고 넓은 계단, 그 길고 추운 복도로 인해 갖게 된 섬뜩한 인상이 내 작은 방의 더 활기찬 모습 덕분에 어느 정도 희미해졌다. 몸은 피곤하고 마음은 불안했던 하루를 보내고 나서 이제 마침내 내가 안전한 항구에 도착하게 되었다는 사실이 기억났다. 감사를 드리고 싶은 충동이 마음속으로 가득 차올라서 나는 침대 옆에 무릎을 꿇고 앉아 마땅히 내 감사를 받아야 할 분에게 기도를 드렸다. 일어나기 전에 나는 앞으로도 계속 도움을 달라고, 그리고 분에 넘치게 받은 친절함에 보답할 수 있는 힘을 달라고 간청하기를 잊지 않았다. 그날 밤 나는 침대에 누워서도 아무런 불안을 느끼지 않았고 방에 혼자 있으면서도 전혀 두려움을 느끼지 않았다. 한편으로는 지치고 또 한편으로는 흡족해서 나는 곧 곤하게 잠이 들었다. 잠에서 깨었을 때는 환히게 아침이 밝아 있었다.

햇살이 밝은 파란색 사라사 무명 커튼 사이로 뚫고 들어와 벽지를 바른 벽과 양탄자가 깔린 바닥을 환하게 비추자 작은 방이 너무나 근사해 보였다. 로우드의 맨벽과 얼룩진 회반죽과는 너무나 달라서 방의 모습에 기분이 날아갈 듯이 좋아졌다. 젊은 사람들에게는 외부적인 것들이 큰 영향을 미치는 법이다. 나는 더 아름다운 삶의 시기가 막 시작되고 있다고 생각했다. 나름대로 고통과 힘든 일도 있겠지만 꽃도 피고 즐거움도 느끼게 될 시기였다. 환경의 변화와 희망에 찬 새로운 일터로 인해 자극받은 내 기능들이 전부 들썩거리는 것 같았다. 그것들이 무엇을 기대하는지 정확하게 규정할 수는 없었지만 어쨌든 기분 좋은 무엇인가를 기대하고 있었다. 어느 날, 어느 달이라고 딱히 말할 수는 없겠지만 미래의 어느 시기에 그 어떤 일이 일어날 것만 같았다.

나는 일어나 신경 써서 옷을 입었다. 매우 소박한 옷밖에 없었기 때문에 어쩔 수 없이 수수하게 입어야 했지만 그래도 나는 천성적으로 말쑥하게 옷을 입고 싶어 했다. 나는 외모를 경시하거나 내가 어떤 인상을 줄지에 대해 무신경한 성격이 아니었다. 나는 최대한 건강하게 보이고 싶었고 내 부족한 미모가 허용하는 한 최대한 호감을 주고 싶었다. 때로 내가 예쁘지 않은 것이 아쉬웠고, 또 때로는 불그스레한 볼과 곧은 콧날과 작고 앵두같이 붉은 입술을 갖고 싶었다. 큰 키에 당당하고 고운 자태를 갖고 싶었다. 내가 이처럼 작은 몸집에 얼굴은 창백하고 반듯하지 못하고 균형 잡히지 못한 이목구비를 타고났다는 사실이 불행으로 느껴졌다. 그렇다면 내가 왜 이런 열망과 아쉬움을 품었을까? 대답하기 어려웠다. 그때는 나 자신에게 그 이유를 명확하게 설명할 수 없었다. 그러나 내게는 한 가지 이유가 있었다. 그것은 논리적이고 당연한 이유였다. 그러나 머리를 매끈하게 빗고 검은색 코트 — 비록 퀘이커 교도 코트처럼 보였지만 적어도 몸에 딱 맞는다는 장점이 있었다 — 를 입은 다음 깨끗한 하얀 깃을 매만지고 나자 페어팩스 부인 앞에 나설 수 있을 만큼 충분히 모양새가 나쁘지 않으며, 적어도 새 제자가 날 싫어하여 뒷걸음질 치는 일은 없으리라는 생각이 들었다. 창문을 열고 화장대 테이블 위에 물건들이 모두 똑바로 깔끔하게 정리된 것을 확인한 다음 나는 용감하게 방을 나섰다.

매트 깔린 긴 복도를 지나 나는 미끄러운 참나무 계단을 내려가서 현관홀에 들어섰다. 그곳에서 잠시 발길을 멈춘 다음 벽에 걸린 그림들과(가죽으로 된 갑옷을 입은 험상궂은 남자의 초상화와 분을 바른 머리에 진주 목걸이를 한 부인의 초상화가 기억에 남아 있다) 천장에 달려 있는 청동 등잔, 기묘하게 조각이 되어 있고 세월과 손때로 새까맣게 된 참나무 케이스에 들어 있는 커다란 시계를 바라보았다. 내게는 모든 것이 매우 웅장하고 위압적으로 보였는데, 웅장한 것에 너무 익숙하지 않아서 그렇게 느껴졌는지도 모른다. 반이 유리로 된 현관홀의 문이 열려 있었다. 나는 문지방을 넘어갔다. 청명한 가을날이었다. 아침 해가 거무스름한 숲과 아직까지 푸른 들판 위로 화창하게 빛나고 있었다. 잔디밭으로 향하면서 나는 고개를 들고 저택의 정면을 살펴보았다. 엄청나게 넓지는 않았지만 상당히 넓은 삼층 높이의 건물로, 귀족의 영지는 아니어도 신사의 저택처럼 보였다. 지붕에 빙 둘러진 흉벽 때문에 집이 그림처럼 아름다웠다. 저택의 회색 정면은 당까마귀 떼들이 모여 사는 수풀을 배경으로 더욱 돋보였고, 그곳의 거주자들은 지금 까악대며 하늘을 날고 있었다. 까마귀들이 잔디밭과 정원 위를 날다가 이제는 무너진 울타리로 나뉘어 있는 커다란 목초지에 내려앉았다. 그곳에 줄지어 서 있는 참나무만큼 단단하고, 옹이가 많으며, 굵고, 오래된 거대한 가시나무들이 손필드[35]라는 이 저택의 이름의 유래를 즉시 설명해 주고 있었다. 멀리 산들이 보였다. 로우드 주변의 언덕들처럼 그렇게 높지도 않고 바위투성이도 아니었으며 사람들이 살고 있는 세상으로부터 단절시키는 장벽처럼 보이지도 않았다. 그러나 그럼에도 불구하고 충분히 고요하고 외진 언덕들이었다. 번화한 밀코트가 위치해 있는 곳에서 그렇게 가까이 있으리라고는 예상하지 못했던 한적함이 손필드를 에워싸고 있는 것 같았다. 나무들 사이로 지붕들이 보이는 작은 마을이 한 언덕배기 위에 산재해 있었다. 교구 교회가 손필드에 더 가깝게 서 있었다. 오래된 탑 지붕이 저택과 대문 사이에 있는 작은 언덕을 굽어보고 있었다.

　나는 고요한 전망과 상쾌하고 신선한 공기를 즐기고, 당까마귀들이 까악대는 울음소리를 즐겁게 들었다. 저택의 넓은 회백색 정면을 살펴보면서 페어팩스 부인처럼 외롭고 자그마한 여자가 살기에는 너무 큰 집이라고 생각하고 있을 때 그녀

---

35 가시나무 밭이라는 뜻.

가 문 앞에 나타났다.

「저런! 벌써 나왔어요?」 그녀가 물었다. 「선생님이 아침잠이 없나 보군요.」 내가 다가가자 그녀가 내게 상냥하게 입을 맞추고 손을 잡아 흔들어 주었다.

「손필드가 마음에 들어요?」 그녀가 물었다. 나는 무척 마음에 든다고 말했다.

「그래요.」 그녀가 말했다. 「아름다운 곳이죠. 그렇지만 로체스터 씨가 이곳에 돌아와서 계속 살겠다거나, 아니면 적어도 더 자주 이곳에 와야겠다는 생각을 하지 않는다면 여기가 점점 더 엉망이 되지 않을까 싶어요. 큰 저택과 멋진 정원에는 주인의 존재가 필요하거든요.」

「로체스터 씨라니요!」 내가 소리쳤다. 「그분이 누군데요?」

「손필드의 주인이에요.」 그녀가 조용히 대답했다. 「그분이 로체스터 씨라는 걸 몰랐어요?」

물론 나는 몰랐다. 그의 이름을 들어 본 적도 없었다. 그러나 노부인은 그의 존재를 모든 사람이 본능적으로 알고 있어야 하는, 보편적으로 알려진 사실로 간주하는 것처럼 보였다.

「저는 손필드의 주인이 부인인 줄 알았어요.」 내가 말을 계속했다.

「내가 주인이라고요? 아이, 천만에요. 말도 안 되는 소리예요! 내가 주인이라니! 나는 그냥 가정부일 뿐이에요. 관리인요. 물론 외가 쪽으로 로체스터 씨와 먼 친척이긴 해요. 아니면 적어도 내 남편 쪽으로요. 남편은 목사였어요. 언덕 위에 있는 저 작은 마을인 헤이의 목사였어요. 그리고 대문 옆의 저 교회가 남편 교회였어요. 지금의 로체스터 씨 어머니가 페어팩스 가문 출신이었고 내 남편과 제종 간이었어요. 그렇지만 나는 그런 친척 관계를 믿고 함부로 굴진 않아요. 사실 나한테는 아무 의미도 없죠. 나는 그저 나 자신을 가정부에 지나지 않는다고 생각해요. 주인은 날 항상 상냥하게 대해 주고 나는 그 이상 아무것도 바라지 않아요.」

「그러면 그 여자아이는요? 제가 가르칠 학생 말이에요!」

「로체스터 씨가 그 아이의 후견인이에요. 나한테 그 아이를 위해 가정 교사를 구해 달라고 부탁을 했어요. ○○○ 주에서 그 애를 키울 작정인가 봐요. 저기 오네요. 〈본느〉와 함께요. 저 애는 유모를 〈본느〉라고 부른답니다.」 그러자 수수께끼가 풀렸다. 이 상냥하고 친절한 자그마한 몸집의 미망인은 지체 높은 마나님이 아니라 나처럼 고용인에 불과했다. 그렇다고 그 점 때문에 그녀에 대한 호감이 사라진 것은 아니었다. 전보디 더 기분이 좋아졌다. 그녀와 나 사이가 진짜로 동등해진 것 같았다. 그녀가 내게 으스대지 않아서 그런 것만은 아니었다. 어쨌든 으스대지 않을수록 더욱 좋았다. 내 입장이 훨씬 더 자유로울 것이기 때문이었다.

내가 새로 알게 된 이 사실에 대해 생각하고 있을 때 한 여자아이가 잔디밭을 달려왔고 뒤에서는 보모가 따라왔다. 나는 내가 가르칠 학생을 바라보았지만 그녀는 처음에 날 알아보지 못한 것 같았다. 그녀는 일고여덟 살쯤 되어 보이고 가냘픈 몸매에 얼굴은 작고 창백했으며 숱 많은 곱슬머리가 허리까지 내려오는 대단히 귀여운 꼬마였다.

「잘 잤니, 아델러?」 페어팩스 부인이 말했다. 「이리 와서 널 가르쳐 주시고 언젠가는 널 똑똑한 숙녀가 되도록 만들어 주실 선생님과 이야기를 나눠 보렴.」 그녀가 다가왔다.

「저분이 제 가정 교사가 될 분이신가요?」 그녀가 나를 가리키며 보모에게 프랑스어로 묻자 보모가 프랑스어로 대답했다.

「응, 맞아.」

「저 사람들이 외국인인가요?」 프랑스어를 듣고 놀라서 내가 물었다.

「보모가 외국인이에요. 아델러는 유럽에서 태어났고요. 내가 알기로는 6개월 전까지 그곳을 떠나 본 적이 없을 거예요. 여기 처음 왔을 때는 저 애가 영어를 전혀 못했어요. 지금은 조금쯤 영어로 말할 수 있게 되었지만요. 저 애가 하는 말을 나는 잘 못 알아듣겠어요. 영어랑 프랑스어를 섞어서 쓰니까요. 그렇지만 선생님은 저 애가 하는 말을 매우 잘 알아들을 거라 믿어요.」

다행히 나는 프랑스인 선생님으로부터 프랑스어를 배울 수 있었다. 나는 피에로 부인과 가능한 자주 대화를 나누는 것을 항상 습관으로 삼았고 지난 7년 동안에는 날마다 프랑스어를 조금씩 공부해서 외웠다. 억양을 다듬기 위해 애쓰고 선생님의 발음에 최대한 가깝게 따라 하면서 어느 정도 유창하고 정확하게 프랑스어를 할 줄 알게 되었기 때문에 아델러 양과 이야기를 나누는 일이 크게 당황스럽지는 않을 것 같았다. 내가 가정 교사라는 말을 듣고 그녀가 와서 내게 악수를 청했다. 그리고 아침 식사를 하기 위해 아델러를 집 안으로 안내하면서 프랑스어로 몇 마디 말을 건넸다. 처음에는 간단하게 대답했지만 식탁에 자리를 잡고 앉았을 때 그녀는 커다란 담갈색 눈으로 나를 10분 정도 살펴보고 나더니 갑자기 마음껏 재잘대기 시작했다.

「세상에!」 그녀가 프랑스어로 소리쳤다. 「선생님도 로체스터 씨만큼 프랑스어를 잘하시는데요. 로체스터 씨하고 이야기를 나눌 수 있는 만큼 선생님하고도 이야기를 나눌 수 있겠어요. 소피도 마찬가지고요. 소피가 좋아할 거예요. 이곳에서 그녀의 말을 알아들을 수 있는 사람이 아무도 없거든요. 소피는 제 보모예요. 그녀는 저랑 연기를 내뿜는 굴뚝이 달린 ― 정말 얼마나 연기를 많이 내뿜었는지 몰라요! ― 큰 배를 타고 바다를 건너서 왔어요. 저는 멀미를 했어요. 소피도 그랬고 로체스터 씨도 그랬어요. 로체스터 씨는 살롱이라고 불리는 예쁜 방의 소파에서 잤어요. 그리고 소피와 저는 다른 곳에 있는 작은 침대에서 잤고요. 저는 침대에서 거의 떨어질 뻔했어요. 침대가 꼭 선반 같았거든요. 그런데 선생님, 선생님 이름이 뭐예요?」

「에어, 제인 에어란다.」

「에이르요? 치! 발음을 못하겠어요. 그런데 우리 배는 아침에 날이 완전히 밝기 전 큰 도시에 멈췄어요. 매우 시커먼 집들과 온통 거무칙칙한 큰 도시예요. 제가 살던 예쁘고 깨끗한 작은 도시하고는 딴판이었어요. 로체스터 씨가 절 안고 널빤지를 지나 육지로 옮겨 주었고 소피는 뒤에 따라왔어요. 우리 모두 마차에 올라탔는데 마차가 우리를 호텔이라 불리는, 여기보다 더 크고 멋진 아름다운 집으로 데려다 주었어요. 우리는 그곳에서 거의 일주일을 보냈어요. 저와 소피는 공원이라 불리는, 나무들로 가득한 커다란 푸른 장소에서 매일 산책을 하곤 했어요. 그곳에는 저 이외에도 아이들이 많이 있었어요. 아름다운 새들이 있는 연못도 있었고요. 제가 새들한테 빵 부스러기를 모이로 줬어요.」

「저 애가 저렇게 빨리 말을 하는데 알아들을 수 있어요?」 페어팩스 부인이 물었다.

나는 피에로 부인의 유장한 말씨에 익숙해져 있었기 때문에 아델러의 말을 잘 알아들을 수 있었다.

착한 부인이 말을 이었다. 「선생님이 저 애한테 저 애 부모에 대해 한두 가지 질문을 해주면 좋겠는데요. 과연 저 애가 부모를 기억하고 있는지 궁금해요.」

「아델.」 내가 물었다. 「네가 이야기했던 그 예쁘고 깨끗한 작은 도시에서는 누구랑 함께 살았니?」

「오래전에는 엄마랑 함께 살았어요. 그런데 엄마가 성모 마리아께 가버렸어요. 엄마는 저에게 춤추고 노래하고 시 낭송하는 걸 가르쳐 주곤 했어요. 굉장히 많은 신사 숙녀들이 엄마를 보러 왔었어요. 저는 그분들 앞에서 춤을 추거나 그분들 무릎에 앉아서 노래를 부르곤 했어요. 그러는 게 좋았어요. 제가 노래를 불러 드릴까요?」

아델이 아침 식사를 마쳤기 때문에 나는 그녀에게 그동안 닦은 기예 중에서 한 가지를 보여 줄 수 있도록 허락했다. 아델이 의자에서 내려와 내 무릎 위에 앉았다. 그녀가 새침하게 양손을 앞에 모으고 고수머리를 뒤로 젖힌 채 눈을 들어 천장을 바라보면서 어떤 오페라에 나오는 곡을 노래하기 시작했다. 그것은 버림받은 여자의 노래였다. 연인의 배신에 절규하다가 자존심을 세우기로 한 여자가 하녀에게 가장 빛나는 보석과 가장 아름다운 옷으로 자신을 치장해 달라고 부탁한 다음 그날 밤 무도회에서 배신한 남자를 만나 즐거운 모습을 보여 줌으로써 그에게 버림받았다 해도 자신이 아무런 영향을 받지 않았음을 보여 주기로 결심한다는 내용이었다.

어린아이가 부르기에는 이상한 주제였다. 그러나 그 연기의 요점은 어린아이가 혀 짧은 소리로 부르는 사랑과 질투의 선율을 듣는 것인 듯했다. 그것은 매우 형편없는 취향이었다. 적어도 나는 그렇게 생각했다.

아델은 짧은 노래를 충분히 아름답게, 그녀 나이에 걸맞게 순진하게 불렀다. 노래를 다 부르고 나자 아델이 내 무릎에서 뛰어내리며 말했다. 「선생님, 이제는 시를 낭송해 드릴게요.」

짐짓 자세를 가다듬고 그녀가 『쥐 떼들: 라 퐁텐의 우화*La Ligue des rats; fable de La Fontaine*』[36]를 시작했다. 아델은

36 프랑스의 고전주의 시인이자 우화 작가 라퐁텐La Fontaine(1621~1695)의 우화집 12권 가운데 하나.

구두점과 강세, 유연한 목소리와 적절한 몸짓에 유의하면서 그 짧은 작품을 낭독했다. 사실 그 또래에는 매우 이례적인 실력이었으므로 그녀가 세심하게 훈련을 받았다는 것을 짐작할 수 있었다.

「너에게 그 작품을 가르쳐 준 사람이 어머니였니?」 내가 물었다.

「네. 엄마는 그걸 이렇게 말하곤 했어요. 〈그렇다면 그대는 어떻게 할 생각이냐? 쥐 한 마리가 그에게 말했습니다. 말해 봐!〉 엄마는 질문할 때 제가 목소리를 올려야 한다는 점을 잊지 않도록 손을 들라고 시켰어요. 이제는 춤을 춰볼까요?」

「아니야, 그걸로 됐어. 그럼 엄마가 성모 마리아에게 가신 후로는 누구랑 함께 살았니?」

「프레더릭 부인하고 그 남편하고요. 그녀가 절 돌봐 주었는데 사실 그녀는 저하고 아무 친척 관계도 아니에요. 엄마만큼 좋은 집에서 살지 않은 걸로 봐서는 가난한 것 같아요. 그곳에 오래 있진 않았어요. 로체스터 씨가 저더러 영국으로 가서 함께 살고 싶으냐고 물어보길래 그러겠다고 했어요. 프레더릭 부인을 알기 전에 로체스터 씨를 알았고 로체스터 씨는 항상 제게 친절하게 대해 주시면서 예쁜 옷이랑 장난감도 사 주셨으니까요. 그런데 알다시피 로체스터 씨는 약속을 안 지켰어요. 절 영국으로 데려다 놓고는 혼자만 다시 돌아가 버려서 한 번도 못 뵈었거든요.」

아침 식사 후에 아델과 나는 서재로 물러났다. 로체스터 씨가 그 방을 공부방으로 쓰도록 지시한 것 같았다. 대부분의 책들은 유리문 뒤에 자물쇠로 채워져 있었다. 그러나 책장 하나는 열려 있었고 그 안에 초등학교 과정에 필요한 모든 것과 몇 권의 가벼운 문학 작품, 시집, 전기, 여행서, 약간의 소설 등이 들어 있었다. 그는 가정 교사가 개인 시간에 읽으려면 이런 책들이 필요하리라고 미리 생각해 둔 모양이었다. 사실 나는 현재로서는 그것들에 무척 만족했다. 로우드에서 이삭 줍듯이 이따금씩 찾아낼 수 있었던 얼마 안 되는 책에 비하면 그것들은 오락과 지식의 풍부한 수확을 제공해 주는 셈이었다. 이 방에는 또한 상당히 신품이고 음색이 뛰어난 소형 피아노가 놓여 있었고 그림 그리는 데 사용되는 이젤과 지구의 한 쌍이 있었다.

내 제자는 공부에 열의를 보이진 않았지만 충분히 유순했다. 그녀는 어떤 종류건 규칙적인 일에 몰두하는 데 익숙하지 않았다. 처음부터 지나치게 구속하는 방법이 현명하지 않을 것 같았다. 나는 그녀에게 이야기를 많이 들려주고 공부를 조금 시킨 다음 정오가 되었을 때 보모에게 돌려보냈다. 그 후에는 아델의 교재용으로 점심 식사 때까지 몇 개의 작은 스케치를 그리기로 작정했다.

화첩과 연필을 가지러 위층으로 올라가고 있을 때 페어팩스 부인이 나를 불러 세웠다. 「오전 수업이 이제 끝났나 보네요.」 부인이 접이식 문이 열려 있는 방에 있다가 말했다. 그녀가 말을 걸어 와서 나는 안으로 들어갔다. 넓고 장중한 그 방에는 보라색 의자들과 커튼이 있었고, 터키 양탄자가 깔려 있었으며, 벽에는 호두나무로 된 장식 판자가 붙어 있었고, 채색 유리를 끼운 화려한 커다란 창문이 있었고, 높은 천장은 고상하게 몰딩 장식이 되어 있었다. 페어팩스 부인이 찬장 살강에 놓여 있는 멋진 보라색 청형석 꽃병들을 청소하고 있었다.

「방이 정말 예뻐요!」 나는 그 방의 반만큼도 화려한 방을 본 적이 없었기 때문에 방을 둘러보며 소리쳤다.

「그래요. 여기는 식당이에요. 환기를 좀 시키고 햇볕이 좀 들어오라고 방금 전에 창문을 열었어요. 사람이 거의 살지 않는 방에는 습기가 너무 많아요. 저쪽 응접실은 지하 납골당 같다니까요.」

그녀가 창문에 해당하는 넓은 아치를 가리켰다. 그곳에 걸린 티리언 퍼플[37] 색의 커튼이 지금은 둥글게 말려 올라가 있었다. 두 개의 넓은 계단으로 아치에 올라 안을 들여다보면서 나는 그 너머의 광경이 내 풋내기 눈에는 너무 멋져 보여 요정의 집 같다고 생각했다. 그러나 그것은 매우 예쁜 응접실에 불과했고 그 안에 역시 화려한 화환이 놓인 듯 보이는, 흰색 양탄자가 깔린 내실이 있었다. 두 곳 모두 천장에는 흰 포도와 포도 잎 문양의 판자로 장식이 되어 있었고 천장 아래에는 선명하게 대조를 이루는 진홍색 소파와 오토만들이 붉게 빛나고 있었다. 반면에 하얀 대리석 벽난로 선반에는 루비처럼 붉게 반짝이는 보헤미아 유리 장식품들이 놓여 있었다. 창문들 사이에는 큰 거울들이 눈처럼 하얀색과 불꽃처럼 붉은색이 전체적으로 섞여 있는 모습을 반복해서 보여 주고 있었다.

「정말 어쩜 이렇게 방들을 깔끔하게 정돈해 놓으셨어요, 페어팩스 부인?」 내가 말했다. 「티끌 하나도 없고, 천 덮개도 없잖아요. 공기가 쌀쌀한 것만 빼면 날마다 사람이 사는 방인 줄 알겠어요.」

「아, 에어 선생님. 로체스터 씨가 어쩌다 한 번씩 들르긴 하지만 항상 갑자기, 불쑥 오거든요. 모든 것을 꽁꽁 싸두었다가 로체스터 씨가 도착하자마자 법석을 떨며 정돈하게 되면 그가 짜증스러워한다는 것을 알았기 때문에 방들을 바로 사용할 수 있도록 준비해 두는 편이 가장 좋겠다고 생각했죠.」

「로체스터 씨가 엄하고 까다로운 편인가요?」

「특별히 그렇지는 않아요. 그렇지만 신사의 취향과 습관을 지니고 있어서 그에 맞게 모든 것이 관리되기를 바라죠.」

37 고대의 자줏빛 또는 진홍색의 고귀한 염료.

「그분을 좋아하세요? 사람들이 전부 그를 좋아하나요?」

「아, 그럼요. 이 가문은 이곳에서 항상 존경을 받아 왔어요. 눈길이 닿는 데까지 이곳 주변의 거의 모든 땅이 아주 먼 옛날부터 로체스터가(家) 소유예요.」

「그렇지만 로체스터 씨의 땅은 차치하고 그를 좋아하세요? 사람들이 그 사람 자체에 대해 호감을 가지고 있나요?」

「로체스터 씨를 좋아하지 않을 이유가 전혀 없어요. 소작인들도 그를 공정하고 관대한 지주로 간주하는 것 같아요. 그렇지만 그들과 오래 살지는 않았어요.」

「괴상한 점은 전혀 없어요? 간단히 말해서 로체스터 씨의 성격이 어때요?」

「아! 로체스터 씨의 성격이야 흠잡을 데가 없다고 생각해요. 조금 별나다고 할 수는 있겠죠. 여행도 많이 하고 세상 구경도 많이 했으니까요. 똑똑한 사람이라고 말할 수 있겠지만 그와 대화를 많이 나눠 보지는 못했어요.」

「어떤 점에서 별나나요?」

「모르겠어요. 설명하기가 쉽지 않군요. 특별히 두드러진 것은 아니지만 로체스터 씨와 이야기를 나눠 보면 그 점을 느낄 수 있을 거예요. 그가 농담을 하는 건지 진지한 건지, 기분이 좋은지 나쁜지 전혀 알 수가 없거든요. 간단히 말하면 로체스터 씨를 절대 완전하게 이해할 수가 없다는 거예요. 적어도 나는 그래요. 그러나 그런 것은 별로 대수롭지 않은 일이에요. 그는 정말 좋은 주인이니까요.」

이것이 내가 페어팩스 부인으로부터 들은, 그녀의 고용주이자 내 고용주에 대해 얻은 설명의 전부이다. 성격을 어떻게 묘사해야 하는지에 대해서라든가 사람이나 사물의 두드러진 점을 관찰하고 묘사하는 데 대한 개념이 전혀 없는 것 같은 사람들이 있다. 이 착한 부인은 분명히 그런 부류에 속했다.

내 질문은 그녀를 당혹스럽게 했을 뿐 그녀에게서 뭔가를 알아내지는 못했다. 그녀의 눈에 로체스터 씨는 그냥 로체스터 씨일 뿐이었다. 신사이고 지주일 뿐 그 이상도 그 이하도 아니었다. 그녀는 더 이상 캐묻거나 알려 하지 않았고, 그가 어떤 사람인지 더 명확하게 알고자 하는 내 바람에 놀란 것이 분명했다.

식당에서 나왔을 때 그녀가 집의 나머지 공간들도 구경시켜 주겠다고 제안했다. 그래서 나는 그녀를 따라 위층과 아래층을 돌아다녔는데 가는 곳마다 감탄을 금치 못했다. 모든 것이 잘 정돈되어 있었고 호화로웠다. 앞에 있는 큰 방들은 특히 웅장하다는 느낌이 들었다. 그리고 삼층에 있는 방들 중 일부는 어둡고 천장이 낮았음에도 불구하고 고풍스러운 분위기 때문에 흥미로웠다. 한때 아래층 방들에서 사용되었던 가구가 유행이 바뀌면서 이따금씩 이곳으로 옮겨지곤 했다. 좁은 두 짝 여닫이문으로 들어오는 희미한 빛으로 백 년 된 침대 틀이 보였다. 참나무나 호두나무로 만들어진 궤들은 야자수 가지들과 아기 천사들의 머리 같은 이상한 조각들 때문에 언약궤[38]처럼 보였다. 고색창연한 의자들과 등이 높고 좁은 더 오래된 스툴들이 줄줄이 놓여 있었다. 스툴 위의 방석에는 두 세대 이전 이미 관 속에서 흙으로 변한 손가락들에 의해 수놓아진, 반쯤 지워진 자수의 흔적이 아직도 선명하게 남아 있었다. 이 모든 유물들 때문에 손필드 저택의 삼층은 과거의 집, 기억의 무덤이라는 면모를 갖게 되었다. 나는 한낮에 이런 은신처에서 느낄 수 있는 침묵과 음침함과 기묘함이 좋았다. 그러나 결코 그 넓고 무거운 침대에서 밤에 잠을 자고 싶지는 않았다. 참나무 문들로 둘러싸여 있는 침대들도

38 모세의 십계명 석판을 보관했던 도금형 나무 상자로, 뚜껑에 천사 한 쌍이 조각되어 있다.

몇 개 있었다. 기묘한 꽃들과 괴상한 새들이나 더없이 이상하게 생긴 사람들의 형상이 그려진, 두꺼운 자수 장식의 정교하고 오래된 영국식 커튼이 걸려 있는 침대들도 있었다. 이 모든 것을 창백한 달빛으로 보면 정말로 묘할 것 같았다.

「하인들이 이 방들에서 자나요?」 내가 물었다.

「아니요, 그들은 뒤쪽에 줄지어 있는 작은 방들에서 살아요. 여기서는 아무도 안 자요. 손필드 저택에 귀신이 있다면 바로 이곳이 귀신이 나타나는 데라고 말할 수 있을 거예요.」

「그렇다면 귀신이 없다는 말이죠?」

「귀신이 있다는 말은 들어 본 적이 없어요.」 페어팩스 부인이 미소를 지으며 대답했다.

「전에 귀신이 나온 적도 없어요? 전설이나 귀신 이야기 같은 것도 없어요?」

「없는 걸로 알고 있어요. 그렇지만 로체스터가는 전성기 때 조용한 집안이라기보다는 상당히 격렬한 집안이었던 것으로 알려져 있어요. 어쩌면 바로 그 때문에 그들이 지금은 무덤 속에서 평온하게 쉬고 있는 것 같아요.」

「맞아요. 〈살아서 그토록 못되게 굴더니, 죽으니 조용하구나.〉[39]」 내가 중얼거렸다. 「페어팩스 부인, 이제는 어디로 가실 거예요?」 그녀가 돌아서 나가려 하자 내가 물었다.

「지붕에요. 거기 가서 전망을 구경하지 않을래요?」 나는 매우 좁은 계단을 올라 다락방으로 계속 따라갔다. 그곳에서는 사다리를 타고 지붕에 난 들창을 통해 저택의 지붕으로 올라갔다. 내가 이제는 까마귀 무리와 같은 높이에 있었고 그들의 둥지 안이 들여다보일 정도였다. 난간 아래로 몸을 구부리고 아래를 내려다보면서 나는 지도처럼 펼쳐진 정원을 살펴

39 「맥베스」 제3막 제2장 23행.

보았다. 벨벳처럼 부드럽게 펼쳐진 멋진 잔디밭이 저택의 회색 토대를 바싹 에워싸고 있었다. 공원만큼 넓은 들판에는 오래된 나무들이 흩어져 있었다. 암갈색의 마른 숲 사이로 푸른 나뭇잎보다 더 파란 이끼로 눈에 띄게 무성한 오솔길이 나 있었다. 대문 옆의 교회와 도로, 평온한 언덕들은 모두 가을날의 햇살 속에서 쉬고 있었다. 화창한 쪽빛 하늘과 맞닿아 있는 지평선은 진주 같은 흰빛이 점점이 박혀 있었다. 어떤 경치도 특별해 보이지는 않았지만 모든 것이 기분 좋았다. 경치에서 몸을 돌려 들창문을 다시 내려올 때에는 내려갈 사다리가 거의 보이지 않았다. 올려다보고 있었던 그 파란 허공의 아치라든가 저택을 중심으로 펼쳐져 있는, 내가 즐겁게 내려다보았던 햇살 가득한 그 숲과 초원, 푸른 언덕의 경치와 비교하면 다락방은 지하 납골당처럼 깜깜해 보였다.

페어팩스 부인은 잠깐 뒤에 남아서 들창문을 잠갔다. 나는 더듬다가 엉겁결에 다락방에서 나오는 출구를 찾았고 계속해서 좁은 다락방 계단을 내려갔다. 계단과 이어진 채 삼층 앞방과 뒷방을 분리하는 긴 복도에서 나는 꾸물거렸다. 복도는 좁고 낮은 데다 맨 끝에 작은 창문이 하나밖에 없었기 때문에 희미했다. 두 줄의 작고 검은 방문들이 모두 닫혀 있어서 그곳은 마치 푸른 수염 사나이가 사는 성[40]의 복도처럼 보였다.

조용히 그곳을 지나고 있을 때 그렇게 고요한 데서 들려오리라고는 상상도 못 했던 소리, 그 어떤 웃음소리가 내 귓전을 날카롭게 스치고 지나갔다. 정말 이상한 웃음소리였다. 명확하고, 형식적이고, 전혀 즐겁지 않은 웃음이었다. 나는 발길을 멈췄다. 소리가 아주 잠깐 동안 멈췄다가 다시 더 크게 시

---

40 프랑스 전설에 나오는, 무정하고 잔인하여 차례로 아내를 여섯이나 죽인 남자.

작되었다. 처음에는 비록 명확하기는 했어도 그 소리가 매우 낮았다. 그것은 모든 쓸쓸한 빈방에 메아리치듯 소란스럽게 울리다가 차츰 약해졌다. 웃음소리는 단 한 군데에서 새어 나왔고 나는 그 소리가 난 방문을 가리킬 수 있었다.

「페어팩스 부인!」 내가 소리쳐 불렀다. 그녀가 큰 계단을 내려오는 소리가 들렸기 때문이다. 「그 요란한 웃음소리를 들으셨어요? 누구예요?」

「하인들 가운데 하나일 거예요.」 그녀가 대답했다. 「어쩌면 그레이스 풀일 거예요.」

「그 소리 들었어요?」 내가 다시 물었다.

「그럼요, 분명히 들었어요. 가끔 들어요. 이 방들 중 어딘가에서 바느질을 해요. 때로는 리아도 그녀와 함께 있어요. 두 사람이 함께 있으면 시끄러운 경우가 많아요.」

그 웃음소리가 낮고 명료한 음색으로 반복되다가 이상한 중얼거림으로 끝났다.

「그레이스!」 페어팩스 부인이 소리쳤다.

나는 사실 무슨 그레이스가 있어서 대답을 할까 기대도 하지 않았다. 그 웃음소리는 내가 지금까지 들어 본 그 어떤 것보다 비통하고 초자연적이었기 때문이다. 그러나 한낮이었기 때문에 귀신이 나올 만한 어떤 상황도 그 이상한 웃음소리와 연관될 수 없었다. 때와 장소가 두려워할 이유가 없다는 사실을 뒷받침해 주지 않았다면 나는 미신에 사로잡혀서 두려움으로 떨었을 것이다. 그러나 그 사건은 내가 놀랐다는 사실만으로도 내가 바보라는 것을 보여 주었다.

제일 가까운 문이 열리고 하인이 나왔다. 서른에서 마흔 사이로 보이는 여자였다. 단단하고 각진 체형에 머리가 붉고 얼굴은 험악하고 못생겼다. 그만큼 괴기스럽지 않고 유령답지 않은 유령은 상상해 낼 수조차도 없을 것이다.

「너무 시끄러워요, 그레이스.」 페어팩스 부인이 말했다.
「지시 사항을 명심해요!」 그레이스가 조용히 허리 굽혀 인사
를 하고 안으로 들어갔다.

「바느질을 하면서 리아의 하녀 일을 돕는 사람이에요.」 미
망인이 계속했다. 「어떤 점에서는 전혀 흠잡을 데가 없는 것
은 아니지만 일을 상당히 잘하는 편이에요. 그런데 오늘 오전
에 선생님 새 제자하고는 잘 지냈어요?」

대화는 그렇게 아델로 넘어갔고 우리는 아래층의 밝고 명
랑한 구역에 이를 때까지 대화를 계속했다. 홀에서 아델이 뛰
어나와 우리를 맞으며 프랑스어로 소리쳤다.

「숙녀분들, 식사 준비가 다 되었대요!」 그러고는 덧붙였다.
「저는 배고파요!」

페어팩스 부인의 방에 준비된 식사가 우리를 기다리고 있
었다.

제12장

내가 처음 손필드 저택에 조용히 소개되면서 보장된 듯 보였던 순조로운 앞날의 가능성은 거기 머물면서 그곳 사람들과 더 오래 사귀어 보자 잘못된 것이 아님이 밝혀졌다. 페어팩스 부인은 겉모습과 같이 조용한 성격의 친절한 마음씨를 가진 여성으로, 상당한 교육에 보통 수준의 지성을 지니고 있었다. 내 제자는 버릇없이 응석받이로 자란 활발한 아이여서 때로는 제멋대로 굴었다. 그러나 그녀를 돌보는 책임이 완전히 내게 맡겨졌고 그녀를 향상시키려는 내 계획에 대해 어느 누구도 무분별한 간섭을 하지 않았기 때문에 그녀는 곧 조금씩 변덕 부리던 것을 그만두고 말도 잘 듣고 가르치기 좋은 상태가 되었다. 그녀에게는 보통 아이들보다 1인치 정도 조금 더 뛰어나다고 할 만한 큰 재능도, 두드러진 성격상의 특성도, 특별하게 발달된 감정이나 취향도 없었다. 그러나 보통 이하라 할 만한 어떤 결함이나 결점을 가지고 있지도 않았다. 그녀는 적당히 학습 진도를 나갔고 나에 대해 매우 깊지는 않다 해도 상당한 애정을 품고 있었다. 그녀의 단순함과 날 기쁘게 해주려는 즐거운 재잘거림과 노력 때문에 나도 같이 지내는 것에 만족할 수 있게 될 만큼 둘 다 서로 정을 느끼게 되었다.

덧붙여 말하자면, 아이들이 천사 같은 본성을 지니고 있다거나 교육을 맡은 사람들은 아이들에 대해 맹목적으로 헌신하는 마음을 가져야 한다고 주장하는 사람들은 내 말이 너무 냉담하다고 여길지도 모른다. 그러나 나는 부모들의 자기중심주의를 치켜세워 주고 위선적인 말투를 흉내 내거나 헛소리를 지지하기 위해 이 글을 쓰고 있는 것이 아니라 단지 사실을 말하고 있을 뿐이다. 나는 아델의 행복과 발전을 진심으로 배려하는 마음을 지니고 있었고 그 꼬마에게 은밀한 호감을 느끼고 있었다. 그것은 페어팩스 부인의 친절함을 감사하게 여기고 그녀가 내게 보여 주는 차분한 호감과 온건한 마음과 성격에 비례해 그녀와 교제하는 데에서 즐거움을 느끼는 것과 마찬가지였다.

지금부터 말하는 것을 듣고 나를 비난하고 싶은 사람은 비난해도 좋다. 이따금씩 정원에서 혼자 산책을 할 때, 대문으로 걸어 내려가서 그 사이로 도로를 바라볼 때, 아니면 아델이 보모와 놀고 있고 페어팩스 부인이 저장실에서 젤리를 만들고 있는 동안, 혹은 세 개의 계단을 올라가 다락방의 들창문을 열고 지붕에 이르러 멀리 외딴 들판과 언덕을 내다보고 흐릿한 지평선을 바라보다 보면 그 너머까지 볼 수 있는, 들어 본 적은 있지만 한 번도 본 적 없는 활기로 가득 찬 번잡한 세상과 도시들이나 지역들을 볼 수 있는 시력이 있으면 좋겠다는 생각이 들었고, 내가 겪은 것보다 더 많은 실제 경험을 해보고 싶었다. 이곳에서 알고 지내는 사람들보다 나와 비슷한 사람들을 더 많이 만나고 다양한 성격을 지닌 사람들과 더 많이 교제하고 싶었다. 페어팩스 부인의 좋은 점과 아델이 지닌 좋은 점을 소중하게 생각했지만 나는 더 활기찬 다른 종류의 선함이 존재한다는 것을 믿었고 내가 보고 싶어 하는 것이 존재한다고 믿었다.

누가 나를 비난하겠는가? 의심할 여지 없이 많은 사람들이 그럴 것이다. 그리고 나를 만족할 줄 모르는 사람으로 간주할 것이다. 나도 어쩔 수가 없었다. 안절부절못하는 것이 내 타고난 성격인지도 모른다. 때로는 그것 때문에 괴로울 정도로 마음의 동요가 일어났다. 그럴 때면 유일한 위안은 삼층 복도의 아무도 없는 적막함 속에서 남의 눈에 띌 걱정 없이 이리저리로 서성이며 내 마음의 눈앞에 나타나는 밝은 환상들 — 분명히 그 환상들은 많았고 환하게 불타올랐다 — 을 바라보고, 크게 숨을 들이쉬어 가슴이 소란스럽게 부풀어 오르는 동안 이를 생명력으로 확장시키는 것이었다. 무엇보다 가장 좋아했던 것은 절대 끝나지 않는 이야기에 마음의 귀를 여는 것이었다. 그것은 내 상상력에 의해 만들어지고, 끊임없이 서술되고, 내가 바라지만 내 실제 삶에는 없는 온갖 사건과 생명력, 열정, 감정으로 고무된 이야기였다.

사람은 평온하게 만족하며 살아야 한다고 말해 봐야 소용없다. 행동해야 한다. 행동을 찾을 수 없다면 만들어 내야 할 것이다. 수백만의 사람들이 나보다 더 고요한 삶을 살고 있다. 그리고 수백만의 사람들이 자신들의 운명에 대해 조용히 반항하고 있다. 정치적인 반란 이외에 지상에 살고 있는 사람들 속에서 얼마나 많은 반란이 들끓고 있는지 아무도 모른다. 여성들은 일반적으로 매우 차분하다고 간주된다. 그러나 여성들도 남성들이 느끼는 것과 똑같이 느낀다. 그들은 자신들의 능력을 위해 연습이 필요하고 남자 형제들만큼 그들의 노력을 발휘할 분야가 필요하다. 여성들도 남성들과 마찬가지로 너무 엄격한 구속과 너무 심한 경제 침체 때문에 고통을 당한다. 여성들보다 더 특권을 누리는 남성들이 푸딩을 만들고 스타킹을 짜고 피아노를 연주하고 가방에 수놓는 것으로 여성의 일을 한정해야 한다고 말하는 것은 편협하다. 〈여성들에게 필요한 것〉이라고 관습이 정해 놓은 것 이상을 하려 하거나 배우려 하는 여성들을 비난하거나 비웃는 것은 분별 없는 짓이다.

그렇게 혼자 있을 때면 나는 그레이스 풀의 웃음소리를 심심치 않게 들었다. 처음 들었을 때 나를 전율하게 만들었던 것과 똑같은 울림, 그리고 똑같이 낮고 느린 하! 하! 소리였다. 웃음소리보다 더 이상한 그녀의 괴상한 중얼거림도 들려왔다. 그녀가 매우 조용한 날들도 있었다. 그러나 그녀가 내는 소리를 모두 셀 수 없는 날들도 있었다. 때때로 그녀의 모습이 보였다. 그녀는 손에 대야나 접시, 혹은 쟁반을 들고 방에서 나와 부엌으로 내려갔다가 재빨리, 대개는 (아, 낭만직인 독자여. 내가 순전히 사실만을 알려 주는 것을 용서하기 바란다!) 흑맥주 잔을 들고 돌아오곤 했다. 그녀의 외모는 그녀가 내는 소리의 기괴함으로 인해 일어나는 호기심에 항상 찬물을 끼얹는 역할을 했다. 험상궂은 얼굴에 근엄해 보이는 그녀에게는 흥미를 불러일으킬 만한 점이 하나도 없었다. 몇 번 말을 붙여 보려고 했지만 그녀는 말수가 별로 없는 사람인 것 같았다. 단음절적인 대답은 대개 그런 종류의 모든 노력을 가로막았다.

존과 그의 아내, 하녀인 리아와 프랑스인 보모 소피 같은 다른 집안 식구들은 점잖은 사람들이었지만 어떤 면에서도 특별한 점이 없었다. 나는 소피와 프랑스어로 이야기를 나눴고 때로 그녀의 고국에 대해 물어보았다. 그러나 그녀는 묘사를 잘하거나 화술이 뛰어난 성향을 지닌 사람이 결코 아니어서 대개는 질문을 유도하기보다 이를 막기 위해 계산된 맥 빠지고 혼란스러운 대답을 들을 수 있을 뿐이었다.

10월, 11월, 12월이 지나갔다. 1월의 어느 오후 페어팩스 부인이 감기에 걸린 아델을 하루 쉬게 해달라고 간청했다. 그리고 아델 역시 그 요청을 열렬히 지지하는 바람에, 이따금씩 얻는 휴일이 내 어린 시절 얼마나 소중했는지 떠올리면서 그 점에 대해 유연성을 보이는 편이 좋겠다고 생각하고 하루 쉬게 해주기로 결정했다. 매우 추웠지만 맑고 고요한 날이었다. 오전 내내 서재에 가만히 앉아 있는 것이 지겨워졌다. 페어팩스 부인은 방금 전에 편지를 한 통 써서 그것을 부칠 때를 기다리고 있었다. 나는 보닛을 쓰고 망토를 걸친 다음 헤이에 가서 편지를 부치고 오겠다고 자청했다. 2마일의 거리는 기분 좋은 겨울 산책이 될 것 같았다. 아델이 페어팩스 부인의 거실 난로 옆자리에 편안히 앉아 있는 것을 보고, 그녀에게 제일 좋은 밀랍 인형(대개 나는 이것을 얇은 종이에 싸서 서랍에 보관했다)을 가지고 놀라고 준 다음 새로운 오락거리로 이야기책을 한 권 주었다. 아델이 〈빨리 돌아오세요, 좋은 친구이자 소중한 자네트 선생님!〉이라고 인사를 했고 나는 그녀에게 키스를 보낸 다음 출발했다.

땅은 얼어서 딱딱했고 공기는 잔잔했으며 길은 고적했다. 나는 몸에서 열이 날 때까지 빨리 걷다가 천천히 걸으면서 그 시간과 상황이 내게 마련해 준 여러 가지 즐거움을 즐기고 분석하기 시작했다. 오후 3시였다. 종루 밑을 지나갈 때 교회 종이 울렸다. 그 시각의 매력은 점점 다가오는 어둑어둑함과 낮게 기울어져서 흐릿하게 빛나는 햇살에 있었다. 나는 손필드에서 1마일 떨어진 오솔길을 걷고 있었다. 여름에는 들장미로, 가을에는 견과와 블랙베리로 유명한 그곳에는 지금도 들장미와 산사나무의 열매 속에 몇 개의 산홋빛 보물이 들어 있었다. 그러나 그곳에서 겨울에 느낄 수 있는 최고의 즐거움은 완전한 고독과 잎이 다 떨어진 뒤의 고요였다. 산들바람이 불어도 여기서는 아무 소리도 나지 않았다. 바스락거리는 소리를 낼 호랑가시나무 가지 하나도, 상록수 하나도 없었다.

완전히 잎이 다 떨어진 산사나무와 담갈색 관목들은 길 한가운데에 깔린 하얗게 닳은 돌멩이들만큼 조용했다. 멀리 양옆에는 풀을 뜯는 소 떼도 없이 들판이 펼쳐져 있을 뿐이었다. 산울타리에서 이따금씩 움직이는 작은 갈색 새들은 떨어지는 걸 잊어버린 홑겹의 황갈색 나뭇잎처럼 보였다.

이 길은 헤이까지 계속 오르막길로 이어졌다. 중간에 이르렀을 때 나는 들판으로 이어지는 울타리 계단에 앉았다. 얼어붙을 것처럼 매섭게 추운 날씨였지만 망토로 몸을 감싸고 토시 안에 손을 집어넣자 추위가 느껴지지 않았다. 자갈길 위에 덮여 있는 얇은 살얼음을 통해 지금은 얼어붙은 작은 시냇물이 며칠 전 갑작스러운 해빙으로 넘친 것을 알 수 있었다. 앉아 있는 곳에서 손필드가 내려다보였다. 흉벽이 있는 회색빛의 저택이 아래쪽 골짜기에서 가장 잘 보였다. 손필드의 숲과 검은 당까마귀 무리가 서식하는 숲이 서쪽 하늘을 배경으로 우뚝 솟아 있었다. 나는 나무들 사이로 해가 져서 나무들 뒤로 해가 붉고 선명하게 가라앉을 때까지 머뭇거리다가 동쪽을 향해 다시 길을 갔다.

위쪽 오르막길 위로 막 달이 뜨고 있었다. 구름처럼 어슴푸레했지만 순간적으로 밝아지면서 달이 헤이를 굽어보았다. 나무들 사이로 반쯤 가려진 헤이는 몇 개의 굴뚝에서 푸른 연기를 내뿜고 있었다. 아직 1마일이나 떨어져 있었지만 완전한 정적 속에서는 삶의 희미한 숭얼거림도 선명하게 들리는 것 같았다. 시냇물이 흐르는 소리도 들렸다. 그 냇물이 어떤 골짜기, 어떤 구석에 흐르고 있는지는 알 수 없었다. 그러나 헤이 너머에는 많은 언덕이 있었고 틀림없이 언덕 고갯길을 지나는 시내가 많으리란 생각이 들었다. 그날 저녁의 고요함 때문에 가장 가까운 곳을 흐르는 시냇물의 졸졸거림과 가장 먼 시냇물의 속삭이는 소리가 똑같이 들려왔다.

아주 멀리서, 아주 선명하게 귀에 거슬리는 시끄러운 소리가 이 멋진 잔물결 소리와 속삭임 소리에 갑자기 끼어들었다. 분명하게 들리는 쿵 쿵 소리, 금속성의 그 말발굽 소리에 굽이쳐 흐르는 부드러운 물소리가 지워졌다. 그것은 그림에서 보자면, 전경에 어둡고 강하게 그려진 단단한 바윗덩어리나 커다란 참나무의 거친 나무줄기가 하늘 높이 아득히 보이는 쪽빛 언덕과 햇살 가득한 지평선, 여러 가지 색이 섞여 있는 구름을 가리는 것과 같았다.

시끄러운 소리가 자갈길 위에서 들려왔다. 말이 한 마리 다가오고 있었다. 오솔길이 구부러져 있어서 아직 보이지는 않았지만 말이 다가오고 있었다. 나는 울타리 계단에서 막 일어서서 가려던 참이었지만 길이 좁았기 때문에 말이 먼저 지나가도록 가만히 앉아 있었다. 그때만 해도 어렸기 때문에 내 마음속에는 밝고 어두운 온갖 종류의 환상이 자리 잡고 있었다. 육아실에서 들었던 이야기들에 대한 기억이 다른 시시한 생각들 속에 자리 잡고 있었다. 그 기억이 되살아났을 때 나이가 조금 더 들어 성숙해지고 있던 나는, 거기에 어린 시절에는 부여할 수 없었던 활력과 생생함을 보탰다. 말이 다가올 때 그것이 황혼 속에서 나타나는 모습을 바라보고 있자니 〈가이트래시〉라 불리는 영국 북부 지방의 귀신이 말이나 노새, 혹은 큰 개의 형상을 하고 한적한 길에 출몰하거나 늦은 길을 가고 있는 여행자들에게 나타난다는 베시의 이야기가 생각났다. 그런데 지금 이 말이 나를 향해 다가오고 있었다.

매우 가까웠지만 아직 보이지는 않았다. 쿵쿵거리는 소리 외에도 산울타리 밑에서 뭔가가 달려오는 소리가 들려왔다. 개암나무 가지 옆으로 커다란 개 한 마리가 미끄러지듯 바싹 다가오고 있었다. 개는 검고 하얀 색깔 때문에 나무들을 배경으로 선명하게 보였다. 그것은 정확하게 베시가 이야기해 준

가이트래시의 한 형상인, 긴 털에 머리가 거대한 사자 같은 괴물이었다. 그러나 그것은 매우 조용히 내 곁을 지나갔다. 어렴풋한 내 예상과 달리 그것은 멈춰 서서 개보다 더 똑똑해 보이는 이상한 눈으로 내 얼굴을 올려다보지도 않았다. 그 뒤에 키가 큰 말이 따라왔고 말 위에는 사람이 타고 있었다. 사람인 그 남자가 즉시 마법을 깨버렸다. 어떤 것도 가이트래시를 탄 적이 없었기 때문이다. 가이트래시는 항상 혼자였다. 짐승들의 말 못하는 시체에 사는 악귀들은 흔한 인간의 형상 속에서 사는 것을 탐내는 법이 거의 없을 것 같았다. 이것은 결코 가이트래시가 아니었다. 단지 길손이 지름길로 밀코트에 가고 있는 중일 뿐이었다. 그는 지나갔고 나는 길을 계속 갔다. 몇 발자국을 걷던 나는 몸을 돌렸다. 미끄러지는 소리와 〈빌어먹을!〉이라는 외침, 덜걱덜걱 넘어지는 소리가 내 주의를 끌었다. 사람과 말 모두가 넘어졌다. 자갈길에 덮여 있는 살얼음에 미끄러진 것이었다. 개가 껑충거리며 뒤로 뛰어와서는 주인이 곤경에 처해 있는 것을 보고 말이 신음하는 소리를 듣더니 짖어 댔다. 몸 크기에 비례해서 깊기도 한 개 짖는 소리가 저녁 언덕에 메아리쳤다. 개가 넘어져 있는 사람과 말 주변을 돌더니 내게로 뛰어왔다. 그것이 개가 할 수 있는 전부였다. 가까이에 도움을 청할 곳이 전혀 없었다. 나는 개의 뜻에 따라 그 사람에게로 걸어 내려갔다. 이때쯤 그는 말한테서 빠져나오려고 안간힘을 쓰고 있었다. 그가 너무 기운차게 안간힘을 썼기 때문에 크게 다쳤을 리는 없다고 생각했지만 나는 그에게 물었다.

「어디 다치셨어요?」

그가 욕을 하고 있었다는 생각이 들지만 확실하지는 않다. 어쨌든 그는 어떤 관용적인 표현을 찾느라 내 말에 즉시 대답을 하지 못했다.

「좀 도와드릴까요?」

「한쪽에 그냥 서 있으시오.」 그가 처음에는 무릎을 꿇고, 다음에는 몸을 일으켜 세우며 대답했다. 그 후부터는 개 짖는 소리를 반주로 무언가 끌어 올리고, 발을 구르고, 덜거덕거리는 소리를 내는 과정이 시작되었고 나는 사실상 몇 야드 떨어진 곳으로 물러났다. 그러나 수습 경과를 보기 전에는 그곳에서 떠나지 않을 작정이었다. 결국에는 모든 것이 잘 해결되었다. 말은 다시 일으켜 세워졌고, 개는 〈앉아, 파일럿!〉 하는 명령에 조용해졌다. 이제 길손은 몸을 굽혀서 자기 발과 다리가 괜찮은지 확인해 보려는 듯 손으로 만져 보았다. 분명히 어딘가가 아픈 것 같았다. 내가 일어섰다가 다시 앉아 있던 울타리 계단으로 그가 절뚝거리며 다가왔다.

도움이 되거나 적어도 호의를 베풀고 싶은 기분이 들었다. 나는 다시 그에게 가까이 다가갔다. 「혹시 다쳐서 도움이 필요하면 제가 손필드 저택이나 헤이에 가서 사람을 데려올 수 있어요.」

「고맙소. 괜찮을 거요. 뼈가 부러진 것은 아니고, 단지 삔 것뿐이오.」 그런 다음 그가 일어서서 발을 디뎌 보려 했지만 결과는 자신도 모르게 〈아야!〉 하는 소리를 내뱉고 말았다.

아직 햇빛이 조금 남아 있었지만 달이 점점 더 밝아 오고 있었다. 그의 모습이 선명하게 보였다. 그는 깃에 모피가 달리고 강철 버클이 달린 승마용 망토를 입고 있었다. 세부적인 점들은 분명하지 않았지만 중간 정도의 키에 가슴이 상당히 넓다는 전반적인 사항들은 알아낼 수 있었다. 그는 가무잡잡한 얼굴에 표정이 험상궂었고 이마를 찌푸리고 있었다. 그의 두 눈과 찌푸린 눈썹은 지금 성이 나 있고 좌절한 것처럼 보였다. 청년기는 지났지만 아직 중년에 이르지는 않은 나이로 서른다섯 살쯤 되어 보였다. 그가 무섭지도 않았거니와 수줍은 마음도 거의 들지 않았다. 잘생기고 늠름해 보이는 젊은 신사였다면, 그가 원하지도 않는데 그렇게 물어보거나 요청하지도 않은 도움을 주겠다고 감히 나서지 못했을 것이다. 나는 잘생긴 청년을 한 번도 본 적이 없었다. 평생 살면서 잘생긴 남자와 말을 해본 적도 없었다. 나는 아름다움과 우아함, 정중한 태도와 매력을 이론적으로 숭배했다. 그러나 그런 요소들이 남성의 외모 속에 구체화되어 내 앞에 나타났다면 나는 그것들이 내가 가진 그 무엇과도 조화를 이루지 못하거나 조화를 이룰 수 없다는 것을 본능적으로 알고서 불이나 번개, 혹은 밝지만 본질적으로 상반되는 다른 어떤 것을 멀리하듯 피했으리라.

내가 말을 걸었을 때 이 낯선 사람이 내게 미소를 지어 주고 상냥하게 대해 주었다면, 그가 도와주겠다는 내 제안을 기쁜 마음으로 고마워하면서 사양했다면, 나는 내 길을 갔을 테고 다시 물어봐야 한다는 생각을 전혀 갖지 않았을 것이다. 그러나 그 길손의 찡그린 얼굴과 무뚝뚝한 태도에 나는 안심했다. 그가 내게 가라고 손을 저었을 때 나는 꼼짝하지 않고 단호하게 말했다.

「당신이 말에 오를 수 있을 만큼 괜찮은 건지 볼 때까지는 이렇게 늦은 시간에 이런 한적한 길에 당신을 혼자 두고 갈 수 없어요.」

내가 이렇게 말하자 그가 나를 바라보았다. 이전에는 나를 거들떠보지도 않았었다.

「내 생각에는 당신이야말로 집에 돌아가야 할 것 같소.」 그가 말했다. 「집이 이 근처라면 말이오. 어디서 왔소?」

「바로 저 아래서요. 달이 떠 있으면 늦게까지 밖에 있어도 무섭지 않아요. 원하신다면 당신을 위해 헤이까지 기꺼이 뛰어갈 수 있어요. 사실 그곳에 편지를 부치러 가는 중이거든요.」

「저 아래에 산다면 흉벽이 있는 저 집을 말하는 거요?」 그가 손필드 저택을 가리키며 물었다. 저택 위로 어슴푸레한 회백색 달빛이 비추자 저택이 숲과 뚜렷하게 구분되며 희미하게 보였다. 숲은 서쪽 하늘과 대비를 이루면서 이제는 하나의 커다란 그림자 덩어리처럼 보였다.

「네.」

「그게 누구네 집이오?」

「로체스터 씨 댁이에요.」

「로체스터 씨하고 아는 사이요?」

「아니요. 그분을 한 번도 뵌 적이 없어요.」

「그렇다면 그가 여기에 안 사나 보군요.」

「네.」

「그럼 그가 어디에 있는지 알고 있소?」

「아니요.」

「당연히 저택의 하인은 아니겠군요. 그렇다면 당신은…….」 그가 하던 말을 멈추고서 검은색 메리노 망토를 입고 검은색 비버 보닛을 쓴 매우 수수한 내 옷차림을 쓱 훑어보았다. 그것은 하녀 옷차림의 반에도 못 미치는 차림새였다. 그가 내 신분을 단정 짓기 곤란하다는 표정을 지었다. 내가 그를 도와주기로 했다.

「저는 가정 교사예요.」

「아, 가정 교사!」 그가 내 말을 되풀이했다. 「아차, 깜박했군. 가정 교사라!」 그가 다시 내 옷차림을 자세히 훑어보았다. 잠시 후에 그가 울타리 계단에서 일어섰지만 몸을 움직이려 할 때 고통스러운 표정을 지었다.

「당신에게 도와줄 사람을 불러 달라는 일을 시킬 수는 없소.」 그가 말했다. 「그렇지만 괜찮다면 나를 조금만 도와주겠소?」

「네.」

「혹시 지팡이로 쓸 수 있는 우산 같은 걸 가지고 있지는 않소?」

「아니요.」

「그럼 말고삐를 잡고 나한테 데려와 봐요. 무섭지 않겠소?」

혼자였다면 말을 만지는 것이 무서웠으리라. 그러나 그렇게 부탁을 받자 해보고 싶은 기분이 들었다. 나는 울타리 계단 위에 토시를 얹어 놓고 키 큰 말에게로 다가갔다. 말고삐를 잡으려고 애를 썼지만 혈기왕성한 말이라 머리 근처에 얼씬도 하지 못하게 했다. 아무리 애를 써도 허사였다. 나를 짓밟을 것 같은 말의 앞발이 너무 무서웠다. 길손이 잠깐 동안 기다리며 바라보다가 마침내 웃음을 터뜨렸다.

「알겠소.」 그가 말했다. 「산을 마호메트 쪽으로 옮길 수는 없는 법이오. 당신이 할 수 있는 일은 마호메트가 산에 갈 수 있도록 도와주는 것뿐이오. 여기로 좀 와줘요.」

내가 다가갔다. 「미안하오.」 그가 말을 이었다. 「필요하니까 당신을 유용하게 써먹게 되는군요.」 그가 내 어깨에 무거운 손을 얹고 약간 힘을 주며 기대고는 말에게로 절룩거리며 걸어갔다. 그는 일단 말고삐를 잡자 직접 말을 통제하고는 안장 위로 튀어 올라탔다. 그렇게 하면서 그가 오만상을 찌푸렸다. 삔 곳이 접질린 것 같았다.

「사.」 그가 앙다물고 있던 아랫입술을 풀면서 말했다. 「내 채찍 좀 집어 주시오. 산울타리 아래 저기 떨어져 있소.」

나는 주위를 둘러보다가 그것을 찾아냈다.

「고맙소. 이제는 서둘러서 편지를 가지고 헤이에 가시오. 그리고 최대한 빨리 돌아오시오.」

그가 박차를 가하자 말이 먼저 움찔하며 뒷발로 서더니 달려가 버렸다. 개가 그를 쫓아 달려갔다. 셋 모두 사라졌다.

황야에서 거친 바람에
소용돌이치는 히스처럼.[41]

나는 토시를 집어 들고 길을 계속 갔다. 내게 사건이 일어났다가 사라졌다. 그것은 중요하지도 않고, 낭만적이지도 않으며, 어떤 의미에서 전혀 재미도 없는 사건에 불과했다. 그럼에도 불구하고 그 사건은 단조로운 삶 가운데 단 한 시간으로 변화의 흔적을 남겼다. 내 도움이 필요했고 나는 도와달라는 요청을 받았다. 내가 도움을 주고 뭔가를 했다는 사실이 기뻤다. 사소하고 일시적이었지만 그것은 능동적인 행동이었다. 나는 완전히 수동적이기만 한 생활에 싫증이 났다. 새로운 얼굴 역시 기억의 화랑에 새로 들여온 그림 같았다. 그리고 그 얼굴은 그곳에 걸려 있는 다른 모든 그림들과 달랐다. 먼저 그것은 남성적이었다. 그리고 둘째, 그 얼굴이 가무잡잡하고 씩씩하고 험상궂었기 때문에 헤이에 들어서서 우체통에 편지를 밀어 넣을 때 여전히 내 눈앞에 선명하게 떠올랐다. 언덕을 따라 내리막길을 빠르게 걸어서 집으로 오는 내내 그 얼굴이 보였다. 울타리 계단에 이르렀을 때 나는 잠깐 멈춰 서서 주변을 둘러보며 자갈길에 다시 말발굽 소리가 울려 퍼지고, 말을 탄 망토 입은 사람과 가이트래시 같은 뉴펀들랜드 개가 다시 눈앞에 나타날지도 모른다고 생각하면서 귀를 기울였다. 내 앞에는 산울타리와 조용히 곧게 솟아올라서 달빛을 맞이하고 있는 가지 친 버드나무만 있었다. 1마일 떨어진 손필드 주변의 나무들 사이로 변덕스럽게 배회하고 있는 아주 희미한 바람 소리만 들려왔다. 그리고 바람 소리가 나는 쪽으로 내려다보던 내 눈에 저택 현관을 지나 창문을 밝히고

41 토머스 무어Thomas Moore(1779~1852)의 『신성한 노래들』 중 「그대의 왕좌는 무너지고」, II, 19~20행.

있는 불빛이 들어왔다. 그것을 보자 늦었다는 생각이 들어서 나는 서둘러 발길을 재촉했다.

나는 손필드에 다시 들어가기가 싫었다. 그 문지방을 넘어 서는 것은 정체된 상태로 되돌아감을 의미했다. 조용한 홀을 지나 어두운 계단을 오르고 쓸쓸한 내 작은 방을 찾아 들어 갔다가 차분한 페어팩스 부인을 만나 긴 겨울 저녁을 그녀와, 오로지 그녀와 함께 보내는 것은 내 산책으로 일깨워진 희미 한 흥분을 완전히 소멸시키는 것을 의미했다. 그것은 내 모든 기능에 너무 단조롭고 조용한 생활이라는, 앞이 안 보이는 족 쇄, 이제 더 이상 감사하게 여길 수 없게 된 안정과 편안함의 특권을 제공해 주는 생활이라는 족쇄를 의미했다. 고생하며 애써야 하는 불확실한 삶의 폭풍우 속에 던져져서 거칠고 비 통한 경험을 통해 지금 내가 불평하고 있는 조용한 삶을 갈 망할 수 있게 되었다면 얼마나 좋았을까? 맞다. 〈너무 편안한 의자〉[42]에 가만히 앉아 있는 데에 지친 사람이 긴 산책을 하는 것만큼 좋았으리라. 앉아 있는 것에 지친 사람과 마찬가지로 내 상황에서도 움직이고 싶은 소망은 자연스러웠으리라.

나는 대문에서 우물쭈물 시간을 끌었다. 잔디밭에서도 시 간을 끌었다. 자갈길 위에서도 앞뒤로 서성거렸다. 유리문의 덧문들이 닫혀 있었다. 실내를 들여다볼 수가 없었다. 내 눈 과 영혼 모두 음침한 집으로부터, 내게는 빛이 들어오지 않는 삼방으로 가늑한 잿빛 구멍같이 보이는 곳으로부터 벗어나 서 내 앞에 펼쳐진 하늘, 구름 한 점 없는 파란 바다로 이끌리 는 것 같았다. 달이 장중한 속도로 하늘을 오르고 있었다. 이 제는 멀리, 저 아래로 멀어지는 언덕 꼭대기를 떠나 헤아릴 수 없이 깊고 측량할 수 없을 정도로 멀리 깜깜한 하늘의 정점을

42 알렉산더 포프Alexander Pope(1688~1744)의 『둔시아드』, IV, 343행.

향해 치솟으면서 달이 눈을 들어 위를 바라보는 것처럼 보였다. 달이 가는 길을 그대로 뒤따르는 반짝이는 별들을 보자 내 마음도 떨리고 피가 뜨거워졌다. 작은 것들이 우리를 다시 지상으로 불러들인다. 홀에 있는 시계가 울렸다. 그것으로 충분했다. 나는 달과 별들에게서 몸을 돌려 옆문을 열고 안으로 들어갔다.

홀은 어둡지 않았지만 아직 불이 켜져 있지도 않았다. 높이 걸려 있는 청동 등잔에만 불이 켜져 있었다. 따뜻한 불빛이 홀과 참나무 계단의 아래쪽 층계들로 퍼지고 있었다. 이 불그스름한 빛은 커다란 식당에서 흘러나왔다. 식당의 두짝문이 활짝 열려 있고 벽난로에서 불이 따뜻하게 타오르고 있었다. 벽난로 불빛에 대리석 난로 주변과 황동 난로 제구에 빛이 반사되고 있었고 보라색 커튼과 반짝반짝 윤이 나는 가구가 기분 좋게 빛을 발하고 있는 모습이 보였다. 불빛에 벽난로 선반 주변에 있는 사람들의 모습도 보였다. 사람들의 모습이 보이자마자, 즐겁게 섞여 있는 여러 사람들의 목소리가 막 들리자마자 문이 닫혀 버렸다. 그 속에는 아델의 목소리도 있는 것 같았다.

나는 서둘러서 페어팩스 부인의 방으로 갔다. 그곳에도 난롯불이 지펴져 있었지만 촛불은 켜져 있지 않았고 페어팩스 부인도 없었다. 대신 혼자 양탄자 위에 똑바로 앉아서 불길을 진지하게 바라보고 있는, 털이 긴 흑백의 커다란 개가 보였다. 오솔길에서 만난 가이트래시하고 똑같이 생긴 개였다. 너무 똑같이 생겨서 나는 앞으로 가서 〈파일럿!〉 하고 불렀다. 그러자 개가 일어서서 내게 다가와 냄새를 맡았다. 내가 개를 쓰다듬어 주자 개가 커다란 꼬리를 흔들었다. 그러나 단둘이 함께 있기에는 섬뜩한 짐승처럼 보였다. 더구나 개가 어떻게 그곳에 오게 되었는지 알 수가 없었다. 나는 촛불이 필요했기 때문에 종을 울렸다. 또한 이 방문객에 대한 설명도 듣고 싶었다. 리아가 들어왔다.

「이건 누구 개예요?」

「주인님하고 함께 왔어요.」

「누구랑 함께라고요?」

「주인님요. 로체스터 씨요. 방금 도착하셨어요.」

「정말요? 그럼 페어팩스 부인이 그와 함께 있나요?」

「네. 그리고 아델 양도요. 다들 식당에 계세요. 그리고 존이 의사를 데리러 갔어요. 주인님이 사고를 당하셨대요. 말이 넘어져서 발목을 삐끗하셨대요.」

「헤이 오솔길에서 말이 넘어졌나요?」

「네, 언덕을 내려오다 그러셨대요. 말이 얼음 위에서 미끄러졌대요.」

「아! 나한테 촛불을 좀 가져다줘요, 리아.」

리아가 촛불을 가져왔다. 리아 뒤에 페어팩스 부인이 따라 들어와 같은 소식을 반복해서 전해 주었다. 부인은 카터 선생님이 와서 지금 로체스터 씨와 함께 있다는 소식을 덧붙였다. 그런 다음 부인은 차를 준비하라는 지시를 하러 서둘러 나갔고 나는 옷을 갈아입으러 위층으로 올라갔다.

제13장

로체스터 씨는 그날 밤 의사의 지시에 따라 일찍 잠자리에 든 것 같았다. 다음 날 아침에도 일찍 일어나지 않았다. 그가 내려온 것은 사무를 처리하기 위해서였다. 대리인과 소작인 몇 사람이 도착해서 그와 이야기를 나누기 위해 기다리고 있었다.

아델과 나는 서재를 비워 주어야만 했다. 그곳은 방문객을 위한 응접실로 매일 사용될 예정이었다. 위층 방에 난롯불이 지펴졌다. 그리고 그곳으로 나는 책을 옮겨 놓고 앞으로 교실로 쓸 수 있도록 방을 정리했다. 오전이 지나면서 손필드 저택이 완전히 달라졌다. 더 이상 교회처럼 조용하지 않았다. 한두 시간마다 현관문을 두드리는 소리나 종 울리는 소리가 울려 퍼졌다. 또한 발소리들이 기끔 홀을 가로질러 갔고 아래에서 새로운 목소리들이 각자 다른 음조로 말하는 소리가 들려왔다. 외부 세계로부터 시냇물이 손필드 저택으로 흘러 들어왔다. 손필드에 주인이 와 있었다. 나로서는 그것이 더 좋았다.

그날은 아델을 가르치기가 쉽지 않았다. 아델이 집중을 하지 못했다. 그녀는 계속 문으로 달려가서 로체스터 씨를 살짝 볼 수 있는지 알아보려고 계단 난간 너머를 내려다보곤 했다. 그런 다음에 내 추측하건대, 아델은 서재에 가보기 위해 아래층으로 내려갈 구실을 만들었다. 그러나 내가 알기로 서재에서는 아델을 필요로 하지 않았다. 내가 화를 내며 가만히 앉아 있게 했을 때에도 아델은 그 애 식으로 부르자면 〈친구인 에두아르 페르팩스 드 로체스터 씨〉(나는 그의 이름을 들어본 적이 없었다)에 대해 끊임없이 재잘대면서 그가 어떤 선물을 가져왔는지 추측을 해댔다. 그 전날 밤, 밀코트에서 짐이 도착하면 그 안에 작은 상자가 있을 것이라고 로체스터 씨가 귀띔을 해준 듯했다. 그녀는 그 상자 안에 무엇이 들어 있는지 궁금해 했다.

「그 말은 틀림없이 그 안에 제 선물이랑 어쩌면 선생님 선물도 들어 있다는 의미일 거예요. 로체스터 씨가 선생님 이야기도 했어요. 가정 교사 이름이 무엇인지, 선생님이 몸집이 작고 마르고 창백한 사람이냐고 물어보았어요. 그래서 제가 그렇다고 대답했어요. 사실이니까요. 그렇죠, 선생님?」 아델이 프랑스어로 말했다.

나와 내 제자는 평소처럼 페어팩스 부인의 방에서 식사를 했다. 그날 오후에는 날씨가 거칠고 눈이 내렸기 때문에 교실에서 시간을 보냈다. 날이 어두워질 무렵 나는 아델에게 책을 내려놓고 아래층으로 달려 내려가도록 허락해 주었다. 아래층이 비교적 조용해진 상태나, 울려 대던 현관 초인종 소리가 멈춘 것으로 봐서 로체스터 씨가 쉬고 있는 것 같았다. 혼자 남았을 때 나는 창문으로 걸어갔다. 그러나 창문으로는 아무것도 보이지 않았다. 석양과 눈발 때문에 대기가 흐려져서 잔디밭에 있는 관목들조차 보이지 않았다. 나는 커튼을 내리고 난롯가로 돌아갔다.

선명한 깜부기불 속에서 전에 본 적이 있었던 라인 강변의 하이델베르크 성 그림과 비슷한 모습을 찾아내고 있을 때 페어팩스 부인이 들어와 내가 짜 맞추고 있던 불꽃 모자이크를 부서뜨리고 또한 내 고독에 몰려들기 시작하던 울적하고도 반갑지 않은 생각을 흩어 놓았다.

「로체스터 씨가 오늘 저녁에 선생님과 선생님 제자와 함께 차를 들고 싶대요.」 그녀가 말했다. 「하루 종일 너무 바빠서 선생님을 뵙자고 청할 수가 없었어요.」

「차 마시는 시간이 언제인데요?」 내가 물었다. 「6시요. 그분은 시골에서는 일찍 자고 일찍 일어나요. 지금 프록을 갈아입는 게 좋을 거예요. 내가 선생님이랑 함께 가서 조여 줄게요. 여기 촛불이 있어요.」

「프록을 꼭 갈아입어야 하나요?」

「그럼요. 그러는 게 좋아요. 로체스터 씨가 여기 와 계시면 나도 항상 저녁 때 옷을 갈아입어요.」

이런 부가적인 의식이 약간 거창하게 보였다. 그러나 나는 내 방으로 가서 페어팩스 부인의 도움을 받으며 검은색 모직 드레스를 검은색 실크 드레스로 갈아입었다. 그것은 내가 가진 옷 중에서 연회색 드레스를 제외하고는 가장 좋은 단 하나의 특별한 드레스로, 내가 지닌 로우드식 몸단장 개념에 의하면 가장 중요한 경우를 제외하고는 평소 입기에 너무 화려했다.

「브로치를 달아야 할 것 같군요.」 페어팩스 부인이 말했다. 내게는 템플 선생님이 작별 기념으로 준 작은 진주 장식이 딱 하나 있었다. 나는 그것을 단 다음 페어팩스 부인과 함께 아래층으로 내려갔다. 낯선 사람들을 만나는 일이 익숙하지 않았기 때문에 이처럼 정식으로 로체스터 씨 면전에 불려 가서 얼굴을 보이는 것이 내게는 상당히 고역이었다. 나는 페어팩스 부인 뒤를 따라 식당으로 들어간 다음 방을 가로질러 갈 때에도 부인 뒤에 계속 숨어 있었다. 그런 채로 우리는 커튼이 드리워진 아치를 지나 마침내 안쪽의 우아한 방으로 들어갔다.

두 개의 밀랍 촛불이 탁자 위에 켜져 있었고 벽난로 선반에도 두 개가 켜져 있었다. 환한 난롯불에서 나오는 불빛과 온기를 가득 받으며 파일럿이 누워 있었다. 아델이 그 옆에 무릎을 꿇고 있었다. 쿠션으로 발을 받쳐 놓고 소파 위에 반쯤 누워 있는 로체스터 씨가 보였다. 그는 아델과 개를 바라보고 있었다. 난롯불이 그의 얼굴을 환하게 밝혀 주었다. 오솔길에서 만난, 눈썹이 굵고 진한 길손이었다. 검은 머리를 옆으로 쓸어 넘긴 탓에 네모난 그의 이마가 더욱 두드러져 보였다. 나는 잘생겼다기보다 성격을 더 잘 보여 주는 그의 단호한 코를 알아보았다. 그의 큰 콧구멍은 성마른 성격을 보여 주는 것 같았다. 험상궂어 보이는 입과 턱. 그랬다, 세 가지 모두 분명히 매우 험상궂어 보였다. 이제는 그가 망토를 벗고 있었기 때문에 네모난 그의 체격이 인상과 조화를 이루고 있음이 드러났다. 그의 체격은 운동가로서는 좋아 보였다. 키가 크거나 우아해 보이지는 않았지만 가슴이 넓고 옆구리에 살이 없었다.

로체스터 씨는 틀림없이 페어팩스 부인과 내가 들어오는 것을 알고 있었겠지만 우리에게 알은체를 하고 싶지 않은 것 같았다. 우리가 다가가도 그는 고개를 들지 않았다.

「에어 선생님이 왔어요, 로체스터 씨.」 페어팩스 부인이 조용히 말했다. 그가 아직도 개와 아이에게서 시선을 떼지 않은 채 고개 숙여 인사를 했다.

「에어 선생에게 앉으라고 하세요.」 그가 말했다. 성의 없는 뻣뻣한 인사와 성마르지만 형식적인 어조는 〈에어 선생이 왔건 안 왔건 도대체 나와 무슨 상관이 있다는 거야? 지금 나는 그녀와 이야기를 나누고 싶은 기분이 아니야〉라고 말하는 것 같았다.

나는 매우 안심하면서 자리에 앉았다. 그가 깍듯하게 예의를 갖춰 맞았다면 아마 나는 당황했을지도 모른다. 아무 대꾸를 하지 못했거나 아니면 나도 품위 있고 우아하게 대답함으로써 그에 보답했으리라. 그러나 거칠게 제멋대로 구는 사람에게는 어떤 의무도 가질 필요가 없다. 오히려 무례함을 당했을 때 품위 있게 아무 말도 하지 않는 편이 내게 더 유리했다. 게다가 그런 이상한 행동에 호기심이 발동했다. 나는 그가 계속 어떻게 행동할지 지켜보고 싶은 생각이 들었다.

그는 계속 조각처럼 굴었다. 즉, 말도 하지 않았고 움직이지도 않았다. 페어팩스 부인은 누군가가 나서서 분위기를 부드럽게 만들어야 한다고 느꼈는지 이야기를 시작했다. 평소처럼 상냥하게, 그리고 평소처럼 약간 진부하게 그녀는 그가 하루 종일 분망하게 일을 처리해야 했던 데 대해, 또한 발이 삐어 아픈 상태에서 그것이 얼마나 성가셨을지 그에게 위로의 말을 건넸다. 그런 다음 그녀는 그와 같은 일을 겪으면서 그가 보여 준 끈기와 인내에 대해 찬사를 보냈다.

「부인, 차를 좀 마시고 싶군요.」 그것이 그녀가 들은 유일한 대답이었다. 그녀가 서둘러 종을 울렸다. 쟁반이 도착했을 때 그녀가 나서서 야무지고 민첩하게 잔과 스푼 등을 차려 냈다. 나와 아델은 탁자로 갔지만 로체스터 씨는 앉아 있던 소파에서 일어나지 않았다.

「로체스터 씨에게 잔을 가져다 드릴래요?」 페어팩스 부인이 내게 말했다. 「아델은 잔을 쏟을지 몰라요.」

나는 부탁받은 대로 했다. 그가 내 손에서 잔을 받고 있을 때 그 틈을 이용해 아델이 나를 위한답시고 소리쳤다.

「작은 상자 안에 에어 선생님에게 드릴 선물이 있지 않나요, 아저씨?」

「누가 선물 이야기를 하는 거지?」 그가 퉁명스럽게 말했
다. 「에어 선생, 선물을 기대했소? 선물을 좋아하오?」 어둡고
화난 듯한, 쏘아보는 것처럼 느껴지는 눈으로 그가 내 얼굴을
찬찬히 뜯어보았다.

「잘 모르겠어요. 선물을 받은 경험이 거의 없어서요. 선물
은 보통 기분 좋은 것이라 여겨지지요.」

「보통 여겨진다? 그러면 선생님 본인 생각은 어떻소?」

「당신의 인정을 받을 만한 대답을 드리려면 시간이 좀 걸
릴 것 같은데요. 선물에는 여러 가지 얼굴이 있어요, 그렇지
않나요? 선물의 본질에 대해 의견을 피력하려면 먼저 그것들
을 전부 따져 봐야 해요.」

「에어 선생, 당신은 아델만큼 그렇게 순진하진 않군요. 저
애는 나를 본 순간 〈선물을 주세요〉라고 시끄럽게 요구했소.
당신은 에둘러서 말을 하는군요.」

「제가 과연 선물을 받을 자격이 있는지 아델보다 확신이
덜하기 때문이에요. 그 애는 오래 알고 지낸 사람으로서 요구
할 수 있고 또한 습관에 의해 요구할 수 있는 권리가 있으니
까요. 그 애 말로는 당신이 항상 장난감을 사다 주었다고 하
더군요. 그러나 제가 그런 요구를 한다면 난감한 입장이 되
죠. 저는 이곳에 처음 온 사람이고 선물을 받을 만한 일을 한
적이 없으니까요.」

「아, 너무 겸손해 하지 마시오. 아델을 지켜본 결과 당신이
그 애한테 무척 공을 들인 것 같았소. 그 애는 똑똑하지도 않
고 재능도 없소. 그런데 단기간에 많이 향상되었더군요.」

「방금 제게 〈선물〉을 주셨네요. 감사드려요. 그것이야말로
대부분의 선생들이 가장 바라는 상이랍니다. 제자들이 나아
졌다는 칭찬 말이죠.」

「흠!」 로체스터 씨가 말하고는 조용히 찻잔을 들었다.

「난롯불 가로 오시오.」 쟁반이 치워지자 로체스터 씨가 말했다. 페어팩스 부인은 뜨갯감을 가지고 구석으로 물러났다. 아델이 내 손을 이끌고 방을 돌며 콘솔과 서랍장 위에 놓인 아름다운 책들과 장식품들을 보여 주었다. 우리는 당연히 그의 말에 따랐다. 아델은 내 무릎 위에 앉고 싶어 했지만 파일럿과 놀고 있으라는 지시가 내려졌다.

「여기서 산 지 석 달이 되었소?」

「네.」

「그럼 어디에서 왔소?」

「○○○ 주에 있는 로우드 학교에서요.」

「아! 그 자선 학교. 그곳에 얼마나 있었소?」

「8년 동안요.」

「8년이라! 당신은 강한 생명력을 지닌 게 틀림없소. 그런 곳에서 그 시간의 반만 있어도 버텨 낼 재간이 없으리라고 생각했는데. 당신 얼굴색이 저세상 사람 같은 게 놀랄 일은 아닌 것 같소. 도대체 어디서 그런 얼굴색을 갖게 되었을까 궁금했었소. 어젯밤 헤이 길에서 만났을 때 나는 기묘하게도 동화를 떠올렸고 당신이 혹시 내 말에 마법을 건 것은 아니었을까 물어보고 싶은 마음이 살짝 들었소. 아직도 홀려 있는 것 같소. 부모님은 어떤 분들이시오?」

「안 계세요.」

「아예 안 계셨던 것 아니오? 그분들이 기억나요?」

「아니요.」

「나도 그러리라 생각했소. 그래서 그 울타리 계단에 앉아서 당신 족속들을 기다리고 있었소?」

「누구를 기다렸다고요?」

「숲의 정령들 말이오. 그들이 나오기에 적당히 달이 뜬 저녁이었잖소. 내가 당신들 무리 중 한 곳을 뚫고 지나간 거요? 그래서 자갈길에 그 빌어먹을 얼음을 깔아 놓은 것 아니오?」

나는 고개를 저었다. 「숲의 정령들은 모두 백 년 전에 영국을 떠났어요.」 나도 그만큼 진지하게 말했다. 「그리고 헤이 길이나 그 주변의 들판에서도 그들의 흔적을 찾을 수 없지 않나요? 여름 달이건 수확기의 달이건, 아니면 겨울 달이건 더이상 그들의 잔치를 비추지 않는다고 생각해요.」

페어팩스 부인이 뜨갯감을 떨어뜨렸다. 그리고 눈썹을 치켜뜨면서 무슨 말을 하는 건지 의아해 하는 듯했다.

「음.」 로체스터 씨가 말을 이었다. 「당신에게 부모님이 안 계신다 해도 누구든 친척은 있을 것 아니오. 삼촌이나 숙모들은요?」

「없어요. 지금까지 본 적이 없어요.」

「그럼 집은요?」

「없어요.」

「형제자매들은 어디서 살고 있소?」

「아무도 없어요.」

「누가 당신을 추천해서 여기로 온 것이오?」

「제가 광고를 냈고 페어팩스 부인이 제 광고를 보고 연락을 했어요.」

「맞아요.」 우리가 지금은 무슨 이야기를 나누고 있는지 알아들은 착한 부인이 말했다. 「그리고 하느님의 은총으로 인도받아 내리게 된 결정에 날마다 감사드리고 있어요. 에어 선생님은 저에게 말할 수 없을 정도로 소중한 친구가 되어 주었고 아델에게는 상냥하고 세심한 선생님이니까요.」

「애써 선생을 칭찬할 필요는 없소.」 로체스터 씨가 대꾸했다. 「찬사에 내가 좌지우지되진 않을 거요. 나 스스로 판단하겠소. 그녀는 내 말을 넘어뜨리는 것부터 시작했소.」

「무슨 말씀이세요?」 페어팩스 부인이 말했다.

「발을 뺀 것에 대해 그녀에게 감사해야 할 처지로군.」

미망인이 무슨 말인지 몰라 당혹스러운 표정을 지었다.

「에어 선생, 도시에 살아 본 적이 있소?」

「아니요.」

「사람들과 많이 사귀어 봤소?」

「로우드의 제자들과 선생님들, 그리고 지금은 손필드 식구들 말고는 전혀 없어요.」

「책은 많이 읽었소?」

「제가 구할 수 있는 책들만 읽었을 뿐이에요. 많지도 않았고 매우 학문적이지도 않았어요.」

「당신은 수녀 같은 삶을 살아왔군요. 종교적인 형식에 대해 훈련을 잘 받았으리라 믿소. 브로클허스트가 로우드를 경영한다고 알고 있는데 그 사람이 목사가 맞죠?」

「네.」

「그렇다면 수녀들로 가득한 수녀원이 교장을 숭배하는 것처럼 여학생들이 그를 숭배했겠군요.」

「아, 아니에요.」

「당신은 정말 냉정하군요! 아니라고요! 저런! 신참 신자가 목사님을 숭배하지 않다니! 그런 불경스러운 말이 어디 있소?」

「저는 브로클허스트 씨가 싫었어요. 그리고 그런 감정을 가진 사람이 저뿐만이 아니었어요. 그는 무자비했어요. 거만하고 참견하길 좋아했고요. 우리 머리를 자르고, 돈을 아끼기 위해 바느질을 제대로 할 수 없을 정도로 형편없는 바늘과 실을 사다 주었어요.」

「그거야말로 매우 잘못된 절약이네요.」 다시 대화의 흐름을 파악한 페어팩스 부인이 말했다.

「그렇다면 그가 한 일 중에서 가장 불쾌한 것이 무엇이오?」[43]

「위원회가 생기기 전에 단독으로 식량 부서의 감독을 맡고 있을 때 우리를 굶겼어요. 그리고 일주일에 한 번씩 장황한 연설로 우리를 지겹게 만들었고요. 또한 갑작스러운 죽음과 심판에 대해 자기가 쓴 책을 저녁마다 읽히는 바람에 잠자러 가기가 무서울 지경이었어요.」

「몇 살 때 로우드에 갔소?」

「열 살쯤 되었어요.」

「그러면 그곳에 8년간 있었으니까 당신 나이가 지금 열여덟 살이오?」

내가 동의했다.

「보시오. 산수가 참 유용하지 않소? 산수의 도움이 없었다면 당신 나이를 제대로 가늠할 수 없었을 것이오. 당신의 경우처럼 얼굴 생김새와 표정이 그렇게 일치하지 않으면 알아맞히기가 힘든 나이요. 그럼 로우드에서는 무엇을 배웠소? 연주할 줄 아시오?」

「조금요.」

「그렇겠지. 그것은 정해진 답이오. 서재로 가요. 내 말은 당신이 원한다면 말이오. 내가 명령조로 말하는 것을 용서하시오. 내가 〈가거라〉 하면 가고 〈오너라〉 하면 오는 것에 익숙한 사람이라 그렇소.[44] 새로 온 식구 한 사람 때문에 내 오랜 습관을 바꿀 수는 없지 않소. 그럼 서재로 들어가시오. 촛불을 들고 가서 문을 열어 놓고 피아노 앞에 앉아서 곡을 연주하시오.」

나는 그의 지시에 따라 자리에서 일어섰다.

43 오셀로가 화난 데스데모나의 아버지에게 한 말이다. 「오셀로」, 제1막 제3장 80행.
44 「마태오의 복음서」 8장 9절에서 인용.

「됐소!」몇 분 후에 그가 소리쳤다. 「정말 조금밖에 연주를 못하는군요. 다른 영국 여학생들과 마찬가지로 말이오. 몇 사람보다는 조금 나을지 모르겠지만 잘 친다고 할 수는 없소.」

나는 피아노 덮개를 닫고 자리로 돌아왔다. 로체스터 씨가 말을 계속했다. 「아델이 오늘 아침에 스케치 몇 점을 보여 줬는데 당신이 그린 것이라고 하더군요. 그것을 전부 당신이 그렸는지 모르겠소. 선생님이 도와줬겠지?」

「아니요. 정말이에요!」 내가 소리쳤다.

「아! 그 말에 당신 자존심이 상했나 보군. 자, 화첩 안에 있는 스케치가 당신 작품이 확실하다면 나한테 그 화첩을 가져다주시오. 그러나 아니라면 아무 말도 하지 마시오. 짜깁기한 작품인지는 보면 알 수 있소.」

「그럼 아무 말씀도 드리지 않을게요. 직접 판단하세요.」

나는 서재에서 화첩을 가져왔다.

「탁자를 더 가까이 대시오.」 그가 말했다. 나는 탁자를 그의 소파 쪽으로 밀었다. 아델과 페어팩스 부인이 그림을 보려고 가까이 다가왔다.

「몰려들지 마시오.」 로체스터 씨가 말했다. 「내가 다 보고 나면 그림을 받아 가요. 얼굴을 가까이 들이밀지 말아요.」

그는 스케치와 그림을 하나씩 꼼꼼하게 들여다보았다. 그러더니 세 장은 옆에 내려놓고 다른 그림들은 다 살펴본 다음 옆으로 밀쳐 냈다.

「저 그림들은 다른 탁자로 가져가요, 페어팩스 부인.」 그가 말했다. 「아델과 같이 보도록 해요. 당신은 (그가 나를 힐긋 보며 말했다) 다시 자리에 앉아서 내 질문에 답하시오. 그 그림들이 한 사람 손에 의해 그려진 것이라는 사실을 알겠소. 그 손이 당신 손이었소?」

「네.」

「그런데 언제 그림을 그릴 시간이 있었소? 시간도 많이 걸리고 생각도 상당히 많이 해야 했을 텐데.」

「로우드에서 보낸 마지막 두 번의 방학 동안에 그렸어요. 그때는 달리 할 일이 없었거든요.」

「어디서 그림의 사본을 구했소?」

「제 머리로 생각해 낸 건데요.」

「당신 어깨 위로 보이는 머리 말이오?」

「네.」

「그 안에 비슷한 다른 그림도 들어 있소?」

「그럴 거라고 생각해요. 더 나은 것이면 좋겠지만요.」

그가 앞에 그림들을 펼쳐 놓고 하나씩 살펴보았다.

그가 그렇게 몰두해 있는 동안, 여기서 그것이 어떤 그림들이었는지 밝히고 넘어가겠다. 먼저 그것들이 전혀 훌륭한 그림이 아니었음을 전제해야 한다. 사실 그 주제들은 내 마음속에서 생생하게 떠올랐었다. 그것들을 구현하려고 시도하기 전에 내 영혼의 눈으로 바라보았을 때 그 그림들은 멋있었다. 그러나 내 솜씨가 환상을 뒷받침해 주지 못했기 때문에 각 그림마다 마음속에 그렸던 내용을 희미하게밖에 묘사해 내지 못했다.

이 그림들은 수채화였다. 첫 번째 그림은 솟구쳐 오른 바다 위로 낮게 떠 있는 검푸른 구름을 그린 것이었다. 원경은 모두 어두웠다. 육지가 없었기 때문에 전경, 다른 말로 표현하면 가장 가까운 파도도 마찬가지였다. 한 줄기 빛이 반쯤 가라앉은 돛대를 환하게 밝혀 주고 있었고 그 위에는 검은색의 커다란 가마우지가 날개에 거품을 여기저기 묻힌 채 앉아 있었다. 부리에는 보석이 박힌 금팔찌가 채워져 있었다. 나는 내 팔레트가 만들어 낼 수 있는 한 최대한 밝은 색조로 보석들을 칠했고 화필로 최대한 보석들을 반짝거리며 뚜렷하게 보이도록 그렸다. 새와 돛대 아래로는 물에 빠진 시체가 가라앉고 있는 모습이 푸른 물 사이로 보였다. 팔다리 중 하얀 팔 하나만이 분명하게 보였고 그 팔에서 팔찌가 물에 씻겨 빠져나왔거나 떨어져 나온 것 같았다.

두 번째 그림의 전경에는, 미풍에 의해서 그렇게 된 것처럼 풀과 나뭇잎 몇 개가 옆으로 비스듬히 쏠려 있는 언덕의 희미한 산봉우리만 담겨 있었다. 언덕 너머 위쪽으로는 황혼 무렵처럼 검푸른 하늘이 광활하게 펼쳐져 있었다. 하늘 위로는 내가 합성해 낼 수 있는 한 최대한 어슴푸레하면서 부드러운 색조로 그린 한 여자의 흉상이 가슴까지 하늘로 솟아오르고 있었다. 희미한 이마에는 별이 박혀 있었고 이마 아래쪽 윤곽선이 뿌연 안개 사이로 보이는 것 같았다. 눈은 어둡고 거칠게 빛났다. 머리는 어두운 구름이 폭풍우나 전류로 갈기갈기 찢긴 것처럼 아련하게 흘러내렸다. 목에는 달빛 같은 것이 희미하게 반사되고 있었다. 얇은 구름 덩어리에도 똑같은 희미한 빛이 비치고 있었다. 샛별은 구름 뒤에서 나와 절을 하고 있었다.

세 번째는 북극의 겨울 하늘을 찌르고 있는 빙산의 뾰족한 봉우리 그림이었다. 지평선을 따라 북극의 빛들이 모여서 빽빽하게 늘어선 희미한 빛을 창처럼 들어 올리고 있었다. 이것을 원경으로 하고 전경에는, 빙산 쪽으로 기울여서 기대고 있는 거대한 머리 하나가 솟아 있었다. 이마 아래에서 맞잡은 두 개의 마른 손이 이마를 지탱하면서 얼굴 아래쪽 앞에 검은 담비 베일을 드리웠다. 백지장처럼 창백하고 뼈처럼 하얀 이마와, 흐릿한 절망 이외에 아무 의미를 찾을 수 없는 퀭하고 고정된 한쪽 눈밖에 보이지 않았다. 관자놀이 위로는 구름처럼 모호한 특성과 경도를 지닌 검은색 천으로 둥글게 휘감은 터번 주름들 사이에서 더 창백한 색깔의 불꽃이 보석처럼 박혀 있는 하얀 불꽃의 고리가 반짝였다. 이 창백한 초승달은 〈왕관과 비슷했고〉 그것이 장식하고 있는 것은 〈형체 없는 형체〉[45]였다.

「이 그림들을 그릴 때 행복했소?」 로체스터 씨가 물었다.

「몰입해 있어서 행복했어요. 간단히 말해서 그 그림들을 그리는 것이야말로 제가 알고 있는 가장 큰 즐거움 중 하나였으니까요.」

「특별히 새로운 말은 아니군요. 당신 자신의 설명에 의하면 즐거움을 느낀 일이 별로 없었군요. 그렇지만 당신이 이 이상한 색조들을 섞고 배열하는 동안 일종의 예술가의 꿈나라에서 살았다고 말할 수 있을 것 같소. 매일 오랫동안 그림을 그렸소?」

「방학이라 달리 할 일이 없었기 때문에 아침부터 정오까지, 정오에서 밤까지 그렇게 하루 종일 그림을 그리며 앉아 있었어요. 한여름이라 날이 길어서 몰두하기가 좋았어요.」

「그리고 열심히 일한 결과에 스스로 만족을 느꼈겠군요.」

「전혀 그렇지 않아요. 제 생각과 솜씨의 차이 때문에 괴로웠어요. 매번 제가 도저히 실현할 능력이 없는 것을 상상했으니까요.」

「꼭 그렇지만은 않소. 당신은 자신이 생각한 것의 그림자를 잘 포착했소. 그러나 그 이상은 아닌 듯하오. 당신의 생각을 완전히 표현할 수 있을 만큼 화가의 기술과 지식이 충분하지는 않은 것 않소. 그럼에도 불구하고 여학생이 그린 그림치고는 특이하오. 생각에 대해 말하자면 꼬마 요정 같소. 샛별 속의 이 눈은 꿈에서 본 것이 틀림없소. 어떻게 눈을 그처럼 또렷하게 그리면서도 전혀 반짝이지 않게 할 수 있었소? 위

45 『실낙원』, II, 666~673행에 나오는 죽음에 대한 묘사.

에 있는 달 때문에 눈의 반짝임이 사라진 것이오? 그리고 눈빛이 그토록 장중하게 깊은 것은 무슨 의미요? 그리고 누가 당신에게 바람을 그리는 법을 가르쳐 주었소? 저 하늘과 이 언덕 꼭대기에 강한 돌풍이 불고 있군요. 어디서 래트모스[46]를 보았소? 저것은 래트모스 산이 틀림없소. 자아! 그림을 치우시오!」

내가 화첩의 끈을 묶기도 전에 시계를 바라보면서 그가 불쑥 말했다.

「9시요. 에어 선생, 아델을 이렇게 늦게까지 재우지 않다니 대체 무슨 일이오? 아이를 재우시오.」

아델이 방을 나오기 전에 그에게 가서 키스했다. 그는 만지는 것을 허용하기는 해도 파일럿보다 더 그것을 즐기는 것처럼 보이지는 않았다. 아니, 그만큼도 즐기지 않는 듯했다.

「그럼 모두 잘 자길 바랍니다.」 그가 말하면서 손으로 문 쪽을 가리켰다. 우리와 함께 있는 것이 지겨워졌으니 빨리 나가 달라는 신호 같았다. 페어팩스 부인은 뜨갯감을 개켰고 나는 화첩을 들었다. 우리는 무릎을 숙여 그에게 절을 하고 그에 대한 답례로 뻣뻣한 인사를 받은 다음 그렇게 물러났다.

「로체스터 씨가 특별히 유별나지는 않다고 말씀하셨죠, 페어팩스 부인?」 아델을 잠자리에 들게 한 다음 부인의 방에서 그녀를 다시 만났을 때 내가 말했다.

「글쎄요, 그가 유별난가요?」

「저는 그렇게 생각해요. 매우 변덕스럽고 퉁명스러워요.」

「맞아요. 틀림없이 모르는 사람한테는 그렇게 보일 수 있어요. 그러나 나는 그의 태도에 너무 익숙해져 있어서 그런

46 터키에 있는 산으로, 전설에 의하면 아름다운 목동 엔디미온이 살았다고 한다. 달의 여신인 셀레네가 그를 보고 사랑에 빠졌고, 그가 깊은 잠에 빠지면 매일 밤 달의 여신이 내려와 그를 포옹했다고 한다.

생각이 전혀 안 들어요. 그리고 그의 성격이 좀 특이하다 해도 참작을 해줘야 해요.」

「왜요?」

「부분적으로는 그것이 그의 타고난 성격이기 때문이죠. 성격을 어떻게 해볼 수 있는 사람은 아무도 없으니까요. 그리고 부분적으로는 그의 마음을 괴롭혀서 기분을 한결같지 않게 만드는 고통스러운 생각들이 있기 때문이에요.」

「무엇에 관한 건데요?」

「우선 가족 문제요.」

「그에게는 가족이 없잖아요.」

「지금은 없죠. 그런데 전에는 있었어요……. 아니, 적어도 친척들은 있었죠. 몇 년 전에 형님을 잃었어요.」

「형님을요?」

「네. 현재의 로체스터 씨가 재산을 물려받은 지 그리 오래 되진 않았어요. 겨우 9년 정도 되었죠.」

「9년이면 상당한 시간이네요. 형님을 잃은 일을 아직도 슬퍼할 만큼 형님과의 사이가 그렇게 각별했나요?」

「아, 아니요……. 아마 아닐 거예요. 두 사람 사이에 뭔가 오해가 있었던 것 같아요. 형님인 로랜드 로체스터 씨가 에드워드 씨한테 섭섭하게 대했나 봐요. 그리고 어쩌면 형님이 아버지로 하여금 동생에 대한 편견을 갖게 만들었는지도 모르죠. 부친은 돈을 좋아해서 가문의 재산을 고스란히 지키고 싶어 했대요. 부친은 분배를 통해 재산이 줄어드는 것은 싫어했지만 그럼에도 불구하고 가문의 자존심을 유지하기 위해서 에드워드 씨에게도 재산이 생기길 바랐다는군요. 부친이 노년에 이른 직후 그렇게 공정하다 할 수 없는 조치들이 취해졌고 그 결과 많은 해악을 끼쳤어요. 재산을 마련해 줄 목적으로 부친과 형님인 로랜드 씨가 결탁해서 에드워드 씨를 고통스러운 입장으로 몰아 넣었대요. 정확하게 어떤 입장이었는지는 모르겠지만 에드워드 씨는 그런 상황에서 당해야만 했던 대우를 견딜 수 없었던 모양이에요. 에드워드 씨는 절대 관대한 사람은 아니에요. 그는 가족들과 인연을 끊고 여러 해 동안 불안정한 삶을 살아왔어요. 형님이 로체스터 씨에게 저택을 물려준다는 유언장도 남기지 않은 채 세상을 떠난 후로 그가 이곳 손필드에서 지낸 시간은 전부 합쳐야 보름도 안 될 거예요. 사실 옛집을 싫어하는 것은 당연해요.」

「그가 왜 이곳을 싫어하는데요?」

「음산하다고 생각하는지도 모르죠.」

그 대답은 애매하게 들렸다. 더 명확한 대답이었다면 좋았을 텐데. 그러나 페어팩스 부인은 로체스터 씨가 겪은 시련의 원인과 특성에 대해 더 명확한 정보를 제공해 줄 수도 없었을 뿐더러, 그러려고 하지도 않았다. 부인은 그 일에 대해 그녀 자신도 모른다고 단언했고 자신이 알고 있는 것도 추측일 뿐이라고 주장했다. 사실 부인은 내가 그 문제에 대해 더 이상 언급하지 않기를 바라는 것이 분명했고 나도 그녀의 뜻을 따랐다.

제14장

그 후 며칠 동안 나는 로체스터 씨를 거의 보지 못했다. 오전에는 사무를 처리하느라 바쁜 듯 보였고 오후에는 밀코트나 이웃에서 신사들이 찾아와 때로는 그와 함께 저녁을 먹고 가기도 했다. 말을 탈 수 있을 만큼 삔 발이 충분히 낫자 그는 자주 말을 타고 나갔다. 대개 밤늦게까지 돌아오지 않는 걸로 봐서는 아마도 이런 방문들에 대해 답례를 하기 위해 나간 것 같았다.

이 기간에는 아델조차도 그에게 불려 가는 일이 거의 없었다. 그리고 내가 그를 만나는 때는 홀이나 계단 위, 혹은 복도에서 이따금씩 마주치는 것으로 한정되었다. 그는 때로는 그저 멀리서 고개를 끄덕이거나 냉담하게 힐끗 보는 것으로 알은체를 하면서 거만하고 차갑게 나를 지나쳤고 때로는 신사처럼 상냥하게 절을 하고 미소를 지었다. 그의 변덕스러운 기분에 나는 전혀 기분 나빠하지 않았다. 그의 기분 변화가 나와는 아무 상관 없다는 것을 알고 있었기 때문이다. 그의 감정 기복은 나와는 전혀 상관없는 원인들 탓이었다.

어느 날 저녁 로체스터 씨가 손님들과 만찬을 하면서 내게 화첩을 들고 오라는 전갈을 보냈다. 틀림없이 그 안에 든 그림들을 보여 주려고 그러는 것 같았다. 그러나 페어팩스 부인이 내게 알려 준 바에 의하면 신사 손님들은 밀코트에서 열리는 공적인 모임에 참석하기 위해 일찍 떠났다고 했다. 밤에 비가 내리고 날씨가 궂었기 때문에 로체스터 씨는 그들과 동행하지 않은 것 같았다. 손님들이 떠난 직후 로체스터 씨가 종을 울렸다. 나와 아델에게 아래층으로 내려오라는 전갈이 왔다. 나는 아델의 머리를 빗기고 옷매무새를 단정하게 매만져 준 다음, 땋은 머리를 포함해 흐트러질 여지 하나 없이 모든 게 너무나 꼭 맞고 소박해서 달리 손댈 것이 전혀 없는 평소의 퀘이커 교도 같은 옷차림의 내 모습을 확인하고는 함께 내려갔다. 아델은 작은 상자가 마침내 도착한 것 아닌지 궁금해 했다. 뭔가 착오가 있어서 지금까지 상자가 도착하지 않았기 때문이다. 아델은 기뻐했다. 우리가 식당에 들어섰을 때 탁자 위에 작은 상자가 놓여 있었다. 아델은 그것을 본능적으로 안 것 같았다.

「내 상자예요! 내 상자가 왔어요!」 그녀가 프랑스어로 외치면서 상자를 향해 뛰어갔다.

「그래, 드디어 네 〈상자〉가 왔구나. 구석으로 가져가렴. 영락없는 파리 출신 아이답다. 즐겁게 풀어 보렴.」 로체스터 씨가 난롯불 가의 거대한 안락의자에 깊숙이 앉아 있다가 일어서면서 굵직하고 약간은 빈정거리는 목소리로 말했다. 「그리고 명심해라.」 그가 말을 계속했다. 「해부의 과정에 대한 세부적인 사항들이나 창자의 상태에 대한 주의로 날 귀찮게 하지 마라. 수술을 조용히 하도록 해라. 조용히 해, 알았지?」

아델에게는 그런 경고가 전혀 필요하지 않은 듯했다. 그녀는 이미 보물을 가지고 소파로 물러나서 뚜껑에 묶어 놓은 끈을 푸느라 여념이 없었다. 이 장애물을 없애고 얇은 종이로 된 은색 자루를 들어 올리면서 아델은 그저 소리를 질러 댈 뿐이었다.

「오, 세상에! 예쁘지 않아요?」 그런 다음 그저 황홀해 하면서 그것을 정신없이 바라보고 있었다.

「에어 선생, 거기 있소?」 로체스터 씨가 자리에서 몸을 반쯤 일으키다 내가 아직 서 있는 문 쪽을 둘러보며 물었다.

「아! 자, 앞으로 와요. 여기 앉으시오.」 그가 자기 자리 옆으로 의자를 끌어당겼다. 「나는 아이들이 재잘대는 소리를 좋아하지 않소.」 그가 말을 계속했다. 「내가 나이 든 독신남이라 아이들의 혀짤배기소리와 연관해서 기분 좋은 연상을 할 수가 없소. 개구쟁이와 저녁 내내 단둘이 지내야 한다면 내게는 참을 수 없는 고문이 될 것이오. 에어 선생, 의자를 뒤로 빼지 말고 내가 놓았던 그 자리에 그대로 앉아 있어요. 원한다면 말이오. 빌어먹을 예의범절 같으니라고! 나는 계속 그것을 잊어버려요. 단순한 노부인들도 나는 특별히 좋아하지 않소. 그래도 내 식구는 고려해야겠죠? 그녀를 소홀하게 대하면 안 되니까 말이오. 그녀는 우리 페어팩스 가문 사람이고, 아니, 페어팩스 가문 사람과 결혼했소. 피가 물보다 더 진하다고 하지 않소.」

그가 종을 울려서 페어팩스 부인을 데려오도록 전갈을 보냈다. 그녀가 뜨개질 바구니를 손에 들고 곧 도착했다.

「안녕하시오, 부인. 도움을 좀 청하려고 불렀소. 아델한테 선물에 대해 내게 일절 말을 걸지 못하도록 해놓았소. 지금 저 애는 목구멍까지 하고 싶은 말이 차올라서 터질 지경일 거요. 저 애의 말을 들어 주고 이야기 상대가 되어 주면 고맙겠소. 그러면 당신이 지금까지 한 어떤 행동보다도 가장 자비로운 행동 중 하나가 될 것이오.」

실제로 아델은 페어팩스 부인을 보자마자 자기 소파로 부른 다음 재빨리 〈상자〉 안에 들어 있던 도자기와 상아와 밀랍으로 만들어진 내용물로 페어팩스 부인의 무릎을 가득 채우고 그동안 배운 토막 영어로 설명과 기쁨의 표현을 쏟아 냈다.

「이제는 내가 좋은 집주인 노릇을 해낸 것 같소.」 로체스터 씨가 말을 계속했다. 「내 손님들이 서로 즐거운 시간을 보내도록 만들어 줬으니까 이제는 마음 놓고 내 자신의 즐거움에 신경을 써야 할 것 같소. 에어 선생, 아직도 머니까 의자를 앞으로 당겨요. 여전히 너무 뒤로 가 있소. 이 편한 의자에서 자세를 바꾸지 않으면 당신을 볼 수가 없는데 나는 그러고 싶지가 않소.」

나는 약간 어두운 쪽에 있는 편이 훨씬 더 좋았지만 그의 명에 따랐다. 로체스터 씨는 너무나 직접적으로 명령을 내리는 편이라 그의 말에 즉시 따르는 게 당연한 것처럼 보였다.

앞에서도 말했다시피 우리는 식당에 있었다. 저녁 식사를 위해 켜둔 샹들리에가 축제 때처럼 넓게 방 안을 불빛으로 가득 채웠다. 큰 난롯불은 매우 벌겋고 환했다. 보라색 커튼은 높은 창문과 더 높은 아치 앞에 화려하고 풍성하게 드리워져 있었다. 소리 죽여 말하는 아델의 수다 ─ 그녀는 감히 큰 소리로 떠들질 못했다 ─ 와 수다가 끊긴 동안을 채워 주며 겨울비가 유리창을 두드리는 소리를 제외하고 모든 것이 고요했다.

다마스크 천을 댄 의자에 앉아 있는 로체스터 씨는 이전과 다르게 보였다. 그렇게 험상궂어 보이지도 않았고 훨씬 덜 우울해 보였다. 그의 입술에는 미소가 감돌고 있었고 술을 마신 탓인지 어쩐지 알 수는 없지만 눈이 반짝거렸다. 그러나 나는 그것이 매우 당연하다고 생각한다. 간단히 말해서 그는 저녁 식사 후의 기분에 빠져 있었다. 오전의 냉담하고 엄격한 기분보다 더 관대하고 온화하며 제멋대로 굴었다. 그럼에도 불구하고 부풀어 오른 의자 등에 큰 머리를 대고 대리석을 잘라

낸 것 같은 얼굴과 크고 어두운 눈에 난로 불빛을 받고 있는 그의 모습은 여전히 험상궂어 보였다. 크고 검은 그의 눈이 매우 멋있어 보이기도 했다. 때로는 그 눈의 깊이에 어떤 변화가 전혀 일어나지 않은 것은 아니어서 그 때문에 진정한 부드러움은 아닐지라도 적어도 부드럽다는 느낌을 갖게 했다.

그는 잠시 동안 난롯불을 바라보고 있었고 나는 그사이 그를 바라보고 있었다. 그때 그가 갑자기 몸을 돌려서 그의 얼굴에 고정된 내 시선과 마주쳤다.

「날 뜯어보고 있군요, 에어 선생.」 그가 말했다. 「내가 잘생겼다고 생각해요?」

생각할 시간이 있었더라면 나는 애매하고 정중하게 상투적으로 이 질문에 대답했을 것이다. 그러나 나도 모르게 내 입에서 답이 흘러 나왔다. 「아니요.」

「아! 저런! 당신에게는 독특한 점이 있소.」 그가 말했다. 「당신에게는 어린 수녀 같은 분위기가 있소. 이상하고 조용하고 근엄하면서도 소박한 분위기 말이오. 당신이 양손을 앞에 모으고 앉아서(그런데 방금 전처럼 내 얼굴을 뚫어질 듯이 바라볼 때를 제외하고) 대개는 시선을 양탄자 위로 내리뜨고 있을 때는 그렇소. 누군가 당신에게 질문을 하거나 당신이 어쩔 수 없이 대답을 해야 하는 말을 하면 당신은 기탄없이 대답을 톡톡 내뱉지. 퉁명스럽진 않다 해도 적어도 매정하긴 하오. 그게 무슨 말이오?」

「제가 너무 솔직했나 봅니다. 용서해 주세요. 외모에 대한 질문에 즉석에서 대답하는 것이 쉽지 않다는 답을 드렸어야 했는데요. 사람마다 취향이 다르다고요. 아름다움이 별로 중요하지 않다거나 그 비슷한 말을 했어야 했어요.」

「그런 말은 아예 하지 않는 편이 더 낫소. 실제로 아름다움이란 별로 중요하지 않소. 그리고 그렇게 먼저 기분을 상하게 한 다음 그것을 누그러뜨릴 요량으로, 나를 어르고 달래서 진정시키겠다는 구실하에 당신은 내 귀밑에 슬그머니 칼을 꽂는군요. 계속하시오. 그런데 당신은 내게서 어떤 결점을 찾아냈소? 내 팔다리와 생김새가 다른 모든 남자들과 다를 바 없다고 생각하는데, 그렇지 않소?」

「로체스터 씨, 제 첫 번째 답을 철회하게 해주세요. 날카롭고 재치 있는 답을 하려고 했던 게 아니었어요. 말실수일 뿐이에요.」

「말실수일 뿐이라. 나도 그렇게 생각하오. 그렇지만 그 말에 대해 당신에게 책임을 지우겠소. 나에 대해 비판을 해보시오. 내 이마가 당신 마음에 들지 않소?」

그가 이마에 가로놓인 물결치는 풍성한 검은 머리카락을 들어 올리자 지적인 기관들은 충분히 크지만 자비심의 온화한 표시가 나타나야 할 곳은 현저하게 작다는 것이 드러났다.

「자, 선생. 내가 바보요?」

「전혀 그렇지 않아요. 대신 당신에게 박애주의자냐고 묻는다면 절 무례하다고 생각하시겠어요?」

「또 그러는군! 머리를 쓰다듬는 체하면서 또다시 칼로 찌르지 않소. 그것은 내가 아이들과 노부인들과 함께 있는 것을 좋아하지 않는다고 말했기 때문이오. (안 들리도록 낮게 말해야겠군!) 아니오, 젊은 아가씨. 나는 관대한 박애주의자는 아니오. 그렇지만 양심은 지니고 있소.」 그는 양심의 기능을 나타내는 것으로 알려진 정수리 돌출부를 손으로 가리켰다. 그에게는 다행히도 이 돌출부가 충분히 도드라져 있었기 때문에 사실 그의 머리 윗부분이 눈에 띄게 넓었다. 「게다가 나도 한때는 상당히 부드러운 마음을 지니고 있었소. 당신만큼 어렸을 적에는 나도 충분히 다정다감한 사람으로, 미숙하고 보살핌을 못 받거나 운 나쁜 사람들에게 호의적이었소. 그러</p>

나 그 후 운명의 여신이 나를 들볶았소. 날 주먹으로 주무르듯 하기조차 했소. 이제는 인도 고무공처럼 내가 단단하고 거칠다고 자부할 수 있소. 그럼에도 불구하고 한두 개의 틈새를 통해, 공의 한가운데 있는 민감한 한 지점으로 여전히 감정이 새어 들어오고 있소. 어떻소, 그렇다면 내게도 희망의 여지가 있소?」

「무엇에 대한 희망을 말씀하시는 건가요?」

「내가 마지막으로 고무에서 살로 다시 변형될 수 있다는 희망 말이오.」

〈분명히 그가 술을 너무 많이 마셨어.〉 나는 속으로 생각했다. 그의 이상한 질문에 어떻게 대답해야 할지 알 수가 없었다. 그가 다시 변형될 수 있는지 없는지 내가 어떻게 알 수 있겠는가?

「무척 난감한 표정이군요, 에어 선생. 그리고 내가 미남이 아닌 것처럼 당신도 예쁘지는 않지만 난감해 하는 태도가 당신하고 어울려요. 게다가 그런 태도가 편리하기도 하지. 당신이 그 탐색하는 시선을 내 얼굴로부터 계속 피하고 양탄자의 모직 꽃들을 바라보느라 여념이 없는 것처럼 할 수 있으니 말이오. 그럼 계속 난감해 하시오. 젊은 아가씨, 오늘 밤에는 사람들을 만나 이야기를 나누고 싶소.」

이렇게 말하며 그가 의자에서 일어나 대리석 벽난로 선반에 한쪽 팔을 기댔다. 그런 자세로 서 있자 그의 얼굴뿐만 아니라 체형이 고스란히 보였다. 팔다리 길이에 비해 거의 불균형적으로 넓은 그의 가슴이 보였다. 대부분의 사람들은 그를 못생겼다고 생각할 것 같았다. 그러나 그의 태도에는 은연중에 엄청난 자존심이 배어 있었고 그의 행동거지는 너무나 느긋했다. 그가 자신의 외적인 모습에 전혀 신경 쓰지 않는 듯한 표정을 짓고, 단순한 개인적인 매력의 부족을 상쇄할 수

있는 선천적이거나 후천적인 다른 자질들을 오만할 정도로
자신만만하게 믿었기 때문에 그를 바라보는 사람들은 불가
피하게 그와 마찬가지로 그의 외모에 신경을 쓰지 않게 되었
고 맹목적이고 불완전하게라도 그런 자신만만함을 믿었다.
　「오늘 밤에는 사람들을 만나 이야기를 나누고 싶소.」그가
되풀이해서 말했다.「그래서 당신을 불렀소. 난롯불과 샹들
리에가 내게 충분한 동무가 되어 주지 않았소. 파일럿도 마찬
가지였을 것이오. 이들 중 어느 것도 말을 할 수 없으니 말이
오. 아델은 조금 낫지만 여전히 기준에 한참 못 미치오. 페어
팩스 부인도 마찬가지오. 당신만 좋다면 당신이 적당할 것
같다는 생각이 들었소. 첫날 저녁에 당신을 이곳으로 불렀을
때 당신이 날 곤혹스럽게 했소. 그 후 당신을 거의 잊고 있었
소. 다른 생각들 때문에 당신을 떠올릴 겨를이 없었소. 그러
나 오늘 밤에는 편안하게 있기로 작정했소. 성가신 생각은 싹
잊어버리고 기분 좋은 일만 떠올리기로 했소. 지금은 당신에
게 말을 시켜서 당신에 대해 더 알아보고 싶소. 그러니 이야
기를 해보시오.」
　나는 이야기를 하는 대신 미소를 지었다. 그러나 그것은 매
우 상냥한 미소도, 유순한 미소도 아니었다.
　「이야기를 해보시오.」그가 재촉했다.
　「무슨 이야기를요?」
　「당신이 말하고 싶은 것이라면 뭐든지 괜찮소. 주제의 선
택뿐만 아니라 그것을 다루는 방식까지 전부 당신에게 맡기
겠소.」
　그 얘기에 나는 앉아서 아무 말도 하지 않았다. 〈그저 떠들
어 대고 잘난 체하기를 기대하는 것이라면 말상대를 잘못 고
른 거지.〉나는 속으로 생각했다.
　「입이 얼었소, 에어 선생?」

나는 여전히 입을 열지 않았다. 그가 머리를 내 쪽으로 약간 기울이더니 재빨리 힐끗 시선을 던졌다. 그 눈길이 내 눈 속으로 뛰어드는 것만 같았다.

「고집을 부리는 거요?」 그가 말했다. 「그러고 보니 화가 났군요. 아! 일리가 있소. 내가 터무니없이, 거의 무례하게 부탁을 했군요. 에어 선생, 당신에게 용서를 구합니다. 사실 결단코 나는 당신을 내 아랫사람처럼 대하고 싶지 않소. 말하자면…….」 (자기 말을 바로 잡으면서) 「나는 20년이라는 나이 차와 한 세기가량 앞서 경험을 쌓았다는 데서 생겨나는 그런 우월함만을 주장할 뿐이오. 이것은 합당한 것이고 아델이 자주 말하듯 나는 그것을 끝까지 고집할 것이오. 바로 이런 우월함에서 부탁을 하는 것일 뿐이오. 지금부터 당신이 친절을 베풀어서 내게 조금만 이야기를 해주시오. 녹슨 못처럼 부식해 가며 한 가지 생각에만 골똘하게 애를 태우고 있던 내 생각에서 벗어나게 해주시오.」

그가 거의 사과에 가까운 설명을 했다. 나는 그의 정중함을 느끼지 못할 만큼 둔하지는 않았고 그렇게 보이고 싶지도 않았다.

「제가 할 수만 있다면 정말 기꺼이 당신을 기쁘게 해드리고 싶어요. 그러나 저는 어떻게 하면 당신을 즐겁게 해드릴지 알 수 없기 때문에 화제를 꺼낼 수가 없어요. 질문을 하면 제가 최선을 다해서 대답할게요.」

「그렇다면 먼저, 조금 전 말했듯이 내가 당신 아버지뻘이 될 만큼 나이를 먹었고, 당신이 똑같은 집에서 똑같은 사람들과 조용히 사는 동안 나는 여러 나라의 수많은 사람들과 다양한 경험을 하며 고생했고, 지구의 반을 돌아다녔다는 근거에서 약간 오만하고 퉁명스럽고 때로는 엄하게 굴 권리가 내게 있다는 말에 동의하오?」

「좋으실 대로 하세요.」

「그것은 대답이 아니라 오히려 매우 애매해서 무척 짜증스럽게 만드는 말이오. 분명하게 대답을 하시오.」

「단지 저보다 나이가 많다거나 세상 경험이 더 많다는 점 때문에 제게 명령할 권리는 없다고 생각해요. 저보다 더 뛰어나다는 주장은 당신이 어떻게 시간과 경험을 이용했느냐에 달려 있어요.」

「흥! 빨리도 대답하는군. 그러나 내가 그 두 가지 모두를 형편없이 이용했음은 말할 것도 없고 무신경하게 이용했기 때문에 내 경우와 절대 맞지 않으리라는 것을 알았으므로 내가 우월하다는 점은 인정하지 않겠소. 그렇다면 내가 당신보다 우월하다는 것은 논의에서 제외하더라도 내 명령조에 신경질이 나거나 마음 상하지 않은 채 이따금씩 내 명령을 받는 데에 여전히 동의해야 하오. 그러겠소?」

나는 미소를 지었다. 속으로 로체스터 씨가 정말 괴짜라고 생각했다. 그는 내가 자신의 명령을 받는 대가로 내게 연봉 30파운드를 지불하고 있다는 사실을 잊은 것처럼 보였다.

「그 미소는 매우 보기 좋소.」 그가 순간적으로 지나가는 표정을 즉시 포착하고는 말했다. 「그렇지만 말도 하시오.」

「자기가 돈을 주고 부리는 아랫사람들이 명령을 받고 신경질이 났는지 마음이 상했는지 일부러 물어보는 주인은 거의 없으리란 생각을 하고 있었어요.」

「돈을 주고 부리는 아랫사람들이라니! 저런! 그렇다면 당신이 내가 돈을 주고 부리는 아랫사람이라는 말이오? 아, 그렇군. 봉급에 대해 까맣게 잊어버리고 있었군. 그렇다면 그 금전적인 근거에서 당신을 조금 괴롭혀도 괜찮겠소?」

「아니요, 그런 근거에서라면 안 돼요. 그러나 당신이 그 사실을 잊어버렸고, 고용인이 편안하게 일하고 있는지 신경을 쓴다는 근거에서라면 기꺼이 동의해 드릴게요.」

「그리고 내가 의례적인 형식과 표현들을 생략한다 해도 그것이 무례함에서 비롯되었다는 등의 오해는 하지 않겠다는 데에 동의해 주겠소?」

「물론이죠. 격식을 차리지 않는 것과 무례함을 혼동해서는 절대 안 되죠. 전자는 제가 좋아하는 편이지만 후자는 자유롭게 태어난 존재라면 그 누구든, 설사 봉급을 받는다 해도 감수하고 싶어 하지 않을 거예요.」

「말도 안 되는 소리요! 자유롭게 태어난 대부분의 존재가 봉급을 받으면 무엇이 되었든 감수하려 할 것이오. 그러므로 당신 혼자만 그 생각을 고수하고 절대 당신이 잘 모르는 일반적인 원칙들로 나아가려 하지 마시오. 그러나 비록 정확하지는 않다 해도 당신 대답에 대해 마음속으로 당신과 악수를 나누겠소. 그 대답을 할 때의 태도뿐만 아니라 말의 내용 면에서도 말이오. 태도가 솔직하고 진지했소. 그런 태도를 접하기 쉽지 않은 법이오. 아니 그와 반대로 가식이나 냉담함, 혹은 전하고자 하는 의미에 대한 어리석은 곡해와 추잡한 마음으로 곡해하는 것이 솔직함에 대한 보답인 경우가 허다하오. 경험 없는 3천 명의 가정 교사 중에서 방금 전 당신이 한 말과 같은 답을 내게 할 수 있는 사람은 셋도 안 될 것이오. 그러나 당신에게 아첨할 생각은 없소. 당신이 대부분의 사람들과 다른 기질을 타고났다면 그것은 당신의 장점이 될 수 없소. 본성에 의해 그렇게 한 것일 뿐이니까 말이오. 그런데 결국에는 내가 너무 빨리 결론에 이른 것 같소. 지금까지 알게 된 바에 의하면 당신이 다른 사람들이나 별로 다를 바가 없을지 모르오. 당신이 지닌 극소수의 장점을 상쇄할 만한 치명적인 결점들이 있을지 모르잖소.」

〈그건 당신도 마찬가지예요.〉 마음속에 이런 생각이 스쳐 가고 있을 때 그와 시선이 마주쳤다. 그가 내 눈빛을 읽은 것 같았다. 마치 그 의미가 상상 속에서뿐만 아니라 직접 입을 통해 전달된 것처럼 그가 대답했다.

「그래요, 그래. 당신 말이 맞소.」 그가 말했다. 「나 자신도 결점이 많소. 나도 그것을 알고 있소. 그러나 확실하게 밝혀두지만 그것들을 고치고 싶은 마음은 없소. 하느님은 내가 다른 사람들한테 엄하게 굴 처지가 아니라는 것을 알고 계시오. 내 마음속에는 반성해야 할 과거의 생활과 일련의 행동들, 삶의 태도들이 있소. 이런 것들 때문에 이웃을 조소하고 비난할 게 아니라 그 조소와 비난을 나 자신에게 돌리는 편이 더 낫소. 나는 스물한 살의 나이에 잘못된 길로 들어섰소. 아니 정확하게 말하면 잘못된 길로 던져졌소(다른 태만한 사람들과 마찬가지로 나도 책임의 절반을 불운과 불리한 상황 탓으로 돌리고 싶기 때문이오). 그리고 그 후로는 올바른 길로 돌아오질 못했소. 그렇지 않았다면 나는 지금과 매우 달랐을지도 모르오. 당신만큼 착하고 더 현명하고 거의 흠 하나 없는 사람이 되었을지도 모르오. 당신의 그 마음의 평화와 깨끗한 양심, 오염되지 않은 기억이 부럽소. 꼬마 아가씨, 얼룩이나 티 하나 없는 기억은 소중한 보물이 틀림없소. 순수한 원기 회복제의 무한한 원천이 아니겠소?」

「열여덟 살이었을 때 기억은 어떤데요?」

「그때는 괜찮았소. 투명하고 상쾌했소. 뱃바닥의 더러운 물이 쏟아져 나와 그것이 악취 나는 시궁창으로 바뀌지 않은 상태였소. 열여덟 살 때는 당신과 비슷했소. 당신과 정말 비슷했지. 나는 대체적으로 착한 사람이 될 팔자를 타고났었소, 에어 선생. 더 나은 부류 중 한 사람으로 말이오. 그런데 내가 그런 사람이 아니라는 것을 당신도 알 것이오. 내가 착한 사람처럼 보이지 않는다고 말하고 싶을 것이오. 적어도 당신 눈을 통해서도 말로 듣는 것만큼이나 똑같이 읽어 낼 수 있다고 자부하오(그러니 눈으로 당신 생각을 표현하는 것도 조심하시오. 나는 재빨리 눈의 언어를 해석해 낼 수 있소). 그리고 내 말을 믿어요. 나는 악한이 아니오. 날 그런 사람이라고 생각해서는 안 돼요. 나를 그런 사악함의 극치[47]로 치부하지 말아 주시오. 그러나 타고난 성향보다는 상황 때문에 나는 부유하지만 쓸모없는 사람들이 삶을 장식하려고 하는 온갖 형편없는 사소한 유흥에 빠져서 흔해 빠진 평범한 죄인이 되었다고 진심으로 믿고 있소. 내가 이런 이야기를 당신에게 실토하는 것이 놀랍소? 앞으로 살아가는 동안 당신은 지인의 비밀을 들어 줘야 하는 막역한 친구로 본의 아니게 선택되는 경우가 종종 있을 것이오. 당신의 장기는 당신 자신에 대해 이야기하는 것이 아니라 다른 사람들이 그들 자신에 대해 이야기하는 동안 들어 주는 것이라는 점을, 내가 그랬듯 본능적으로 알게 될 것이오. 사람들은 당신이 자신들의 무분별함을 악의적으로 조롱하면서 이야기를 들어 주는 것이 아니라 일종의 타고난 이해심을 가지고 들어 준다는 점도 느낄 것이오. 그 이해심이 전혀 표 나지 않게 표출되기 때문에 더욱 편안하고 고무적이오.」

「어떻게 아세요? 어떻게 이런 걸 모두 추측할 수 있나요?」

「그걸 잘 알고 있소. 그래서 마치 내 생각을 일기장에 적듯이 자유롭게 말하는 거요. 당신은 내가 상황을 이겨 냈어야만 했다고 말할지 모르오. 그랬어야 했소. 그랬어야 했지. 그러나 당신도 보다시피 그러질 못했소. 운명이 나를 부당하게 취급할 때 냉정함을 유지할 수 있는 지혜가 없었소. 나는 자포자기 상태가 되었다가 다음에는 타락해 버렸소. 지금은 어떤

47 『실낙원』, II, 6행에 나오는 사탄에 대한 묘사.

못된 얼간이가 지질한 비열함으로 내 경멸을 자극한다 해도 내가 그 사람보다 낫다고 자부할 수가 없소. 그 사람과 내가 같은 수준이라는 것을 어쩔 수 없이 인정할 수밖에 없소. 내가 확고한 입장을 취했더라면 좋았을 텐데……. 하느님은 내 바람을 알고 계시오. 실수하도록 유혹당할 때면 후회를 두려워하시오, 에어 선생. 후회야말로 삶의 독이오.」

「참회가 삶의 치유 방법이라고들 합니다.」

「그것은 삶을 치유하는 방법이 아니오. 개혁이 그 치료 방법이 될지 모르오. 그리고 나도 개혁할 수 있소. 내게는 아직 그럴 수 있는 힘이 있소. 만약…… 그러나 나처럼 족쇄를 차고 무거운 짐을 진 저주받은 사람이 그런 생각을 한들 무슨 소용이 있겠소? 게다가 내게는 행복이 주어지지 않기 때문에 삶에서 쾌락을 얻을 권리가 있소. 그리고 어떤 대가를 치르더라도 나는 그 쾌락을 기필코 맛볼 작정이오.」

「그러면 훨씬 더 타락하게 될 거예요.」

「아마도. 그럼에도 불구하고 황야에서 꿀벌이 따 모으는 꿀처럼 달콤하고 신선한 쾌락을 얻을 수도 있소.」

「침이 들어 있을 거예요. 맛이 쓸 거예요.」

「당신이 어떻게 안다는 말이오? 당신은 한 번도 그걸 맛보지 않았잖소. 당신 표정이 얼마나 진지하고 엄숙한지. 당신은 이 카메오만큼 세상사에 무지하오.」(그가 벽난로 선반에서 카메오를 하나 집어 들었다.)「아직 인생의 문도 지나지 않아서 삶의 미스터리에 대해 아무것도 모르는 당신 같은 풋내기는 나한테 설교할 자격이 없소.」

「저는 그저 당신의 말을 일깨워 드린 것뿐이에요. 실수가 후회를 불러왔다고 당신이 말했어요. 그리고 후회가 삶의 독이라고 공언하셨잖아요.」

「그런데 지금 누가 실수라고 말한다는 것이오? 내 머릿속을 스쳐 지나가는 생각이 실수라고 생각해 본 적이 없소. 나는 그것을 유혹이라기보다 영감이라고 믿고 있소. 매우 기분 좋고 마음을 무척 진정시켜 주는 생각이오. 그걸 알고 있소. 다시 그 생각이 떠오르는군! 그것은 절대 악마가 아니오. 아니 설사 그렇다 해도 그것은 빛의 천사처럼 옷을 입고 있소. 그렇게 아름다운 손님이 내 마음속에 들어오길 청한다면 나는 틀림없이 이를 맞아들일 것이오.」

「믿지 마세요. 그것은 진짜 천사가 아니에요.」

「다시 한 번 묻지만 당신이 어떻게 안다는 말이오? 어떤 본능에 의해서 당신은 심연에 떨어진 타락한 천사와 영원한 왕좌의 전령을, 길잡이와 유혹하는 존재를 구분할 수 있는 척하는 것이오?」

「그 생각이 마음속에 다시 떠올랐다는 말씀을 하셨을 때 흐려졌던 당신의 안색을 보고 판단했어요. 거기에 귀를 기울인다면 그것은 분명 당신에게 더 많은 해를 끼칠 거예요.」

「전혀 아니오. 그것은 세상에서 가장 호의적인 전갈을 지니고 있소. 게다가 당신은 내 양심의 파수꾼이 아니오. 그러니 불편해 하지 마시오. 자, 들어오시오. 아름다운 방랑자여!」

자신 이외에 다른 사람한테는 보이지 않는 환영에게 이르듯이 그가 이렇게 말했다. 그런 다음 그가 반쯤 앞으로 내밀었던 양팔을 가슴 위로 끌어모으면서 보이지 않는 존재를 포옹하듯 감싸 안았다.

「자.」 그가 다시 나를 향해 말을 계속했다. 「나는…… 내가 진실로 변장한 신이라고 믿고 있는 순례자를 맞이했소. 이미 그것은 내게 유익한 영향을 미쳤소. 내 마음이 납골당 같았는데 이제는 성스러운 사당이 되었소.」

「사실을 말하자면 당신을 전혀 이해할 수가 없어요. 제가 이해할 수 있는 수준을 벗어났기 때문에 대화를 따라갈 수가 없어요. 딱 한 가지는 알겠어요. 당신은 원하는 만큼 좋은 사람이 되지 못했다고 말씀하셨고 당신 자신의 불완전함에 대해 유감이라고 했어요. 한 가지는 이해할 수 있어요. 당신은 더럽혀진 기억이 끝없는 파멸의 원인이라고 암시했어요. 열심히 노력하면 곧 스스로 인정할 수 있는 사람이 될 수 있을 듯 보이는군요. 오늘부터 열심히 당신의 생각과 행동을 고치기 시작한다면 몇 년 후에는 당신이 즐겁게 회상할 수 있는, 새롭고 티끌 하나 없는 기억을 많이 쌓을 수 있을 거예요.」

「생각은 타당하고 표현은 올바르오, 에어 선생. 그런데 바로 이 순간에도 나는 열심히 지옥으로 가는 길을 닦고 있소.」[48]

「네?」

「내 생각에 부싯돌만큼 단단한 좋은 의도를 쌓고 있소. 분명히 사귀는 사람들도, 추구하는 일도 이전과 달라질 것이오.」

「그리고 더 나아지겠죠?」

「물론 나아질 거요. 순수한 원석이 더러운 찌꺼기보다 깨끗하듯 훨씬 더 나아질 것이오. 당신은 나를 믿지 못하는 것 같군요. 나는 나 자신을 의심하지 않소. 나는 내 목적이 무엇인지, 내 동기가 무엇인지 알고 있소. 그리고 이 순간 나는 두 가지가 모두 옳다는 법을, 페르시아와 메대의 법[49]만큼 변치 않는 법을 통과시키겠소.」

「목적과 동기를 합법화하기 위해 새로운 법령이 필요하다면 그것들은 절대 옳을 수가 없어요.」

「비록 새로운 법령을 절대적으로 필요로 한다 해도 목적과

48 〈지옥으로 가는 길은 선의로 깔려 있다〉는 속담을 언급한 것임.
49 「에스더」 1장 19절에 나오는 구절. 〈그러니 임금님께서만 좋으시다면, 다시는 와스디가 어전에 나타나지 못하도록 명을 내리십시오. 그리고 이 일을 페르시아와 메대의 법령에 써넣어 결코 뜯어 고치지 못하게 하시고 왕후의 자리는 그보다 나은 분에게 물려주십시오.〉

동기는 옳소, 에어 선생.」

「위험한 격언처럼 들리는데요. 남용될 가능성이 있다는 것을 즉시 알 수 있으니까요.」

「잘난 체하는 현인이군요! 실제로 남용될 가능성이 있소. 그러나 나는 우리 집안의 신들을 걸고 그것을 남용하지 않겠다고 맹세하겠소.」

「당신은 사람이고 틀릴 수 있어요.」

「그렇소. 당신도 마찬가지요. 그래서요?」

「잘못을 저지를 수 있는 존재인 사람들은 완벽한 신적인 존재만이 안전하게 위임받은 힘을 침해해서는 안 돼요.」

「무슨 힘 말이오?」

「인정받지 못한 이상한 행동 방침을 가리키며 〈그것을 옳다고 하라〉고 말하는 힘이요.」

「〈그것을 옳다고 하라.〉 바로 그 말이오. 당신이 그것을 공언했소.」

「그렇다면 그것이 옳기를 바랍니다.」 나는 전혀 이해할 수 없는 이야기를 계속해 봐야 소용이 없다고 생각하고서 몸을 일으키며 말했다. 게다가 나와 대화를 나누는 사람의 성격을 도저히 간파할 수 없다는 느낌이 들었다. 적어도 현재로서는 내가 도달할 수 없는 상태였다. 그리고 도저히 알 수 없다는 확신과 함께 불확실함과 막연한 불안감이 느껴졌다.

「어디를 가는 거요?」

「아델을 재우려고요. 잠자리에 들 시간이 지났어요.」

「내가 스핑크스처럼 말하니까 날 두려워하는군요.」

「당신의 말은 수수께끼 같아요. 그러나 당혹스럽기는 해도 분명히 두렵지는 않아요.」

「당신은 사실 두려워하고 있소. 당신의 자기애는 실수를 두려워하오.」

「그런 의미에서는 염려하는 마음이 들어요. 말도 안 되는 소리를 계속하고 싶지 않아요.」

「당신이 말도 안 되는 소리를 한다 해도 그처럼 진지하고 침착하게 하면 분별 있는 이야기로 착각할 것이오. 당신은 전혀 웃질 않소, 에어 선생? 굳이 대답하지 않아도 괜찮소. 당신이 웃는 모습을 거의 보질 못했소. 그러나 당신은 매우 즐겁게 웃을 수 있소. 날 믿어요. 당신이 천성적으로 금욕적이지 못한 것은 내가 천성적으로 나쁜 사람이 못 되는 것과 마찬가지요. 로우드의 속박이 아직도 당신에게 약간 남아 있소. 얼굴 표정을 억제하고 목소리를 죽이고 팔다리의 움직임을 제한하고 있소. 그리고 당신은 남자 — 신부님이건 주인이건, 누구건 — 의 면전에서는 마음껏 즐겁게 웃고 자유롭게 말하고 빨리 움직이기를 두려워하오. 그러나 시간이 지나면 당신이 나와 자연스럽게 지낼 수 있는 법을 배울 것이라고 생각하오. 당신이 절대 형식적인 사람이 될 수 없다는 것을 알았기 때문이오. 그러면 당신의 표정과 움직임이 지금보다 더 활기차고 다양해질 것이오. 때때로 나는 새장의 촘촘한 칸막이 사이로 기묘한 새를 바라본다오. 그 새는 갇혀 있음에도 불구하고 발랄하고 활동적이고 단호하오. 풀려나기만 한다면 그 새는 아마도 구름 높이 날아오를 것이오. 꼭 가야겠소?」

「9시 종이 울렸어요.」

「신경 쓰지 말아요. 잠깐만 기다려요. 아델은 아직 잠자리에 들 준비가 안 되어 있소. 에어 선생, 난롯불을 등지고 방 쪽으로 얼굴을 향하고 있는 내 자세는 관찰하기에 딱 적당하오. 당신과 이야기를 나누면서 이따금씩 아델을 바라보았소. (그녀를 재미있는 관찰감이라고 생각할 만한 내 나름대로의 이유가 있소. 언젠가 그 이유를 당신에게 들려줄 수도, 아니, 들려주겠소.) 아델은 10분 전쯤 상자에서 작은 분홍색 실크 드레스를 꺼냈소. 선물을 펼쳐 보는 그 아이의 얼굴이 황홀함으로 빛났소. 교태가 핏속을 흘러 뇌 속에 섞였고 뼛속의 골수와도 섞였소. 〈이걸 입어 봐야 해요! 지금 당장이요〉라고 소리치더니 방을 뛰어나갔소. 아델은 지금 옷을 갈아입느라 소피와 함께 있소. 몇 분 후에 다시 들어올 것이오. 무엇을 보게 될지 나는 알고 있소. 개막하던 날 무대에 선 셀린 바렝의 축소판을 말이오. 그러나 그것은 신경 쓰지 마시오. 가장 부드러운 내 감정이 곧 충격을 받게 될 것이오. 내 예감이 그렇소. 더 있다가 내 예감이 맞는지 보시오.」

얼마 지나지 않아 홀을 가로질러 경쾌하게 걸어오는 아델의 작은 발소리가 들렸다. 그녀의 보호자가 예언한 대로 옷을 갈아입은 아델이 들어왔다. 아델은 이전에 입고 있던 갈색 프록 대신 매우 짧고 치마에 주름을 잡아 최대한 부풀린 장밋빛 새틴 드레스를 입고 있었다. 그녀의 이마에는 장미 봉오리로 만든 화환이 둘러져 있었고 발에는 실크 스타킹과 작고 하얀 새틴 샌들이 신겨 있었다.

「옷이 저한테 잘 맞아요?」 아델이 앞으로 튀어오며 프랑스어로 외쳤다. 「그리고 신발은요? 스타킹은요? 잠깐만요. 춤을 춰야 할 것 같아요!」

그러고는 드레스를 펼치며 샤세 스텝으로 춤추면서 방을 가로질러 로체스터 씨 앞까지 와서는 발끝으로 그 앞에서 가볍게 한 바퀴 돌더니 그의 발치에 한쪽 무릎을 꿇고 앉아 프랑스어로 소리쳤다.

「아저씨, 당신의 관대함에 천만번 감사드려요.」 그런 다음 일어서면서 덧붙여 말했다. 「엄마가 항상 그런 식으로 하곤 했어요. 그렇지 않아요, 아저씨?」

「정확하게!」 로체스터 씨가 대답했다. 「그리고 〈딱 그랬소.〉 그녀는 나를 매혹시켜 내 영국제 승마용 바지 호주머니에서 영국 금화를 꺼내 갔소. 에어 선생, 나도 싱싱했었소. 아, 풀처럼 파릇했었소. 지금 당신이 봄 같은 청춘의 색으로 신선해 보이는 것만큼 나도 한때는 그랬소. 그러나 내 봄은 가버렸소. 대신 내 손에 저 작은 프랑스 꽃을 남겨 두고 갔소. 기분이 좋지 않을 때는 그 꽃을 기꺼이 없애 버리고 싶기도 하오. 지금은 저 꽃을 피운 뿌리를 소중히 여기지 않게 되었고, 그 뿌리가 사실은 금가루만 비료로 빨아들이는 종류라는 것을 알았기 때문에 그 뿌리에서 나온 꽃송이를 조금밖에 좋아하지 않소. 특히 그 꽃이 방금 전에 보았듯 그렇게 조화처럼 보일 때는 말이오. 내가 그 꽃을 간직하고 기르는 것은 한 가지 착한 일을 통해 크고 작은 수많은 흔적들을 속죄한다는 로마 가톨릭의 원칙 때문이오. 언젠가 이 모든 것에 대해 설명해 주겠소. 잘 자요.」

제15장

로체스터 씨는 실제로 나중에 그것에 대해 설명해 주었다. 어느 날 오후 나와 아델은 정원에서 우연히 로체스터 씨를 만났다. 아델이 파일럿과 함께 셔틀콕을 가지고 노는 동안 그가 내게 아델이 보이는 범위 안에서 너도밤나무가 길게 늘어선 길을 따라 걷자고 청했다.

그때 로체스터 씨는 아델이 프랑스인 오페라 무희인 셀린 바렝의 딸이라고 알려 주었다. 한때 그는 그녀를 향해 그의 표현대로 하자면 〈굉장한 열정〉을 품었다. 이 열정에 대해 셀린은 훨씬 더 많은 열정으로 보답하겠다고 고백했다. 그는 비록 자신이 추남이라 해도 그녀의 우상이 되었다고 생각했다. 자신의 〈운동선수 같은 체격〉을 우아한 아폴론의 조각상보다 더 좋아한다는 그녀의 말을 믿었다고 한다.

「그래서 에어 선생, 나는 프랑스 요정보다 영국 도깨비를 더 좋아한다는 말에 우쭐해져 그녀를 호텔에서 살게 해주고 하인에다 마차, 캐시미어 옷에 다이아몬드 보석들, 레이스로 만든 옷 등을 완벽하게 마련해 주었소. 간단히 말해서 나는 사랑에 빠진 다른 모든 바보들과 마찬가지로 진부한 방식으로 나를 파멸시키는 과정을 시작했소. 수치와 파멸에 이르는 새로운 길을 닦을 만큼의 독창성이 내게는 없었던 것 같소. 나는 밟아 다져진 길 한가운데에서 한 치도 벗어나지 않고 어리석을 정도로 정확하게 옛길을 걸어갔소. 나는 사랑에 빠진 다른 모든 바보들의 운명을 따랐고, 또 그러는 것이 당연했소. 셀린과 따로 약속이 잡혀 있지 않은 어느 날 저녁에 우연히 찾아갔더니 그녀는 외출 중이었소. 그러나 날도 덥고 파리를 이리저리 쏘다니는 데 지쳐서 그녀의 내실에 앉아 있었소. 얼마 전까지만 해도 그녀의 존재로 신성해진 공기를 들이마시는 것에 마냥 기뻐하면서 말이오. 아니오, 내가 과장한 것이오. 나는 그녀한테 신성하게 만드는 어떤 미덕이 있다고 생각해 본 적은 한 번도 없었소. 그것은 오히려 그녀가 남기고 간 일종의 향정 향수 냄새였소. 신성함의 향기라기보다는 사향과 용연향 냄새였소. 말린 꽃 증기와 향수 냄새에 숨이 막힐 것 같아서 나는 창문을 열고 발코니로 나가 보기로 했소. 달빛과 옆의 가로등이 빛나고 있었고 매우 고요하고 평온했소. 발코니에는 의자가 한두 개 놓여 있었소. 나는 앉아서 담배를 꺼냈소. 괜찮다면 지금 한 대 피우겠소.」

여기서 잠시 말이 중단되었고 담배를 꺼내 불을 붙이는 소리가 그 간격을 채웠다. 담배를 입에 물고 해가 뜨지 않은 차가운 공중으로 아바나 향의 자국을 내뿜으면서 그가 말을 계속했다.

「그 시절에는 내가 봉봉 과자를 무척 좋아했었소, 에어 선생. 초콜릿 봉봉 과자를 아삭아삭 씹어 먹고 (상스러운 표현을 용서해 주시오) 담배를 피우면서 근처의 오페라 하우스로 이어지는 화려한 거리를 따라 달려가고 있는 마차들을 바라보았소. 그때 아름다운 두 필의 영국산 말이 끄는 우아한 사륜마차가 바로 내가 셀린에게 준 마차라는 것을 알았소. 도시의 밤은 밝아서 밤이라도 명확하게 보였소. 그녀가 돌아오고 있었소. 물론 조급했던 내 가슴은 기대고 있던 철제 난간에 맞닿아 더욱 세차게 두근거렸소. 마차는 내가 예상했던 대로 호텔 문 앞에서 멈춰 섰소. 내 불꽃 — 오페라의 무희를 나타내는 말이오 — 이 내렸소. 비록 망토를 두르고 있다 해도, 그리고 그렇게 따뜻한 6월의 저녁에는 불필요한 장애물이기도 했지만, 마차 계단에서 가볍게 뛰어내릴 때 드레스 치맛자락 사이로 살짝 드러난 작은 발을 보고 나는 즉시 그녀라는 것을 알았소. 발코니 아래로 몸을 구부려서 내가 막 〈나의 천사〉라고, 당연히 사랑하는 사람의 귀에만 들릴 수 있는 소리로 속삭이려는 찰나 그녀 뒤에서 어떤 사람이 뛰어내렸소. 똑같이 망토로 몸을 가린 채 말이오. 그러나 포장도로 위로는 박차를 단 발소리가 울려 퍼지고, 호텔의 아치형 마차 문 아래로는 군모를 쓴 머리가 지나가고 있었소.

당신은 한 번도 질투를 느낀 적이 없을 거요. 그렇죠, 에어 선생? 물론 그래 본 적이 없을 것이오. 물어볼 필요가 없었는데. 당신은 사랑도 느껴 본 적이 없을 테니까. 당신도 언젠가는 두 가지 감정을 모두 경험하게 될 것이오. 당신의 영혼은 잠자고 있소. 잠자는 영혼을 깨울 충격이 언젠가는 가해질 것이오. 당신의 어린 시절이 지금까지 흘러간 것처럼 모든 존재가 조용히 흘러 지나간다고 생각할 것이오. 눈을 감고 귀를 막은 채 떠내려가면서 당신은 가까이 흐르는 시내 바닥에 바위들이 곤두서 있는 것도 보지 못했고 부서지는 바위 밑에서 부딪쳐 솟아오르는 물소리를 들어 본 적도 없소. 그러나 내가 당신에게 알려 주겠소. 내 말을 잘 들어 두시오. 언젠가는 당신이 바위투성이 물길에 이르게 될 것이오. 그곳에서는 인생의 강물 전체가 소용돌이와 소동, 거품과 소음으로 부서질 것이오. 내던져져서 험한 바위 끝에 산산조각이 나거나, 지금의 나처럼 어떤 큰 파도에 의해 실려 더 고요한 물길 속으로 옮겨지거나 둘 중 하나가 될 것이오.

오늘 날씨가 마음에 들어요. 저 강철 빛 하늘이 좋아. 이 서리 아래 펼쳐진 세상의 황량함과 고요함이 좋소. 손필드와 그 고색창연함, 외짐, 까마귀가 앉아 있는 오래된 나무들, 가시나무들, 회색빛 정면, 강철 빛 하늘을 비추고 있는 줄줄이 달린 어두운 창문들이 좋소. 그러나 지금까지 나는 너무나 오랫동안 손필드에 대해 생각하는 것조차 끔찍해 했었고 큰 역병에 걸린 집이라도 되는 듯 그것을 피해 왔소. 내가 아직도 얼마나 끔찍하게 여기는지…….」

그가 이를 갈더니 입을 다물었다. 발길을 멈추고 장화로 단단한 땅을 걷어찼다. 어떤 혐오스러운 생각에 꽉 붙잡혀서 앞으로 나가지 못하는 것처럼 보였다.

그가 그렇게 멈춰 서 있을 때 우리는 길을 올라가고 있는 중이었다. 저택이 눈앞에 펼쳐져 있었다. 그가 흉벽으로 시선을 들어 올리며 지금까지 한 번도 볼 수 없었을 뿐 아니라 이후에도 다시 본 적 없는 날카로운 눈초리로 그것을 노려보았다. 그의 검은 눈썹 아래에서 커지고 있는 커다란 동공 속에서 고통과 수치, 분노와 초조, 혐오와 증오가 순간적으로 떨리면서 서로 겨루고 있는 것만 같았다. 어느 것이 최고가 될지 겨루는 싸움이 격렬했다. 그러나 또 다른 감정이 일어나 승리를 거두었다. 냉정하고 냉소적인 그것은 스스로의 의지에 의한 단호한 어떤 감정이었다. 그 감정이 그의 열정을 진정시키고 그의 안색을 돌처럼 굳게 만들었다. 그가 말을 계속했다.

「잠자코 있는 동안, 에어 선생, 나는 운명의 여신과 담판을 짓고 있었소. 저 너도밤나무 옆에 운명의 여신이 서 있었소. 포레스 황야에서 맥베스에게 나타났던 마녀들처럼[50] 생긴 노

---

50 「맥베스」, 제1막 제3장.

파였소. 〈손필드가 좋다고?〉 운명의 여신이 손가락 하나를 들어 올리며 물었소. 그러고는 위쪽 창문 줄과 아래쪽 창문 줄 사이에 집 정면의 전체를 따라 이어지도록 짙은 갈색 상형 문자로 허공에 경고문을 씁디다. 〈좋아할 수 있으면 좋아해 보라! 용기가 있다면 좋아해 보라!〉

〈좋아해 보겠소〉라고 내가 말했소. 〈용기를 내서 좋아해 보겠소.〉 그리고…… (그가 우울하게 덧붙였다) 나는 약속을 지킬 것이오. 나는 행복에, 선(善)에…… 그래요, 선에 걸림돌이 되는 장애물을 부술 것이오. 나는 과거의 나보다, 그리고 지금의 나보다 더 나은 사람이 되고 싶소. 「욥기」에 나오는 거대한 해수(海獸) 리바이어던이 창과 살과 쇠사슬 갑옷을 부서뜨리듯이[51] 나는 다른 사람들이 쇠와 놋으로 간주하는 장애물을 지푸라기와 썩은 나무로만 생각할 것이오.」

이때 아델이 셔틀콕을 들고 그 앞으로 달려왔다. 「저리 가거라!」 그가 엄하게 소리쳤다. 「저쪽에 가 있어라, 얘야. 아니면 안으로 들어가 소피하고 있든가!」 계속 침묵을 지키며 그를 따라 걷던 나는 그가 갑자기 화제를 바꿨던 지점으로 그의 마음을 되돌려 보는 일을 감행했다.

「바렝 양이 들어왔을 때 당신은 발코니를 떠났나요?」 내가 물었다.

시기적절하지 못한 이 질문이 틀림없이 퇴짜를 맞으리라고 생각했지만 예상과 달리 그는 얼굴을 찡그리며 망연자실해 있던 상태에서 깨어나며 내게로 시선을 돌렸다. 그의 이마에서 그늘이 사라지는 것 같았다. 「아, 내가 셀린에 대해 잊고 있었군! 그럼 이야기를 다시 시작하겠소. 나를 매혹시킨 여

51 「욥기」 41장 18~19절. 〈칼로 찔러 보아도 박히지 않고 창이나 표창, 화살 따위로도 어림없다. 쇠를 지푸라기인 양 부러뜨리고 청동을 썩은 나무인 양 비벼 버린다.〉

자가 그렇게 멋쟁이 남자와 함께 들어오는 것을 보았을 때, 쉿 소리를 내며 달빛이 비치는 발코니에 똬리를 틀고 있던 질투의 녹색 뱀이 일어나 내 코트 속으로 미끄러져 들어와 순식간에 내 심장 한가운데를 파먹어 들어갔소. 이상하군!」 그가 갑자기 그 대목에서 깜짝 놀라며 소리쳤다. 「이 모든 것을 털어놓는 상대로 당신을 선택하다니 말이오, 젊은 아가씨. 나 같은 남자가 당신처럼 별나고 세상 물정 모르는 아가씨에게 오페라 무희 정부 이야기를 들려주는 것이 세상에서 흔히 일어나는 일이라도 되는 듯 당신이 내 말을 조용히 들어 주다니 정말 이상하오. 그러나 전에도 말했듯이 두 번째 이상한 점이 첫 번째 이상한 점을 해명해 주고 있소. 진중함과 사려 깊음, 신중함을 지닌 당신은 비밀을 들어 줄 수 있는 사람이 되도록 만들어졌소. 게다가 나 자신의 마음을 털어놓으면서 당신이 어떤 종류의 마음을 갖고 있는지 알게 되었소. 그 마음은 쉽게 감염되지 않는다는 것을 알았소. 특이하고 독특한 마음이오. 그 마음에 해를 끼치고 싶지 않소. 설사 내가 그렇게 한다 해도 그 마음이 나 때문에 해를 입지는 않을 것이오. 당신과 대화를 더 많이 나눌수록 좋을 것 같소. 내가 당신에게 해를 입히지는 않을 터이고 당신은 나를 새롭게 만들어 줄 테니 말이오.」 이렇게 잠깐 여담을 한 후 그가 말을 이었다.

「나는 발코니에 계속 머물러 있었소. 〈틀림없이 두 사람이 내실로 들어오겠지〉라고 생각하면서 말이오. 〈숨어 있을 준비를 하자.〉 그러고는 열려 있는 창문 틈으로 손을 넣어서 창문 위로 커튼을 치고 안을 살펴볼 수 있을 만큼만 공간을 남겨 두었소. 그런 다음 연인들의 속삭이는 맹세가 새어 나올 수 있을 정도로만 틈을 남겨 두고 여닫이창을 닫았소. 그리고 살금살금 앉아 있던 의자로 돌아와 자리를 잡자마자 두 사람이 들어왔소. 내 시선은 금세 그 틈새로 향했소. 셀린의 하녀가 들어와 등잔에 불을 붙여서 탁자 위에 올려놓고 나갔소. 두 사람의 모습이 선명하게 보였소. 두 사람 모두 망토를 벗었소. 그러자, 물론 내가 선물한 새틴과 보석으로 치장해서 빛나는 바렝과 장교복을 입은 그녀의 동행인 모습이 드러났소. 젊은 난봉꾼 자작이었소. 멍청한 데다 나쁜 청년이었기 때문에 사교 모임에서 몇 번 만난 적이 있었지만 너무 철저하게 경멸했던 터라 싫어하고 말고 할 생각조차 하지 않았던 사람이었소. 그를 알아보자마자 질투의 뱀이 악물고 있던 어금니가 부러져 버렸소. 바로 그 순간 셀린에 대한 내 사랑이 촛불 끄는 기구에 깔린 듯 꺼져 버렸기 때문이었소. 그런 경쟁자 때문에 나를 배신할 여자라면 경쟁할 가치조차 없었소. 그녀는 조롱이나 받아 마땅한 여자였소. 그러나 그녀에게 속은 내가 더 한심한 존재였소. 그들이 이야기를 나누기 시작했소. 그들의 대화를 듣자 내 마음은 완전히 편안해졌소. 경박하고 돈밖에 모르고, 무정하고 분별없는 그들의 대화는 듣는 사람을 격노하게 만들기보다 오히려 따분하게 만들어 주기 위한 것 같았소. 내 명함 한 장이 탁자 위에 놓여 있었소. 이것을 보고 내 이름이 거론되기 시작했소. 두 사람 중 어느 누구도 나를 확실하게 깎아내릴 기운도, 기지도 없었지만 그들은 자기들 나름의 치사한 방식으로 최대한 나를 조잡하게 모욕했소. 특히 셀린은 내 신체적인 결점들, 그녀의 표현에 의하면 기형들을 매우 요란하게 과장하기까지 했소. 지금까지는 그녀가 내 〈남성미〉라고 부르던 것에 대해 습관적으로 입이 마르게 칭찬을 하곤 했었소. 그 점에서 그녀는 당신과 정반대였소. 두 번째 만남에서 당신은 나를 미남이라고 생각하지 않는다고 솔직하게 말했잖소. 그때 그 대조가 나에게 강한 인상을 남겼고…….」

　이때 다시 아델이 뛰어왔다.

「아저씨, 대리인이 찾아와서 아저씨를 뵙고 싶어 한다고 방금 전에 존이 알리러 왔어요.」

「아! 그렇다면 이야기를 간단하게 줄여야겠군. 창문을 열고 그들에게 걸어 들어간 나는 셀린을 더 이상 후원하지 않고 자유롭게 풀어 줄 테니 호텔을 비워 달라고 통지했소. 당장 필요한 일이 생기면 쓰도록 그녀에게 돈을 주고 비명과 히스테리, 애원과 항변, 경련을 무시했소. 자작과는 불로뉴 숲에서 만날 약속을 정했소. 다음 날 아침 나는 그를 만나 병든 닭 날개처럼 연약하고 누렇게 뜬 그의 가냘픈 팔뚝에 총알을 하나 남겼소. 그런 다음 그 패거리와는 완전히 끝났다고 생각했었소. 그런데 불행히도 바렝이 여섯 달 전에 내게 아델을 안겨 주었소. 그녀는 아델이 내 딸이라고 주장했고 어쩌면 그럴 수도 있소. 그러나 아델의 얼굴에서는 험상궂은 아버지의 흔적을 찾을 수가 없소. 오히려 파일럿이 아델보다 나를 더 닮았소. 그 애의 엄마와 내가 헤어지고 나서 몇 년이 지난 후에 그녀가 아이를 버리고 음악가인지 가수인지와 함께 이탈리아로 도망가 버렸소. 아델의 입장에서 보면 내가 그녀를 부양해야 한다는 당연한 요구를 나는 인정하지 않았고 지금도 마찬가지요. 내가 아델의 아버지가 아니기 때문이오. 그러나 그 아이가 매우 궁핍한 상황에 빠졌다는 소식을 들었을 때 나는 그 불쌍한 것을 파리의 시궁창에서 건져다가 영국 시골 정원의 건강에 좋은 토양에서 자랄 수 있도록 이곳으로 옮겨 심었소. 페어팩스 부인이 아델의 교육을 위해 당신을 찾아냈소. 그러나 당신이 이제는 그 애가 프랑스 오페라 무희의 사생아라는 사실을 알았으니 어쩌면 당신의 지위와 가르치는 일에 대해 다른 생각을 갖게 될지 모르오. 언젠가는 내게 와 새로운 일자리를 찾았다고 통보하면서 새로운 가정 교사를 찾아보라는 등의 요청을 할지도 모르고. 그렇지 않소?」

「아니에요. 아델은 어머니의 잘못이나 당신의 잘못에 대해 아무 책임이 없어요. 저는 아델에게 호감을 갖고 있어요. 그리고 어떤 의미에서는 어머니에게 버림받고 당신에게 인정받지 못한다는 이유에서, 더구나 아델에게 부모가 없다는 사실을 알게 되었기 때문에 이전보다 더욱더 그 애를 아껴 줄 거예요. 자기 가정 교사를 친구로 의지하는 외로운 꼬마 고아보다 가정 교사를 귀찮은 존재로 미워하는 부잣집의 버릇없는 귀염둥이를 제가 어떻게 더 좋아할 수 있겠어요?」

「아, 당신은 그 문제를 그런 식으로 생각하는군요! 자, 나는 이제 안으로 들어가야겠소. 당신도 마찬가지요. 날이 어두워지고 있소.」

그러나 나는 아델을 데리고 파일럿과 몇 분 더 밖에 남아서 함께 달리기를 하고 깃털 제기차기와 셔틀콕 놀이를 했다. 안으로 들어갔을 때 나는 아델의 보닛과 코트를 벗겨 준 다음 내 무릎 위에 앉히고 한 시간 동안 마음껏 재잘거리게 내버려 두었다. 많이 귀여워해 주면 아델이 쉽게 버릇없는 행동을 하고 쓸데없는 소리를 해대기는 했어도 나는 그것을 전혀 나무라지 않았다. 아델의 이런 성향은 성격의 천박함을 드러냈다. 영국인의 기질과는 전혀 맞지 않는 그런 성격을 어머니에게서 물려받은 것 같았다. 그럼에도 불구하고 아델에게는 장점이 있었다. 그리고 나는 그 아이가 지닌 좋은 점을 최대한 인정해 주고 싶었다. 아델의 얼굴에서 로체스터 씨와 닮은 점을 찾아보았지만 아무것도 없었다. 어떤 모습도, 어떤 표정의 변화도 두 사람이 부녀지간이라는 것을 보여 주지 않았다. 딱한 일이었다. 아델이 로체스터 씨를 닮았다는 점을 증명할 수만 있었다면 그가 그녀를 더 귀여워했을지도 모른다.

잠을 자러 방으로 돌아오고 나서야 나는 로체스터 씨가 내게 들려준 이야기를 찬찬히 회고해 볼 수 있었다. 그가 말했듯이 이야기의 내용 자체에는 특별히 이상한 점이 전혀 없는 것 같았다. 프랑스인 무희에 대한 부유한 영국인의 열정과 그녀의 배신은 의심할 여지 없이 사교계에서는 충분히 일상적인 일일 수 있었다. 그러나 현재의 만족스러운 기분과, 오래된 저택과 그 주변에 대해 다시금 새롭게 느끼게 된 기쁨을 표현하던 중 갑자기 그를 사로잡은 격정적인 감정의 표출에는 분명히 이상한 점이 있었다. 현재로서는 이를 설명하기 불가능하다는 것을 알았기 때문에 그 문제는 접어 두고 나 자신에 대한 로체스터 씨의 태도에 대해 따져 보기 시작했다. 그가 내게 보여 준 신뢰는 내 신중함에 대한 찬사처럼 보였다. 나는 그것을 그렇게 간주했고 그렇게 받아들였다. 나에 대한 그의 행동은 몇 주 동안 처음에 비해 더 한결같아졌다. 나를 성가신 존재로 간주하지 않는 듯했다. 쌀쌀맞고 오만하게 굴지도 않았다. 예기치 않게 나를 만나면 그 만남을 반기는 것 같았다. 항상 내게 말을 걸었고 때로는 미소를 짓기도 했다. 정식으로 초대를 받아서 그 앞에 불려 가면 내게 정말로 그를 즐겁게 해줄 능력이 있다는 느낌이 들 정도로 따뜻하게 대해 주었다. 그리고 이런 저녁의 대화는 나를 위해서일 뿐만 아니라 그 자신의 즐거움을 위해 마련된 것이라는 느낌도 들었다.

사실 나는 비교적 말을 거의 하지 않았지만 그의 이야기를 즐겁게 들었다. 사람들과 이야기를 즐기는 것이 그의 타고난 본성이었다. 그는 전혀 세상물정을 모르는 사람에게 세상의 모습과 풍습을 보여 주기를 좋아했다(내 말은 세상의 타락한 모습이나 나쁜 풍습이 아니라, 엄청난 규모로 이루어지고 유별난 신기함을 특징으로 한다는 점에서 흥미로운 그 무엇들을 보여 주었다는 얘기다). 그리고 나는 그가 제공해 주는 새로운 생각들을 받아들이고 그가 묘사하는 새로운 그림들을 상상하는 가운데 그가 보여 주는 새로운 영역 속으로 그를 따라가면서 큰 기쁨을 느꼈다. 어떤 유해한 암시를 받고 놀라거나 난처함을 느껴 본 적은 한 번도 없었다.

그의 편안한 태도는 나를 답답한 구속으로부터 자유롭게 풀어 주었다. 따뜻하면서도 예절에 어긋나지 않는 친밀한 솔직함 때문에 나는 그에게 끌렸다. 때로 그가 내 주인이 아니라 친척 같다는 느낌이 들었다. 그러나 그가 여전히 제멋대로 구는 때가 있었다. 그러나 나는 그런 데에 개의치 않았다. 그것은 그의 방식일 뿐이었다. 이런 새로운 흥밋거리가 내 삶에 더해진 데 대해 너무 행복하고 만족스러워서 나는 더 이상 가족을 갖고 싶은 마음을 갖지 않게 되었다. 가는 초승달 같던 내 운명이 확대되는 듯했다. 삶의 공백이 채워졌고 건강 상태도 나아졌다. 살도 찌고 기운도 났다.

그리고 지금도 내 눈에 로체스터 씨가 추남으로 보였을까? 그렇지 않았다. 감사하는 마음과 기분 좋고 따뜻한 수많은 만남으로 그의 얼굴은 내가 가장 보고 싶어 하는 대상이 되었다. 그가 방 안에 있으면 가장 환한 불보다도 더 기운을 북돋아 주었다. 그럼에도 불구하고 나는 그의 결점들을 잊지 않았다. 사실 그가 그것들을 내 앞에 자주 펼쳐 보였기 때문에 잊으려야 잊을 수가 없었다. 그는 오만하고 냉소적이었으며 어떤 종류이건 열등함에 대해서는 가혹했다. 그가 내게 엄청나게 친절히 대함으로써 다른 많은 사람들에게 가하는 부당함을 상쇄시키고 있다는 것을 나는 은연중에 알고 있었다. 그는 또한 침울해지기도 했다. 설명할 수 없을 정도로 침울해 했다. 책을 읽어 달라는 부름을 받고 갔을 때 그가 양팔을 포개 그 위에 머리를 기대고 있는 모습을 본 적이 한두 번이 아니었다. 그가 고개를 들었을 때 침울하고 거의 악의에 찬 찌푸린 얼굴 때문에 안색이 어두워져 있었다. 그러나 나는 그의 침울함과 가혹함, 이전의(이제는 그가 결점들을 고친 듯해 보이기 때문에 이전이라고 표현한다) 도덕상 과실이 어떤 잔인한 운명의 방해 때문에 생겨났다고 믿었다. 나는 그가 원래는 환경에 의해 발달되고 교육에 의해 주입되거나 운명에 의해 조장된 것보다 더 나은 성향과 더 높은 원칙, 더 순수한 취향을 지닌 사람이라고 믿었다. 현재는 손상되고 엉킨 채 서로 달라붙어 있지만 그에게는 훌륭한 요소들이 있다고 생각했다. 그것이 무엇이건 나는 그의 슬픔 때문에 슬퍼했고 어떻게라도 그 슬픔을 달래 주고 싶은 마음이 되었다는 사실을 부정할 수 없다.

촛불을 끄고 침대에 누웠지만 그가 길에서 발길을 멈추고, 운명의 여신이 그 앞에 나타나 손필드에서 행복해져 보라고 했다는 이야기를 들려줄 때 그의 표정이 생각나 잠을 이룰 수가 없었다.

〈왜 행복해질 수 없다는 거지?〉 나는 스스로에게 물었다. 〈무엇 때문에 그가 집을 멀리하는 걸까? 그가 곧 여기를 다시 떠날까? 페어팩스 부인 말로는 그가 여기서 한 번에 두 주 이상 머무는 일이 거의 없다고 했는데. 그런데 지금은 팔 주나 머물고 있잖아. 그가 가버린다면 그 변화 때문에 슬플 거야. 그가 봄, 여름, 가을에 여기 없다고 생각해 봐. 햇살과 맑은 날들이 얼마나 쓸쓸하게 보일까!〉

이런 생각을 한 후에 내가 잠이 들었는지 아닌지 분명치가 않다. 어쨌든 바로 내 위에서 들리는 듯한 이상하고 애처로운 희미한 중얼거림을 듣자마자 깜짝 놀라 잠이 깼다. 촛불을 그냥 켜두었더라면 좋았으리라는 생각이 들었다. 그날 밤은 지독하게 깜깜했다. 기분도 가라앉았다. 나는 침대에 일어나 앉아서 귀를 기울였다. 소리가 잠잠해졌다.

다시 잠을 청해 보았지만 가슴이 불안하게 두근거렸다. 마음속의 평정이 깨졌다. 아래 홀에서 시계가 2시를 알렸다. 바로 그때 누군가가 내 방문을 만지는 것 같았다. 마치 밖의 어두운 복도를 따라 길을 더듬어 찾으면서 손가락으로 벽 패널을 스치고 지나가는 듯했다. 〈거기 누구 있어요?〉 하고 물었지만 아무 대답도 없었다. 두려움으로 온몸이 오싹해졌다.

갑자기 파일럿일지도 모른다는 생각이 들었다. 부엌문이 어쩌다 열려 있으면 로체스터 씨의 방 문간까지 올라오는 경우가 적지 않았기 때문이다. 아침에 파일럿이 문간에 누워 있는 것을 본 적이 여러 번 있었다. 그 생각이 들자 마음이 조금 진정되어서 나는 다시 누웠다. 고요함은 신경을 안정시켜 준다. 집 전체가 다시 쥐 죽은 듯 조용해지자 다시 졸리기 시작했다. 그러나 그날 밤에는 잠을 이루지 못할 운명인 것 같았다. 내 귀에 막 다가오려던 꿈이 뼛속까지 얼어붙게 만드는 사건에 놀라 달아나 버렸다.

바로 내 방문 열쇠 구멍에 대고 내는 것만 같은, 나지막하게 소리 죽인 깊은 악마의 웃음소리가 들려왔다. 침대 머리맡이 문과 가까웠기 때문에 나는 처음에 그 웃음소리를 내는 도깨비가 내 침대 머리맡에 서 있다고, 아니, 내 베개 옆에 몸을 구부리고 있다고 생각했다. 일어나서 주변을 둘러보았지만 아무것도 보이지 않았다. 내가 여전히 주변을 뚫어지게 쳐다보고 있을 때 기괴한 소리가 되풀이되었다. 그 소리가 벽 패널 뒤쪽에서 나는 것 같았다. 나는 먼저 벌떡 일어나서 빗장을 걸어 잠그고 다음에는 다시 〈거기 누구 있어요?〉라고 물었다.

뭔가가 꼴깍꼴깍하며 신음 소리를 냈다. 얼마 지나지 않아 삼층 계단을 향해 복도를 따라 물러가는 발소리가 들려왔다. 최근에 그 층계에 문을 달았다. 그 문이 열렸다 닫히는 소리가 들렸고 모든 것이 조용해졌다.

〈그레이스 풀이었나? 그녀에게 귀신이 들린 걸까?〉 하고 나는 생각했다. 이제는 더 이상 혼자 있을 수가 없었기 때문에 페어팩스 부인에게로 가야 했다. 나는 허둥지둥 프록을 입고 숄을 걸쳤다. 빗장을 풀고 떨리는 손으로 문을 열었다. 문밖 바로 앞 복도의 매트 위에 촛불이 타고 있었다. 나는 이런 상황에 깜짝 놀랐다. 그러나 연기로 가득 찬 것처럼 공기가 매우 탁해서 더더욱 놀랐다. 좌우를 돌아보며 어디서 이런 푸르스름한 연기의 소용돌이가 나오는지 찾고 있을 때 타는 냄새가 더욱 심하게 나는 것이 느껴졌다.

뭔가가 삐걱거렸다. 문이 열려 있었다. 그것은 로체스터 씨의 방문이었고 연기가 그곳에서 모락모락 밀려 나오고 있었다. 더 이상 페어팩스 부인에 대해 생각할 겨를이 없었다. 그레이스 풀이나 웃음소리에 대해 생각할 겨를이 없었다. 순식간에 나는 방으로 달려 들어갔다. 불길이 침대 주변에서 날름거리며 세차게 타오르고 있었다. 커튼에 불이 붙어 있었다. 번쩍거리는 불길과 연기 한가운데에서 로체스터 씨가 꼼짝도 하지 않고 깊이 잠든 채 누워 있었다.

「일어나요! 일어나세요!」 고함을 지르고 그의 몸을 흔들었지만 그는 중얼거리며 몸을 돌렸을 뿐이었다. 연기에 정신을 잃은 것 같았다. 한순간도 지체할 시간이 없었다. 침대 시트에 불이 붙고 있었다. 나는 대야와 물동이가 있는 곳으로 달려갔다. 다행히 대야는 넓고 물동이는 깊었다. 둘 다 물이 가득 들어 있었다. 나는 그것을 들어서 침대와 침대에 누워 있는 사람에게 퍼부은 다음 내 방으로 날아갈듯 달려가서 물주전자를 가져다가 다시 침대에 물세례를 퍼부었다. 하늘의 도움으로 침대를 게걸스럽게 삼키고 있던 불길을 끄는 데 간신히 성공했다.

꺼진 불길에서 나는 쉿 소리와 내가 물을 부을 때 손에서 내던져진 물주전자 깨지는 소리, 그리고 무엇보다도 내가 몽땅 쏟아부을 때 난 물소리에 마침내 로체스터 씨가 깨어났다. 비록 지금은 사방이 어두웠지만 나는 그가 깼다는 것을 알았다. 자신이 물웅덩이에 누워 있다는 사실을 깨달았을 때 그가 되는대로 마구 이상한 저주를 퍼붓는 소리가 들렸기 때문이다.

「홍수가 났소?」 그가 외쳤다.

「아니요.」 내가 대답했다. 「불이 났었어요. 일어나세요, 제발. 지금은 다 껐어요. 촛불을 가져다 드릴게요.」

「기독교 국가에 사는 모든 요정들의 이름을 걸고, 거기 있는 사람이 제인 에어 맞소?」 그가 물었다. 「도대체 나한테 무슨 짓을 한 것이오, 마녀나 마법사라도 되오? 당신 말고 또 누가 방 안에 있소? 날 물에 빠뜨려 죽일 셈이었소?」

「촛불을 가져다 드릴게요. 그리고 제발 일어나세요. 누군 가가 무슨 일을 꾸민 것 같아요. 어떻게 된 일인지 빨리 알아 보세요.」

「자! 이제 일어났소. 그러나 촛불 가져오는 일은 잠깐 접어 봐요. 내가 마른 옷으로 갈아입을 때까지 잠시만 기다려요. 마른 옷이 남아 있다면 말이오. 아, 여기 내 실내복이 있군. 이 제 뛰어가요!」

나는 실제로 뛰어서 아직 복도에 남아 있는 촛불을 가져왔 다. 그가 내 손에서 촛불을 받아 들고 완전히 검게 타서 눌어 붙은 침대를 살펴보았다. 시트는 물에 흠뻑 젖었고 주변의 양 탄자는 물에 잠겨 있었다.

「어떻게 된 거요? 누가 이런 짓을 한 것이오?」 그가 물었 다. 나는 자초지종을 간략하게 설명했다. 복도에서 들려온 이 상한 웃음소리, 삼층으로 올라간 발소리, 연기…… 그리고 나 를 그의 방으로 이끈 연기 냄새, 방에 들어왔을 때 벌어져 있 던 상황, 손에 넣을 수 있었던 물을 있는 대로 긁어모아 그에 게 퍼부은 일 등등……

그가 매우 진지하게 내 말을 들었다. 내가 말을 하는 동안 그의 얼굴에는 놀라움보다 우려하는 표정이 더 많이 나타났다. 내가 말을 끝냈을 때 그는 즉시 입을 열지 않았다.

「페어팩스 부인을 부를까요?」 내가 물었다.

「페어팩스 부인? 아니오. 도대체 그녀를 뭐하러 부르려 하오? 그녀가 뭘 할 수 있겠소? 편하게 자게 놔두시오.」

「그럼 리아를 데려오고 존 부부를 깨울게요.」

「전혀 그럴 필요 없소. 그냥 가만히 있어요. 숄을 걸쳤군요. 따뜻하지 않으면 저기 있는 내 망토를 가져와도 돼요. 그걸로 몸을 감싸고 안락의자에 앉아요. 자, 내가 망토를 걸쳐 주겠소. 이제는 스툴 위에 발을 올려놓고 물기가 묻지 않도록 해요. 몇 분만 당신 혼자 남겨 두고 나갔다 오겠소. 촛불은 내가 가져갈 테니 내가 돌아올 때까지 꼼짝 말고 있어요. 쥐처럼 조용히 하고 있어요. 삼층에 다녀와야겠소. 명심해요. 움직이거나 어느 누구도 부르지 말아요.」

그가 나갔다. 불빛이 사라지는 것이 보였다. 그가 매우 조용히 복도를 지나서 최대한 소리를 내지 않은 채 층계 문을 열었다 닫았다. 마지막 불빛이 사라졌다. 나는 칠흑 같은 어둠 속에 남겨졌다. 무슨 소리가 들리는지 귀를 기울였지만 아무 소리도 들리지 않았다. 매우 오랜 시간이 지났다. 나는 점점 피곤해졌다. 망토로 감싸고 있었음에도 추웠다. 그러다가 집안사람들을 깨울 것도 아니었으므로 그곳에 머물러 있어 봐야 소용이 없을 것 같은 생각이 들었다. 로체스터 씨의 노여움을 사건 말건 그의 말을 막 어기려는 찰나 복도 벽에 다시 한 번 불빛이 반짝였고 매트를 밟고 오는 맨발 소리가 들렸다. 〈그 사람이면 좋겠어. 다른 더 끔찍한 것이 아니라.〉 나는 속으로 그렇게 생각했다.

로체스터 씨가 창백하고 매우 침울한 얼굴로 다시 들어왔다. 「전부 알아냈소.」 그가 세면대 위에 촛불을 내려놓으며 말했다. 「내가 생각했던 대로요.」

「어떻게요?」

그는 아무 대답도 하지 않고 팔짱을 낀 채 서서 바닥을 내려다보았다. 몇 분이 지난 후 그가 상당히 이상한 어조로 물었다.

「당신이 방문을 열었을 때 뭔가를 보았다고 했소?」

「아니요. 촛대만 바닥에 있었어요.」

「그렇지만 이상한 웃음소리는 들었소? 전에도 그 웃음소리나 그 비슷한 소리를 들었을 것 같은데?」

「네. 여기서 바느질을 하는 그레이스 풀이라는 여자가 있어요. 그 여자가 그런 식으로 웃어요. 특이한 사람이에요.」

「정말 그렇소. 그레이스 풀이라……. 그렇게 추측했었군. 당신 말대로 그 여자는 특이하오, 정말로. 자, 그 문제에 대해서는 내가 잘 생각해 보겠소. 그건 그렇고 오늘 밤 사건의 정확한 세부 사항들을 나 말고 당신만 알고 있다니 다행이오. 당신이 이 일을 떠벌릴 바보는 아닐 거요. 아무 말도 하지 마시오. 이 일의 상황에 대해서는 내가 설명하리다.」 (그가 침대를 가리켰다.) 「이제는 당신 방으로 돌아가시오. 나는 아침까지 서재 소파에서 자면 될 것이오. 거의 4시가 다 되었소. 두 시간 후면 하인들이 깰 것이오.」

「그렇다면 안녕히 주무세요.」 내가 방을 나오면서 말했다.

그가 놀란 표정을 지었다. 나더러 방금 전에 가라 해놓고 놀라는 것은 매우 일관성이 없었다.

「아니!」 그가 소리쳤다. 「벌써 날 두고 가겠다는 말이오? 그것도 그런 식으로?」

「저더러 가도 된다고 하셨잖아요.」

「그렇지만 작별 인사도 없이는 안 돼요. 한두 마디 감사와 호의의 말도 없이는. 다시 말해서 그렇게 간단하고 무미건조하게는 안 되오. 음, 당신이 내 목숨을 구해 주었소! 끔찍하고 고통스러운 죽음으로부터 나를 재빨리 구해 주었소! 그래놓고 당신은 우리가 전혀 모르는 사람들인 것처럼 그냥 지나치려 하는군요! 적어도 악수라도 합시다.」

그가 손을 내밀었다. 나도 손을 내밀었다. 그가 먼저 한 손으로 내 손을 잡은 다음 양손으로 잡았다.

「당신이 내 목숨을 구해 주었소. 당신에게 그렇게 큰 빚을 지게 되어 기쁘오. 더 말을 할 수가 없소. 당신 아닌 다른 사람이 그런 큰 빚에 대한 채권자였다면 참을 수 없었을 것이오. 당신한테는 다르오. 당신의 은혜에 대해서는 아무 부담도 느끼지 않소, 제인.」

그가 말을 멈추고 나를 가만히 바라보았다. 눈에 띌 정도로 그의 입술에서 단어들이 떨리고 있었다. 그러나 소리로 나오지는 않았다.

「다시 안녕히 주무세요. 사실 빚도, 은혜도, 부담도, 채무도 없어요.」

「나는 알고 있었소.」 그가 말을 계속했다. 「당신이 언젠가는 어떤 식으로든 도움이 되리라는 것을 말이오. 처음 당신을 보았을 때 당신 눈에서 그것을 보았소. 그 눈빛과 미소가 아무 이유 없이 내 가슴 가장 깊은 곳에 기쁨을 불어넣진 않았을…….」 (다시 그가 말을 멈췄다) 「않았을 것이오.」 (그가 서둘러 말을 이어 나갔다) 「이해심은 타고난다고들 하오. 착한 요정에 대해 들어 본 적이 있소. 아주 허황한 이야기에도 진실은 담겨 있소. 내 소중한 은인, 잘 자요!」

그의 목소리에 묘한 기운이 담겨 있었고 표정에는 묘한 열정이 들어 있었다.

「제가 마침 깨어 있어서 다행이에요.」 나는 그렇게 말하고 가려고 했다.

「저런! 정말 갈 거요?」

「전 추워요.」

「추워요? 그렇겠지, 물웅덩이 속에 서 있었으니! 그럼 가요, 제인. 가요!」 그러나 그가 여전히 내 손을 잡고 있었기 때문에 이를 뿌리칠 수가 없었다. 나는 구실을 생각해 냈다.

「페어팩스 부인이 움직이는 소리가 들리는 것 같아요.」 내가 말했다.

「그렇다면 가시오.」 그가 내 손을 놓아주었고 나는 그곳을 나왔다.

다시 잠자리에 들었지만 잠잘 생각이 없었다. 아침이 밝아올 때까지 나는 경쾌하지만 평온치 못한 바다 위에서 이리저리 흔들렸다. 걱정의 파도들이 기쁨의 파도 아래로 굴러 들어갔다. 가끔씩 거친 파도 너머로 혼인한 여인의 언덕[52]만큼 달콤한 해변이 보이는 것 같았다. 그리고 이따금씩 희망에 의해 일깨워진 신선한 미풍이 내 영혼을 위풍당당하게 그 목적지로 실어다 주었다. 그러나 환상 속에서도 나는 그곳에 이를 수가 없었다. 육지에서 맞바람이 불어와 나를 계속 뒤로 밀어냈다. 이성이 망상에 저항하고 판단력이 열정에 경고를 보내곤 했다. 너무 열띤 상태에 빠져 도저히 쉴 수가 없었기 때문에 나는 날이 밝자마자 자리에서 일어났다.

52 「이사야」 62장 4절 참조. 〈다시는 너를 《버림받은 여자》라 하지 아니하고 너의 땅을 《소박데기》라 하지 아니하리라. 이제는 너를 《사랑하는 나의 임》이라, 너의 땅을 《내 아내》라 부르리라. 야훼께서 너를 사랑해 주시고 너의 땅의 주인이 되어 주시겠기 때문이다.〉

제2권

제1장

　이렇게 잠 못 들고 밤을 지새운 다음 날 나는 한편으로는 로체스터 씨가 보고 싶기도 했고 다른 한편으로는 그를 보기가 두렵기도 했다. 그의 목소리를 다시 듣고 싶었지만 그의 눈을 마주치기가 무서웠다. 오전의 초반에는 그가 오기를 시시각각 고대했다. 그는 교실에 자주 들어오지는 않았지만 때로 몇 분씩 들어왔다 가기도 했다. 그날은 그가 반드시 올 것 같다는 느낌이 들었다.

　그러나 평소처럼 오전이 지나갔다. 아델의 조용한 공부 과정을 방해하는 어떤 일도 일어나지 않았다. 단지 아침 식사 후에 로체스터 씨의 방 옆에서 약간의 소란스러움이 들려왔다. 페어팩스 부인의 목소리, 리아와 요리사 — 존의 아내 — 의 목소리, 그리고 존 자신의 무뚝뚝한 어조가 들려왔다. 「주인님이 침대에서 타 죽지 않은 것이 다행이네요!」 「밤에 촛불을 켜놓고 자는 것은 항상 위험하다니까요!」 「주인님이 물동이 생각을 할 만큼 정신을 차리고 있었다니 얼마나 다행이에요!」 「주인님이 왜 아무도 안 깨웠는지 모르겠군요!」 「서재 소파에서 주무시느라 감기에 걸리시지나 않길 바라야죠!」 등등 외치는 소리가 들려왔다.

많은 잡담 후에 바닥을 문지르고 정리하는 소리가 이어졌다. 식사를 하기 위해 아래층으로 가는 길에 방을 지나면서 나는 열려 있는 문으로 다시 모든 것이 완벽하게 정돈되어 있는 모습을 보았다. 단지 침대에서 커튼을 떼어 냈을 뿐이었다. 리아가 창가 의자 위에 올라서서 연기로 그을린 유리창을 닦고 있었다. 그 일에 대해 어떤 식으로 해명이 되었는지 알고 싶었기 때문에 나는 리아에게 말을 걸어 보려 했다. 그러나 가까이 다가가자마자 방 안에 다른 사람이 있는 것이 보였다. 한 여자가 침대 옆 의자에 앉아서 새 커튼에 달 고리를 꿰매고 있었다. 그 여자는 다름 아닌 그레이스 풀이었다.

그곳에 그녀가 갈색 모직 드레스에 체크무늬 앞치마를 두르고 하얀 목수건에 모자를 쓴 채 평소처럼 차분하고 말 없는 표정으로 앉아 있었다. 그녀는 일에 몰두하고 있었고 모든 생각이 거기에 집중해 있는 것 같았다. 살인을 시도했고, 자신이 죽이려 했던 사람이 어젯밤 자기 소굴로 쫓아와 (내가 믿기로는) 자신이 범하려고 했던 범죄에 대해 비난을 했음에도 불구하고 그런 일을 겪은 여자의 안색에서 발견할 수 있으리라 예상되는 창백함이나 절망은 그녀의 굳은 이마와 평범한 얼굴에서는 눈을 씻고 찾으려야 찾을 수가 없었다. 나는 놀라고도 어리둥절했다. 내가 계속 그녀를 쳐다보고 있는 동안 그녀가 고개를 들었다. 놀라는 기색도 없었고, 감정이나 죄의식, 혹은 발각될 것에 대한 두려움을 드러내는 얼굴색의 변화도 없었다. 그녀는 평소처럼 냉담하고 간략하게 〈안녕하세요, 선생님〉이라고 말했다. 그러고는 고리 하나와 실을 더 집어 들고 바느질을 계속했다.

〈그녀를 시험해 봐야겠어.〉 나는 속으로 생각했다. 〈저렇게 시치미를 떼고 있는 것을 도저히 이해할 수가 없어.〉

「안녕하세요, 그레이스.」 내가 말했다. 「여기서 무슨 일이 있었나요? 조금 전에 하인들이 모두 무슨 이야기를 하는 것 같던데요.」

「어젯밤 주인님이 침대에서 책을 읽다가 촛불을 켜둔 채 잠이 드는 바람에 커튼에 불이 붙었을 뿐이에요. 다행히도 침대 이불이나 목조부에 불이 붙기 전에 주인님이 잠에서 깨서 물동이에 있던 물로 불길을 잡을 수 있었대요.」

「이상한 일이군요!」 내가 낮은 목소리로 말했다. 그런 다음 그녀를 뚫어지게 바라보며 물었다. 「로체스터 씨가 아무도 안 깨웠어요? 그가 움직이는 소리를 들은 사람이 아무도 없었나요?」

그녀가 다시 나를 올려다보았다. 그리고 이번에는 그녀의 눈빛에 뭔가 조심하는 기색이 보였다. 그녀가 나를 조심스럽게 살펴보는 듯하더니 대답했다.

「선생님도 알다시피 하인들은 굉장히 멀리 떨어진 곳에서 자요. 하인들한테까지 들리진 않을 거예요. 페어팩스 부인과 선생님 방이 각기 주인님 방하고 가장 가깝죠. 그런데 페어팩스 부인은 아무 소리도 못 들었대요. 나이가 들면 깊게 잠이 드는 경우가 많죠.」 그녀가 잠시 말을 멈췄다가 일부러 무관심한 척하면서 덧붙였다. 「그런데 선생님은 젊어서 잠귀가 밝을 것 같은데요. 혹시 무슨 소리를 듣지 못했나요?」

「들었어요.」 아직도 유리창을 닦고 있는 리아에게 들리지 않도록 나는 목소리를 낮추며 말했다. 「처음에는 파일럿인 줄 알았어요. 그런데 분명히 웃음소리를 들었다고 확신해요. 이상한 웃음소리였어요.」

그녀가 새로 바늘에 꿸 만큼의 실을 들고 꼼꼼하게 밀로 닦은 다음 차분한 솜씨로 바늘에 실을 꿰었다. 그러고는 태연하게 말했다.

「주인님이 그런 위험에 처해 있을 때 웃었을 리는 만무하다고 생각해요. 선생님이 꿈을 꾸고 있었던 게 분명해요.」

「나는 꿈을 꾸고 있지 않았어요.」 그녀의 뻔뻔한 침착함에 화가 나서 나는 약간 열을 내며 말했다. 그녀가 다시 예의 그 뚫어지게 바라보며 조심하는 눈빛으로 나를 쳐다보았다.

「주인님께 웃음소리를 들었다고 말했어요?」 그녀가 물었다.

「오늘 아침에 그와 이야기를 나눌 기회가 없었어요.」

「방문을 열고 복도를 내다볼 생각은 안 했어요?」 그녀가 더 물었다.

그녀는 나를 반대 심문하면서 내게서 무심히 정보를 끌어내려 하고 있었다. 만약 내가 그녀가 저지른 일을 알고 있거나 의심하고 있다는 사실이 밝혀지면 그녀가 나한테 못된 장난을 칠 수도 있다는 생각이 들었다. 나는 조심하는 편이 좋겠다고 생각했다.

「정반대예요.」 내가 말했다. 「문의 빗장을 걸어 잠갔죠.」

「그렇다면 잠자리에 들기 전에 매일 밤 방문을 잠그지 않았다는 말인가요?」

〈마귀 같으니라고! 이제는 내 습관에 맞춰서 계획을 세우려고 내 습관에 대해 알고 싶어 하네!〉 다시 분개하는 마음이 신중함을 앞섰다. 나는 날카롭게 대답했다. 「지금까지 가끔 빗장을 걸지 않았어요. 그럴 필요가 없다고 생각했으니까요. 손필드 저택에서 어떤 위험이나 곤란한 일이 생길 것을 두려워하게 되리라고는 생각하지 않았으니까요. 그렇지만 앞으로는……」 (나는 이 대목을 눈에 띄게 강조하면서 말했다) 「잠자리에 눕기 전에 모든 것이 안전한지 살펴볼게요.」

「그렇게 하는 편이 현명할 거예요.」 그녀가 대답했다. 「이곳 주변은 내가 잘 아는데 그 어디보다 조용해요. 이곳 저택에 사람이 산 이후 도둑이 들었다는 말은 들어 본 적이 없어요. 잘 알려져 있다시피 찬방에 수백 파운드 값어치의 식기가 있어도 말이에요. 그리고 선생님도 알다시피 주인님이 이곳에서 묵지 않았기 때문에 그렇게 큰 저택치고는 하인들이 아주 적은 편이에요. 주인님이 와 계신다 해도 독신이라 시중들 일이 거의 없어요. 그러나 잘못을 저지르더라도 중대한 과오는 피하는 쪽이 가장 좋다고 항상 생각해요. 문이야 쉽게 잠글 수 있는 거잖아요. 우리와 우리 자신의 주변에 있을지 모르는 재앙 사이에 빗장을 단단히 잠가 두는 편이 좋아요. 선생님, 많은 사람들이 모든 것을 하느님의 은총에 맡기는 데에 찬성하죠. 그러나 하느님의 은총을 받는 방법을 적절히 사용하면 하느님이 은총을 내려 주시는 경우가 많지만, 그것도 받는 방법이 없으면 이루어질 수 없는 법이에요.」 그리고 여기서 장황한 연설을 마쳤다. 그녀는 퀘이커 교도처럼 점잔을 빼며 말했고 그녀에게는 제법 긴 연설이었다.

요리사가 들어왔을 때 나는 그녀의 불가사의한 침착함과 도저히 헤아릴 수 없는 위선에 완전히 말문이 막혀서 가만히 서 있었다.

「풀 부인.」 요리사가 그레이스를 부르며 말했다. 「하인들 식사가 곧 준비될 거예요. 내려올 건가요?」

「아니요. 그냥 흑맥주 1파인트[53]하고 약간의 푸딩만 쟁반에 담아 둬요. 그러면 내가 위층으로 가져갈게요.」

「고기 좀 먹을래요?」

「그럼 한 조각만 줘요. 치즈 조금하고. 그거면 돼요.」

「사고[54]는요?」

「지금은 그것에 대해 신경 쓰지 말아요. 차 마실 시간 전에 내려올 거예요. 내가 직접 만들게요.」

요리사가 여기서 내게로 몸을 돌리며 페어팩스 부인이 나를

53 0.568리터.
54 사고야자의 나무 심에서 뽑은 녹말.

기다리고 있다고 알려 주었다. 그래서 나는 그곳을 나왔다.

식사를 하는 동안 커튼에 불이 붙은 일에 대해 페어팩스 부인이 설명했지만 내 귀에는 그녀의 말이 거의 들어오지 않았다. 그레이스 풀의 수수께끼 같은 성격에 대해 이리저리 생각해 보느라 여념이 없었다. 손필드에서 그녀의 위치가 어떤지에 대해 생각하고 그날 아침 왜 그녀를 가두거나 적어도 해고라도 시키지 않는지 따져 보느라 훨씬 더 여념이 없었다. 어젯밤에 로체스터 씨는 그녀의 소행이라는 데 대해 거의 확신하듯 말했었다. 어떤 불가사의한 이유로 그가 그녀를 문책하지 않는 것일까? 또한 그는 왜 내게 비밀을 지키라고 요구했을까? 이상했다. 대담하고 복수심 강하고 오만한 신사가 자신의 고용인 중에서 가장 비천한 사람에게 좌지우지당하고 있는 듯했다. 그녀에게 휘둘린 나머지 그녀가 자신의 목숨을 위태롭게 할 때조차도 그는 그런 일을 한 데 대해 감히 그녀를 공개적으로 문책하지도 못하고 있었고 더구나 처벌하지도 못했다.

그레이스가 젊고 예쁘다면 신중함이나 두려움보다 더 부드러운 감정들이 그녀를 위해 로체스터 씨에게 영향을 미쳤으리라는 생각이 들었을 것이다. 그러나 그녀가 험상궂은 얼굴에 나이도 많았기 때문에 그런 생각은 받아들여지지가 않았다. 〈그러나 그녀도 한때는 젊었을 거야.〉 나는 곰곰이 생각했다. 〈그녀가 젊었을 때 로체스터 씨 역시 젊었을 거야. 그녀가 여기서 오랫동안 살았다고 페어팩스 부인이 전에 이야기해 준 적이 있었잖아. 그녀가 옛날에 예뻤을 것 같지는 않아. 그러나 잘은 모르지만 그녀에게 신체적인 장점의 부족을 상쇄할 수 있는 독창성과 성격의 장점이 있을 수도 있지. 로체스터 씨는 분명하고 별난 사람을 좋아하니까. 그레이스가 적어도 별나긴 하지. 이전에 부린 변덕(그처럼 너무나 돌연하고 고집 센 성격에는 매우 가능성이 높은 변덕스러운 행동) 때문에 로체스터 씨가 그녀에게 좌지우지되는 상황에 빠졌고, 도저히 떨쳐 버릴 수 없고 감히 무시해 버릴 수도 없는 그의 무분별함의 결과 그녀가 지금은 그의 행동에 은밀하게 영향력을 행사하는 것이라면 어떻게 되는 걸까?〉 그러나 추측이 이 지점에 이르렀을 때 풀 부인의 네모나고 납작한 체구와 못생기고 쌀쌀맞으며 거친 얼굴이 내 마음의 눈에 너무나 선명하게 떠올랐으므로 나는 〈아니야! 불가능해! 내 추측이 맞을 리가 없어〉라고 생각했다. 그러나 마음속에서 말을 거는 은밀한 목소리가 암시를 주었다. 〈너도 예쁘지 않지만 로체스터 씨가 널 인정해 주는 것 같잖아. 어쨌든 그가 인정해 주는 것 같다는 느낌을 자주 받잖아. 그리고 어젯밤에 그가 한 말을 기억해 봐. 그의 표정을 기억해 봐. 그의 목소리를 떠올려 봐!〉

나는 그 모든 것을 잘 기억하고 있었다. 그의 말과 눈길과 말씨가 그 순간 생생하게 되살아나는 것 같았다. 나는 지금 교실에 있었다. 아델은 그림을 그리고 있었고 나는 그녀에게 몸을 굽혀서 연필 쓰는 법을 지도했다. 아델이 놀란 듯 나를 올려다보았다.

「선생님, 무슨 일이에요?」 그녀가 물었다. 「선생님 손가락이 나뭇잎처럼 떨리고 있고 선생님 볼이 온통 빨개요. 맞아요, 앵두처럼 빨개요!」

「몸을 구부렸더니 열이 나서 그래, 아델!」 아델은 계속 스케치를 했고 나는 계속 생각에 빠졌다.

나는 그레이스 풀에 대해 품고 있던 혐오스러운 생각을 서둘러 마음속에서 떨쳐 냈다. 그 생각에 넌더리가 났다. 나 자신과 그녀를 비교해 보자 우리가 다르다는 것이 밝혀졌다. 베시 리벤은 내가 정말 숙녀가 되었다고 말했다. 그리고 그녀의 말은 사실이었다. 나는 숙녀였다. 베시와 만났을 때보다 내 외모가 훨씬 나아졌다. 미래가 더 밝았고 더 큰 기쁨을 느끼며 살고 있었기 때문에 혈색이 더 좋아졌고 살이 쪘으며 더 활력 있고 생기 있어졌다.

〈저녁이 다가오네.〉 창 쪽을 바라보며 나는 혼잣말을 했다. 〈오늘은 로체스터 씨의 목소리도, 발소리도 못 들었어. 그렇지만 밤이 되기 전에 그를 꼭 만날 수 있을 거야. 아침에는 그를 만나는 것이 두려웠지만 지금은 그러고 싶어. 너무 오랫동안 기대가 이루어지지 않으니까 참을 수가 없어졌어.〉

실제로 땅거미가 내리고 아델이 소피와 놀기 위해 자기 방으로 가고 나자 정말 너무나 간절하게 그를 만나고 싶었다. 나는 아래층에서 종이 울리는지 귀를 기울였다. 리아가 전갈을 가지고 올라오는 소리가 들리는지 귀를 기울였다. 때로는 로체스터 씨의 발소리가 들리는 듯한 착각이 들어서 문 쪽으로 고개를 돌리고 그가 문을 열고 들어오리라 기대했다. 문은 계속 닫혀 있었다. 어둠이 창문을 통해 들어왔을 뿐이었다. 아직 늦은 시간은 아니었다. 가끔 7시나 8시에 나를 부르는 경우도 있었다. 지금은 아직 6시밖에 되지 않았다. 그에게 할 말이 이토록 많은데 오늘 밤 완전히 실망하는 일은 분명히 일어나지 않으리라. 그레이스 풀에 대한 이야기를 다시 꺼내서 그가 어떤 대답을 할지 듣고 싶었다. 어젯밤에 끔찍한 공격을 가한 사람이 그녀였다고 그가 정말로 믿고 있는지 솔직하게 물어보고 싶었다. 그리고 만약 그렇다면 왜 그녀의 사악함을 비밀로 묻어 두는지 물어보고 싶었다. 내 호기심 때문에 그가 흥분하더라도 상관없었다. 나는 그를 짜증나게 했다가 차례로 달래 주는 일에 재미를 느끼고 있었다. 그것은 내가 가장 즐기는 일이었고 항상 확실한 직감에 의해 너무 지나치지 않도록 주의했다. 그가 막 성을 내기 직전에 멈췄다. 아슬아슬

한 상태에서 나는 내 기술을 시험해 보기를 즐겼다. 온갖 사소한 형태까지 경의를 갖추고 내 신분에 걸맞는 예의범절을 다 차렸기 때문에 두려움이나 불편한 구속을 느끼지 않고 논쟁을 벌이며 그를 여전히 만날 수 있었다. 이것은 그에게도, 나에게도 잘 맞았다.

마침내 계단 위에서 삐거덕거리는 발소리가 들렸다. 그러나 그것은 페어팩스 부인의 방에 차가 준비되어 있다고 알려 주기 위해 오는 소리였을 뿐이다. 적어도 아래층으로 내려갈 수 있게 돼서 다행이라고 여기며 나는 그곳으로 갔다. 아래층으로 가면 로체스터 씨가 있는 곳에 더 가까이 다가갈 수 있다고 상상했기 때문이다.

「틀림없이 차를 마시고 싶었을 거예요.」 내가 가자 착한 부인이 말했다. 「저녁 식사도 거의 안 한 것 같더군요.」 그녀가 말을 계속했다. 「오늘 몸이 별로 안 좋은 거죠? 얼굴이 붉게 달아오른 게 열이 있어 보여요.」

「아, 정말 괜찮아요! 최고의 상태예요.」

「그렇다면 식욕이 좋다는 것을 보여서 그 말을 증명해 봐요. 내가 이번 바늘을 뜨는 동안 찻주전자에 물을 좀 채워 줄래요?」 하던 일을 마친 후 그녀는 일어서서 햇볕을 최대한 이용하기 위해 지금까지 올려 두었던 블라인드를 내렸다. 그러나 땅거미가 이제는 빠른 속도로 완전히 깜깜하게 짙어 가고 있었다.

「오늘 날씨가 좋네요.」 그녀가 유리창 밖을 보며 말했다. 「별이 뜨진 않았지만요. 로체스터 씨가 여행하기에는 대체적으로 괜찮았을 거예요.」

「여행이라니요! 로체스터 씨가 어디 가셨어요? 그가 외출한 것을 모르고 있었어요.」

「아, 아침 식사를 마치자마자 출발했어요. 리스 저택에 가셨어요. 밀코트에서 10마일 떨어진 에슈턴 씨 저택이에요. 그곳에 대단한 사람들이 모이는 걸로 알고 있어요. 잉그램 경, 조지 린 경, 덴트 대령, 그리고 여러 사람들이 모인대요.」

「오늘 밤에 로체스터 씨가 돌아올까요?」

「아니요. 내일도 안 돌아올 거예요. 내 생각에는 일주일 이상 그곳에 머물 확률이 높아요. 이 훌륭한 사교계 사람들이 모이면 우아함과 즐거움에 둘러싸이고 맛보고 즐길 수 있는 온갖 것들을 너무나 잘 대접받기 때문에 서둘러 헤어지고 싶어 하지 않죠. 특히 신사분들이 그런 행사에 자주 초대를 받아요. 로체스터 씨가 사교에 능하고 활발하기 때문에 모두에게 인기가 많은 것 같아요. 숙녀분들이 그를 매우 좋아해요. 선생님은 그의 외모가 숙녀분들 눈에 특별히 호감을 살 만하다고 생각하지 않을 수도 있어요. 그러나 그의 학식과 능력, 어쩌면 그의 재산과 좋은 혈통이 외모의 작은 결점을 모두 가려 주는지도 몰라요.」

「리스에 숙녀들도 있나요?」

「에슈턴 부인과 따님이 세 분 있어요. 모두 매우 우아하고 젊은 숙녀들이죠. 그리고 고귀한 블랑쉬와 메리 잉그램 자매가 있어요. 그들이 가장 아름다운 것 같아요. 실제로 6, 7년 전에 열여덟 살 소녀였던 블랑쉬를 본 적이 있어요. 로체스터 씨가 연 크리스마스 무도회에 여기로 왔어요. 선생님도 그날 식당을 봤어야 하는데……. 얼마나 아름답게 장식되고 얼마나 환하게 불이 켜졌던지! 50명 정도의 신사 숙녀들이 참석했었던 것 같아요. 모두 이 지역 최고의 가문들이었어요. 잉그램 양이 그날 밤 가장 아름다운 숙녀로 칭송을 받았죠.」

「그녀를 만났다고 하셨죠, 페어팩스 부인? 어떻게 생겼어요?」

「맞아요, 그녀를 봤죠. 식당 문들이 전부 활짝 열려 있었으니까요. 그리고 크리스마스 때였기 때문에 하인들도 홀에 모여서 숙녀들의 노래와 연주를 들을 수 있었어요. 로체스터 씨는 나를 안으로 들어가게 해주곤 했어요. 그러면 나는 조용한 구석에 앉아서 그들을 바라보았죠. 그보다 더 화려한 광경을 보지 못했어요. 숙녀분들은 근사한 드레스를 입고 있었어요. 그들 중 대부분은, 적어도 젊은 숙녀들 대부분은 예뻐 보였어요. 그러나 잉그램 양이 확실히 최고의 미인이었지요.」

「그런데 그녀가 어떻게 생겼어요?」

「키가 크고 가슴이 예뻐요. 어깨는 각지지 않고 부드럽게 내려가고 목은 길고 우아해요. 피부는 올리브색으로 가무잡잡하고 맑아요. 이목구비가 잘생겼어요. 눈은 로체스터 씨와 상당히 닮았어요. 크고 검은 눈이 그녀가 치장하고 있던 보석만큼 반짝거렸어요. 그리고 머리카락이 얼마나 멋진지 몰라요. 칠흑같이 검은 데다 아주 어울리게 머리를 매만졌어요. 뒤쪽은 굵게 땋아 올리고 앞머리는 내가 지금까지 본 것 중에서 가장 반짝이는 고수머리를 가장 길게 늘어뜨렸고요. 그녀는 깨끗한 흰색 드레스를 입고 있었어요. 호박색 스카프를 어깨와 가슴 위로 걸친 다음 옆을 묶어서 술 달린 끝이 무릎까지 내려오도록 길게 늘어뜨렸어요. 머리에 호박색 꽃도 꽂고 있었어요. 그녀의 칠흑 같은 풍성한 고수머리와 잘 어울렸어요.」

「당연히 찬사를 많이 받았겠군요.」

「그럼요. 미모 때문만이 아니라 재능 때문에요. 노래를 부를 줄 아는 유일한 숙녀였거든요. 한 신사분이 그녀를 위해 피아노 반주를 해주었어요. 그녀와 로체스터 씨가 이중창을 불렀어요.」

「로체스터 씨가요? 노래를 부르는 줄 몰랐어요.」

「아, 얼마나 멋진 베이스 목소리를 지녔는지 몰라요. 음악에 대한 안목도 뛰어나고요.」

「그런데 잉그램 양은 목소리가 어때요?」
「성량이 매우 풍부하고 힘이 있어요. 그녀는 매혹적으로 노래했어요. 그녀의 노래를 듣는 것은 특별한 즐거움이었죠. 노래를 부른 다음에는 연주를 했고요. 나는 음악에 대해 평가할 수 있는 입장이 아니지만 로체스터 씨는 그래요. 그녀의 연주가 대단히 훌륭하다고 그가 말하는 것을 들었어요.」
「그런데 이 아름답고 재능 있는 숙녀분은 아직 결혼을 안 했나요?」
「안 한 것 같아요. 그녀나 그녀의 동생이나 재산이 많지는 않은 것 같아요. 잉그램 경의 영지는 대부분 한정 상속으로 되어 있고 장남이 거의 독차지했나 봐요.」
「그런데 부유한 귀족이나 신사가 그녀에게 구혼을 한 적이 없었나 보군요. 예를 들면 로체스터 씨 같은 사람이요. 그는 부자잖아요, 그렇지 않나요?」
「아, 그럼요. 그런데 나이차가 상당히 나잖아요. 로체스터 씨는 마흔이 다 되었는데 그녀는 겨우 스물다섯 살밖에 안 되었거든요.」
「그게 어때서요? 그보다 더 나이차가 많은 결혼도 날마다 이루어지고 있는데요.」
「맞아요. 그렇지만 로체스터 씨가 그런 생각을 갖고 있는 것 같지는 않아요. 그런데 선생님, 아무것도 먹질 않는군요. 차를 마시기 시작한 이후 거의 아무것도 입에 대질 않았어요.」
「네, 갈증이 나서 먹을 수가 없어요. 차를 한 잔 더 주시겠어요?」
로체스터 씨와 아름다운 블랑쉬의 결합 가능성에 대해 다시 말을 돌리려는 순간 아델이 들어와서 대화는 다른 방향으로 흘러갔다.
나는 다시 혼자 있게 되었을 때 입수한 정보를 검토해 보았다. 내 마음속을 들여다보고, 내 생각과 감정을 살펴보고, 끝도 없고 길도 없는 상상의 황야를 헤매고 있던 것들을 가차없이 상식이라는 안전한 우리로 되돌려 놓기 위해 애썼다.

나 자신을 피고석에 앉혀 놓고 심문하면서 기억은 내가 어젯밤부터 품어 왔던 희망과 소망, 감정들, 말하자면 거의 지난 보름 동안 빠져 있던 전반적인 내 마음 상태를 증거로 제시했다. 이성이 나서서 명료하고 솔직한 이야기를 특유의 조용한 방식으로 말하면서 내가 어떻게 현실을 거부하고 미친 듯이 이상에 열중했는지 보여 주었다. 나는 다음과 같은 취지로 판결을 선언했다.

제인 에어보다 더 큰 바보는 이 세상에 없을 것이다. 달콤한 거짓말에 전혀 물릴 줄 모르고, 독을 달콤한 음료처럼 삼킨 제인 에어보다 더 터무니없는 천치는 없을 것이다.

〈네가 로체스터 씨의 마음에 들었다고?〉 나는 속으로 말했다. 〈네게 그를 즐겁게 해줄 수 있는 재주가 있다고? 네가 그에게 어떤 식으로건 중요한 존재라고? 가라! 너의 어리석음이 날 구역질 나게 해. 그리고 너는 명문가의 신사이자 세상 경험이 많은 남자가 고용인이자 풋내기에게 이따금씩 보여 주는 선호의 그 애매한 표시에서 기쁨을 끌어냈다. 감히 어떻게 그런 짓을 할 수 있을까? 불쌍하고 어리석은 바보! 이기심조차 너를 더 현명하게 만들어 줄 수 없었을까? 오늘 아침에도 너는 어젯밤의 그 짧은 장면을 되풀이해서 생각했지? 얼굴을 감싸고 부끄러워해라! 그가 네 눈을 칭찬하는 말을 했지? 눈먼 강아지! 흐려진 눈꺼풀을 뜨고 네 자신의 저주받은 무분별함을 바라보아라! 결혼할 의향이 전혀 없는 윗사람에게 칭찬을 받는 일은 어떤 여자에게도 좋지 않아. 여자들이 마음속에 은밀한 사랑을 불태우는 것은 미친 짓이야. 그 사랑을 상대방이 알아주지 않거나 사랑으로 응해 주지 않는다면 결국 그 사랑을 키우는 사람의 목숨을 삼켜 버릴 것이 틀림없기 때문이지. 상대방이 알아서 반응을 보인다 해도 그 사랑은 도깨비불처럼 빠져나갈 길이 없는 진흙투성이 황무지로 이끌 뿐이야.

그러니 제인 에어, 네 판결문에 귀를 기울여 들어라. 내일 네 앞에 거울을 놓고 한 가지 결점이라도 누그러뜨리지 말고 충실하게 네 자신의 얼굴을 크레용으로 그려라. 거친 선 하나도 빠뜨리지 말고 고르지 못한 보기 싫은 모습도 절대 매끄럽게 고치지 마라. 그리고 밑에 《가족도 없고 가난하고 평범한 가정 교사의 초상화》라고 적어라.

그런 다음 매끈한 종이 한 장과 — 네 그림 도구 상자 안에 한 장 준비해 놓은 게 있다 — 팔레트를 꺼내서 네가 할 수 있는 한 가장 신선하고 곱고 맑은 색조를 섞어라. 가장 섬세한 낙타털 붓을 골라 네가 상상할 수 있는 가장 예쁜 얼굴의 윤곽선을 정성 들여서 그려라. 페어팩스 부인이 블랑쉬 잉그램에 대해 묘사한 대로 가장 부드러운 색조와 가장 아름다운 선으로 그것을 칠하라. 칠흑 같은 고수머리와 동양적인 눈을 기억해라. 뭐라고! 눈의 모델로 로체스터 씨에게 돌아가잖아! 질서! 우는 소리 하지 말기! 감상에 빠지지 말기! 미련 갖지 말기! 나는 이성과 결단만 허용할 것이다. 당당하지만 조화로운 이목구비와 그리스풍의 목과 가슴을 기억해. 통통하고 눈부신 팔과 섬세한 손이 보이게 해. 다이아몬드 반지나 금팔찌도 빼먹지 말고. 복장을, 공기처럼 가벼운 레이스와 반짝이는 새틴, 우아한 스카프와 황금빛 장미를 충실하게 묘사해. 그런 다음 거기에 《재색을 겸비한 명문가의 아가씨 블랑쉬》라고 제목을 붙여.

앞으로 로체스터 씨가 네게 호감을 가지고 있다는 착각이 들면 이 두 그림을 꺼내 놓고 비교해 보도록 해. 《로체스터 씨는 마음만 먹으면 저 고귀한 숙녀의 사랑을 얻을 수 있을 거야. 그가 이 가난하고 하찮은 서민을 조금이라도 진지하게 생각할 것 같아?》라고 말해 봐.〉

나는 결심했다. 〈그렇게 할 거야.〉 이렇게 결심하고 나자 차분해지면서 잠이 들었다.

나는 약속을 지켰다. 한두 시간 만에 크레용으로 내 자신의 초상화를 충분히 그릴 수 있었다. 그리고 보름이 안 돼서 상상으로 블랑쉬 잉그램의 초상화를 완성했다. 그것은 충분히 아름답게 보였다. 크레용으로 내 진짜 모습을 그린 초상화와 비교했을 때 자제심이 바랄 수 있는 최대한의 대비가 이루어졌다. 나는 그 일에서 좋은 점을 끌어냈다. 머리와 손을 계속 바쁘게 움직일 수 있었고 내 가슴에 지워지지 않게 각인시켜 두고 싶었던 새로운 인상을 생생하게 고정시켜 주었다.

얼마 지나지 않아서 이렇게 내 감정에 강제로 가했던 신중한 규제의 과정에 대해 기뻐해야 할 이유가 생겼다. 그 규제 덕에 나는 이후에 일어난 여러 가지 일들에 상당히 침착하게 대처할 수 있었다. 준비가 되어 있지 않았다면 나는 겉으로조차도 그런 침착함을 유지하지 못했을 것이다.

제2장

일주일이 지났지만 로체스터 씨에게서는 아무 소식도 오지 않았다. 열흘이 지나도 그는 여전히 돌아오지 않았다. 페어팩스 부인은 설사 그가 리스에서 곧장 런던으로 가서 유럽으로 떠난 다음 앞으로 1년 동안 손필드에서 그의 얼굴을 다시 보지 못한다 해도 놀라지 않을 것이라고 말했다. 그가 손필드를 매우 갑작스럽고 예기치 않게 떠난 것이 드문 일이 아니었다. 이 말을 들었을 때 이상하게 가슴이 시리면서 심장이 멈추는 것처럼 느껴지기 시작했다. 사실 지독한 실망감을 느끼고 있었다. 그러나 제정신을 차리고 내 원칙들을 상기하면서 나는 즉시 마음을 가다듬었다. 내가 잠깐 동안이나마 범했던, 로체스터 씨의 거취에 깊은 관심을 가질 만한 이유가 있다고 가정하는 실수를 어떻게 처리했는지 그저 놀라울 따름이었다. 노예적인 열등감에서 내가 겸손해진 것은 아니었다. 정반대로 나는 스스로에게 그저 다음과 같이 말했다.

〈자신의 피후견인을 가르치는 대가로 그가 주는 봉급을 받고 의무를 다할 때 그에게서 당연히 기대할 수 있는 그런 공손하고 친절한 대우에 감사해 하면 돼. 그 이외에 너는 손필드의 주인과 아무 관계도 없어. 그것이 너와 그 사이에서 그가 진지하게 인정하는 유일한 유대 관계라는 것을 명심해. 그러니까 그를 네 섬세한 감정과 기쁨, 고뇌 등등의 대상으로 삼지 마. 그는 너와 같은 계급의 사람이 아니야. 네 분수를 지키고 자존심을 지켜. 사랑이라는 선물을 원하지도 않고 경멸만 하는 그런 곳에 온 마음과 영혼과 온 힘을 다해 사랑을 쏟아붓지 않도록 해.〉

나는 매일매일 해야 할 일을 조용히 계속해 나갔다. 그러나 곧 내가 손필드를 떠나야 할 이유에 대한 희미한 생각이 계속 머릿속을 스쳐 지나갔다. 나도 모르게 계속 광고 문구를 짓고 새로운 상황을 추측해 보았다. 나는 이런 생각들은 막지 않았다. 가능하다면 싹을 틔워서 열매를 맺을지도 모르는 일이었다.

로체스터 씨가 집을 비운 지 거의 보름이 다 되어 가고 있을 때 우체부가 페어팩스 부인에게 편지를 한 통 가져왔다.

「주인님에게서 온 편지예요.」 그녀가 발신인 주소와 성명을 보면서 말했다. 「이제는 그가 돌아오기를 기대해도 될지 어떨지 알게 될 것 같군요.」

그녀가 봉인을 뜯어서 편지를 읽는 동안 나는 계속 커피를 마셨다. (우리는 아침 식사를 하던 중이었다) 커피가 뜨거웠다. 얼굴이 갑자기 불처럼 달아오른 이유가 그 때문이라고 생각했다. 손이 왜 떨리는지, 나도 모르게 잔에 담긴 커피를 왜 반이나 받침 접시에 흘렸는지 나는 따져 보지 않았다.

「나는 때로 우리가 너무 조용히 지낸다고 생각해요. 그런데 이제는 충분히 바빠질 것 같네요. 적어도 잠깐 동안은.」 페어팩스 부인이 안경 앞에 여전히 편지를 들고서 말했다.

설명을 요청하기 전에 나는 마침 풀려 있던 아델의 앞치마 끈을 묶어 주었다. 또한 아델에게 롤빵 하나를 더 권하고 그녀의 잔에 우유를 다시 채운 다음 내가 침착하게 말했다.

「로체스터 씨가 곧 돌아오지 않으려나 보군요.」

「아니 돌아온대요. 사흘 후에 돌아온다는군요. 그럼 이번 주 목요일이겠네. 게다가 혼자 오는 게 아니래요. 리스에서 대단한 분들이 몇 분이나 그와 함께 오실지 모르겠어요. 제일 좋은 침실들을 전부 준비해 놓으라는 지시가 왔어요. 서재와 응접실도 대청소를 해야 하고요. 밀코트에 있는 조지 여관이랑 어디에서건 부엌 일손을 더 구해야 할 것 같아요. 숙녀들은 하녀들을 데려올 것이고 신사들은 시종들을 데려올 거예요. 그러면 집 안이 넘쳐 날 거예요.」페어팩스 부인은 아침을 급히 먹은 다음 일을 시작하기 위해 서둘러 나갔다.

페어팩스 부인이 예견했듯이 그 후 사흘 동안은 매우 분주했다. 나는 전에도 손필드의 모든 방들이 매우 깨끗하고 잘 정돈되어 있다고 생각했었다. 그러나 그것은 잘못된 생각 같았다. 여자 셋이 도와주러 왔다. 그렇게 문지르고, 쓸고, 도료를 씻어 내고, 양탄자를 털어 내고, 그림을 떼어 내서 다시 달고, 거울과 촛대를 닦고, 침실들에 난롯불을 밝히고, 난롯가에서 시트와 깃털 침대를 말리는 광경을 이때까지 본 적이 없었다. 그것은 그 후로도 마찬가지일 것이다. 아델은 그 와중에 이리저리 뛰어다녔다. 손님 맞을 준비와 그들이 도착하리라는 기대에 그녀는 신이 난 모양이었다. 아델은 소피에게 일러 프랑스어로 드레스를 나타내는 〈투알렛〉을 전부 훑어보고 〈한물간〉 것들은 전부 쓸 만하게 새로 고치고 새 옷들은 통풍시켜서 정리해 놓으라고 시켰다. 그리고 자기는 앞쪽 방들을 뛰어다니면서 침대 틀 위로 뛰어 오르내리고 벽난로에서 요란한 소리를 내며 세차게 타고 있는 엄청난 불길 앞에 놓인 매트리스들과 수북이 쌓인 베개들 위에 드러눕기도 했다. 아델은 공부의 의무에서 해방되었다. 페어팩스 부인이 내게 도와달라고 압박을 가했기 때문에 나는 하루 종일 저장실에서 그녀와 요리사를 도우며(아니 훼방 놓으면서) 커스터드 와 치즈 케이크, 프랑스식 케이크를 만들고, 새의 날개와 다 리를 꼬챙이로 꿰거나 디저트 접시를 장식하는 법을 배우고 있었다.

손님들은 저녁 식사 시간에 맞춰 목요일 오후 6시에 도착 할 예정이었다. 그때까지는 망상을 키울 시간이 없었다. 나는 아델을 제외하고, 어느 누구 못지않게 활기 있고 즐거웠다. 그러나 이따금씩 내 쾌활함에 물을 뿌리는 방해를 받아서 나 도 모르게 의심과 불길한 전조, 우울한 추측의 상태로 되돌려 지곤 했다. (최근에는 항상 잠겨 있었던) 삼층 층계 문이 천천 히 열리고 딱딱한 모자를 쓰고 하얀 앞치마에 목수건을 한 그레이스 풀의 형상이 지나가는 모습을 보거나, 천 슬리퍼를 신고 그녀가 조용한 발소리를 내면서 복도를 따라 미끄러지 듯 지나가는 모습을 볼 때, 또 그녀가 소란스럽고 뒤죽박죽 된 침실들을 들여다보고는 임시 고용된 여자에게 벽난로 받 침쇠를 닦거나 대리석 벽난로 선반을 청소하거나 종이 벽지 를 바른 벽의 때를 없애는 적절한 방법에 대해 잔소리를 한마 디 하고 지나가는 모습을 볼 때면 그런 일이 일어났다. 그녀 는 그렇게 하루에 한 번 부엌으로 내려가 저녁을 먹고 난롯불 에 불을 붙여서 적당히 파이프 담배를 피운 다음 흑맥주 잔을 들고 자기 혼자만의 위안을 찾아 그녀 자신의 음침한 위층 소 굴로 돌아갔다. 스물네 시간 중에서 딱 한 시간 동안만 그녀 는 동료 하인들과 아래층에서 시간을 보냈고 나머지 시간은 모두 천장이 낮고 참나무로 만들어진 삼층 방에서 보냈다. 그 녀는 지하 감옥에 갇힌 죄수처럼 친구도 없이 그곳에서, 어쩌 면 혼자 처량하게 웃으면서 바느질을 하며 앉아 있었다.

무엇보다 이상했던 건 그 집에 살고 있는 사람들 중 나 말 고는 어느 누구도 그녀의 습관을 알아차리거나 그것을 기이하게 여기지 않는 듯하다는 점이었다. 어느 누구도 그녀의 지위나 하는 일에 대해 거론하지 않았고, 어느 누구도 그녀의 고독이나 고립을 안타까워하지 않았다. 실제로 리아와 임시 고용인이 그레이스를 화제 삼아 나누는 대화의 일부를 엿들은 적이 한 번 있었다. 리아는 내가 미처 알아듣지 못한 어떤 말을 하고 있었는데 임시 고용인이 그것에 대해 한마디 했다.

「그녀가 봉급을 많이 받겠군요.」

「네.」 리아가 말했다. 「저도 그만큼 받으면 좋겠어요. 제 봉급에 대해 불평하는 것은 아니지만요……. 손필드에서는 전혀 인색하지 않아요. 그렇지만 풀 부인이 받는 액수의 5분의 1밖에 안 되니까요. 그녀는 저축도 하고 있어요. 석 달에 한 번씩 밀코트에 있는 은행에 가요. 그녀가 떠나려고 마음만 먹으면 독립해서 살 수 있을 만큼 충분히 돈을 저축해 놓았으리라 믿어요. 그런데 그녀는 여기에 익숙해진 것 같아요. 그렇지만 그녀는 아직 마흔 살도 안 되었고 튼튼한 데다 뭐든지 할 수 있으니까요. 일을 그만두기에는 너무 이르죠.」

「아마도 일을 잘하나 보네요.」

「아! 그녀는 자기가 해야 할 일을 잘 알고 있어요. 어느 누구보다도 더 잘하죠.」 리아가 의미심장하게 대답했다. 「그리고 그녀를 대신할 수 있는 사람도 흔하지 않을 테고……. 그녀가 받는 만큼의 돈을 준다고 해도 말이죠.」

「그렇겠네요!」 임시 고용인이 대답했다. 「궁금해요. 과연 주인님이…….」

임시 고용인이 계속해서 말하고 있었지만 이때 리아가 몸을 돌렸다가 나를 보고는 이야기를 나누던 사람을 슬쩍 찌르며 금세 주의를 줬다.

「저 사람은 모르고 있어요?」 임시 고용인이 속삭이는 소리가 들려왔다.

리아가 고개를 저었고 대화는 당연히 중단되었다. 그 대화로부터 내가 얻어 낸 내용을 종합해 보면 다음과 같다. 손필드에는 비밀이 있다. 그리고 나는 그 비밀에 끼지 못하도록 의도적으로 배제되고 있다.

목요일이 되었다. 모든 일이 그 전날 저녁에 끝났다. 양탄자가 깔렸고 침대 커튼은 꽃 줄로 장식되었고 눈부시게 하얀 이불이 깔렸고 화장대가 마련되었고 가구는 깨끗하게 닦였고 꽃들은 화병에 가득 꽂혔다. 침실과 응접실 모두 손으로 꾸밀 수 있는 한 최대한 산뜻하고 근사해졌다. 홀 역시 닦아서 반짝반짝 윤이 났다. 계단의 층계와 난간뿐만 아니라 조각된 커다란 시계 역시 거울처럼 반들거렸다. 식당에서는 식기 찬장이 접시들로 눈부시게 반짝였다. 응접실과 내실에는 진기한 꽃들이 화병에 꽂혀 있었다.

오후가 되었다. 페어팩스 부인은 가진 옷 중에서 제일 좋은 검은색 새틴 드레스를 입고 장갑을 끼고 금시계를 찼다. 손님들을 맞이하고 숙녀들을 방으로 안내하는 일 등이 그녀의 임무였기 때문이다. 아델에게도 역시 몸단장을 시킬 것이다. 그러나 나는 그녀가 적어도 그날은 손님들에게 소개될 가능성이 거의 없다고 생각했다. 그러나 나는 아델을 기쁘게 해주기 위해서 소피더러 그 아이에게 주름이 풍성하게 잡힌 짧은 드레스를 입히도록 했다. 나로 말하자면 옷을 갈아입을 필요가 전혀 없었다. 교실로 쓰고 있던 방에서 나오라는 요청을 받을 일은 절대 없을 것이기 때문이었다. 공부방은 이제 내게 〈힘든 시기에 아늑한 피난처〉[55]가 되었다.

따뜻하고 고요한 봄날이었다. 3월 말에서 4월 초, 여름의 전령사처럼 대지 위로 반짝이며 떠오르는 날들 중 하나였다.

55 「시편」 46장 1절(하느님은 우리의 힘, 우리의 피난처, 어려운 고비마다 항상 구해 주셨으니)에서의 인용이다.

하루가 이제 저물어 가고 있었다. 그러나 저녁에도 여전히 따뜻했기 때문에 나는 창문을 열어 둔 채 교실에 앉아 일을 하고 있었다.

「이제 날이 어두워지네요.」페어팩스 부인이 옷 스치는 소리를 내며 바삐 걸어 들어와서 말했다. 「로체스터 씨가 말한 시간보다 한 시간 늦게 저녁 식사를 준비하도록 시킨 게 다행이에요. 지금 6시가 넘었으니까요. 존에게 대문간에 나가서 길에 뭐가 보이는지 보고 오라고 보냈어요. 그곳에서는 밀코트 쪽으로 상당히 멀리까지 보이거든요.」그녀가 창가로 갔다. 「저기 존이 오네요!」그녀가 말했다. 「어때요, 존.」(그녀가 몸을 밖으로 내밀며) 「무슨 소식 있어요?」

「그분들이 오고 계세요, 부인.」존이 대답했다. 「10분 후면 여기 도착하실 겁니다.」

아델이 창가로 달려갔다. 커튼에 가려 밖에서는 보이지 않는 상태로 밖을 바라볼 수 있게끔 한쪽 옆에 서도록 주의하면서 나도 그 뒤를 따랐다.

존이 말한 10분이 무척 길게 느껴졌다. 그러나 마침내 마차 바퀴 소리가 들렸다. 네 사람이 말을 타고 길을 달려왔고 그들 뒤로 두 대의 무개 마차가 따라왔다. 팔락거리는 베일과 흔들리는 깃털 장식이 마차 안을 가득 채우고 있었다. 말을 탄 사람 중에서 두 사람은 젊고 씩씩하게 생긴 신사들이었고 세 번째 기수는 자신의 검은색 말, 메스루어를 탄 로체스터 씨였다. 말 앞에서는 파일럿이 뛰어오고 있었다. 그 옆에는 한 숙녀가 말을 타고 있었다. 그와 그녀가 일행 중 제일 먼저 도착했다. 그녀의 보라색 승마복은 거의 땅을 쓸 지경이었고 그녀의 베일은 미풍에 길게 나부꼈다. 베일의 투명한 주름과 섞여서 주름 사이로 반짝이는 풍성한 검은색 고수머리가 빛났다.

「잉그램 양이에요!」 페어팩스 부인이 외치면서 아래층의 자기 자리로 서둘러 내려갔다.

마찻길의 커브를 따라 마차 행렬이 재빨리 저택의 모퉁이를 돌아갔고 곧 내 시야에서 사라졌다. 아델은 아래층으로 내려가게 해달라고 간청했지만 나는 그녀를 무릎에 앉히고 특별히 부르러 오지 않는 한 지금이건 어느 때건 무슨 일이 있더라도 절대 숙녀들 앞에 나서서는 안 되며 그렇지 않으면 로체스터 씨가 무척 화를 낼 것이라는 점 등을 납득시켰다. 이 말을 듣자마자 그녀는 당연히 눈물을 약간 흘렸다. 그러나 내가 매우 엄한 표정을 짓기 시작하자 겨우 눈물을 닦았다.

홀에서는 즐겁게 법석대는 소리가 들려왔다. 신사들의 낮은 목소리와 숙녀들의 낭랑한 목소리가 조화롭게 서로 섞였고, 크지는 않지만 어떤 목소리보다 더 분간하기 쉬웠던 목소리는 아름답고도 정중한 손님들을 자기 집에 맞이하는 손필드 저택 주인의 당당한 목소리였다. 그런 다음 가벼운 발소리들이 계단을 올라왔다. 복도를 경쾌하게 걸어가는 발소리와 부드럽고 경쾌한 웃음소리, 문을 여닫는 소리가 들리고 잠시 동안 조용해졌다.

「숙녀들이 옷을 갈아입는 거예요.」 열심히 귀를 기울이면서 모든 동작을 좇던 아델이 프랑스어로 말하고는 한숨을 쉬었다.

「엄마 집에서는요.」 그녀가 프랑스어로 말했다. 「손님이 오면 그들을 어디든 따라다녔어요. 응접실에서부터 그들의 침실까지도요. 때로는 하녀들이 숙녀들의 머리를 손질하거나 옷을 입혀 주는 것을 구경했어요. 굉장히 재미있었어요. 많이 배울 수도 있고요.」

「아델, 배고프지 않니?」

「정말 고파요, 선생님. 밥 먹은 지 대여섯 시간은 된 것 같아요.」

「그렇다면 숙녀들이 방에 들어가 있는 동안 내가 내려가서 먹을 것을 가져다주마.」

조심스럽게 은신처에서 빠져나온 나는 부엌으로 곧장 연결되는 뒤쪽 계단을 찾았다. 부엌 전체가 온통 불에다 소란 그 자체였다. 수프와 생선은 식탁에 올릴 상태가 다 되어 가는 중이었고 요리사는 심신이 곧 불에 탈 듯한 상태로 도가니 위에 몸을 구부리고 있었다. 하인들의 홀에는 두 명의 마부와 세 신사의 시종들이 난롯불 주변에 서 있거나 앉아 있었다. 여자 몸종들은 여주인들과 함께 위층에 있는 것 같았다. 밀코트에서 고용된 새 하인들은 사방에서 부산을 떨고 있었다. 나는 이 모든 난장판을 뚫고 마침내 식료품실에 도착했다. 그곳에서 차가운 닭고기와 빵 한 롤, 약간의 과일 파이와 접시 한두 개, 나이프와 포크 한 벌을 손에 넣을 수 있었다. 이 전리품을 들고 나는 서둘러서 내 도피처로 향했다. 복도로 다시 돌아와 막 뒷문을 닫으려는 순간 갑자기 와글와글하는 소리가 더 커졌기 때문에 나는 숙녀들이 곧 방에서 나올 것을 알았다. 그들이 있는 방문을 몇 군데 지나지 않으면 교실로 갈 수가 없었고, 음식을 나르는 현장을 들킬 위험 또한 있었기 때문에 나는 창문이 없어 깜깜한 그쪽 끝에 가만히 서 있었다. 해가 져서 땅거미가 깔리고 있었으므로 이제는 밖이 상당히 어두웠다.

곧 각자의 방에서 한 사람씩 아름다운 여인들이 나왔다. 모두들 황혼 빛을 통해 반짝반짝 빛나는 드레스를 입고서 즐겁고 경쾌한 모습이었다. 잠깐 동안 그들은 복도의 맞은편 끝에 함께 모여 서서 감미롭게 조용하고 쾌활한 어조로 이야기를 나눴다. 그런 다음 밝은 안개가 언덕 아래로 굽이치며 내려가듯이 거의 아무 소리도 내지 않으며 계단을 내려갔다.

그들이 모여 있는 모습은 과연 명문가 출신답게 고상하다는 인상을 남겼다. 이는 내가 지금까지 한 번도 받아 보지 못한 인상이었다.

아델이 살짝 열어 놓은 교실 문을 통해 밖을 내다보고 있었다. 「정말 아름다운 숙녀들이에요!」 그녀가 영어로 소리쳤다. 「아, 그분들에게 갈 수 있다면 얼마나 좋을까! 로체스터 씨가 저녁 식사 후에 우리를 부를까요?」

「아니, 그렇게 생각 안 해. 로체스터 씨는 생각할 일이 많아. 오늘 밤에는 숙녀들에 대해 생각하지 마라. 어쩌면 내일은 만날 수 있을지 몰라. 여기, 네 저녁 식사 가져왔다.」

아델은 정말로 배가 고픈 것 같았다. 그래서 잠깐 동안 닭고기와 과일 파이로 그녀의 관심을 돌릴 수 있었다. 그녀와 나, 소피를 위해 음식을 확보해 온 일은 잘한 것 같았다. 소피에게도 음식을 조금 가져다주었는데 그렇지 않았더라면 그녀는 저녁을 아예 굶게 됐을 가능성이 컸다. 아래층에 있던 사람들 모두가 너무 정신없이 바빠서 우리를 까맣게 잊어버리고 있었다. 9시가 넘어서야 디저트가 나갔고 10시가 되어서도 하인들은 여전히 쟁반과 커피 잔을 들고 이리저리 뛰어다니고 있었다. 나는 아델에게 평소보다 더 늦게 잠자리에 들도록 허락해 주었다. 아래층에서 문이 계속 열리고 닫히고 있고 사람들이 이리저리 소란스럽게 다니는 상황에서 아델은 도저히 잠을 잘 수가 없다고 우겼다. 게다가 옷을 벗고 난 뒤 로체스터 씨에게서 내려오라는 전갈이 올지도 모른다고 덧붙였다. 「그러면 정말 큰일이잖아요!」

나는 아델이 듣고 싶어 하는 한 그녀에게 여러 가지 이야기를 들려주었다. 그런 다음 기분 전환을 시켜 주기 위해 그녀를 데리고 복도로 나갔다. 홀에 이제는 불이 켜져 있었다. 아델은 난간 너머로 하인들이 앞뒤로 지나다니는 것을 보면서 즐거워했다. 피아노를 옮겨 놓은 응접실에서 음악 소리가 흘러나왔다. 아델과 나는 계단의 맨 위 층계에 앉아 음악을 들었다. 곧 악기의 풍부한 음색에 어떤 목소리가 섞였다. 한 숙녀가 노래를 불렀고 그녀의 목소리는 매우 달콤했다. 독창이 끝나자 이중창이 이어졌고 그다음에는 합창이 이어졌다. 중간중간 즐겁게 속삭이며 대화하는 소리가 들렸다. 나는 오랫동안 귀를 기울였다. 나는 문득 내 귀가 뒤섞인 소리들을 분석하고, 그 여러 가지 말소리 가운데서 로체스터 씨의 소리를 가려내는 일에 완전히 몰두해 있다는 사실을 깨달았다. 곧 내 귀는 그의 목소리를 가려냈고 멀어서 잘 안 들리는 어조를 알아들을 수 있는 말로 바꾸는 것을 새로운 임무로 정했다.

시계가 11시를 알렸다. 아델을 바라보자 그녀가 내 어깨에 머리를 기대고 있었다. 그녀의 눈꺼풀이 무거워지고 있었다. 나는 아이를 안아 올린 다음 침대로 데려갔다. 신사 숙녀들이 방으로 들어간 것은 새벽 1시가 다 되어서였다.

다음 날도 전날처럼 화창했다. 이 날 손님들은 근처에 있는 어떤 유적지로 소풍을 갔다. 오전에 일찍, 몇 사람은 말을 타고 나머지는 마차를 타고 출발했다. 나는 그들이 출발하고 돌아오는 장면을 모두 지켜보았다. 전날과 마찬가지로 잉그램 양만이 유일하게 말을 탔다. 그리고 마찬가지로 로체스터 씨가 그녀 옆에서 달렸다. 두 사람은 나머지 사람들과 조금 떨어져서 말을 탔다. 나는 창가에 함께 서 있던 페어팩스 부인에게 이 상황을 지적했다.

「두 사람이 결혼할 의향이 없을 것 같다고 말씀하셨죠?」 내가 말했다. 「그렇지만 로체스터 씨가 어떤 다른 숙녀들보다 그녀를 분명히 더 좋아하는 게 보이시죠?」

「맞아요, 그렇군요. 틀림없이 그가 그녀를 숭배하고 있어요.」

「그녀도 그를 숭배하고요.」 내가 덧붙였다. 「뭔가 비밀스러운 이야기를 하듯이 그쪽으로 머리를 기울이고 있는 모습을 보세요. 얼굴을 보고 싶네요. 아직 얼굴을 한 번도 보질 못했어요.」

「오늘 저녁에는 그녀를 볼 거예요.」 페어팩스 부인이 말했다. 「아델이 얼마나 숙녀들을 만나 보고 싶어 하는지 우연히 로체스터 씨에게 말했거든요. 그랬더니 로체스터 씨가 〈아! 저녁 식사 후에 아델을 응접실로 내려보내요. 그리고 에어 선생에게 아델과 같이 오라고 청해요〉라고 하더군요.」

「그랬군요. 그냥 예의상 그렇게 말했을 거예요. 저는 갈 필요가 없다고 확신해요.」 내가 대답했다.

「그런데 내가 선생님은 손님들에게 익숙하지 않아서 그렇게 쾌활한 손님들 앞에 — 전부 낯선 사람들이니까요 — 나서기를 좋아하지 않을 것 같다고 말했죠. 그러자 그 특유의 빠른 말투로 대답하더군요. 〈말도 안 되는 소리요! 만약 거절하면 내가 특히 원하는 일이라고 전해 주시오. 그래도 싫다고 그러면 내가 가서 직접 데려오겠다고 전하시오.〉」

「그런 수고를 끼쳐서는 안 되죠.」 내가 대답했다. 「더 나은 방법이 없다면 갈게요. 그래도 솔직히 가고 싶진 않아요. 거기 가실 거예요, 페어팩스 부인?」

「아니요. 나는 안 가겠다고 간청했더니 허락해 주었어요. 제일 싫은 부분이라 할 만한 정식 입장을 피할 수 있는 방법을 알려 줄게요. 숙녀들이 아직 저녁 식사 중이라 응접실이 비어 있을 때 거기로 들어가야 해요. 선생님 마음에 드는 조용한 구석 자리에 앉아 있어요. 원치 않는다면 신사들이 들어오고 난 후 오래 머무를 필요는 없어요. 로체스터 씨에게 선생님이 거기 있다는 것만 알리고 빠져나와요. 그럼 아무도 눈치채지 못할 거예요.」

「손님들이 오래 묵으실 것 같아요?」

「아마 이삼 주 정도일 거예요. 분명히 그 이상은 아닐 거예요. 부활절 휴회 기간 후에는 최근 밀코트 의원으로 선출된 조지 린 경이 런던으로 가서 의석을 지켜야 하거든요. 로체스터 씨가 그분과 동행하지 않을까 싶어요. 이번에는 그가 손필드에 이처럼 오래 머물고 있다니 놀라워요.」

제자와 함께 응접실로 내려가야 할 시간이 다가오자 약간의 불안함이 느껴졌다. 아델은 저녁때 숙녀들에게 소개될 것이라는 소식을 들은 후 하루 종일 기뻐서 어쩔 줄 모르는 상태로 지냈다. 소피가 아델을 단장시키기 시작하고 나서야 조금 진정이 되었다. 옷 입는 과정의 중요성을 깨달은 아델은 곧 차분해졌다. 고수머리를 잘 매만져 펴고는 머리 컬을 신중히 말아서 줄줄이 늘어뜨려 놓고, 분홍색 새틴 프록을 입고, 긴 허리띠를 묶고, 레이스 장갑을 끼고 나자 아델은 어느 판사 못지않게 엄숙해 보였다. 옷차림이 흐트러지지 않게 조심하라고 경고할 필요도 없었다. 옷을 입고 나자 그녀는 작은 의자에 새침하게 앉아 혹시라도 새틴 스커트가 구겨지지 않도록 미리 치맛자락을 들어 올리며 신경을 쓰면서 내가 준비를 마칠 때까지 꼼짝도 하지 않겠다고 약속했다. 나는 재빨리 준비를 마쳤다. 내가 가진 옷 중에서 제일 좋은 드레스(템플 선생님의 결혼식을 위해서 샀지만 그 후 한 번도 입지 않았던 은회색 드레스)를 서둘러 걸치고 머리 손질도 순식간에 마쳤다. 내가 가진 유일한 장식품인 진주 브로치를 얼른 단 다음 우리는 아래층으로 내려갔다.

다행히도 손님들이 모두 앉아 저녁 식사를 하고 있는 객실을 통하지 않고 응접실에 들어갈 수 있는 또 다른 문이 있었다. 응접실 안은 텅 비어 있었다. 대리석 벽난로에서 큰 불이 조용히 타고 있었고 탁자들을 장식하고 있는 아름다운 꽃들 사이로 양초들이 환하고도 적막하게 빛나고 있었다. 아치 앞에는 진홍색 커튼이 드리워져 있었다. 이 커튼이 인접해 있는 객실의 손님들을 차단해 주는 효과는 미미했지만 그들이 워낙 낮은 목소리로 이야기를 나눴기 때문에 조용한 웅성거림 외에는 무슨 말을 하는지 분간이 되지 않았다.

매우 엄숙해져야 한다는 생각에 주눅이 들었던지 아델은 내가 가리킨 낮은 의자 위에 아무 말 없이 앉아 있었다. 나는 창가 의자로 물러나 근처 탁자에서 책을 하나 집어 들고 읽으려 애썼다. 아델이 내 발치로 의자를 가져왔다. 얼마 지나지 않아 그녀가 내 무릎을 만졌다.

「왜 그러니, 아델?」

「선생님, 이 멋진 꽃들 중에서 하나만 제가 가지면 안 될까요? 그냥 제 의상을 완벽하게 마무리하게요.」 아델이 프랑스어로 말했다.

「너는 네 〈투알렛〉에 너무 신경을 많이 쓰는구나, 아델. 하지만 꽃을 가져도 돼.」 나는 화병에서 장미 한 송이를 빼 아델의 허리 장식 띠에 달아 주었다. 그녀는 이제야 행복의 잔이 가득 찬 것처럼 이루 말할 수 없이 흡족한 한숨을 쉬었다. 나는 고개를 돌리고 터져 나오는 미소를 감췄다. 옷차림에 대한 이 꼬마 파리인의 진지하면서도 선천적인 집착에는 우스꽝스러우면서도 애처로운 점이 있었다.

소금씩 커지고 있던 부드러운 소리가 이제는 확연히 커졌다. 아치에서 커튼이 뒤로 젖혀졌다. 그 사이로 긴 식탁을 덮고 있는, 훌륭한 디저트 음식이 담긴 은 식기와 유리잔에 촛불 빛이 가득 흐르고 있는 식당이 드러났다. 숙녀들 일행이 입구에 나타났다. 그들이 들어서자 커튼이 다시 드리워졌다.

일행은 여덟 사람뿐이었다. 그러나 어쩐 일인지 그들이 함께 들어서자 수가 훨씬 더 많은 것 같다는 인상을 주었다. 그들 중 몇 사람은 키가 매우 컸다. 많은 사람들이 흰 옷을 입고 있었다. 그리고 그들 모두 안개가 달을 커 보이게 하듯 체격을 더 커 보이게 만드는, 전체적으로 풍성한 옷차림을 하고 있었다. 나는 일어서서 무릎을 구부려 절을 했다. 한두 사람이 고개를 숙여 답례를 했고 나머지 사람들은 나를 쳐다보기만 했다.

그들은 방 안 곳곳으로 흩어졌다. 가볍고 경쾌한 동작 때문에 그들은 하얀 깃털을 가진 새 떼를 연상시켰다. 몇 사람은 소파와 오토만에 반쯤 누운 자세로 털썩 주저앉았고 몇 사람은 탁자 위로 몸을 기울여서 꽃과 책들을 살펴보았다. 나머지는 난롯불 가에 무리를 지어 모여 있었다. 그들 모두 낮지만 또렷한 목소리로 이야기를 나눴다. 그것이 그들의 평소 습관인 것 같았다. 나는 나중에야 그들의 이름을 알게 되었지만 지금 그 이름들을 언급하는 편이 좋을 듯하다.

먼저 에슈턴 부인과 그녀의 두 딸이 있었다. 부인은 한창때에 틀림없이 미인이었을 것 같았고 여전히 미모를 간직하고 있었다. 맏딸인 에이미는 약간 몸집이 작았다. 얼굴과 태도가 순진하고 아이 같았으며 몸매는 야무져 보였다. 하얀 모슬린 드레스와 파란 허리띠가 그녀에게 잘 어울렸다. 둘째 딸 루이자는 키가 더 크고 더 우아한 모습이었다. 그녀는 무척 예뻐 보였는데 프랑스어로 〈반듯하지는 못하나 호감 가는 얼굴〉인 매력적인 유형에 속했다. 두 자매 모두 백합처럼 아름다웠다.

린 부인은 마흔 살가량으로 몸집이 크고 뚱뚱했다. 자세가 매우 곧고 무척 거만해 보였으며 갖가지 광택이 나는 화려한 새틴 드레스를 입고 있었다. 검은 머리카락이 비췻빛 새털 장식 그늘과 보석이 박힌 장식 고리 안에서 반짝반짝 빛났다.

덴트 대령 부인은 덜 화려했지만 더 숙녀다워 보였다. 날씬한 몸매에 얼굴이 창백하고 부드러웠으며 금발이었다. 검은색 새틴 드레스와 화려한 외국산 레이스 스카프, 진주 장식이 신분 높은 린 부인의 무지갯빛 화려함보다 더 내 마음에 들었다.

그러나, 아마 일행 중에서 가장 키가 큰 탓도 있겠지만, 가장 돋보이는 세 사람은 미망인인 잉그램 부인과 그녀의 두 딸 블랑쉬와 메리였다. 그들 모두 여자치고는 큰 편에 속했다. 미망인의 나이는 마흔에서 쉰 사이로 보였지만 여전히 아름다웠다. (적어도 촛불에 비친) 그녀의 머리카락은 아직도 새까맣고 치아 역시 완전해 보였다. 대부분의 사람들이 그녀를 나이에 비해 근사한 여성이라고 부르리라. 신체적으로는 확실히 근사했다. 그러나 그녀의 태도와 표정에는 거의 참을 수 없을 정도로 거만함이 역력하게 드러났다. 그녀는 로마인 같은 매부리코에 기둥 같은 목으로 사라지는 이중 턱을 지니고 있었다. 내게는 이런 용모가 자만심으로 부풀리고 흐려지고 주름진 듯 보였다. 그리고 턱도 거의 불가사의할 정도로 반듯하게 같은 원칙으로 받쳐지고 있었다. 마찬가지로 그녀의 눈빛은 사납고 험상궂었다. 그것은 리드 부인의 눈빛을 떠올리게 했다. 그녀는 말할 때 입을 크게 벌렸다. 굵은 목소리에 억양은 매우 오만하고 독단적이었다. 간단히 말해서 참을 수가 없는 말씨였다. 진홍색 벨벳 드레스와 금실로 장식된 인도산 천으로 만든 숄 터번은 그녀에게 여왕 같은 위엄을 부여해 주었다. (그녀도 그렇게 생각했을 것 같았다)

블랑쉬와 메리는 키가 같았다. 포플러 나무처럼 훤칠했다. 메리는 키에 비해 너무 말랐고 블랑쉬는 달의 여신 다이애나 같은 모습이었다. 당연히 나는 특별한 관심을 가지고 그녀를 바라보았다. 먼저 나는 그녀의 외모가 페어팩스 부인의 묘사와 일치하는지 보고 싶었다. 둘째, 그녀의 외모가 내가 그린 작은 초상화와 닮았는지 보고 싶었다. 세 번째로는 — 어차

피 드러날 일이니 다 털어놓자! ― 그녀의 외모가 과연 로체스터 씨의 취향에 맞을지 알아보는 것이었다. 외모에 관한 한 그녀는 하나하나 비교했을 때 내 그림과 페어팩스 부인의 묘사에 딱 들어맞았다. 멋진 가슴과 비스듬히 경사진 어깨, 우아한 목, 검은 눈과 검은 고수머리를 전부 가지고 있었다. 그러나 얼굴은? 그녀의 얼굴은 자기 어머니와 판박이였다. 젊고 주름이 없다는 것만 다를 뿐이었다. 똑같이 좁은 이마와 똑같이 고상한 이목구비와 똑같은 오만함을 지니고 있었다. 그러나 그렇게 무뚝뚝한 오만함은 아니었다. 그녀는 계속 웃었다. 그녀의 웃음은 냉소적이었고 활 모양의 거만한 입술이 습관적으로 짓고 있는 표정 역시 냉소적인 것이었다.

천재는 자의식이 강하다고 한다. 잉그램 양이 천재인지는 알 수 없지만 그녀는 자의식이 강했다. 사실 두드러지게 자의식이 강했다. 그녀는 상냥한 덴트 부인과 식물학에 대해 대화를 시작했다. 덴트 부인은 식물학 공부를 한 적이 없는 것 같았다. 그러나 그녀는 대화 도중에 꽃을, 〈특히 야생화〉를 좋아한다고 말했다. 잉그램 양은 식물학 공부를 한 모양이었고 식물학 용어를 잘난 체하며 주워섬겼다. 나는 즉시 그녀가 (속된 말로 표현하면) 덴트 부인을 놀리고 있다는 것을 알았다. 즉, 그녀의 무지함을 가지고 장난을 치고 있었다. 그녀가 교묘하게 놀렸다 해도 분명히 선의의 행동은 아니었다. 그녀는 피아노를 연주했다. 훌륭한 연주였다. 그녀는 노래도 불렀다. 아름다운 목소리였다. 그녀는 어머니와 프랑스어로 이야기를 나눴다. 유창하고 억양도 훌륭했다.

메리는 블랑쉬보다 더 부드럽고 천진한 용모를 지니고 있었다. 얼굴 표정도 더 부드러웠고 피부색이 더 희었다. (잉그램 양은 스페인 사람처럼 가무잡잡했다) 그러나 메리에게는 생기가 부족했다. 얼굴에 표정이 없었고 눈에는 광채가 없었다. 화제가 전혀 없어서 한번 자리에 앉더니 구석에서 동상처럼 꼼짝도 하지 않았다. 자매는 모두 티끌 하나 없는 흰 드레스를 입고 있었다.

다음으로 잉그램 양이 로체스터 씨가 선택할 만한 대상이라는 생각이 들었을까? 알 수가 없었다. 여성의 아름다움에 대한 그의 취향을 나는 전혀 몰랐다. 만약 그가 위엄 있는 사람을 좋아한다면 그녀가 바로 그 위엄의 전형이었다. 그리고 그녀는 재능이 있었고 쾌활했다. 대부분의 신사들이 그녀를 무척 좋아하리라는 생각이 들었다. 그리고 그가 실제로 그녀를 찬미하고 있다는 증거를 내가 이미 확보해 놓은 것 같았다. 의심의 마지막 그늘을 걷어 내기 위해서는 두 사람이 함께 있는 모습을 보는 일만 남아 있었다.

독자여, 설마 아델이 이 모든 시간 내내 내 발치에 있는 스툴 위에 꼼짝 앉고 앉아 있었으리라 생각하지는 않았을 것이다. 그럴 리가 없었다. 숙녀들이 들어왔을 때 아델은 일어나 그들을 맞으러 앞으로 나가서 그들에게 엄숙하게 절을 하고는 진지하게 프랑스어로 말했다.

「안녕하세요, 숙녀분들.」

그러자 잉그램 양이 비웃는 듯한 태도로 아델을 내려다보며 소리쳤다. 「아, 정말 작은 인형 같네!」

린 부인이 말했다. 「저 애가 로체스터 씨가 돌보고 있는 아이인가 보군요. 전에 말했던 프랑스 아이 말이에요.」

덴트 부인은 부드럽게 아델의 손을 잡고 입을 맞춰 주었다.

에이미 에슈턴과 루이자 에슈턴이 동시에 소리 쳤다. 「아유, 예뻐라!」

그런 다음 그들은 아델을 소파로 불렀다. 아델은 지금 두 사람 사이에 자리 잡고 앉아서 프랑스어와 토막 영어를 섞어 가며 재잘거리고 있었다. 젊은 숙녀들의 관심뿐만 아니라 에슈턴 부인과 린 부인의 관심까지 독차지하면서 아델은 마음 껏 응석을 부렸다.

마침내 커피가 나오고 신사들이 불려 왔다. 이렇게 환히 불이 켜진 방에 그늘이 있다면, 나는 그 그늘에 앉아 있었고 창문 커튼이 반쯤 나를 가려 주었다. 다시 아치가 하품을 하듯 열리면서 신사들이 들어왔다. 숙녀들과 마찬가지로 신사들이 함께 모여 있는 모습도 매우 위풍당당했다. 모두 검은색 옷을 입고 있었다. 대부분은 키가 컸고 몇 사람은 젊었다. 헨리와 프레더릭 린 형제는 정말 멋쟁이였고 덴트 대령은 군인다운 훌륭한 신사였다. 이 지방의 치안 판사인 에슈턴 씨는 신사다웠다. 머리는 백발이었지만 눈썹과 구레나룻은 여전히 검었으므로 외모에서 〈연극 속의 노귀족〉 같은 분위기가 풍겼다. 젊은 잉그램 경은 누이들과 마찬가지로 키가 무척 컸고 미남이었다. 그러나 메리처럼 무관심하고 열의 없는 표정을 지니고 있었다. 더구나 그 기다란 팔다리로 인해 혈기가 부족해 보이기도 했고 두뇌 활동은 활발하지 못할 것 같았다.

그런데 로체스터 씨는 어디에 있을까?

그는 마지막으로 들어왔다. 아치를 바라보고 있지 않았음에도 그가 들어오는 모습이 눈에 선했다. 나는 들고 있던 지갑의 그물뜨기 바늘과 그물눈에 주의를 집중하려고 애썼다. 손에 들려 있는 일감에 대해서만 생각하고 무릎에 놓인 은구슬과 은실만 보고 싶었다. 그럼에도 불구하고 그의 모습이 선명하게 보였고 어쩔 수 없이 그를 마지막으로 보았던 순간이 떠올랐다. 내가 그에게 (그의 말을 빌리면) 중대한 도움을 준 직후 그는 내 손을 잡고 내 얼굴을 내려다보며 가득 차올라서 곧 흘러넘칠 것 같은 마음이 담긴 눈빛으로 나를 바라보았다. 나도 같은 심정이었다. 그 순간 내가 그에게 얼마나 가까이 다가갔던가? 도대체 그 후 무슨 일이 일어나서 그와 내 관

계가 바뀌어 버렸을까? 지금은 우리가 얼마나 크게 멀어졌는
가! 너무나 멀어져서 나는 그가 내게 다가와 말을 걸리라는
기대도 하지 않았다. 그가 나를 거들떠보지도 않은 채 방 맞
은편에 앉아 몇몇 숙녀들과 이야기를 나누기 시작했을 때도
나는 놀라지 않았다.

그가 숙녀들에게 온통 관심을 쏟고 있어서 눈길이 마주칠
염려 없이 그를 바라볼 수 있다는 것을 알게 된 순간 내 눈은
나도 모르게 그의 얼굴로 이끌렸다. 눈꺼풀을 내 마음대로 통
제할 수가 없었다. 눈꺼풀이 저절로 올라갔고 눈동자가 그에
게 고정되었다. 나는 그를 바라보았고 그를 바라보면서 큰 기
쁨을 느꼈다. 소중하면서도 강렬한 기쁨이었다. 고통이라는
강철 칼날이 달린 순금의 기쁨이었다. 갈증으로 죽어 가던 사
람이 기어서 샘물에 도달하고, 그 샘물에 독이 들어 있다는
사실을 알면서도 몸을 굽혀 신성한 물을 몇 모금 떠 마시는
것 같은 기쁨이었다.

〈아름다움은 보는 사람의 눈에 달려 있다. 제 눈에 안경이
다〉라는 속담이 정말 맞는다. 로체스터 씨의 핏기 없는 올리
브색 얼굴과 네모난 넓은 이마, 굵고 짙은 눈썹, 깊은 눈, 강해
보이는 얼굴, 단호하고 엄해 보이는 입, 강한 에너지와 결단력
과 의지력을 보여 주는 이 모든 것은 일반적인 기준으로는 아
름답지 않았다. 그러나 내게는 아름다움 이상이었다. 그것들
은 나를 완전히 지배해서, 내 감정들을 스스로 통제할 수 없
도록 빼앗아 가서, 자기 지배 아래 묶어 두는 흥밋거리이자
나를 좌지우지하는 힘이었다. 나는 그를 사랑하겠다고 마음
먹은 적이 없었다. 내 영혼에 사랑이 싹텄음을 감지하자마자
그것을 뿌리 뽑기 위해 내가 얼마나 애를 썼는지 독자들은 알
고 있으리라. 그러나 지금 그를 다시 처음 보자마자 그 싹들
이 힘차게 저절로 솟아났다. 그는 나를 쳐다보지도 않은 채

나로 하여금 그를 사랑하게 만들었다.

나는 로체스터 씨를 손님들과 비교해 보았다. 우직한 정력과 진짜 힘을 보여 주는 그의 모습과 비교했을 때 린 형제의 고상한 품위와 잉그램 경의 맥없는 우아함이라든가 덴트 대령의 군인다운 늠름함 따위가 내게 무슨 의미가 있었을까? 그들의 외모와 표정에서 나와 교감할 수 있는 부분을 전혀 찾아낼 수 없었다. 그럼에도 불구하고 나는 대부분의 사람들이 그들을 보고 매력적이고 잘생겼으며 당당하다고 평하리라는 것을 잘 알고 있었다. 반면에 사람들은 로체스터 씨의 얼굴이 험상궂을 뿐만 아니라 침울해 보인다고 단언하리라. 나는 그들이 미소 짓고 웃는 모습을 보았다. 그것은 아무 의미도 없었다. 촛불의 불빛에도 그들의 미소에 들어 있는 만큼의 영혼이 담겨 있었다. 종의 울림에도 그들의 웃음에 들어 있는 만큼의 의미가 깃들어 있었다. 나는 로체스터 씨가 미소 짓는 것을 보았다. 그의 엄한 표정이 부드러워졌다. 두 눈은 빛나고 온화했으며, 그 눈빛 또한 엄격한 동시에 부드러웠다. 그때 그는 루이자, 에이미 에슈턴 자매와 이야기를 나누고 있었다. 내게는 꿰뚫을 듯한 그 눈빛을 그들이 그토록 차분하게 받아들이는 것이 놀라웠다. 나는 그들이 그의 눈빛에 시선을 떨어뜨리고 얼굴을 붉히리라고 예상했다. 그러나 나는 그들이 태연한 것을 보고 다행이라고 생각했다. 〈나한테만큼 다른 사람들한테는 그가 그렇게 중요한 존재가 아닌가 봐.〉 나는 속으로 생각했다. 〈그는 그들과 같은 유형의 사람이 아니야. 나는 그가 나와 같은 유형에 속한 사람이라고 믿어. 분명히 그럴 거라고 확신해. 나는 그와 비슷하다고 느껴. 나는 그의 안색과 동작이 나타내는 의미를 이해해. 비록 지위와 재산에서 심하게 격차가 난다 해도 정신적으로 나를 그와 동화시켜 주는 것이 내 머리와 가슴속에, 내 피와 신경에 들어 있어.

그가 주는 봉급을 받는다는 것 이외에는 그와 아무런 관계도 없다고 며칠 전에 내가 말했던가? 봉급을 주는 주인일 뿐이라는 것 이외의 다른 관점에서 그를 생각하지 말라고 나 스스로에게 금했던가? 그것은 자연적인 본성에 대한 불경이야! 내가 가진 선하고, 진실하고, 활발한 감정은 모두 저절로 그의 주변으로 몰려든다. 내 감정을 숨겨야 한다는 것을 알고 있어. 희망을 억눌러야 해. 그가 나를 썩 좋아하지 않는다는 사실을 명심해야 돼. 내가 그와 같은 유형의 사람이라고 말하긴 했지만 그것은 영향력을 미치는 그의 힘과 사람을 끌어들이는 그의 매력을 내가 지니고 있다는 뜻은 아니니까. 내 말은 내가 어떤 취향과 감정을 그와 같이 공유한다는 것만을 뜻해. 따라서 나는 우리가 영원히 갈라져 있다는 점을 항상 반복해서 명심해야 해. 그러나 내가 숨 쉬고 생각하는 한 나는 그를 틀림없이 사랑할 거야.〉

커피가 나왔다. 신사들이 들어온 이후 숙녀들은 종달새처럼 활기를 띠게 되었다. 대화는 유쾌하고 즐거운 상태로 무르익었다. 덴트 대령과 에슈턴 경은 정치에 대해 토론했고 부인들은 귀를 기울였다. 거만한 린 부인과 잉그램 부인은 서로 담소를 나눴다. 내가 묘사하는 것을 깜빡 잊은 조지 경은 몸집이 매우 크고 아주 기분 좋게 생긴 시골 신사로 커피 잔을 손에 들고 소파 앞에 서서 이따금씩 말참견을 했다. 프레더릭 린은 메리 잉그램 옆자리에 앉아서 멋진 책[56]의 판화들을 그녀에게 보여 주고 있었다. 그녀는 그것을 보고 이따금씩 미소를 지었지만 말은 거의 하지 않는 듯했다. 키가 크고 무기력해 보이는 잉그램 경은 몸집이 작지만 활기찬 에이미 에슈턴의 의자 등에 팔짱을 낀 채 기대 있었다. 그녀가 그를 올려다

56 19세기식 커피 테이블용 책.

보면서 굴뚝새처럼 종알댔다. 그녀는 로체스터 씨보다 그를 더 좋아했다. 헨리 린은 루이자의 발치에 놓인 오토만을 차지했다. 아델이 그와 오토만에 함께 앉아 있었다. 헨리는 아델과 프랑스어로 이야기를 나누려고 애쓰고 있었고 루이자는 그의 실수에 웃음을 터뜨렸다. 블랑쉬 잉그램은 누구와 짝을 이루고 있을까? 그녀는 혼자 탁자 앞에 서서 문학선집 위로 우아하게 몸을 숙이고 있었다. 그녀는 누군가가 자기를 찾아주길 기다리고 있었다. 그러나 그리 오래 기다릴 필요가 없었다. 그녀 자신이 짝을 골랐다.

에슈턴 자매 곁을 떠난 로체스터 씨는 탁자 옆의 블랑쉬처럼 혼자 난롯가에 서 있었다. 그녀가 벽난로 선반의 맞은편으로 가서 그와 마주섰다.

「로체스터 씨, 당신이 아이들을 좋아하지 않는 줄 알았는데요.」

「안 좋아합니다.」

「그렇다면 무엇 때문에 저런 꼬마를 맡았나요?」(아델을 가리키며) 「저 아이를 어디에서 주워 온 거예요?」

「주워 온 게 아니라 내 손에 맡겨졌을 뿐이오.」

「그럼 학교에 보냈어야죠.」

「그럴 형편이 안 되오. 학교는 너무 비싸잖소.」

「어머나, 가정 교사를 두고 있는 것 같던데요. 방금 전에 그 애와 함께 있는 사람을 보았는데……. 어디로 갔나요? 아, 아니군요! 창문 커튼 뒤에 아직 있군요. 물론 봉급을 주겠죠? 돈이 무척 많이 들 텐데……. 더 많이 들 것 같은데요. 두 사람을 함께 데리고 있어야 하니까요.」

내 얘기가 나왔기 때문에 나는 로체스터 씨가 내 쪽을 바라보지 않을까 두려웠다. 아니, 바랐다고 말해야 할까? 그래서 나도 모르게 그늘 속으로 더 깊이 몸을 숨겼다. 그러나 그는 눈길을 돌리지 않았다.

「그 문제를 고려해 본 적이 없군요.」그가 정면을 응시하며 냉담하게 말했다.

「물론이죠. 남자분들은 경제와 상식을 전혀 고려하지 않죠. 저희 어머니가 가정 교사들에 대해 말씀하시는 걸 들어봐야 해요. 메리와 저는 어렸을 적에 적어도 열두 명 정도의 가정 교사를 두었던 것 같아요. 그들 중 절반은 꼴 보기 싫었고 나머지는 주책이었어요. 모두 악몽 같았어요……. 그렇지 않았나요, 어머니?」

「뭐라고 했니, 내 딸아?」

미망인의 특별한 소유물인 듯 불린 젊은 숙녀가 자신의 질문에 설명을 덧붙여 되풀이했다.

「애야, 가정 교사 얘기는 꺼내지 마라. 그 소리를 듣기만 해도 머리가 아프다. 그들의 무능과 변덕 때문에 수난을 당했지. 이제는 그들을 상대하지 않게 돼서 하늘에 감사드린다.」

이때 덴트 부인이 신앙심 깊은 부인에게 몸을 기울여서 귓속말로 뭐라고 속삭였다. 그다음 대답으로 미루어 짐작해 보건대 저주받고 추방당한 종족 중 한 사람이 면전에 있다고 알려 준 것 같았다.

「저런!」귀부인이 말했다. 「그 말이 약이 되길 바랄 뿐이죠.」그런 다음 더 낮은 어조로, 그러나 여전히 내가 들을 수 있을 만큼 충분히 큰 소리로 그녀가 말했다. 「나도 그녀가 있다는 것을 알고 있었어요. 얼굴을 보면 어떤 사람인지 아는데 저 여자 얼굴에는 아직도 그 부류의 인간들이 지닌 온갖 결점이 다 보이는군요.」

「그게 뭔데요, 부인?」로체스터 씨가 큰 소리로 물었다.

「단둘이 있을 때 알려 드리죠.」그녀가 꺼림칙하다는 듯이 의미심장하게 터번을 쓴 머리를 세 번 흔들었다.

「그렇지만 제 호기심이 흥미를 잃을 텐데요. 지금 답을 듣고 싶어 해요.」

「블랑쉬에게 물어봐요. 그 애가 나보다 더 가까이 있으니까요.」

「어머! 저한테 떠넘기지 마세요, 어머니. 가정 교사 전체 족속에 대해 저는 딱 한 마디밖에 할 말이 없어요. 성가신 존재라는 거요. 제가 그들 때문에 고생을 많이 했다는 건 아니에요. 제가 보기 좋게 판세를 뒤집었으니까요. 윌슨 선생, 그레이 선생, 주베르 부인에게 시어도어와 제가 얼마나 장난을 쳤는지 몰라요. 메리는 항상 너무 졸려서 적극적으로 음모에 가담하질 못했어요. 가장 재미있었던 장난은 주베르 부인에게 친 거였어요. 윌슨 선생은 불쌍한 약골에 눈물을 잘 흘렸고 침울해서 간단히 말하자면 굳이 이기려고 애쓴 보람도 없었어요. 그레이 선생은 거칠고 무신경했어요. 어떤 타격을 가해도 아무 영향을 미치지 못했죠. 그러나 불쌍한 주베르 부인! 우리가 그녀를 극한까지 몰고 갔을 때 그녀가 분통을 터뜨리던 모습이 아직도 눈에 선해요……. 차를 엎지르고 버터 바른 빵을 짓이기고 책을 천장으로 던지고 자로 책상을 치고 부젓가락으로 벽난로 망을 치고 난리도 아니었다니까요. 시어도어, 그 즐거웠던 시절이 기억나?」

「그럼, 물론 생각나지.」 잉그램 경이 느리게 말했다. 「그리고 그 불쌍한 늙은 바보는 〈악당 같은 녀석들아!〉라고 소리치곤 했지……. 그러면 우리는 그녀에게 설교를 했지. 자기도 엄청나게 무식하면서 건방지게 우리처럼 똑똑한 아이들을 가르치려 한다고.」

「맞아요. 그리고 테오, 우리가 병든 교구 목사라 불렀던 오빠의 가정 교사 말이에요. 얼굴이 창백했던 바이닝 선생을 골탕 먹일 때 나도 도와주었잖아요. 그 선생하고 윌슨 선생이 뻔뻔하게 연애를 했으니까요……. 적어도 저와 테오는 그렇게 생각했어요. 부드러운 눈길을 보낸다거나 한숨을 쉬는 것을 알아채고 우리는 그것을 〈아름다운 열정〉의 표시로 해석했죠. 곧 우리 덕에 집안사람들이 모두 알게 되어 그 골칫거리들을 집에서 내쫓는 구실로 삼았어요. 저기 계신 우리 어머니께서 그 일을 눈치채자마자 그것이 부도덕하다고 여기셨죠. 그렇지 않았나요, 어머니?」

「물론이지, 애야. 그리고 내가 옳았다. 확실하지. 기강이 바르게 선 집안에서 한순간이라도 남녀 가정 교사의 연애를 절대 묵인해서는 안 되는 이유로는 먼저…….」

「아, 저런, 어머니! 더 이상 얼기하지 마세요! 나머지는 우리 모두 알고 있어요. 순진한 아이들한테 나쁜 본보기를 보일 위험이 있고, 사랑에 빠진 사람들이 정신을 딴 데 파느라 해야 할 일을 소홀히 할 수 있죠. 서로 결탁해서 의지하다 보면 비밀이 생겨나고 대담해져서 반항적이 되고 그러다가 주인에게 대들고 큰 소동이 일어나죠. 제 말이 맞나요, 잉그램 파크의 잉그램 남작 부인?」

「백합 같은 내 딸아, 언제나 그렇듯 지금도 네 말이 맞다.」

「그럼 더 말할 필요가 없겠네요. 화제를 바꾸죠.」

이 선고를 듣지 못했는지 아니면 듣고도 신경을 쓰지 않는 건지 에이미 에슈턴이 그녀 특유의 부드럽고 아이 같은 어조로 끼어들었다. 「루이자와 저도 우리 가정 교사에게 장난을 치곤 했어요. 그런데도 그녀는 천성이 너무 착해서 뭐든지 다 참아 냈어요. 어떤 짓을 해도 그녀를 쫓아낼 수가 없었죠. 그녀는 절대 우리한테 신경질을 내지 않았어요. 그녀가 신경질을 낸 적이 있었어, 루이자?」

「아니, 한 번도 그런 적이 없었어요. 우리는 하고 싶은 대로 다 했어요. 선생의 책상과 도구함을 샅샅이 뒤지고 서랍도 뒤

집어 놓곤 했어요. 그래도 워낙 착해서 우리가 청하는 것은 뭐든지 다 주곤 했어요.」

「이제는 현존하는 모든 가정 교사에 대한 회고록의 초록이 나올 것 같군요.」 잉그램 양이 입술을 냉소적으로 비틀며 말했다. 「그런 재앙을 피하기 위해 새로운 화제를 도입할 것을 제안합니다. 로체스터 씨, 제 제안에 찬성하세요?」

「부인, 다른 모든 문제와 마찬가지로 이 문제에 있어서도 당신을 지지합니다.」

「그럼 그 문제를 제기한 책임은 제가 질게요. 에두아르도 씨, 오늘 밤 노래를 불러 주시겠어요?」

「비앙카[57] 양, 당신의 명이라면 기꺼이 하겠습니다.」

「그렇다면 그대의 폐와 다른 발성 기관들을 닦아 놓길 명하오. 우리를 위해 필요하니까 말이에요.」

「그렇게 고귀한 메리 여왕의 리치오 같은 가수가 되고 싶지 않은 사람이 어디 있겠습니까?」[58]

「리치오가 다 뭐예요!」 그녀가 피아노 쪽으로 옮겨 가면서 온통 컬로 말려 있는 머리를 뒤로 젖히고 외쳤다. 「바이올리니스트 데이비드는 틀림없이 무미건조한 사람이었을 거예요. 보스웰이 더 마음에 들어요. 제가 보기에는 마음속에 약간의 사악함을 갖지 않은 남자는 별 볼일 없는 것 같아요. 제임스 햅번을 어떻게 평가할지는 역사가 알려 줄 거예요. 그러나 그야말로 제가 결혼에 동의할 수 있었을 딱 그런 종류의 거칠고 격렬한 악당 영웅이었다고 생각해요.」

「신사분들, 들어 봐요! 그렇다면 여러분 중에서 누가 가장

57 블랑쉬의 이탈리아식 이름.
58 스코틀랜드 메리 여왕의 두 번째 남편 단리는 여왕의 비서이자 어쩌면 연인이 된 이탈리아 가수 데이비드 리치오를 암살한 것으로 알려져 있다. 보스웰 백작인 제임스 햅번은 단리를 살해하고 1567년에 여왕과 결혼했다.

보스웰을 닮았나요?」로체스터 씨가 외쳤다.

「나는 당신이 가장 닮았다고 생각하오.」덴트 대령이 대답했다.

「대단히 감사합니다.」로체스터 씨가 대답했다.

이제 피아노 앞에 거만하고 우아하게 앉은 잉그램 양이 여왕처럼 부풀린, 눈처럼 흰 드레스를 펼쳐 놓고 멋진 전주곡을 연주하기 시작하면서 말했다. 그녀는 오늘 밤 한껏 뽐내는 것 같았다. 그녀의 말과 태도는 연주를 듣는 사람들에게 더할 수 없는 경탄을 불러일으키기 위한 것처럼 보였다. 매우 멋지고도 동시에 대담하다는 인상을 심어 주기 위해 애쓰는 모습이 역력했다.

「아, 저는 요즘 젊은이들한테는 너무 진저리가 나요!」그녀가 빠르게 피아노를 치면서 소리쳤다. 「부친의 수렵지에서 한 발자국도 나가질 못하고 어머니의 허락과 후견 없이는 거기까지 나가지도 못하는 불쌍하고 허약한 것들이죠. 예쁜 얼굴과 하얀 손과 작은 발에 신경 쓰느라 여념이 없는 존재들이에요. 마치 남자와 아름다움이 무슨 상관이라도 있는 듯, 사랑스러움이 여자만의 특권이나 여자의 합법적인 속성이자 유산이 아니라는 듯이 말이에요. 못생긴 여자는 창조의 아름다운 얼굴에 묻은 오점이라고 인정하지만 *신사*들은 그저 힘과 용기만 갖고 싶어 하게 했으면 좋겠어요. 신사들의 구호는 사냥과 총 쏘기, 전투로 정하고 나머지는 전혀 가치 없는 것으로 삼았으면 좋겠어요. 제가 남자라면 제 구호를 그렇게 정할 거예요.」

「저는 결혼하면 남편을 경쟁자로 삼지 않고 저를 돋보이게 하는 존재로 삼을 작정이에요.」그녀가 잠깐 쉬었다가 말을 계속했지만 어느 누구도 끼어들지 않았다. 「그러면 미의 왕좌 근처에 경쟁자가 전혀 생기지 않겠죠. 저는 나뉘지 않은 완전한 충성을 요구할 거예요. 남편의 충성이 저와 거울에 비치는 남편의 모습 사이에서 나뉘지 않게 할 거예요. 로체스터 씨, 이제 노래하세요. 제가 반주를 할 테니까요.」

「당신 말에 무조건 복종합니다.」 그가 대답했다.

「그럼 해적 노래를 하도록 하죠. 제가 해적을 좋아한다는 사실을 알아 두세요. 그러니까 활발하게 불러 주세요.」[59]

「잉그램 양의 입술에서 나온 명령은 정신을 매우 감상적인 상태로 빠뜨린다니까요.」

「그럼 조심하세요. 내 마음에 안 들면 노래를 어떻게 불러야 하는지 당신에게 가르쳐서 창피를 줄 테니까요.」

「그것은 노래를 잘하지 못하는 데 대해 상을 주는 건데요. 지금부터는 못 부르도록 노력하겠습니다.」

「조심하세요! 당신이 일부러 실수하면 그에 걸맞은 벌을 생각해 낼 거예요.」

「자비심을 가져 주세요. 잉그램 양에게는 사람이 견딜 수 없을 정도로 응징할 수 있는 능력이 있으니까요.」

「어머! 무슨 뜻인지 설명해 봐요!」 숙녀가 요구했다.

「죄송합니다, 부인. 설명할 필요가 없죠. 당신이 얼굴을 찡그리는 것만으로도 충분히 참수형을 당하는 것이나 마찬가지라는 걸 당신 스스로의 분별력으로 알 수 있을 테니까요.」

「노래하세요!」 그녀가 말하고는 다시 피아노를 치면서 활기차게 반주를 시작했다.

〈지금이 빠져나갈 때야〉라고 나는 생각했다. 그러나 마침 허공을 가르는 목소리가 나를 붙잡았다. 페어팩스 부인이 로체스터 씨의 목소리가 아름답다고 했는데 정말 그랬다. 부드럽고 힘찬 베이스 목소리에 그는 자신의 감정과 힘을 쏟아부

59 바이런Byron(1788~1824)의 시집 『해적*The Pirate*』(1814)에 대한 언급이다.

었다. 그의 목소리가 귀를 지나 가슴으로 파고들어 와서는 묘한 감동을 불러일으켰다. 나는 나지막하고 풍요로운 마지막 떨림이 끝날 때까지, 그리고 한순간 억제되었던 대화의 물결이 다시 흐르기 시작할 때까지 기다렸다. 나는 숨어 있던 구석에서 벗어나 다행히 가까이 있던 옆문으로 빠져나왔다. 거기서부터 좁은 복도가 홀로 이어졌다. 복도를 지나면서 샌들 끈이 풀어진 것을 보고 나는 층계 밑에 깔린 매트 위로 무릎을 꿇고 앉아서 끈을 묶었다. 식당 문이 열리는 소리가 들리고 한 신사가 나왔다. 서둘러 일어선 나는 그와 얼굴을 맞대고 서게 되었다. 로체스터 씨였다.

「잘 지냈소?」 그가 물었다.

「네, 잘 지냈습니다.」

「왜 안에서 내게로 와 말을 걸지 않았소?」

나는 질문을 한 사람에게 그 질문을 그대로 되물어 보고 싶다고 생각했다. 그러나 그렇게 무례하게 굴고 싶지 않아서 대답했다.

「바쁘신 것 같아서 방해하고 싶지 않았어요.」

「내가 없는 동안 뭘 하면서 지냈소?」

「특별한 것은 없었어요. 평소처럼 아델을 가르쳤어요.」

「그리고 전보다 훨씬 더 창백해졌군요. 맨 처음 당신을 보았을 때처럼 말이오. 무슨 일이오?」

「아무 일도 아니에요.」

「당신이 날 반쯤 익사시켰던 그날 밤에 감기라도 들지 않았소?」

「아니요. 전혀요.」

「응접실로 돌아가요. 너무 일찍 자리를 떴소.」

「피곤해서요.」

그가 나를 잠깐 동안 바라보았다.

「그런데 조금 우울해 보이는군.」 그가 말했다. 「무엇 때문이오? 말해 봐요.」

「아무것도 아니에요. 아무 일도 없어요. 우울하지 않아요.」

「내가 보기에는 확실히 그렇소. 너무 침울해 있어서 몇 마디만 더 하면 곧 눈물이 쏟아질 것만 같은데……. 사실 벌써 눈물이 고여 반짝이며 넘실대고 있소. 구슬 같은 눈물 한 방울이 속눈썹에서 미끄러져 나와 바닥에 떨어졌소. 여유가 있다면, 수다스러운 좀도둑 같은 하인이 지나갈 염려만 없다면, 도대체 무슨 일로 그러는지 알아내고야 말 텐데. 자, 오늘 밤은 당신을 보내 주겠소. 그러나 손님들이 머무는 동안 저녁마다 응접실에 와주면 좋겠소. 그것이 내가 바라는 바요. 잊지 마시오. 이제 가봐요. 소피더러 아델을 데려가라고 해요. 잘 자요, 내…….」 그가 말을 멈추고 입술을 깨물더니 황급히 내 곁을 떠났다.

제3장

요즘은 손필드 저택이 떠들썩한 데다 분주했다. 그 지붕 밑에서 보낸 처음 석 달 동안의 정적과 단조로움, 적막함과는 얼마나 큰 차이인가! 이제 쓸쓸한 기분은 저택에서 내쫓겼고 온갖 음울한 연상 또한 잊혔다. 사방에 활기가 넘쳤고 하루 종일 사람들이 분주히 움직였다. 한때 너무나 조용했던 복도를 지날 때마다, 한때 주인이 없었던 앞쪽 침실에 들어갈 때마다 멋쟁이 하녀나 근사한 시종과 마주쳤다.

부엌과 집사의 식품실, 하인들의 홀과 현관홀 모두 똑같이 활기가 넘쳤다. 푸른 하늘과 온화한 봄 날씨의 평화로운 햇살이 응접실을 차지하고 있던 사람들을 마당으로 불러낼 때만 응접실이 텅 비어서 조용했다. 좋았던 날씨가 궂어져서 며칠 동안 계속 비가 내려도 즐거움이 전혀 수그러들지 않았다. 야외에서의 놀이가 중단된 결과 실내에서의 오락이 더 활발해지고 다양해졌을 뿐이었다.

오락거리를 바꾸자는 제안이 나온 첫날 저녁에 나는 그들이 무엇을 할지 궁금했다. 그들은 〈제스처 게임을 하자〉고 이야기를 나누었지만 나는 아무것도 몰랐기 때문에 그 말을 알아듣지 못했다. 하인들이 불려 들어왔고 식탁이 실려 나갔다.

촛불은 다른 식으로 배치되고 의자들이 아치 맞은편에 반원 모양으로 놓였다. 로체스터 씨와 다른 신사들이 이렇게 변경을 시키는 동안 숙녀들은 하녀를 부르는 종을 울리면서 계단을 오르락내리락했다. 페어팩스 부인이 불려 와서 집에 숄과 드레스와 커튼이 얼마나 있는지 정보를 제공했다. 하녀들이 삼층에 있는 옷장들을 뒤져서 무늬를 넣고 테를 두른 페티코트와 헐렁한 새틴 드레스와 검은 실크 옷가지들과 레이스 장식 등을 한아름씩 들고 왔다. 그들은 그중에서 골라낸 것을 응접실의 내실로 옮겼다.

그동안 로체스터 씨는 다시 숙녀들을 자기 주변으로 불러 모은 다음 자기편이 될 사람을 몇 명 고르고 있었다. 「잉그램 양은 당연히 우리 편이죠.」 그가 말했다. 다음에는 에슈턴 자매와 덴트 부인을 지명했다. 그가 나를 바라보았다. 나는 덴트 부인의 팔찌 고리가 풀려 있었기 때문에 그것을 채워 주느라 마침 그 옆에 있었다.

「같이 하겠소?」 그가 물었다. 나는 고개를 저었다. 그가 끝까지 권하지 않을까 우려했지만 그는 더 이상 권하지 않았다. 그는 내가 평소 앉았던 자리로 되돌아가게 해주었다.

로체스터 씨와 그의 편 사람들이 이제는 커튼 뒤로 물러났다. 덴트 대령이 대장인 다른 편은 초승달 모양으로 놓인 의자에 앉아 있었다. 신사들 중 한 사람인 에슈턴 씨가 나를 보고 끼워 주자고 제안한 것 같았다. 그러나 잉그램 부인이 즉시 그 생각에 반대를 표명했다.

「안 돼요.」 그녀의 말소리가 들렸다. 「이런 놀이를 하기에는 너무 둔해 보여요.」

곧 종이 울리고 막이 올랐다. 아치 안에는 로체스터 씨가 자기편으로 선택한 조지 린 경의 큰 몸집이 하얀 천에 싸여 있었다. 그 앞의 탁자 위에는 책이 한 권 놓여 있었다. 옆으로는 에이미 에슈턴이 로체스터 씨의 망토로 몸을 감싼 채 손에 책을 한 권 들고 서 있었다. 누군지 보이지는 않지만 즐겁게 종을 울렸다. 그러자 (후견인의 파티에 끼고 싶다고 우긴) 아델이 앞으로 깡충거리며 뛰어나와 들고 있던 꽃바구니 안의 것들을 주변에 뿌렸다. 다음에는 흰 옷을 입고 머리에 긴 베일을 드리우고 이마에 장미 화환을 두른 잉그램 양의 멋진 모습이 나타났다. 로체스터 씨가 그녀와 함께 나란히 탁자 가까이로 다가왔다. 두 사람이 무릎을 꿇었다. 그동안 역시 흰 옷을 입은 덴트 부인과 루이자 에슈턴이 그들 뒤에 자리를 잡았다. 아무 말 없이 의식이 이어졌다. 그것이 결혼식에 대한 팬터마임이라는 것은 쉽게 알 수 있었다. 덴트 대령과 그의 편 사람들이 잠깐 동안 귓속말로 상의를 하더니 대령이 소리쳤다.

「신부!」 로체스터 씨가 절을 했고 막이 내렸다.

한참 시간이 지나고 나서야 다시 막이 올랐다. 두 번째로 막이 올랐을 때는 1막 때보다 더 정교하게 준비된 장면이 나타났다. 내가 전에 말한 대로 응접실은 식당보다 두 계단 정도가 높았다. 맨 위 계단에는 방 안쪽으로 1, 2야드 들어간 곳에 커다란 대리석 수반이 놓여 있었다. 나는 그것이 온실의 장식품이라는 걸 알아차렸다. 평소에는 열대 식물들에 둘러싸인, 금붕어가 들어 있는 어항으로 온실에 놓여 있었는데 그 크기와 무게를 감안하면 온실에서 옮겨 오느라 꽤 힘이 들었을 것 같았다.

이 수반 옆으로 숄을 걸치고 머리에 터번을 두른 채 양탄자 위에 앉아 있는 로체스터 씨의 모습이 보였다. 그의 검은 눈과 가무잡잡한 피부, 이교도적인 얼굴이 그 의상과 딱 어울렸다. 동양의 족장이나 교살 집행자, 혹은 교살 희생자처럼 보였다. 곧 잉그램 양이 앞으로 걸어 나와 시야에 들어왔다. 그녀 역시 동양풍의 옷을 입고 있었다. 진홍색 스카프를 허리띠처럼 허리에 두르고 있었고 수를 놓은 스카프를 관자놀이 주변에 감고 있었다. 아름다운 양팔을 드러내 놓고 머리 위에 우아하게 놓인 물동이를 이고 있는 것처럼 한 팔을 올리고 있었다. 그녀의 몸과 얼굴 생김새, 피부색과 분위기는 족장 시대 이스라엘의 공주 같은 인상을 풍겼다. 그리고 그것이 그녀가 나타내려고 하는 특성이 틀림없었다.

그녀는 수반으로 다가가서 물동이에 물을 채우려는 듯 몸을 굽혔다. 그녀가 다시 물동이를 머리 위로 들어 올렸다. 샘가에 있던 사람이 그녀에게 다가가 무슨 부탁을 하는 것 같았는데, 그녀가 〈항아리를 내려 손에 받쳐 들고 마시게 해주었다.〉[60] 그러자 그가 옷 속 주머니에서 상자를 꺼내 열고 멋진 팔찌와 귀걸이들을 보여 주었다. 그녀는 놀라고 감탄하는 몸짓을 연기했다. 그가 무릎을 꿇고 보물을 그녀의 발치에 놓았다. 그녀가 표정과 몸짓으로 놀라움과 기쁨을 표현했다. 이방인이 그녀의 양팔에 팔찌를 채우고 그녀의 귀에 귀걸이를 달아 주었다. 엘리에젤과 리브가였다. 낙타들만이 빠졌을 뿐이었다.

정답을 알아맞혀야 하는 편은 다시 머리를 모았다. 그들은 그 장면이 나타내는 단어나 음절에 대해 의견의 일치를 보지 못한 것이 분명했다. 그들의 대변인인 덴트 대령이 〈전체적인 장면 연출〉을 요구했고 그에 따라 다시 막이 내렸다.

3막이 올랐을 때에는 거실의 일부만이 드러났다. 나머지는 칸막이로 가려졌고 검은색의 거친 커튼 같은 것이 드리워져 있었다. 대리석 수반은 치워졌다. 그 자리에는 나무 탁자와

---

60 「창세기」 24장 18절. 아브라함의 하인 엘리에젤은 우물에서 리브가를 만났을 때 그녀가 자기 주인의 아들인 이삭의 예정된 짝임을 깨닫고 그녀에게 보석을 준다.

부엌 의자가 놓여 있었다. 뿔 등잔에서 나오는 매우 희미한 불빛만이 이 물건들을 비추고 있었다. 밀랍 촛불은 모두 꺼져 있었다.

이런 칙칙한 배경 사이에 한 남자가 꽉 쥔 양손을 무릎 위에 올려놓고 바닥을 바라보며 앉아 있었다. 얼굴에 검댕을 묻히고 옷은 헝클어진 채(격투 중 등에서 찢겨 나간 것처럼 외투가 한쪽 팔에 벗겨진 채 걸려 있었다), 자포자기한 듯 얼굴을 찡그리고 봉두난발을 하여 잘 변장을 하고 있는 셈이었지만 나는 그 사람이 로체스터 씨임을 알았다. 그가 움직일 때 쇠사슬이 철거덕거렸다. 그의 양 손목에는 족쇄가 채워져 있었다.

「브라이드웰!」[61] 덴트 대령이 소리쳤고 제스처 게임의 수수께끼는 풀렸다.

출연자들이 평상복으로 갈아입기에 충분한 시간이 지나고 나자 그들이 다시 식당으로 들어왔다. 로체스터 씨가 잉그램 양을 이끌고 들어왔다. 그녀가 그의 연기를 칭찬했다.

「세 가지 역 중에서 마지막이 제일 마음에 든 거 아세요?」 그녀가 말했다. 「아, 당신이 몇 년만 더 일찍 태어났다면 정말 멋있는 신사 노상강도가 되었을 텐데.」

「내 얼굴에서 검댕이 다 씻겨 나갔소?」 그가 그녀에게 얼굴을 돌리며 물었다.

「저런! 네. 더 유감이군요. 그런 악한 같은 검댕 칠이 당신 얼굴색과 정말 잘 어울렸는데.」

「그럼 당신은 노상강도를 좋아한다는 말이군요.」

「영국의 노상강도는 이탈리아의 산적 다음으로 좋아요. 이탈리아의 산적을 능가할 수 있는 것은 레반트인 해적밖에 없

---

61 〈감옥〉을 의미하는 단어. 1막은 브라이드*bride*(신부)를, 2막은 웰*well*(우물)을 나타내고 이 둘을 합치면 브라이드웰(감옥)이 된다..

을 거예요.」

「그런데 내가 누구이건 당신이 내 아내라는 점을 명심하시오. 우리는 이 모든 증인들 앞에서 한 시간 전에 결혼했소.」 그녀가 킬킬대고 웃으며 얼굴을 붉혔다.

「자, 덴트.」 로체스터 씨가 말을 이었다. 「이제 당신 차례요.」 다른 편이 물러나자 로체스터 씨와 그의 편이 빈자리를 차지했다. 잉그램 양은 자기 지도자의 오른편에 자리를 잡았다. 답을 알아맞혀야 하는 다른 예언자들은 그와 그녀의 양쪽에 놓인 의자를 채웠다. 나는 이제 배우들을 바라보지 않았다. 막이 올라가는 데에 더 이상 관심을 기울이며 기다리지 않았다. 내 주의는 관객들에게 쏠렸다. 조금 전에는 아치에 고정되었던 내 눈길이 이제는 반원 형태의 의자들로 저항할 수 없게 끌렸다. 덴트 대령과 그의 일행이 무슨 제스처 게임을 했는지, 그들이 어떤 단어를 골랐는지, 어떻게 연기를 했는지 아무것도 기억나지 않는다. 그러나 각 장면이 끝난 후 상의를 하던 모습은 지금도 눈에 선하다. 로체스터 씨가 잉그램 양에게 몸을 돌리고 잉그램 양이 그에게 몸을 돌리던 모습이 눈에 선하다. 칠흑 같은 고수머리가 거의 그의 어깨를 스치고 그의 빰에 닿아 흔들릴 때까지 잉그램 양이 그를 향해 머리를 숙이던 모습이 눈에 선하다. 두 사람이 서로 속삭이던 소리가 지금도 귀에 선하다. 그들이 서로 시선을 주고받던 모습이 지금도 선명하게 떠오른다. 그 광경을 보고 내 마음속에 일었던 감정 가운데 일부가 지금 이 순간에도 기억 속에서 되살아나는 것 같다.

나는 독자 여러분에게 로체스터 씨를 사랑하게 되었다고 말했었다. 그가 내게 더 이상 주의를 기울이지 않는다는 것을 알았다고 해서, 그의 면전에서 몇 시간을 보내는데도 내 쪽으로 눈길 한번 돌리지 않는다고 해서, 그의 관심이 온통 다른 멋진 숙녀에게 쏠리는 것을 내가 보았다고 해서 그에 대한 사랑을 접을 수가 없었다. 그녀는 지나가면서 드레스 자락으로 나를 스치는 것조차 경멸했고, 검고 오만한 그녀의 시선이 우연히 내게 닿기라도 하면 너무 하찮아 볼 가치도 없는 물체에서 시선을 거두듯 즉시 눈길을 돌려 버렸다. 그가 곧 이 숙녀와 결혼하리라는 것을 확신했다고 해서, 그녀에 대해 그가 결혼 의사를 가지고 있다며 자신만만해 하는 태도를 날마다 그녀에게서 읽어 냈다고 해서, 무심코 드러나게 하거나 스스로 구애하기보다 상대방에게 구애받는 쪽을 선택했다 해도 그 무심함 때문에 더 매혹적이고 그 오만함 때문에 더 저항할 수 없게 만드는 그런 구애의 양식을 그에게서 끊임없이 목격했다고 해서 그를 사랑하지 않을 수가 없었다.

이런 상황에서는 설사 많은 절망이 생겨난다 해도 사랑을 식히거나 떨쳐 낼 방법이 없었다. 그리고 독자여, 여러분도 상상할 수 있듯이 많은 질투심 또한 생겨난다 해도 말이다. 나 같은 처지의 여자가 잉그램 양과 같은 여자를 감히 질투할 수 있다면 말이다. 그러나 나는 질투를 하지는 않았다. 아니 정확하게는 거의 하지 않았다. 내가 당하고 있는 고통의 본질은 질투라는 단어로는 설명될 수 없었다. 잉그램 양은 질투할 가치도 없는 대상이었다. 그녀가 하도 보잘것없는 존재라 그런 감정을 불러일으킬 수조차 없었다. 모순되는 듯한 말을 용서해 주기 바란다. 그 말은 진심이다. 그녀는 매우 화려했지만 진실하지 않았다. 그녀는 멋진 외모에 뛰어난 재능을 많이 지니고 있었다. 그러나 그녀의 정신은 빈약했고 가슴은 천성적으로 메말라 있었다. 그 토양에서는 어느 것도 자발적으로 꽃을 피울 수 없었다. 강요되지 않은 자연 그대로의 과일 중에서 어느 것도 싱싱함으로 기쁨을 줄 수 없었다. 그녀는 착하지도 않았고 독창적이지도 않았다. 책에 나오는 과장된 구절들을 반복할 뿐이었다. 그녀는 한 번도 자기 의견을 제시하지 않았고, 자기 의견을 지니고 있지도 않았다. 또한 고상한 감정을 주장하면서도 동정과 연민의 감정이 무엇인지 몰랐다. 상냥함과 진실은 그녀에게 존재하지 않았다. 어린 아델에 대해 품고 있던 악의적인 반감을 지나치게 표출함으로써 자주 그녀는 이와 같은 점을 드러냈다. 그녀는 혹시라도 아델이 자기에게 다가오면 무례하고 모멸적인 말로 그 애를 밀쳐 냈고, 때로는 아델에게 방에서 나가도록 명했으며, 항상 차갑고 표독스럽게 대했다. 이런 성격이 표출되는 것을 보는 눈이 나 말고 또 있었다. 그 눈은 이를 면밀하고 날카롭고 재빠르게 보았다. 그렇다. 미래의 신랑인 로체스터 씨 자신이 곧 아내가 될 사람에 대해 끊임없는 감시를 벌였다. 그리고 이런 현명함 때문에, 다시 말해서 그의 이런 경계와 사랑하는 사람의 결점에 대한 이 완벽하고 명확한 의식, 더불어 그녀에 대한 그의 감정에 이처럼 분명하게 열정이 결여되어 있다는 점으로 인해 고문당하는 것 같은 내 고통이 생겨났다.

그녀의 지위와 연고가 그에게 적합했기 때문에 나는 그가 가족을 위해서, 어쩌면 정략적인 이유 때문에 그녀와 결혼하리라고 생각했다. 나는 그가 그녀에게 사랑을 주지 않았음을 느꼈고 그녀가 그에게서 그런 보물을 얻을 자격이 안 된다고 느꼈다. 문제는 거기에 있었다. 바로 이런 점 때문에 신경이 쓰이고 괴로웠으며, 바로 이런 점 때문에 그에 대한 열정이 유지되고 커져 갔다. *그녀는 그의 마음을 사로잡을 수 없었다.*

만약 그녀가 즉시 승리를 얻어 냈다면, 그가 굴복해서 진지하게 그녀에게 구혼했다면 나는 얼굴을 감싸고 벽 쪽으로 고개를 돌린 다음 (비유적으로 표현하면) 그들에게 무관심해졌을 것이다. 잉그램 양이 힘과 열정, 상냥함과 분별력을 지닌 착하고 고상한 여성이었다면 질투심과 절망이라는 두 마리의 호랑이와 치열한 격투를 벌였을 것이다. 그러면 내 마음이 갈기갈기 찢겨서 먹혔더라도 나는 그녀를 존경하고 그녀의 우월함을 인정했을 것이며 평생 침묵을 지켰으리라. 그녀의 우월함이 절대적이면 절대적일수록 그녀를 존경하는 내 마음이 더 깊었을 터이고 내 침묵도 진실로 더욱더 평온했으리라. 그러나 현 상태로는 잉그램 양이 로체스터 씨를 매혹시키기 위해 애쓰는 것을 목격하는 일, 그들의 반복된 실패 — 그들이 실패했다는 사실을 그녀 자신이 깨닫지 못하고 모든 화살촉이 과녁에 명중했다고 헛되게 상상하면서 얼빠지게 성공을 과시하는 것 — 를 목격하는 일이 한편으로는 끊임없이 나를 흥분시키는 동시에 매정하게 제어해 주었다.

그녀가 실패할 때마다, 나는 어떻게 하면 그녀가 성공할 수 있었을지 알았기 때문이다. 로체스터 씨의 가슴을 계속 비켜나가서 그의 발치에 아무 상처도 입히지 못하고 떨어지는 화살들을 좀 더 솜씨 있는 손이 쏘았더라면 그 화살들이 그의 오만한 가슴에서 격렬하게 흔들리며 꽂혔을 터이고, 그의 험상궂은 눈에 사랑을 불러일으켰을 터이며 그의 냉소적인 얼굴에 부드러움을 불러일으켰으리라는 것을, 아니면 더 좋은 방법으로는 아무 무기를 사용하지 않고도 조용한 정복이 이루어졌으리라는 것을 나는 알고 있었다.

〈그의 곁에 그렇게 가까이 다가갈 수 있는 특권을 가지고 있으면서도 왜 그녀는 그의 마음을 더 사로잡지 못하는 걸까?〉나 자신에게 물었다. 〈분명히 그녀는 그를 진심으로 좋아할 수 없거나 진짜 애정을 가지고 그를 좋아할 수 없는 거야! 만약 그녀가 그를 진심으로 좋아한다면 그토록 지나치게 자주 억지로 미소를 지을 필요도, 끊임없이 재빨리 시선을 보낼 필요도, 그렇게 우아한 태도와 많은 매력을 지어낼 필요도 없었을 거야. 말을 거의 하지 말고 덜 쳐다보면서 그 옆에 조

용히 앉아 있기만 해도 그녀가 그의 마음에 더 가까이 다가갈
수 있을 것 같은데. 그녀가 매우 활발하게 그에게 말을 걸며
다가가고 있을 때 그의 얼굴을 굳게 만드는 표정과는 훨씬 다
른 표정을 나는 그의 얼굴에서 본 적이 있어. 그러나 그때 그
런 표정은 저절로 나왔었지. 그것은 저속한 기술과 계산된 책
략에 의해 끌어낼 수 있는 것이 아니었어. 그냥 받아들이기만
하면 되는 일이었는데……. 그가 묻는 데에 가식 없이 대답하
고 필요할 때면 꾸밈없이 그에게 말을 걸면 되었지. 그러면
그런 표정이 커지면서 더 상냥하고 온화해졌고 식물을 자라
게 해주는 햇살처럼 상대를 따뜻하게 해주었어. 결혼하고 나
면 과연 그녀는 어떻게 그를 기쁘게 해줄 수 있을까? 그녀는
그렇게 할 수 없을 것 같아. 어쩌면 그럴 수 있을지도 모르지.
그의 아내는 이 세상 여자들 중에서 가장 행복한 여자가 되리
라고 진심으로 믿어.〉

　나는 이해관계나 연고 때문에 결혼하려는 로체스터 씨의
계획을 비난하는 말을 아직 한마디도 하지 않았다. 그것이 그
의 의도라는 것을 알았을 때 나는 놀랐다. 그가 아내를 고를
때 그렇게 진부한 동기에 의해 좌지우지될 사람은 아닐 거라
고 생각했었다. 그러나 양쪽의 지위와 교육 등을 더 오랫동안
생각해 보면 볼수록 틀림없이 어린 시절부터 주입받은 생각
과 원칙에 따라 행동하는 데 대해 로체스터 씨나 잉그램 양을
심판하고 비난하는 일이 더욱더 정당화될 수 없음을 느꼈다.
그들의 계급은 모두 이런 원칙들을 고수했고 나는 그들에게
내가 도저히 가늠할 수 없는 나름대로의 이유가 있을 거라고
생각했다. 내가 신사라면 나는 내가 사랑할 수 있는 그런 아
내감하고만 결혼할 것 같았다. 사랑하는 여자와 결혼하면 남
편의 행복에도 더 유리할 것이 명백함에도 불구하고 세상 사
람들 모두가 그렇게 하지 않는 데에는 분명 내가 모르는 이유

가 있을 듯싶었다. 그렇지 않다면 온 세상이 내가 바라듯 사랑하는 사람과 결혼할 것이 확실했다.

그러나 이뿐만 아니라 다른 것들에 대해서도 나는 주인에게 매우 관대해지고 있었다. 한때는 날카롭게 경계를 늦추지 않았던 그의 모든 결점들을 잊어버리곤 했다. 이전에는 그의 성격을 모든 면에서 따져 보려고 애썼다. 단점과 장점을 찾아내 양쪽을 저울질하면서 공평하게 판단을 내리기 위해 노력했었다. 그러나 이제는 나쁜 점이 보이질 않았다. 사람을 불쾌하게 만들었던 비꼬는 말투와 한때 나를 놀라게 했던 냉혹함이 이제는 최고급 요리 속의 강렬한 조미료처럼 느껴질 뿐이었다. 들어 있으면 얼얼하지만 빠지면 음식 맛이 싱거워지는 조미료 같았다. 그리고 꼼꼼하게 관찰하는 사람만 알아챌 수 있게끔 이따금씩 열렸다가 누군가가 부분적으로 드러난 그 이상한 깊이를 재기 전에 재빨리 닫혀 버리는 애매모호한 무엇인가를, 말하자면 마치 화산처럼 보이는 언덕을 방황하다 갑자기 땅이 흔들리고 갈라지는 광경을 본 듯 나를 두렵게 하고 움츠리게 만들곤 했던 그 무엇인가를, 내가 이따금씩 신경이 마비된 상태는 아니지만 두근거리는 가슴을 안고 가만히 바라보았던 그 무엇인가를 — 그것이 불길하거나 슬픈 표정이었을까? 아니면 뭔가를 꾸미거나 낙담한 표정이었을까? — 피하는 대신 나는 감히 그것이 무엇인지 알아맞혀 보고 싶을 뿐이었다. 나는 잉그램 양이 행복하다고 생각했다. 언젠가는 그녀가 천천히 여유를 가지고 그 심연 속을 들여다보며 그 비밀들을 탐구하고 그 본질을 분석할 수 있을지도 모르기 때문이었다.

내가 주인과 그의 미래의 신부에 대해서만 생각하는 동안, 그들만을 바라보고 그들의 대화만을 듣고 그들의 중요한 동작만을 따져 보는 동안, 나머지 손님들은 각자의 개별적인 관심과 즐거움에 빠져 있었다. 린 부인과 잉그램 부인은 진지하게 대화를 나누면서 교제를 계속했다. 그들은 대화 중 마치 한 쌍의 커다란 꼭두각시처럼 잡담의 주제에 따라 서로에게 터번을 두른 머리를 끄덕이기도 했고 놀라움이나 애매함, 혹은 두려움에 직면했을 때처럼 네 손을 번쩍 들기도 했다. 온화한 덴트 부인은 착한 에슈턴 부인과 이야기를 나눴다. 두 사람은 때로 내게 정중한 말이나 미소를 건넸다. 조지 린 경과 덴트 대령과 에슈턴 씨는 정치나 지역의 문제들과 재판 사건을 논했다. 잉그램 경은 에이미 에슈턴과 시시덕거렸다. 루이자는 린 형제 중 한 사람과 연주를 하거나 노래를 했고 메리 잉그램은 린 형제 중 다른 한 사람의 화려한 연설을 활기 없이 들었다. 때로는 모두가 만장일치로 막간극을 멈추고 주연 배우들을 바라보며 그들의 말에 귀를 기울였다. 결국에는 로체스터 씨와, 또 그와 긴밀하게 연관되어 있는 잉그램 양이 일행의 핵심이었기 때문이다. 로체스터 씨가 한 시간만 방을 비워도 손님들의 기분이 눈에 띄게 침체되는 것처럼 보였다. 그러다가 그가 다시 들어오면 대화에 새로운 활기가 더해지곤 했다.

로체스터 씨가 업무 때문에 밀코트로 불려 가서 늦게까지 돌아오지 못할 것 같았던 어느 날에는 활기를 불어넣는 그의 영향력이 부재한다는 사실을 더욱더 절감할 수 있었다. 그날 오후에는 비가 왔다. 헤이 너머 공터에 최근에 세워진 집시 캠프를 보러 소풍을 가자는 계획은 당연히 연기되었다. 몇몇 신사들은 마구간에 갔고 젊은 신사들은 숙녀들과 함께 당구실에서 당구를 치고 있었다. 잉그램 부인과 린 부인은 조용히 카드놀이를 하면서 따분함을 달래고 있었다. 블랑쉬 잉그램은 그녀를 대화에 끌어들이려는 덴트 부인과 에슈턴 부인의 노력에 대꾸도 하지 않은 채 이를 거만하게 물리치고, 처음에는 피아노로 감상적인 곡과 아리아를 몇 곡 연주하며 웅얼거리더니 다음에는 서재에서 책을 한 권 가져와 오만하게 늘어진 자세로 소파에 몸을 던지며 로체스터 씨가 없는 지루한 시간을 소설의 마법으로 잊을 준비를 갖췄다. 이따금씩 위층에서 당구 치는 사람들의 환호성이 들려왔다.

황혼이 다가오고 있었고 시계는 이미 만찬을 위해 옷을 갈아입을 시간이 되었음을 알렸다. 그때 응접실의 창가 자리에서 내 옆에 앉아 무릎을 꿇고 있던 아델이 갑자기 소리쳤다.

「보세요, 로체스터 아저씨가 돌아왔어요!」

내가 몸을 돌리자 잉그램 양이 소파에서 앞으로 쏜살같이 달려갔다. 다른 사람들 역시 하던 일을 멈추고 고개를 들었다. 마차 바퀴 삐걱거리는 소리와 흙탕물을 튀기며 쿵쿵거리는 말발굽 소리가 젖은 자갈길 위로 들려왔기 때문이다. 역마차가 다가오고 있었다.

「도대체 왜 저런 상태로 집에 오는 거죠?」 잉그램 양이 말했다. 「나갈 때는 메스루어(검은 말)를 타고 가지 않았나요? 그리고 파일럿도 함께 갔는데 말과 개는 어떻게 한 걸까요?」

이렇게 말하면서 그녀가 그 큰 키와 부풀린 드레스 차림으로 창가 쪽으로 너무 바싹 다가오는 바람에 나는 척추가 부러질 정도로 등을 젖혀야만 했다. 너무 열중해 있었기 때문에 그녀는 처음에 나를 발견하지 못했고, 나를 보았을 때는 입을 뾰로통하게 하고는 다른 창 쪽으로 옮겨 갔다. 역마차가 멈춰 섰다. 마부가 초인종을 눌렀고 한 신사가 여행복 차림으로 마차에서 내렸다. 그러나 그는 로체스터 씨가 아니었다. 키가 크고 멋지게 생긴 남자였는데 처음 보는 사람이었다.

「정말 짜증 나게 하네!」 잉그램 양이 소리쳤다. 「귀찮은 원숭이 같으니라고!」 (아델을 가리켜 부르며) 「누가 널 창가에 앉혀 놓고 거짓말을 하게 만든 거야?」 마치 내 잘못이라도 되는 듯 그녀가 내게 화난 시선을 던졌다.

홀에서 이야기를 나누는 소리가 들려왔고 곧 새로 온 사람이 들어왔다. 그는 잉그램 부인을 그곳에 자리한 숙녀들 가운데 최고 연장자라 간주하고 그녀에게 절을 했다.

「가는 날이 장날이라고 하필이면 친구인 로체스터 씨가 부재중일 때 제가 찾아왔네요, 부인. 저는 매우 긴 여행 끝에 이곳에 도착했습니다. 그가 돌아올 때까지 여기에 머물러도 될 만큼 그와는 오래고 각별한 친분이 있다고 생각합니다.」

그의 태도는 깍듯했다. 그리고 말할 때 억양이 약간 특이하다는 생각이 들었다. 정확하게 외국인 억양 같지는 않았지만 그렇다고 해서 완전히 영국인스럽지도 않았다. 그의 나이는 로체스터 씨와 비슷한 서른에서 마흔 사이로 보였다. 안색은 매우 창백했지만 그것만 빼면 미남이었다. 특히 처음에는 그래 보였다. 더 자세히 들여다보면 그의 얼굴에서 불쾌한 점, 아니 호감이 안 가는 데를 찾아낼 수 있었다. 이목구비는 반듯했지만 야무진 맛이 없었다. 크고 또렷한 눈을 지녔지만 눈빛은 무기력하고 멍해 보였다. 적어도 나는 그렇게 생각했다.

옷을 갈아입어야 할 시간을 알리는 종소리에 일행이 흩어졌다. 저녁 식사 이후에야 나는 그를 다시 보았다. 그때 그는 매우 편안하게 보였다. 그러나 이전보다 그의 인상이 훨씬 더 마음에 들지 않았다. 불안정하고 생기 없어 보이는 인상이었다. 그의 시선은 산만하게 움직였고 그 산만한 눈길 속에는 아무 의미도 없었다. 그 때문에 그의 얼굴은 내가 지금까지 한 번도 본 적이 없는 표정이 되었다. 잘생긴 편에 속하고 무뚝뚝하지도 않아 보이는 남자치고는 심한 혐오감을 주었다. 완전한 달걀형에 매끄러운 그 얼굴에서 힘이라고는 눈곱만큼도 찾아볼 수가 없었다. 매부리코와 자그마한 앵두 같은 입에는 단호함이 전혀 없었다. 낮고 평평한 이마에는 생각이 전혀 없었고 멍한 갈색 눈에는 통제력이 하나도 없었다.

나는 평소대로 구석에 앉아서 그를 환하게 비춰 주고 있는 벽난로 선반의 촛불 빛으로 그를 살펴보았다. 그는 벽난로 가까이 놓인 안락의자를 차지하고 앉아서 추운 듯이 점점 더 불에 가까이 다가가고 있었다. 나는 그를 로체스터 씨와 비교해 보았다. 그 대조는 (외람된 말이지만) 윤기 나는 수기러기를 사나운 독수리와 비교하거나, 순한 양을 거친 털에 날카로운 눈을 가진 양치기 개와 비교하는 것과 마찬가지였다.

그는 로체스터 씨를 오랜 친구라고 불렀다. 그들의 우정은 분명 묘한 우정이었으리라. 사실 그것은 〈극끼리는 통한다〉는 옛 속담을 보여 주는 분명한 예였다.

두세 명의 신사가 그 옆에 앉아 있었고 방 건너편에서 그들의 대화가 이따금씩 단편적으로 들려왔다. 처음에는 무슨 말을 하는지 잘 알아들을 수가 없었다. 내게 더 가까이 앉아 있던 루이자 에슈턴과 메리 잉그램의 대화가 이따금씩 들려오는 단편적인 문장들을 혼란스럽게 만들었기 때문이다. 이 두 사람은 낯선 손님에 대해 이야기를 나누고 있었다. 그들 모두 그를 〈잘생긴 남자〉라고 불렀다. 루이자는 그가 〈사랑스러운 남자〉이며 〈무척 마음에 든다〉고 말했다. 메리는 매력적인 남성의 이상형으로 그의 〈앵두 같은 예쁜 작은 입과 잘생긴 코〉를 예로 들었다.

「또 그의 이마는 얼마나 부드러운 성격을 보여 주는지!」 루이자가 소리쳤다. 「너무 매끈해서, 내가 끔찍하게 싫어하는 그런 찌푸린 주름을 전혀 찾을 수가 없다니까요. 그리고 눈과 미소는 얼마나 잔잔한지!」

바로 그때 내게는 매우 다행스럽게도 헨리 린 경이 연기된 헤이 공터로의 소풍에 대해 상의하자며 그들을 방의 맞은편으로 불렀다.

　나는 이제 난롯가에 모여 있는 사람들에게 관심을 집중할 수 있게 되었고 새로 온 손님의 이름이 메이슨 씨라는 것을 곧 알게 되었다. 그가 막 영국에 도착했으며 더운 나라에서 돌아왔다는 것을 알았다. 그의 얼굴이 그토록 창백한 것이나 난롯가에 그렇게 가까이 앉아 있으면서도 실내에서 외투를 입고 있는 것이 모두 그런 이유 때문인 듯했다. 자메이카, 킹스턴, 스페니시 타운이라는 말을 통해 그가 살고 있는 곳이 서인도 제도라는 사실을 곧 알 수 있었다. 그리고 얼마 지나지 않아 그가 그곳에서 로체스터 씨를 처음 만나 알게 되었다는 말을 듣고 나는 크게 놀랐다. 그는 로체스터 씨가 그 지방의 타는 듯이 더운 날씨와 태풍과 장마철을 싫어했다는 이야기를 했다. 나는 로체스터 씨가 이곳저곳을 많이 여행하고 돌아다녔음을 알고 있었다. 페어팩스 부인이 그렇게 말했었다. 그러나 나는 그가 떠돌아다닌 곳이 유럽 대륙으로 한정된 줄 알았었다. 지금까지 그가 그렇게 먼 해안을 다녀왔다는 말을 들어 본 적이 없었다.

　이런 것들에 대해 곰곰이 생각하고 있을 때 전혀 예상치 못했던 사건이 일어나는 바람에 생각의 끈이 끊어지고 말았다. 누군가 마침 문을 열자 메이슨 씨가 몸을 떨면서 거의 불꽃이 사그라진 벽난로에 석탄을 더 올려 달라고 부탁했다. 타다 남은 불 찌꺼기는 아직도 뜨겁게 붉은 빛을 발하고 있었다. 석탄을 가져왔던 하인이 나가면서 에슈턴 경의 의자 근처에 멈춰 선 다음 낮은 목소리로 그에게 뭐라고 말을 했지만 내게는 〈노파〉라든가 〈매우 성가시다〉라는 몇 마디밖에 들리지 않았다.

　「당장 꺼지지 않으면 족쇄를 채워 놓겠다고 그 여자한테 전하게.」 치안 판사가 대답했다.

　「아니…… 기다려요!」 덴트 대령이 끼어들었다. 「에슈턴,

그 여자를 보내지 말아요. 상황을 더 나아지게 할 수도 있잖소. 숙녀분들하고 상의해 보는 게 좋을 것 같아요.」 그리고 큰 소리로 그가 계속해서 말했다. 「숙녀분들, 집시 캠프를 보러 헤이 공터에 가자는 이야기를 나눴었죠? 여기 샘 말로는 지금 이 순간 집시 노파 한 사람이 하인들 홀에 와서 〈귀하신 분들〉 앞으로 자기를 데려다 주면 점을 쳐주겠다고 우기고 있다고 합니다. 그 여자를 만나 보시겠어요?」

「대령님.」 잉그램 부인이 외쳤다. 「그런 비천한 사기꾼을 부추기는 건 물론 아니시겠죠? 그 여자를 빨리 쫓아 버려요!」

「그렇지만 아무리 말을 해도 그 여자를 쫓아 버릴 수가 없습니다, 부인.」 하인이 말했다. 「하인들 말을 듣질 않습니다. 페어팩스 부인이 지금 그 여자에게 나가 달라고 간청을 하고 있습니다. 그런데도 그 여자는 난롯가에 자리를 잡고서 이곳으로 들어와도 된다는 허락을 받을 때까지 꼼짝도 하지 않겠다고 합니다.」

「그 여자가 원하는 게 뭐요?」 에슈턴 부인이 물었다.

「〈귀하신 분들의 점을 쳐주는 것〉이랍니다, 부인. 꼭 그렇게 해야 하고, 또 그래야겠다고 합니다.」

「어떻게 생겼어요?」 에슈턴 자매가 한목소리로 물었다.

「끔찍하게 못생긴 노파입니다, 아가씨. 거의 숯 검댕처럼 까맣고요.」

「저런, 진짜 마법사네요!」 프레더릭 린이 소리쳤다. 「그렇다면 당연히 그 여자를 안으로 들어오게 해야겠군요.」

「물론이죠.」 그의 동생이 맞장구를 쳤다. 「이런 재미있는 기회를 놓친다면 정말 애석하죠.」

「아니, 애들아, 무슨 생각들을 하는 거니?」 린 부인이 소리쳤다.

「나도 그런 터무니없는 일에는 찬성할 수가 없을 것 같네요.」잉그램 부인이 맞장구를 쳤다.

「그렇죠, 어머니. 그렇지만 찬성해 주실 수 있잖아요. 그렇게 해주세요.」블랑쉬가 피아노 의자 위에서 몸을 돌리며 오만한 목소리로 말했다. 거기서 그녀는 지금까지 아무 말 없이 이런저런 악보를 뒤적거리는 것처럼 보였었다. 「제 운명을 어떻게 점칠지 궁금해요. 그러니까 샘, 그 노파를 들여보내요.」

「사랑하는 블랑쉬! 생각해 보렴……」

「그래요, 어머니가 뭐라고 하실지 다 알아요. 그래도 저는 제 뜻대로 할래요. 빨리, 샘!」

「네, 그래요!」젊은 신사 숙녀들이 모두 소리쳤다. 「노파를 불러요. 정말 재미있을 거예요!」

하인은 아직도 꾸물거렸다. 「노파가 굉장히 거칠어 보여서요.」그가 말했다.

「어서요!」잉그램 양이 소리치자 하인이 나갔다.

일행 전체가 즉시 흥분에 사로잡혔다. 샘이 돌아왔을 때는 손님들이 서로 야유와 농담을 한창 주고받고 있었다.

「노파가 이제는 안 오겠답니다.」샘이 말했다. 「〈속된 무리〉(이건 노파의 말입니다) 앞에 모습을 드러내는 것은 자기가 할 일이 아니라고 합니다. 노파를 혼자 방에 데려다 놓을 테니 점을 치고 싶으신 분은 한 분씩 오셔야 할 것 같습니다.」

「그것 봐라, 여왕 같은 내 딸 블랑쉬.」잉그램 부인이 말하기 시작했다. 「노파가 조금씩 기어들어 오잖니. 말 들어라, 내 천사 같은 딸. 그리고……」

「당연히 그 여자를 서재로 안내해야죠.」〈천사 같은 딸〉이 끼어들었다. 「속된 무리 앞에서 점을 치는 것도 제가 할 일이 아니죠. 저도 노파를 혼자서만 만나고 싶어요. 서재에 불이 지펴져 있어요?」

「네, 아가씨. 그렇지만 그 노파는 진짜 집시처럼 보입니다.」

「그런 수다는 그만둬요, 바보! 시키는 일이나 해요.」

다시 샘이 사라졌다. 의혹과 활기와 기대가 다시 한 번 한껏 부풀어 올랐다.

「이제 준비되었습니다.」 하인이 다시 나타나서 말했다. 「어느 숙녀분이 제일 먼저 들어올지 알고 싶답니다.」

「숙녀들이 가보기 전에 내가 먼저 가서 그 노파를 살펴 보고 오는 게 좋을 것 같군요.」 덴트 대령이 말했다.

「그 여자에게 신사 한 분이 갈 거라고 알리게, 샘.」

샘이 갔다가 돌아왔다.

「신사분들은 절대 사절이라고 합니다. 신사분들은 번거롭게 자기 근처에 올 필요가 없답니다. 또한……」 그가 킥킥거리는 웃음을 참으며 힘겹게 덧붙였다. 「젊은 미혼 숙녀분들 말고는 기혼 숙녀분들도 오실 필요가 없답니다.」

「빌어먹을! 퍽도 고상한 노파로군!」 헨리 린이 소리쳤다.

잉그램 양이 엄숙하게 일어섰다. 「제가 먼저 갈게요.」 부하의 선두에서 성벽 틈새를 기어오르는 결사대의 대장에게나 어울릴 법한 어조로 그녀가 말했다.

「오, 사랑스럽고도 소중한 내 딸아! 잠깐만 멈추고 생각해 보렴.」 블랑쉬의 어머니가 소리쳤다. 그러나 블랑쉬는 당당하게 침묵을 지키며 어머니 옆을 휙 지나 덴트 대령이 열어 주는 문을 지나갔다. 그녀가 서재로 들어가는 소리가 들려왔다.

한참 동안 침묵이 이어졌다. 잉그램 부인은 양 손목을 쥐어트는 것이 적절하다고 생각했는지 그렇게 했다. 메리 양은 자기는 절대 그처럼 과감하게 나서지 못했으리라고 단언했다. 에이미 에슈턴과 루이자 에슈턴은 소리를 죽여 웃었지만 조금 겁이 나 있는 듯했다.

일 분 일 분이 매우 느리게 지나갔다. 15분이 지나고 나서야 서재 문이 다시 열렸다. 잉그램 양이 아치를 지나 다시 돌아왔다.

　그녀가 웃음을 터뜨릴까? 그녀가 그것을 농담으로 받아들일까? 모두가 간절하게 궁금한 눈빛으로 그녀를 쳐다보았다. 그녀는 그 모든 시선을 깡그리 무시하는 차가운 눈빛으로 대했다. 당황한 모습도 즐거운 모습도 아니었다. 그녀는 뻣뻣하게 자기 자리로 걸어가서 조용히 자리에 앉았다.

　「자, 블랑쉬?」 잉그램 경이 말했다.

　「그 여자가 뭐래요, 언니?」 메리가 물었다.

　「어때요? 어떤 기분이었어요? 그 여자가 진짜 점쟁이가 맞아요?」 에슈턴 자매가 물었다.

　「자, 자, 여러분.」 잉그램 양이 대답했다. 「절 너무 채근하지 마세요. 궁금한 것도 많고 믿기도 잘하는 여러분의 두뇌 기관은 정말 쉽게 자극도 되는군요. 어머니를 포함해서 여러분 모두가 이 일을 중요하게 여기는 걸로 봐서는 이 집안에 악마와 결탁한 진짜 마녀가 와 있다고 정말로 믿고 계시는 것 같네요. 제가 만나 본 사람은 집시 방랑자로 진부하게 손금을 보면서 그런 사람들이 흔히 하는 말을 해주었어요. 제 일시적인 호기심은 충족되었어요. 이제는 에슈턴 씨가 경고한 대로 내일 아침 그 마녀에게 족쇄를 채우는 게 좋을 것 같아요.」

　잉그램 양은 책을 한 권 집어 들고 의자에 몸을 기댄 다음 더 이상의 대화를 거부했다. 나는 그녀를 거의 반 시간 동안 관찰했다. 그 시간 동안 내내 그녀는 책을 한 장도 넘기지 않았다. 그녀의 얼굴은 순간순간 더 어두워지고 더 불만스러워졌으며 더 시무룩하게 실망감을 표현했다. 자기에게 유리한 말을 한마디도 듣지 못한 것이 분명했다. 그리고 겉으로는 관심이 없다고 분명히 말했음에도 불구하고 오랫동안 침울하게 침묵을 지키는 것을 보면 무슨 이야기를 들었건 그녀 자신이 그 점에 엄청난 중요성을 부여하고 있는 듯했다.

그동안 메리 잉그램과 에이미와 루이자 에슈턴은 혼자서
는 갈 엄두가 나지 않지만 그래도 모두 가고 싶다고 말했다.
대사인 샘의 중개를 통해 협상이 개시되었다. 샘이 여러 번 왔
다갔다하느라 장딴지가 뻐근하게 아파 오기 시작하고 나서
야 비로소 준엄한 마녀로부터 세 사람이 한꺼번에 와도 좋다
는 허락을 간신히 받아 냈다.

그들의 방문은 잉그램 양의 경우처럼 그렇게 조용하지가
않았다. 서재에서 흥분하여 킥킥대며 웃는 소리와 작은 비명
소리가 이어져 나왔다. 20분 정도가 지난 후 그들이 반쯤 겁
에 질려서 제정신이 아닌 듯 방문을 벌컥 열고 홀을 가로질러
뛰어왔다.

「틀림없이 저 노파는 보통 사람이 아니에요.」 그들이 하나
같이 소리쳤다. 「그런 것들을 다 맞추다니! 우리에 대해 다
알고 있어요.」 그들은 신사들이 서둘러 가져다준 의자에 숨
가쁘게 털썩 주저앉았다.

더 자세히 설명을 해달라는 요구를 받자 그들은 어렸을 적
에 한 말과 행동들을 노파가 알아맞혔고, 집의 내실에 두었던
책과 장식품들, 여러 친척들로부터 선사받은 기념품들을 자
세하게 꿰고 있더라고 털어놓았다. 그들은 노파가 자신들의
생각을 알아맞혔고 각자가 세상에서 제일 좋아하는 사람의
이름을 귀에 속삭여 주었으며 자신들의 소망을 알아맞혔다
고 전했다.

여기서 신사들은 마지막으로 거론된 이 두 가지 사항에 대
해 좀 더 분명히 알고 싶어 했지만 그들의 끈덕진 재촉에 대해
숙녀들은 얼굴을 붉히고 소리를 지르고 몸을 떨고 킥킥대며
웃기만 했다. 그동안 나이 지긋한 부인들은 각성제 약병을 가
져다주고 부채질을 해주었다. 그들은 자신들의 경고를 받아
들이지 않아서 이런 일이 벌어졌다고 걱정하는 말을 되풀이

했다. 나이 든 신사들은 웃었고 젊은 신사들은 흥분한 숙녀들에게 도움을 주고자 법석을 떨었다.

이런 야단법석 가운데 눈과 귀가 온통 내 앞에 펼쳐진 광경에 쏠려 있을 때 가까이서 기침하는 소리가 들려왔다. 몸을 돌려 보니 샘이었다.

「괜찮으시다면, 선생님. 집시가 이 방에 아직 자기를 보러 오지 않은 젊은 미혼 여성이 한 분 있다면서 전부 만나 보기 전에는 가지 않겠다고 우깁니다. 틀림없이 선생님을 가리키는 것 같습니다. 다른 사람은 없습니다. 노파에게 뭐라고 할까요?」

「아, 꼭 가볼게요.」 내가 대답했다. 나는 잔뜩 부풀려진 궁금증을 풀 수 있는 예상치 못한 기회가 온 것이 기뻤다. 나는 어느 누구의 눈에도 띄지 않은 채 방에서 빠져나왔다. 일행이 전부 방금 전에 돌아와 떨고 있는 세 숙녀 주변에 모여 있었기 때문이다.

「괜찮으시다면, 선생님.」 샘이 말했다. 「제가 홀에서 기다리겠습니다. 만약 노파가 선생님에게 겁을 주면 소리를 지르세요. 그러면 제가 안으로 들어가겠습니다.」

「아니에요, 샘. 부엌으로 돌아가요. 조금도 무섭지 않아요.」 나는 정말로 무섭지 않았다. 오히려 잔뜩 호기심이 생기고 흥분되었다.

제4장

내가 들어갔을 때 서재는 매우 평온해 보였다. 그리고 점쟁이는 ― 그녀가 정말 점쟁이라면 ― 난롯가 옆에 놓인 안락의자에 무척 아늑하게 앉아 있었다. 그녀는 붉은 망토에 검은 보닛을 쓰고 있었다. 아니 정확하게는 챙이 넓은 집시 모자를 줄무늬 손수건으로 턱 아래로 묶어 쓰고 있었다. 탁자 위에는 꺼진 초가 놓여 있었다. 그녀는 난로 위로 몸을 구부리고 난롯불 빛으로 기도 책처럼 보이는 검은색의 작은 책을 읽고 있는 것 같았다. 그녀는 대부분의 노인들이 그렇듯이 책을 읽으면서 입으로 중얼거렸다. 내가 들어갔을 때도 그녀는 책 읽는 것을 즉시 멈추지 않았다. 아마 읽던 구절을 마저 읽고 싶은 모양이었다.

나는 응접실에서 벽난로로부터 멀리 앉아 있느라 차가워진 손을 양탄자 위에 서서 녹였다. 나는 지금까지 살아오면서 어느 순간보다도 침착했다. 집시의 외모에는 사실 사람들을 불안하게 만들 만한 점이 하나도 없었다. 그 여자가 책을 덮고 천천히 고개를 들었다. 모자챙이 얼굴에 살짝 그늘을 드리웠지만 그녀가 고개를 들자 이상하게 생긴 얼굴이 드러났다. 얼굴은 온통 갈색과 검은색이었다. 턱 밑을 지나 뺨, 아니 정확하게 턱 중간 정도 위로 걸쳐진 흰 띠 밑에서 헝클어진 머리카락이 반짝였다. 그녀가 즉시 나를 대담하게, 똑바로 바라보았다.

「자, 당신 운수에 대해 알고 싶소?」 시선만큼이나 단호하고 얼굴만큼이나 거친 목소리로 그녀가 물었다.

「저는 그런 건 상관없어요, 할머니. 좋으실 대로 점쳐 주세요. 그런데 미리 말씀드리자면 저는 그런 걸 믿지 않아요.」

「그렇게 말하다니 건방지군. 그럴 줄 알았지. 문간을 넘어오는 발소리로 알았소.」

「그랬어요? 귀가 굉장히 밝으시군요.」

「그렇지. 눈도 밝고 머리도 빨리 돌아가지.」

「그런 일을 하시려면 그 모든 게 필요할 거예요.」

「그렇지. 특히 당신 같은 손님을 대할 때는 말이야. 왜 떨지 않소?」

「안 추우니까요.」

「왜 창백해지지도 않는 거지?」

「아프지 않으니까요.」

「내 기술이 어떤지 왜 알아보지 않는 거요?」

「어리석지 않으니까요.」

늙은 쭈그렁 할멈이 보닛과 끈 밑으로 킬킬거리며 웃었다. 그런 다음 검은색 짧은 파이프를 꺼내 불을 붙이고서 피우기 시작했다. 잠깐 동안 이 진정제를 즐긴 뒤 그녀가 웅크린 몸을 일으켜 세우고 입술에서 파이프를 빼고는 계속 난롯불을 바라보며 매우 유유히 말했다. 「당신은 춥고 아프고 어리석소.」

「그걸 증명해 보세요.」 내가 대꾸했다.

「몇 마디로 그러지. 당신은 혼자라서 춥소. 어떤 접촉으로도 당신 안에 있는 불을 붙일 수가 없어. 당신은 아프오. 사람에게 주어진 최상의 감정과 최고의 감정 그리고 가장 달콤한 감정이 당신을 멀리하기 때문이지. 당신은 어리석소. 아무리 고통스럽다 해도 당신은 절대 그 감정에게 다가오라고 손짓하지 않을 것이고 또한 당신을 기다리고 있는 곳으로 그것을 맞으러 한 발자국도 움직이려 하지 않기 때문이오.」

그녀가 다시 검은색의 짧은 파이프를 물고 힘차게 뻐끔거리며 담배를 피웠다.

「큰 저택에서 외롭게 고용인으로 사는 대부분의 사람들에게 그런 말을 해줄 수 있겠죠.」

「거의 모든 사람들한테 그렇게 말해 줄 수 있겠지. 그런데 그들에게 그 말이 들어맞을까?」

「제 상황에서는요.」

「그래 맞아. 당신의 경우라면 그렇지. 그렇지만 꼭 당신 같은 입장에 놓인 사람이 있다면 한번 찾아와 봐요.」

「수천 명이라도 쉽게 찾아 줄 수 있어요.」

「한 사람 찾기도 힘들 거요. 아는지 모르겠지만 당신은 특이한 입장이오. 행복이 아주 가까이 있어. 거의 손에 닿을 만한 거리에 말이야. 재료는 전부 준비되어 있소. 그것들을 결합시킬 동작 하나만 없을 뿐이지. 그 재료들은 운명의 여신이 흩어 놓았소. 그것들을 일단 결합시키기만 하면 행복이 생길 것이오.」

「저는 수수께끼를 이해 못 해요. 살아오는 동안 한 번도 수수께끼를 풀지 못했어요.」

「내가 좀 더 쉽게 말해 주기를 바란다면 당신 손바닥을 보여 주시오.」

「그리고 저는 은화를 손바닥에 올려 두어야 하는 거죠?」

「물론이지.」

나는 그녀에게 1실링을 주었다. 노파는 호주머니에서 꺼낸 낡은 긴 양말 밑바닥에 돈을 집어넣고 돌려 묶은 다음 그것을 다시 호주머니에 넣고 내게 손을 내밀라고 시켰다. 노파는 얼굴을 내 손바닥 위로 가까이 대고 손바닥을 전혀 만지지 않은 채 자세히 들여다보았다.

「선이 너무 가늘군.」 노파가 말했다. 「그런 손에서는 아무것도 읽어 낼 수가 없어. 선이 거의 없어. 게다가 손바닥에 뭐가 있겠소? 운명은 거기에 적혀 있지 않아.」

「맞는 말씀이에요.」 내가 말했다.

「아니지.」 노파가 말을 계속했다. 「운명은 얼굴에 적혀 있어. 이마와 눈가와 입가 주름에 있소. 무릎을 꿇고 고개를 들어요.」

「아, 이제야 할머니가 현실에 가까이 다가오고 있군요.」 내가 그녀의 말에 따르면서 말했다. 「이제 할머니를 조금 믿을 수 있을 것 같아요.」

나는 노파에게서 채 반 야드도 떨어지지 않은 곳에 무릎을 꿇었다. 노파가 난롯불을 뒤적거려 휘저어 놓은 석탄에서 작은 빛줄기가 나오게 만들었다. 그러나 노파가 자리에 앉자 오히려 그녀의 얼굴이 더 짙은 그림자 속에 가려졌다. 불빛에 내 얼굴만 환해졌다.

「오늘 밤 당신이 어떤 기분으로 나한테 왔는지 궁금하군.」 노파가 잠깐 동안 나를 자세히 살펴보고 나서 물었다. 「환등기 속의 형상처럼 당신 앞에서 스쳐 지나가는 멋진 사람들과 함께 저 방에 앉아 있을 때 당신의 마음속이 어떤 생각으로 분주했는지 궁금하군. 그들이 사실 인간의 형상을 한 그림자일 뿐 진짜 실체가 아니듯, 당신은 그들과의 사이에서 조금의 교감도 서로 주고받지 못했으니 말이오.」

「자주 지겹고, 가끔 졸리긴 했지만 슬픈 때는 거의 없어요.」

「그렇다면 당신의 기분을 북돋아 주고 미래에 대한 속삭임으로 당신을 기분 좋게 해주는 남모르는 희망을 갖고 있소?」

「아니에요. 제가 바라는 최고의 희망은 번 돈을 충분히 모아 놓았다가 작은 집을 하나 빌려서 학교를 세우는 거예요.」

「영혼을 계속 지탱시켜 주기에는 조금 빈약한 영양분이군. 그리고 저 창가 자리에 앉아 있는 것은……. (내가 당신의 습관을 알고 있다는 걸 알겠지?)」

「하인들에게서 그것을 알아냈겠죠.」

「아! 당신은 당신 자신이 날카롭다고 생각하지? 그래요. 어쩌면 그랬는지도 모르지. 사실을 말하자면 하인 중에 아는 사람이 있소. 풀 부인이라고…….」

나는 그 이름을 듣고 벌떡 일어섰다.

〈당신이…… 정말로?〉 나는 생각했다. 〈그렇다면 결국에는 모든 게 수상해!〉

「놀라지 말아요.」 수상한 존재가 말했다. 「풀 부인은 믿을 만한 사람이오. 입이 무겁고 조용하지. 그녀에게는 어느 누구라도 비밀을 털어놓을 수 있소. 그러나 내가 말했다시피 당신은 그 창가 의자에 앉아 미래의 학교에 대해서만 생각하는 거요? 당신 앞의 소파나 의자에 앉아 있는 사람들 가운데 현재 당신의 관심을 끄는 사람이 없소? 당신이 유심히 바라보는 얼굴이 하나 있지 않소? 약간이라도 호기심을 가지고 그 사람의 움직임을 눈으로 좇는 사람이 없소?」

「저는 모든 사람들의 얼굴과 그들의 행동을 관찰하길 좋아해요.」

「그렇지만 전체 중에서 하나만 뽑아내지 않소? 아니면 둘인가?」

「자주 그래요. 한 쌍의 몸짓이나 표정이 하나의 이야기를 전해 주는 것처럼 보이면요. 그들을 바라보는 게 재미있었어요.」

「어떤 이야기를 듣는 게 제일 좋소?」

「아, 저한테는 선택의 여지가 많지 않아요! 대개 같은 주제인 구애에 따라 이어지고, 같은 대단원인 결혼으로 끝날 것을 예고하죠.」

「그러면 그 단조로운 주제를 좋아하는 거요?」

「절대 그런 데에 신경 안 써요. 저한테는 아무 의미가 없으니까요.」

「전혀라고? 젊고, 활기와 건강으로 가득하고 아름답고 매력적이며 지위와 재산이라는 행운을 부여받은 숙녀가 한 신사의 면전에 앉아서 미소를 짓고 있어. 당신의…….」

「저의?」

「당신이 알고 있고, 어쩌면 좋아하는 사람의…….」

「저는 여기 있는 신사들을 몰라요. 그들 중에서 저와 한마디라도 말을 주고받은 사람이 거의 없으니까요. 좋다는 생각이 드는 분들로 말하자면 몇 분은 풍채가 좋고 당당한 중년 신사이고, 몇 분은 젊고 씩씩하고 잘생기고 활기찬 신사예요. 그러나 좋아하는 사람의 미소를 받는 것은 신사분들 자유죠. 그분들이 그렇게 미소를 주고받건 말건 그것을 중요한 일로 간주하고 싶은 마음은 추호도 없어요.」

「여기 있는 신사들을 모른다고? 어떤 신사하고도 한마디도 나눠 보지 않았다고? 이 집 주인하고도 그렇다고 말할 작정이오?」

「그분은 집에 안 계세요.」

「의미심장한 말이군! 아주 교묘한 핑계야! 그는 오늘 아침 밀코트에 가서 오늘 밤이나 내일 아침에 돌아올 텐데. 그런 상황 때문에 그를 당신의 친분 리스트에서 제외시킨다는 건가? 말하자면 그를 지워서 없애 버리는 거요?」

「아니요. 할머니가 끌어들인 주제와 로체스터 씨가 무슨 상관이 있는지 잘 모르겠군요.」

「신사들 앞에서 미소를 짓는 숙녀들에 대해 이야기하는 거

요. 요즘 로체스터 씨의 눈 속으로 너무나 많은 미소가 던져
지는 바람에 넘치도록 가득 채워진 잔처럼 두 눈이 흘러넘치
고 있지. 그걸 못 봤소?」

　「로체스터 씨에게는 손님들과 교제를 즐길 권리가 있어요.」

　「그의 권리에 대해서는 의문의 여지가 없지. 그러나 결혼에
대해 이 집에서 떠도는 소문들 중 로체스터 씨의 결혼 얘기가
가장 활발하게, 끊임없이 떠돌고 있지 않소?」

　「듣는 사람이 열심히 들어 주면 말하는 사람의 혀가 빨라지
는 법이죠.」 나는 집시에게라기보다 오히려 나 자신에게 이 말
을 했다. 노파의 이상한 이야기와 목소리, 태도 때문에 나는
이때쯤 꿈 같은 상태에 빠져 있었다. 그녀의 입술에서 예기치
못했던 말들이 계속 흘러나와 나는 마침내 신비스러운 거미줄
속에 걸려들어 버렸다. 어떤 보이지 않는 요정이 몇 주 동안 내
심장 옆에 앉아서 그것이 어떻게 작동하는지 바라보고 심장의
고동을 일일이 기록한 것은 아니었나 하는 생각이 들었다.

　「듣는 사람이 열심히 들어 주는 것이라!」 노파가 되풀이했
다. 「맞아. 로체스터 씨는 몇 시간씩 앉아서 말하는 걸 무척이
나 좋아하는 매력적인 입술에 귀를 기울였지. 로체스터 씨는
그 이야기를 즐겁게 들으려 했고 자기에게 주어진 즐거움에
무척 고마워하는 것처럼 보였소. 이걸 눈치챘었소?」

　「고마워한다고요! 그의 얼굴에서 감사의 표시를 찾아낸 기
억이 없는데요.」

　「찾아내다니! 그렇다면 당신은 분석을 했군. 그럼, 감사가
아니라면 당신은 무엇을 찾아냈지?」

　나는 아무 말도 하지 않았다.

　「사랑을 보았군, 그렇지 않소? 그리고 앞을 내다보면서……
그가 결혼하는 것과 그의 신부가 행복해 하는 모습을 보았겠
지?」

「흥! 꼭 그렇지는 않아요. 당신의 마술 역시 때로는 틀리기도 하나 보군요.」

「그렇다면 도대체 뭘 보았지?」

「신경 쓰지 마세요. 여기에 물어보러 왔을 뿐이지 고백하러 온 게 아니니까요. 로체스터 씨가 결혼할 예정이라는 점괘가 나왔나요?」

「그렇소. 아름다운 잉그램 양과 말이오.」

「곧이요?」

「겉보기에는 그런 결론이 확실하지. 그리고 의심할 여지없이(비록 당신은 전혀 주저하지 않고 대담하게 이에 의문을 제기하는 것처럼 보이지만 말이야) 그 두 사람은 최고로 행복한 부부가 될 것이오. 그분이 그처럼 예쁘고 고상하고 재치 있고 재능 있는 숙녀를 사랑하는 게 틀림없어. 아마 잉그램 양도 그분을 사랑할 것이오. 그분의 외모는 아니라 할지라도 적어도 그분의 재산을 말이지. 잉그램 양이 로체스터가의 재산을 극도로 탐낸다는 것을 알고 있소. (하느님의 용서가 있기를!) 내가 한 시간 전에 그 이야길 했더니 잉그램 양의 표정이 놀랄 만큼 진지해지더군. 입꼬리가 반 인치는 내려갔소. 얼굴이 거무튀튀한 잉그램 양의 구혼자에게 조심하라고 조언해 주고 싶어. 더 길고 명확한 재산 목록을 지닌 또 다른 구혼자가 나타나면 로체스터 씨는 당장 차일 거라고…….」

「그런데 할머니, 저는 로체스터 씨의 점을 치러 온 게 아니라 제 운수를 들으러 왔어요. 그런데 그것에 대해서는 아무 말씀도 안 해주셨어요.」

「당신의 운수는 아직 확실치 않소. 당신의 얼굴을 살펴보니 한 가지 특성이 다른 특성과 상충되고 있소. 운명의 여신이 어느 정도의 행복을 당신에게 점지해 놓았소. 그건 내가 알고 있지. 오늘 저녁 여기로 오기 전부터 그것을 알고 있었어. 운명의 여신이 당신을 위해 조심스럽게 그것을 당신 한쪽 옆에 놓아두었소. 그녀가 그렇게 하는 걸 보았지. 손을 내밀어 그것을 집어 드는 일은 당신에게 달려 있소. 당신이 과연 그렇게 할지 안 할지를 내가 점치려고 하는 거야. 양탄자 위에 다시 무릎을 꿇어요.」

「너무 오래는 말고요. 불길에 탈 것 같아요.」

내가 무릎을 꿇었다. 노파는 내 쪽으로 몸을 구부리지 않고 의자 뒤로 기대며 찬찬히 쳐다보기만 했다. 노파가 중얼거리기 시작했다.

「눈에서 불꽃이 펄럭이고 눈은 이슬처럼 반짝이는군. 부드럽고 감정이 풍부해. 내 수다에 미소를 짓는군. 다정다감해. 그 깨끗한 안구를 통해 여러 가지 인상들이 이어서 들어오고 있어. 미소를 멈추니까 슬퍼 보이는군. 의식하지 못하고 있는 피로가 눈꺼풀을 무겁게 하고 있어. 그것은 외로움에서 우울함이 생겨나고 있다는 의미야. 내게서 눈을 돌리는군. 더 이상 조사를 받고 싶지 않다는 뜻이겠지. 그 눈은 조롱하는 시선으로 내가 이미 발견한 것들의 진실을 부정하는 것 같군. 감수성과 번민 두 가지가 모두 존재한다는 내 주장을 인정하지 않겠다는 거겠지. 그 눈에 들어 있는 자부심과 자제는 오히려 내 의견이 옳다는 것을 확인해 줄 뿐이야. 눈은 좋아.

입에 대해 말하자면 때로는 웃으면서 기뻐하기도 하는군. 입은 뇌가 생각해 낸 것을 모두 전달하려는 성향이 있어. 그렇지만 감히 말하건대 마음이 겪는 것에 대해서는 대부분 침묵을 지키려고 해. 감정이 풍부하고 유연성이 있어서 고독의 영원한 침묵 속에서 다물고만 있도록 만들어지진 않았어. 많이 말하고 자주 웃어야 하고 말하는 사람에 대한 인간적인 애정을 가져야 하는 입이야. 입 또한 괜찮아.

이마만 제외하고는 행운이 생기는 것을 막는 요소가 보이지 않아. 그리고 그 이마는 〈나는 혼자 살 수 있어. 자존과 상황 때문에 그렇게 해야 한다면 말이야. 행복을 사기 위해 내 영혼을 팔 필요는 없어. 설사 외부적인 즐거움이 전부 보류되거나 지불할 수 없는 비싼 값에만 제공된다 해도 나를 계속 살아가게 해줄 마음속 보물을 지니고 있어〉라고 공언하는 것 같아. 이마에는 또 이렇게 쓰여 있지. 〈이성이 확고하게 자리하고 앉아서 고삐를 잡고 있어. 그래서 이성은 절대 감정이 마음대로 치달아 엉뚱한 바위틈으로 자신을 이끌도록 내버려 두는 법이 없지. 열정이 진짜 이교도들처럼 거칠게 날뛰기도 하고 욕망은 온갖 종류의 헛된 것들을 상상할 수도 있어.[62] 그러나 모든 논쟁에서 판단력이 여전히 최종 판결을 내리고 모든 결정에서 캐스팅 보트를 쥐고 있지. 강한 바람과 지진의 충격과 불이 지나갈 수도 있어. 그러나 나는 양심의 명령을 해석하는 그 조용하고 작은 목소리의 인도를 받을 것이다.〉[63]

  말 잘했다, 이마여. 네 선언은 존중되리라. 나는 계획을 세웠고 그것이 옳은 계획이라고 생각해. 그리고 그 계획 속에서 나는 양심의 요구와 이성의 조언에 귀를 기울였지. 제공된 행복의 잔에서 수치심의 찌꺼기나 회한의 냄새가 눈곱만큼이라도 발견되면 젊음이 얼마나 빨리 시들고 신선함이 사라지는지 알고 있어. 나는 희생과 슬픔과 소멸을 원치 않아. 그런 것은 내 취향이 아니야. 말려서 죽이는 것이 아니라 자라게 하고 싶어. 피눈물을 짜내는 것이 아니라 — 아니 그냥 눈물이

62 「시편」 2장 1절 비교. 〈어찌하여 나라들이 술렁대는가? 어찌하여 민족들이 헛일을 꾸미는가?〉
63 「열왕기상」 19장 11~12절 비교. 하느님은 엘리야에게 처음에는 강한 바람을, 다음에는 지진을 보낸다. 〈바람이 지나간 다음에 지진이 일어났다. 그러나 야훼께서는 지진 가운데도 계시지 않았다. 지진 다음에 불이 일어났다. 그러나 야훼께서는 불길 가운데도 계시지 않았다. 불길이 지나간 다음, 조용하고 여린 소리가 들려왔다.〉

라도 흘리게 하는 것이 아니라 — 감사의 마음을 얻고 싶어. 내가 얻는 수확은 반드시 미소와 사랑스러움과 달콤함 속에서 이루어져야 해. 그거면 돼. 내가 일종의 격렬한 황홀경 속에서 날뛰고 있는 것 같군. 이제는 이 순간을 영원히 연장시키고 싶은 게 당연한데 감히 그럴 수가 없어. 지금까지는 나 자신을 잘 다스려 왔어. 마음속으로 다짐했던 대로 행동해 왔어. 그러나 그 이상은 내가 견딜 수 없을 정도로 괴로울 것 같아. 일어나요, 에어 양. 나가 봐요. 연극은 끝났소.」

내가 어디에 있었던가? 깨어 있었던가, 아니면 잠이 들었던가? 꿈을 꾸고 있었던가? 지금도 내가 꿈을 꾸고 있는 것일까? 노파의 목소리가 바뀌었다. 노파의 억양과 몸짓, 모든 것이 거울 속의 내 얼굴처럼, 내 자신이 하는 말처럼 친숙했다. 나는 일어섰지만 나가지 않았다. 나는 노파를 바라보았다. 불을 휘저은 다음 다시 쳐다보았다. 그러나 그녀는 모자와 끈을 얼굴 쪽으로 더 바싹 끌어당기며 다시 내게 나가라고 손짓했다. 불꽃이 그녀가 내민 손을 환하게 비추었다. 이제는 정신이 멀쩡해졌을 뿐만 아니라 뭔가를 찾아내려고 눈에 불을 켜고 있었기 때문에 나는 즉시 그 손을 알아보았다. 그것은 내 손과 마찬가지로 노인의 시든 손이 아니었다. 손가락이 균형감 있고 매끈하게 생긴 통통하고 유연한 손이었다. 새끼 손가락에서 두꺼운 반지가 반짝거렸다. 나는 앞으로 몸을 구부려서 전에 백 번도 더 본 그 보석을 바라보았다. 다시 노파의 얼굴을 쳐다보았다. 그 형체는 더 이상 내게서 얼굴을 돌리지 않았다. 그와는 반대로 모자를 벗고 끈을 떼어 내고 이마를 드러냈다.

「자, 제인. 나를 알아보겠소?」 친숙한 목소리가 물었다.
「붉은 망토만 좀 벗어 보세요. 그러면……」
「그런데 끈이 묶여 있소. 날 도와주시오.」

「자르세요.」

「자, 그럼……. 〈가거라, 너 빌려 입은 옷아!〉」[64] 그리고 로체스터 씨는 변장에서 벗어났다.

「세상에, 정말 기발한 생각이군요!」

「그래도 잘해 내지 않았소? 그렇게 생각하지 않소?」

「숙녀분들한테는 틀림없이 잘해 낸 것 같네요.」

「그런데 당신한테는 아니란 말이오?」

「저한테는 당신이 집시 역을 연기하지 않았어요.」

「그럼 내가 어떤 역을 했소? 나 자신처럼 행동했소?」

「아니요. 설명할 수 없는 역이었어요. 간단히 말하면 당신이 절 끌어내려고, 아니면 끌어들이려고 애썼다고 생각해요. 제가 말도 안 되는 소리를 하도록 말도 안 되는 소리를 하면서요. 이건 전혀 공평하지 못해요.」

「날 용서해 주겠소, 제인?」

「전부 다시 생각해 보고 난 뒤에 말씀드릴 수 있을 것 같아요. 돌이켜 보고 나서 제가 크게 어리석은 짓을 하지 않았다고 여겨지면 당신을 용서하도록 노력할게요. 그러나 옳은 일은 아니었어요.」

「아, 당신은 매우 정확했소. 매우 신중하고 분별 있었소.」

돌이켜 보자 대체적으로 그랬다는 생각이 들었다. 마음이 놓였다. 그러나 사실 나는 면담이 시작될 무렵부터 거의 경계를 늦추지 않았었다. 가장무도회 같은 것이 아닌가 의심했다. 나는 집시와 점쟁이라면, 겉으로 노파같이 보이는 이 여자처럼 말을 하지 않는다는 것을 알고 있었다. 게다가 나는 노파의 꾸며 낸 목소리나 그녀가 얼굴을 감추려고 애쓴다는 것을 알아차렸다. 그러나 노파를 주시하면서 마음속으로는 혹시

<hr>

64 「리어 왕」, 제3막 제4장 107행. 리어가 황야에서 옷을 벗으며 한 대사.

그레이스 풀이 아닐까, 살아 있는 수수께끼이자 미스터리 중의 미스터리인 그녀가 아닐까 추리를 계속하고 있었다. 로체스터 씨라고는 꿈에도 생각하지 못했다.

「자.」 그가 말했다. 「무엇을 그렇게 골똘하게 생각하고 있소? 그 심각한 미소는 무슨 의미요?」

「놀라움과 자축의 미소예요. 이제 물러가도 되는 거죠?」

「아니, 잠깐만 더 있어요. 저기 응접실에서 사람들이 뭘 하고 있는지 알려 줘요.」

「아마 집시에 대해 논하고 있을 거예요.」

「앉아요! 그들이 나에 대해 뭐라고 했는지 들려줘요.」

「오래 있지 않는 편이 좋을 것 같은데요. 11시가 다 되었을 거예요. 아, 로체스터 씨. 오늘 아침에 떠나신 후 낯선 손님이 찾아온 걸 알고 계세요?」

「낯선 손님이라! 아니, 누굴까? 올 사람이 없는데. 그 사람이 돌아갔소?」

「아니요. 당신과 오래전부터 아는 사이라고 하던데요. 당신이 돌아올 때까지 실례를 무릅쓰고 여기서 머물러도 될 정도로요.」

「정말 그랬단 말이지! 그가 이름을 말했소?」

「메이슨이래요. 서인도 제도, 그러니까 자메이카에 있는 스페니시 타운에서 온 것 같던데요.」

이때 로체스터 씨는 내 옆에 서서 나를 의자로 이끌려는 듯이 내 손을 잡고 있었다. 내가 이 말을 하는 동안 그가 내 손목을 갑자기 꽉 움켜쥐었다. 그의 입술에서 미소가 얼어붙었다. 분명히 경련이 그의 숨을 멈추게 한 것 같았다.

「메이슨! 서인도 제도!」 똑같은 말만 반복하는 자동인형 같은 억양으로 그가 말했다. 「메이슨! 서인도 제도!」 그가 그 말을 반복했다. 말하는 사이사이에 얼굴이 잿빛보다 더 창백해지면서 그가 그 말을 세 번이나 반복했다. 그는 자신이 무슨 말을 하고 있는지 모르는 것 같았다.

「어디 아프세요?」 내가 물었다.

「제인, 충격이오. 충격을 받았소, 제인!」 그가 비틀거렸다.

「아, 저한테 기대세요.」

「제인, 전에도 나한테 당신 어깨를 빌려 줬었지. 다시 한 번 그렇게 해주시오.」

「네, 물론이죠. 제 팔도요.」

그가 앉더니 나를 자기 옆에 앉게 했다. 그가 양손으로 내 손을 잡고 비비면서 동시에 가장 걱정스럽고 서글픈 표정으로 나를 찬찬히 응시했다.

「내 작은 친구여.」 그가 말했다. 「당신과 단둘이 조용한 섬에서 산다면 얼마나 좋을까. 어떤 근심도 위험도 끔찍한 기억도 내게서 지워 버리고 말이오.」

「제가 도와드릴까요? 당신을 위해서라면 제 목숨이라도 드리고 싶어요.」

「제인, 도움이 필요하면 당신에게 도움을 구하리다. 그건 약속하오.」

「고마워요. 그렇게 해보도록 적어도 노력해 볼게요.」

「제인, 그럼 식당에 가서 와인 한 잔만 가져다 줘요. 지금 모두 저녁 식사 중일 거요. 메이슨이 그들과 함께 있는지, 그가 뭘 하고 있는지 알려 줘요.」

나는 식당으로 갔다. 로체스터 씨 말대로 손님들은 모두 식당에서 저녁 식사 중이었다. 그들은 식탁에 앉아 있지 않았다. 음식이 찬장 위에 놓여 있었다. 각자 원하는 음식을 담아서 손에 접시와 잔을 들고 무리를 지어 여기저기에 서 있었다. 모두 기분이 좋아 보였다. 모두 웃으며 활기차게 대화를 나누고 있었다. 메이슨 씨는 벽난로 옆에 서서 덴트 대령 부부와 이야기를 나누고 있었고 다른 사람들과 마찬가지로 즐거워 보였다. 나는 와인 잔을 채운 다음(잉그램 양이 얼굴을 찡그린 채 내 모습을 지켜보고 있는 것이 보였다. 그녀는 내가 주제넘은 짓을 하고 있다고 생각하는 것 같았다.) 서재로 돌아왔다.

로체스터 씨의 얼굴에서 극도의 창백함이 사라져 있었다. 그가 다시 단호하고 험상궂은 모습으로 돌아갔다. 그가 내 손에서 잔을 받아 들었다.

「보좌 요정, 당신의 건강을 위해 건배!」 그가 말했다. 그가 와인을 단숨에 들이켜고 잔을 돌려주었다. 「그들이 뭘 하고 있소, 제인?」

「웃으며 이야기를 나누고 있어요.」

「무슨 이상한 말을 듣기라도 한 것처럼 그들 표정이 침통하거나 이상해 보이진 않았소?」

「전혀요. 모두 농담을 주고받으며 떠들썩해요.」

「그리고 메이슨은요?」

「그 역시 웃고 있었어요.」

「이 사람들 모두가 몰려 나와서 내게 침을 뱉는다면 당신은 어떻게 하겠소, 제인?」

「할 수만 있다면 그 사람들을 방에서 쫓아낼게요.」

그가 살짝 미소를 지었다. 「내가 그들에게 갔는데 그들이 날 차갑게 바라보면서 서로 조롱하듯 소곤거리고는 하나씩 사라져 날 떠나 버리면 어떻게 할 테요? 당신도 그들과 함께 갈 거요?」

「안 그럴 것 같아요. 저는 당신과 함께 있는 데서 더 많은 즐거움을 느낄 거예요.」

「날 위로해 주기 위해서?」

「네, 힘닿는 데까지 당신을 위로해 주기 위해서요.」

「만약 내 곁에 붙어 있다는 이유로 사람들이 당신에게 압박을 가하면?」

「아마 그들의 압박에 대해 아무것도 모를 거예요. 설사 안다 해도 그런 데 전혀 신경 쓰지 않을 거예요.」

「그렇다면 나를 위해서 비난도 감수할 수 있소?」

「제 지지를 받을 자격이 있는 친구를 위해서라면 감수할 수 있어요. 당신은 그럴 자격이 있다고 확신하니까요.」

「방으로 다시 돌아가 조용히 메이슨 씨의 귓전에 대고 로체스터 씨가 와서 만나고 싶어 한다고 살짝 알려 주시오. 그를 여기로 안내해 준 다음 가면 돼요.」

「네.」

나는 그가 시키는 대로 했다. 내가 일행 사이를 주저 없이 지나가자 손님들이 모두 날 쳐다보았다. 나는 메이슨 씨를 찾아서 전갈을 하고 앞장서서 방을 나왔다. 나는 그를 서재로 안내한 다음 위층으로 올라갔다.

늦은 시각 내가 잠자리에 들고 나서 얼마 정도 시간이 지났을 때 손님들이 자기 방으로 돌아가는 소리가 들렸다. 로체스터 씨의 목소리가 들렸다. 「이쪽으로 오게, 메이슨. 여기가 자네 방이네.」

그의 목소리는 쾌활했다. 그의 밝은 어조에 마음이 놓였다. 나는 곧 잠이 들었다.

제5장

나는 평소와 달리 커튼을 치고 창문 블라인드 내리는 것을 잊어버렸다. 그 결과 (맑게 갠 밤이었기 때문에) 밝은 보름달이 떠오르며 창문 맞은편 하늘로 다가와 가려지지 않은 유리창을 통해 날 들여다보자 그 찬란한 응시에 나는 잠에서 깨어났다.

한밤중에 깨어나 눈을 뜨자 은처럼 하얗고 수정처럼 맑은 둥근 달이 보였다. 아름다우면서도 너무 장엄했다. 나는 반쯤 일어나서 커튼을 치기 위해 팔을 뻗었다.

세상에! 이게 무슨 비명 소리인가!

밤도, 밤의 고요함도, 밤의 휴식도 손필드 저택 전체를 꿰뚫고 지나가는 그 강렬하고 날카롭고 높은 비명 소리에 두 동강이 나는 것 같았다.

맥박이 멎고 심장이 멈춰 섰다. 뻗쳤던 팔이 마비되었다. 비명 소리가 잔잔해져서 다시는 들리지 않았다. 사실 그렇게 무시무시한 비명을 지른 존재가 무엇이건 비명을 이내 반복하기는 무리일 것 같았다. 안데스 산맥에 사는 제일 큰 날개가 달린 콘도르도 둥지를 감싸고 있는 구름 위에서 연속하여 두 번이나 그렇게 울부짖지는 못할 것이다. 그런 비명을 지른 존재는 다시 비명을 지르려면 휴식을 취해야 할 것이다.

머리 위로 비명 소리가 지나간 것으로 봐서는 그 소리가 삼층에서 났다. 그리고 머리 위에서…… 맞다. 내 방 천장 바로 위에 있는 방에서 났다. 이제는 몸싸움하는 소리가 들려왔다. 들리는 소리로 봐서는 격렬한 몸싸움이 벌어진 것 같았다. 반쯤 숨이 막힌 듯한 목소리가 외쳤다.

「사람 살려! 사람 살려! 사람 살려!」 이 소리가 세 번 반복되었다.

「아무도 없어요?」 그 목소리가 외쳤다. 다음에는 비틀거리고 발 구르는 소리가 거칠게 계속되는 동안 널판자와 회벽 사이로 분명히 말소리가 들려왔다.

「로체스터! 로체스터! 제발 좀 와줘요!」

방문 하나가 열리고 누군가가 복도를 따라 달려갔다. 아니, 돌진했다. 위쪽 바닥에서 또 다른 발소리가 쿵쿵거리며 났고 뭔가가 넘어졌다. 그리고 조용해졌다.

두려움에 사지가 떨렸지만 옷을 대충 걸쳐 입고 방에서 나왔다. 잠자던 사람들이 전부 깨어 있었다. 모든 방에서 비명 소리와 두려움에 떠는 중얼거림이 들려왔다. 문이 하나씩 열리고 한 사람씩 밖을 내다보았다. 복도가 가득 찼다. 신사와 숙녀들 모두 침대에서 나왔다. 「아, 무슨 일이오?」 「누가 다쳤소?」 「무슨 일이 일어났소?」 「불을 가져와라!」 「불이 났소?」 「도둑이 들었소?」 질문이 사방에서 쏟아졌다. 달빛이 없었다면 그들은 완전한 어둠 속에 갇혀 있었을 것이다. 모두들 우왕좌왕 뛰어다녔고 함께 몰려들었다. 누군가가 훌쩍였고 누군가가 넘어졌다. 혼란이 도저히 수습되지 않았다.

「도대체 로체스터 씨는 어디에 있는 거요?」 텐트 대령이 소리쳤다. 「침대에도 없던데.」

「여기요! 여기 있어요!」 누군가가 큰 소리로 대답했다. 「진정하세요, 여러분 모두. 제가 가고 있으니까요.」

이어서 복도 끝에 있는 문이 열리고 로체스터 씨가 촛불을 들고 다가왔다. 그는 막 위층에서 내려오는 길이었다. 숙녀들 중 한 사람이 그에게 곧장 다가가서 그의 팔을 붙잡았다. 잉그램 양이었다.

「무슨 끔찍한 일이 벌어졌어요?」 그녀가 말했다. 「말 좀 해 줘요! 무슨 끔찍한 일인지 당장 알려 줘요!」

「그렇지만 나를 끌어당기거나 목을 조르지는 말아 주시오.」 그가 대답했다. 이제는 에슈턴 자매가 그의 곁에 매달려 있었고 폭이 넓은 흰 실내복을 입은 두 부인이 돛단배처럼 그를 내리누르고 있었다.

「모두 괜찮아요! 모든 게 괜찮아요!」 그가 소리쳤다. 「『헛소동』[65]의 리허설에 불과해요. 숙녀분들, 물러서요. 그렇지 않으면 제가 화가 나서 무슨 위험한 짓을 할지 모릅니다.」

정말로 그는 무섭게 보였다. 검은 두 눈에서 불꽃이 일었다. 가까스로 자신을 진정시키면서 그가 덧붙였다.

「하녀 한 사람이 악몽을 꾸었어요. 그게 전부입니다. 그녀는 쉽게 흥분하고 신경이 예민한 사람입니다. 꿈을 유령이나 그 비슷한 것으로 착각하고 놀라서 발작을 일으켰음에 틀림없습니다. 자, 그러니 모두 방으로 돌아가 주세요. 집 안이 진정되어야 그녀를 돌볼 수 있으니까요. 제발 신사분들이 먼저 숙녀분들께 모범이 되어 주시기 바랍니다. 잉그램 양, 당신이 헛된 공포를 이길 수 있다는 것을 반드시 증명해 주리라 믿소. 에이미와 루이자 양, 한 쌍의 비둘기들처럼 여러분 둥지로 돌아가세요. (두 부인에게는) 이 추운 복도에 더 계시면 틀림없이 감기에 걸리실 겁니다.」

65 셰익스피어의 희극 제목.

그렇게 어르고 달래서 로체스터 씨는 간신히 그들 모두를 다시 각자의 방으로 돌려보냈다. 나는 내 방으로 돌아가라는 명령을 받을 때까지 기다리지 않고 방에서 나갈 때처럼 아무도 눈치채지 못하게 돌아왔다.

그러나 잠자리에 들기 위해서가 아니었다. 그와는 반대로 나는 조심스럽게 옷을 입기 시작했다. 비명 소리 다음에 이어진 소리와 말소리는 나에게만 들린 것 같았다. 내 방 바로 위에서 난 소리였기 때문이다. 그 소리 때문에 나는 집 전체를 공포로 몰아넣은 것이 하녀의 악몽이 아니라고 확신했다. 로체스터 씨의 설명은 손님들을 진정시키기 위해 꾸며 낸 말이라고 나는 확신했다. 그래서 나는 긴급한 경우를 대비해서 옷을 입었다. 옷을 다 입고서 창가에 앉아 고요한 정원과 은빛 들판을 바라보며 나 자신도 알 수 없는 무엇인가를 막연하게 기다렸다. 그 이상한 비명 소리와 몸싸움과 부르는 소리 다음에 무슨 일인가가 반드시 일어날 것 같았다.

아니었다. 다시 고요해졌다. 웅성거림과 움직이는 소리가 점차 사라지고 한 시간 정도가 지나자 손필드 저택이 사막처럼 적막해졌다. 잠과 밤이 다시 제국을 되찾은 것 같았다. 그동안 달이 기울었다. 달이 막 지려 하고 있었다. 추위와 어둠 속에 앉아 있고 싶지 않아서 나는 옷을 입었더라도 침대 위에 누워 있어야겠다고 생각했다. 창가를 떠난 나는 거의 소리 없이 양탄자 위를 지났다. 신발을 벗으려고 몸을 굽히는 순간 조심스럽게 문을 두드리는 소리가 낮게 들렸다.

「무슨 일이세요?」 내가 물었다.

「안 자고 있소?」 내가 고대했던 목소리, 바로 주인의 목소리가 그렇게 물었다.

「네.」

「옷을 입고 있소?」

「네.」

「그러면 빨리 나와요.」

나는 그 말을 따랐다. 로체스터 씨가 촛불을 들고 복도에 서 있었다.

「당신이 필요하오.」 그가 말했다. 「이쪽으로 와요. 천천히, 소리 내지 말고.」

내 실내화는 얇아서 매트 깔린 바닥을 고양이처럼 조용히 걸을 수 있었다. 그가 조용히 복도를 지나 계단을 오르더니 불길한 삼층의 어둡고 낮은 복도에서 멈춰 섰다. 내가 뒤를 따라가서 그의 옆에 섰다.

「당신 방에 약솜이 있소?」 그가 낮은 목소리로 물었다.

「네.」

「소금을 가지고 있소? 약소금 말이오.」

「네.」

「돌아가서 두 가지를 모두 가져와요.」

나는 돌아가서 세면대 위에서 약솜을 찾고 서랍에서 소금을 찾은 다음 다시 계단을 올라갔다. 그가 아직 기다리고 있었다. 그의 손에는 열쇠가 쥐여 있었다. 작고 검은 문들 중 하나로 다가갔을 때 그가 열쇠를 자물쇠에 넣었다. 그는 잠깐 멈췄다가 다시 내게 말을 건넸다.

「피를 봐도 메스껍지 않겠소?」

「안 그럴 거예요. 아직 한 번도 경험해 본 적은 없지만요.」

대답하면서 몸이 떨리긴 했지만 오싹함이나 한기나 심약함이 느껴지진 않았다.

「손을 이리 줘요.」 그가 말했다. 「혹시 기절할지도 모르니 말이오.」

나는 손을 그의 손 안에 넣었다. 「따뜻하고 단단하군.」 그가 그렇게 말하고는 열쇠를 돌려서 문을 열었다.

페어팩스 부인이 집 구경을 시켜 주던 날 본 적이 있는 방이었다. 전에는 태피스트리가 걸려 있었는데 지금은 그것이 일부 둥글게 말려 올라가 있었다. 전에는 감추어져 있었던 문이 분명히 있었다. 이 문이 열려 있었고 방 안에서 불빛이 흘러나왔다. 그곳에서 개가 싸우는 것처럼 으르렁거리고 잡아채는 소리가 들려왔다. 로체스터 씨가 촛불을 내려놓고 내게 말했다.「잠깐 기다려요.」그가 말하고는 안쪽 방으로 들어갔다. 그가 들어가자 웃음소리가 그를 맞았다. 그것은 처음에는 시끄럽다가 그레이스 풀 특유의 악마 같은, 하! 하! 소리로 끝나는 웃음소리였다. 그렇다면 그녀가 그곳에 있었다. 그가 아무 말 없이 뭔가 정리를 하는 것 같았다. 낮은 목소리가 그에게 말을 거는 소리가 들려왔다. 그가 밖으로 나와 문을 닫았다.

「이쪽으로 와요, 제인!」그가 말했다. 나는 돌아서 큰 침대의 반대편으로 걸어갔다. 침대에 드리워진 커튼 때문에 방의 상당 부분이 가려져 있었다. 침대 헤드 옆에 안락의자가 놓여 있었다. 겉옷만 벗은 남자가 거기에 앉아 있었다. 그는 꼼짝도 하지 않은 채 머리를 뒤로 기대고 있었다. 눈은 감겨 있었다. 로체스터 씨가 그 위로 촛불을 들었다. 창백하고 생기 없는 얼굴을 대하자 나는 그가 새로 온 손님인 메이슨 씨임을 알아보았다. 그의 리넨 셔츠 한쪽과 한 팔이 거의 피로 젖어 있었다.

「촛불을 들고 있어요.」로체스터 씨의 말에 나는 초를 받아 들었다. 그가 세면대에서 대야에 물을 담아 가져왔다.「이걸 좀 들고 있어요.」그가 말했고 나는 그에 따랐다. 그가 약솜을 물에 담갔다가 시체 같은 얼굴을 적셨다. 그는 내게 약병을 달라고 한 다음 그것을 코에 댔다. 메이슨 씨가 곧 눈을 뜨며 신음했다. 로체스터 씨가 부상당한 남자의 셔츠를 풀자 붕대를 감은 팔과 어깨가 보였다. 그는 약솜으로 빠르게 흘러내리는 피를 닦았다.

「아주 위험한가?」 메이슨이 중얼거렸다.

「흥! 아니야. 그냥 긁혔을 뿐이야. 그렇게 무기력하게 굴지 말고, 참게! 지금 내가 가서 의사를 불러오겠네. 아침까지는 여기서 나갈 수 있게 되겠지. 제인.」 그가 말을 계속했다.

「네?」

「이 신사를 당신에게 맡겨 두고 한두 시간 정도 나갔다 와야 할 것 같소. 피가 나면 내가 한 것처럼 약솜으로 닦아 줘요. 기절하려고 하면 저 받침대 위에 놓인 물을 마시게 하고 코에 당신이 가져온 약병을 대주시오. 어떤 일이 있더라도 그에게 말을 걸지 마시오. 그리고 리처드, 만약 그녀에게 말을 걸면 자네 목숨이 위태로워질 줄 알게. 입을 열고 동요하면 나는 그 결과에 대해 책임지지 않겠네.」

다시 불쌍한 남자가 신음했다. 그는 감히 움직일 생각도 하지 못하는 듯 보였다. 죽음에 대한 두려움인지, 아니면 다른 어떤 것에 대한 두려움 때문인지 그는 온몸이 마비된 것 같았다. 로체스터 씨가 이제는 피투성이인 약솜을 내 손에 쥐여 주었고 나는 그가 했던 대로 그것을 사용하기 시작했다. 그가 아주 잠깐 나를 바라보고는 말했다. 「기억해요! 대화는 금지요.」 그가 방을 나갔다. 열쇠 구멍에서 새어 나오는 소리를 들으며 나는 이상한 느낌이 들었다. 멀어지던 그의 발소리가 더 이상 들리지 않았다.

그렇게 나는 삼층에 있는 이상한 방에 갇혀 있었다. 사방은 어두운 밤이었고 내 눈과 손 밑에는 창백하고 피투성이인 사람이 있었다. 살인을 저지른 여자는 겨우 문 하나를 사이에 두고 떨어져 있을 뿐이었다. 그랬다. 섬뜩했다. 다른 것은 견딜 수 있었지만 그레이스 풀이 뛰어나와 나를 덮칠 것 같은 생각에 몸서리가 쳐졌다.

하지만 나는 내 자리를 지켜야만 했다. 이 송장 같은 얼굴을, 말하지 못하도록 금지당한 이 파랗게 질린 조용한 입술을 지켜보아야만 했다. 감았다 떴다 방 안을 이리저리 둘러보다가 나를 빤히 바라보지만 항상 멍한 공포감으로 번득이는 이 눈들을 지켜보아야만 했다. 나는 대야에 흥건한 핏물 속에 손을 반복해서 담가야 했고 떨어지는 핏방울을 닦아 내야 했다. 심지를 자르지 않은 촛불 빛이 내가 하는 일을 비추며 사그라지는 것을 보아야 했다. 그림자가 나를 둘러싸고 있는 정교하고 오래된 테피스트리 위에서 어두워지다가 크고 낡은 침대의 커튼 아랫자락에서는 검게 짙어지고, 맞은편에 놓인 큰 장의 문 위에서는 이상하게 흔들리는 광경을 보아야 했다. 장의 앞면은 열두 개의 판으로 나뉘어 있었고 열두 제자의 머리가 무서운 형태로 달려 있었다. 머리들은 액자 틀 속에 있는 것처럼 각각의 판 안에 들어가 있었다. 열두 제자들 머리 위로 맨 위에는 검은 십자가에서 죽어 가는 그리스도의 상이 걸려 있었다.

어두운 곳이 변하고 깜박거리는 불빛이 여기저기를 맴돌고 기웃거림에 따라 수염 난 의사 루가가 고개를 숙였다가 성 요한의 긴 머리가 흔들렸다가 그러더니 이내 유다의 악마 같은 얼굴이 판에서 점점 더 커지며 조금씩 살아나 대반역자, 사탄이 자기 부하[66]의 형체로 모습을 드러낼 것처럼 보였다.

이 모든 것의 한가운데서 나는 잘 살펴보며 동시에 귀를 잘 기울여야 했다. 저쪽 옆 밀실에 있는 거친 짐승 혹은 악마가 움직이는지 들어 보아야 했다. 그러나 로체스터 씨가 들어갔다 나온 이후 그곳은 마법에 사로잡힌 것 같았다. 밤새 세 번

66 유다.

의 긴 간격을 두고 발자국이 삐걱거리는 소리와 잠깐 동안 되살아난 으르렁거리는 소리, 사람의 깊은 신음 소리, 이 세 가지 소리밖에 들리지 않았다.

그다음에는 나 자신의 생각으로 인해 걱정스러워졌다. 이 외딴 저택에서 구체화되어 존재하고 있음에도 불구하고 그 주인조차 쫓아내거나 없앨 수 없는 이 범죄의 정체는 무엇인가? 한밤중에 어떤 때는 화재로, 어떤 때는 유혈 사태로 터져 나오는 것은 도대체 무슨 비밀인가? 보통 여자의 얼굴과 형체로 가면을 쓰고서 어떤 때는 조소하는 악마의 목소리를 내다가 지금은 썩은 고기를 찾는 맹금의 목소리를 내는 것은 어떤 괴물인가?

그리고 내가 지금 몸을 굽혀 간호하고 있는 남자, 이처럼 평범하고 조용한 이 낯선 사람은 어쩌다가 공포의 거미줄에 연루되었는가? 그리고 왜 분노의 여신이 그에게 날아와 덮쳤는가? 왜 그는 잠자고 있어야 할 이 야심한 시각에 집 안의 이곳을 찾았을까? 나는 로체스터 씨가 그에게 아래층 방을 배정해 주는 소리를 들었다. 도대체 왜 그는 이곳에 왔을까? 그리고 지금 그는 자기에게 가해진 폭력이나 배신을 당하고도 왜 그처럼 순하게 구는 걸까? 왜 그는 로체스터 씨가 아무 말도 하지 말라고 강요해도 그처럼 조용히 응하는 것일까? 왜 로체스터 씨는 아무 말도 하지 말라고 강요하는 걸까? 그의 손님이 폭행을 당했고 이전에는 그 자신의 목숨을 앗아 가려는 끔찍한 음모가 꾸며졌었다. 그런데 그는 두 번의 시도를 모두 비밀로 묻어 두고 망각 속에 가라앉게 했다. 마지막으로 나는 메이슨 씨가 로체스터 씨의 말에 복종하는 것을 보았다. 로체스터 씨의 맹렬한 의지에 자력으로는 움직이지도 못하는 메이슨 씨가 완전히 좌지우지되는 모습을 보았다. 그들 사이에 오갔던 몇 마디의 말을 듣고 나는 이를 확신했다. 이전에 그들이 나누었던 관계에서 메이슨 씨의 수동적인 성격이 로체스터 씨의 활동적인 에너지에 의해 습관적으로 좌우되었음이 분명했다. 그렇다면 메이슨 씨가 와 있다는 소식을 들었을 때 로체스터 씨는 왜 그렇게 당황했을까? 왜 별 저항도 안 하는 이 남자 — 그런데 지금은 그의 말만으로도 아이를 다루듯이 충분히 그를 다룰 수 있었다 — 의 이름이 몇 시간 전에는 벼락이 참나무를 내리치듯 그를 그렇게 덮칠 수 있었을까?

아! 〈제인, 충격이오. 충격을 받았소, 제인!〉이라고 속삭이던 그의 표정과 창백한 얼굴을 잊을 수가 없었다. 내 어깨 위에 올려놓은 그의 팔이 어떻게 떨리고 있었는지 나는 잊을 수가 없었다. 그리고 그처럼 페어팩스 로체스터의 단호한 정신을 꺾고 그의 강건한 체격을 떨게 만들 수 있는 것은 결코 가벼운 문제가 아니었다.

〈그는 언제 올까? 언제 오는 거지?〉 나는 마음속으로 소리쳤다. 밤이 좀처럼 지나질 않았고 피를 흘리고 있는 환자는 축 처져서 신음하며 아파했다. 새벽도, 도와줄 사람도 오지 않았다. 나는 계속해서 메이슨 씨의 하얀 입술에 물을 적셔주고 정신을 차리도록 약소금을 가져다 대주었다. 내 노력은 효과가 없는 것 같았다. 신체적, 정신적 고통 때문인지 혹은 출혈 때문인지, 아니면 세 가지 모두가 원인이 되어서 그런지 그는 빠르게 기운을 잃어 갔다. 심하게 신음 소리를 냈고, 너무나 쇠약하고 열에 들떠 제정신이 아닌 듯 보였기 때문에 나는 그가 죽는 것은 아닌지 무서웠다. 그러나 나는 그에게 말조차 걸어서는 안 되었다.

마침내 다 타버린 촛불이 꺼졌다. 촛불이 꺼질 때 창문 커튼의 가장자리로 회색빛 광선이 들어오는 것이 보였다. 동이 트고 있었다. 곧 멀리 아래쪽 안마당의 개집 밖에서 파일럿이 짖는 소리가 들려왔다. 희망이 되살아났다. 그 희망이 근거가 없는 것은 아니었다. 5분 후에 들려온 열쇠 돌리는 소리와 딸가닥 열리는 자물쇠 소리는 내가 밤샘에서 벗어나게 되었음을 알려 주었다. 그동안 흐른 시간이 두 시간 이상 되지 않았을 텐데도 몇 주가 지난 듯이 느껴졌다.

로체스터 씨와 그가 모셔 온 의사가 함께 들어왔다.

「자, 카터. 빨리, 빨리 해주게.」 그가 의사에게 말했다. 「상처를 치료해서 붕대를 감고 환자를 아래층으로 내려보내기까지 반 시간을 주겠네.」

「그런데 그가 움직일 수 있을까요?」

「틀림없이 그럴 수 있을 거네. 심각한 게 아니니까. 겁을 먹었을 뿐이야. 기운을 북돋아 줘야 하네. 자, 일을 시작하게.」

로체스터 씨가 두꺼운 커튼을 젖히고 롤 블라인드를 올려서 햇빛을 최대한 들어오게 만들었다. 나는 새벽이 많이 밝은 것을 보고 놀랐지만 한편으로 기뻤다. 장밋빛 빛줄기가 동쪽 하늘을 밝히기 시작했다. 로체스터 씨는 의사의 치료를 받고 있는 메이슨에게로 다가갔다.

「자, 착한 친구. 어떤가?」 그가 물었다.

「그녀 때문에 난 끝난 것 같네.」 그가 희미하게 대답했다.

「전혀 그렇지 않네! 용기를 내게! 이 주 후면 눈곱만큼도 달라진 데 없이 다시 이전 상태로 돌아갈 걸세. 약간의 출혈이 있었을 뿐이네. 그게 전부네. 카터, 전혀 위험하지 않다고 그를 안심 시켜 주게.」

「양심을 걸고 보증합니다.」 붕대를 풀면서 카터가 말했다. 「단지 제가 조금만 더 일찍 도착했더라면 좋았을 것 같군요. 그랬다면 그렇게 피를 많이 흘리진 않았을 겁니다. 어깨 위의 살이 베였을 뿐만 아니라 찢겼군요. 이 상처는 칼로 벤 것이 아니고 이빨로 물린 거네요.」

「그녀가 날 물었어.」 그가 중얼거렸다. 「로체스터가 그녀에게서 칼을 빼앗자 암호랑이처럼 날 물어뜯었어.」

「자네가 물러서지 말았어야지. 곧 그녀와 맞붙어 싸웠어야 했어.」 로체스터 씨가 말했다.

「그렇지만 그런 상황에서 어떻게 할 수 있었겠나?」 메이슨 씨가 대꾸했다. 「아, 정말 끔찍했어!」 그가 몸을 떨며 덧붙였다. 「그러리라고는 예상도 못 했다고. 그녀가 처음에는 너무 조용해 보였으니까.」

「내가 자네한테 경고했을 텐데.」 그의 친구가 대답했다. 「그녀 가까이 갈 때는 조심하라고 내가 말하지 않았나? 내일까지 기다렸다가 나와 함께 갔으면 좋았을 텐데. 오늘 밤에 혼자 만나려고 했던 건 어리석은 짓이었네.」

「뭔가 도움이 될지도 모른다고 생각했네.」

「생각했다고? 생각했다는 말인가? 그래, 자네 말을 들으니 화가 나는군. 그러나 자네가 내 충고를 듣지 않은 데 대한 대가를 톡톡히 치른 것 같군. 충분히 고통을 당했으니 말일세. 그러니 아무 말도 하지 않겠네. 카터, 서두르게! 서둘러! 곧 해가 뜰 걸세. 그를 빨래 보내야 하네.」

「곧 됩니다. 방금 어깨에 붕대를 감았으니까요. 팔에 난 이 상처도 치료해야 합니다. 여기도 이빨로 물린 것 같습니다.」

「그녀가 내 피를 빨아 먹었네. 내 심장을 말려 버리겠다고 하면서.」 메이슨이 말했다.

로체스터 씨가 몸서리를 치는 모습이 보였다. 혐오와 공포와 증오가 섞인 기묘하게 두드러진 표정 때문에 그의 얼굴이 거의 일그러졌다. 그러나 이렇게 말할 뿐이었다.

「자, 조용히 하게, 리처드. 그리고 그녀의 횡설수설에는 신경 쓰지 말게. 다시는 그 얘기를 입에 올리지 말게.」

「나도 그 일을 잊을 수 있으면 좋겠네.」 그가 대답했다.

「이 나라를 떠나면 그럴 수 있을 거네. 스페니시 타운으로 돌아가거든 그녀가 죽어서 땅에 묻혀 있다고 생각하면 되네. 아니면 차라리 그녀 생각을 전혀 할 필요가 없네.」

「오늘 밤 일은 도저히 잊을 수가 없어!」

「그럴 수 있을 거야. 기운을 내게. 두 시간 전만 해도 자네는 완전히 숨이 끊어졌다고 생각하지 않았나. 그런데 이렇게 멀쩡히 살아서 지금은 이야기를 하고 있고. 자! 카터가 치료를 다 마쳤네. 거의 마쳤네. 자네를 세 배로 버젓하게 만들어 주겠네. 제인, (그가 다시 들어온 이후 처음으로 내게 몸을 돌렸다) 이 열쇠를 가지고 내 방으로 내려가서 곧장 옷 방으로 가요. 옷장 맨 위쪽 서랍을 열고 깨끗한 셔츠와 타이를 꺼내서 여기로 가져와요. 재빠르게.」

나는 방을 나와 그가 말한 옷 방을 찾은 다음 부탁받은 대로 옷을 챙겨서 돌아왔다.

「자.」 그가 말했다. 「내가 그에게 옷을 갈아입히는 동안 침대 맞은편으로 가 있어요. 그러나 방에서 나가진 말아요. 당신이 다시 필요할지도 모르니까.」

나는 지시받은 대로 물러났다.

「아래층에 내려갔을 때 일어난 사람이 있었소, 제인?」 로체스터 씨가 곧 물었다.

「아니요. 모두 무척 조용했어요.」

「자네를 안전하게 보낼 수 있겠네, 딕. 그리고 그것이 자네를 위해서나 저쪽에 있는 불쌍한 인간을 위해서나 더 좋을 걸세. 오랫동안 발각되지 않으려고 노력해 왔네. 이제 와서 들통 나게 하고 싶지 않네. 자, 카터, 코트 입히는 것 좀 도와주게. 모피 달린 망토를 어디에 두었나? 그게 없으면 1마일도 못 갈 걸세. 이렇게 무지 추운 날씨에는 말일세. 자네 방에 있다고? 제인, 메이슨 씨 방에 — 내 방 옆이오 — 뛰어 내려가서 거기에 있는 망토를 가져와요.」

나는 다시 뛰어서 안감과 가장자리에 모피를 댄 커다란 망토를 들고 돌아왔다.

「자, 당신에게 또 다른 심부름을 시키겠소.」 지치지도 않고 주인이 말했다. 「내 방으로 다시 갔다 와야 해요. 당신이 벨벳으로 된 신발을 신고 있으니 얼마나 다행인지 모르오, 제인! 이 중요한 때에 어리석고 둔한 전령이라면 전혀 도움이 안 되었을 것이오. 내 화장대 중간 서랍을 열고 작은 약병과 작은 잔을 하나 꺼내 와요. 어서요!」

나는 날듯이 그곳으로 갔다가 지시를 받은 용기를 들고 서둘러 돌아왔다.

「좋아요! 자, 의사 선생, 내 마음대로 내가 책임지고 약을 먹이겠소. 이 강심제는 로마에서 이탈리아인 돌팔이 의사한테서 구한 것이오. 카터, 자네라면 발로 차버렸을 그런 사람 말이네. 무분별하게 사용해서는 안 되겠지만 어떤 경우에는 효험이 있네. 예를 들면 지금 같은 경우에는 말이네. 제인, 물을 좀 가져와요.」

그가 작은 유리잔을 꺼내 들었고 나는 세면대에 있는 물병을 집어 잔을 반쯤 채웠다.

「그거면 됐소. 이제는 약병 마개를 적셔 봐요.」

나는 그대로 했다. 그가 진홍색 물약을 열두 방울 따라 메이슨에게 주었다.

「마시게, 리처드. 자네에게 부족한 기운을 한 시간 정도 북돋아 줄 걸세.」

「그런데 그걸 마시면 해롭지 않을까? 염증이 생기는 거 아닌가?」

「마시게! 마셔! 마셔 보게!」

고집 부려 봐야 소용없을 것이 분명했기 때문에 메이슨 씨는 시키는 대로 했다. 그는 이제 옷을 다 갖춰 입고 있었다. 여전히 핼쑥해 보였지만 더 이상 피를 흘리거나 해서 옷을 망치지는 않았다. 메이슨 씨가 물약을 마시고 나서 3분이 지나자 로체스터 씨가 그를 일으켜 앉혔다. 그는 메이슨 씨의 팔을 붙잡으며 말했다.

「이제는 일어설 수 있을 거라고 확신하네. 해보게.」

환자가 일어섰다.

「카터, 다른 쪽 어깨를 좀 부축해 주게. 기운 내게, 리처드. 발을 내디뎌 보게. 옳지!」

「기분이 정말 더 나아졌네.」 메이슨 씨가 말했다.

「그럴 거라 믿네. 자, 제인, 뒤쪽 층계로 먼저 나가 봐요. 옆길로 가는 문을 열고 정원에서, 아니면, 시끄럽게 바퀴 소리를 내며 포장도로 위로 오지 말라고 미리 말해 두었으니 정원 바로 밖에서 역마차의 마부를 만나면 준비하고 있으라고 일러 줘요. 우리가 가고 있다고. 그리고 제인, 혹시 누가 주변에 있으면 층계 밑으로 와서 기침을 해요.」

이제 5시 반이 되었고 해가 막 뜨려 하고 있었다. 부엌은 아직도 어둡고 조용했다. 옆길 문은 잠겨 있었다. 나는 최대한 소리를 내지 않고 문을 열었다. 그곳에 역마차가 말을 맨 채 준비하고 있었고 마부는 바깥쪽 마부석에 앉아 있었다. 내가 그에게 다가가서 신사분들이 오고 있다고 말하자 그가 고개를 끄덕였다. 나는 주의 깊게 주변을 살펴보고 귀를 기울였다. 이른 아침의 정적이 사방에 감돌고 있었다. 하인들 방의 창문에는 아직도 커튼이 드리워져 있었다. 꽃이 피어 하얗게 변한 과수원 나무 위에서 새들이 막 지저귀기 시작했다. 나뭇가지들이 정원 한쪽을 둘러싸고 있는 담장 위로 하얀 화환처럼 늘어져 있었다. 마차 말들이 닫혀 있는 마구간에서 이따금씩 발을 굴렀다. 그 외에는 사방이 조용했다.

이제 신사들이 나타났다. 로체스터 씨와 의사의 부축을 받은 메이슨은 상당히 편안하게 걷는 것 같았다. 두 사람이 메이슨을 도와 마차에 태우고 카터도 뒤따라 탔다.

「그를 잘 돌봐 주게.」 로체스터 씨가 카터에게 말했다. 「그가 많이 나아질 때까지 자네 집에 데리고 있게나. 어떻게 지내고 있는지 하루 이틀 후에 말을 타고 가보겠네. 리처드, 어떤가?」

「신선한 공기를 마시니 기운이 다시 나네, 페어팩스.」

「그가 앉은 쪽으로 창문을 열어 두게, 카터. 거기는 바람이 안 들어가니까. 잘 가게, 딕.」

「페어팩스…….」

「그래, 뭔가?」

「그녀를 잘 보살펴 주게. 최대한 따뜻하게 대해 주게. 그녀를…….」 그가 말을 멈추고 울음을 터뜨렸다.

「나는 최선을 다하고 있고, 다했고, 앞으로도 그럴 것이네.」 로체스터 씨가 대답했다. 그가 마차 문을 닫자 마차가 출발했다.

「제발 이 모든 것이 끝나면 좋겠는데!」 로체스터 씨가 무거운 정원 문을 닫고 빗장을 잠그면서 말했다.

빗장을 잠근 다음 그는 과수원을 둘러싸고 있는 담에 난 문을 향해 느린 발걸음으로 멍하게 움직였다. 내게 볼일이 다 끝났으리라고 생각한 나는 집으로 돌아가려고 했다. 그러나 다시 그가 〈제인!〉 하고 부르는 소리가 들렸다. 그가 쪽문을 열고 그 앞에 서서 나를 기다리고 있었다.

「잠깐 동안이라도 상쾌함을 느낄 수 있는 곳으로 와요.」 그가 말했다. 「저 집은 토굴 같소. 당신도 그렇게 생각하지 않소?」

「저한테는 멋진 저택으로 보이는데요.」

「눈에 무경험이라는 콩깍지가 씌어서 마법에 걸린 매개를 통해 보니까 그렇소.」 그가 대답했다. 「금박이 사실은 진흙일 뿐이고 실크 커튼은 거미집이라는 걸 분간하지 못하는 것이오. 대리석이 지저분한 석판일 뿐이고 윤나는 목재가 사실은 찌꺼기 부스러기에 비늘처럼 벗겨지는 나무껍질일 뿐이라는 것을 분간하지 못하오. 그러나 지금 〈여기는〉……」 (그가 우리가 들어온 울창한 경내를 가리켰다.) 「모든 것이 진짜이고 아름답고 순수하오.」

그가 샛길로 내려갔다. 샛길 한쪽에는 회양목, 사과나무, 배나무, 벚나무가 테두리를 이루고 있었고 다른 한쪽 가장자리에는 온갖 종류의 구식 꽃들과 자라난화, 패랭이꽃, 앵초, 팬지 속에 쑥과 들장미, 다양한 향기로운 식용 식물들이 섞여 있었다. 4월에 소나기가 내렸다 햇살이 비치는 날이 연속되다가 화창한 봄날 아침이 되었기 때문에 꽃들이 신선해 보였다. 얼룩진 동쪽 하늘에서 해가 막 떠오르고 있었다. 햇살이 이슬에 젖은 채 서로 얽혀 있는 과수원 나무들을 환하게 비추고 그 밑의 조용한 산책길을 내리쬐고 있었다.

「제인, 꽃을 줄까요?」

그가 넝쿨 위에 제일 먼저 핀, 반쯤 꽃을 피운 장미를 따주었다.

「고맙습니다.」

「당신은 이렇게 해 뜨는 것을 좋아하오, 제인? 해가 점점 따뜻해지면 녹아 없어져 버릴 구름이 높고 가볍게 끼어 있는 저런 하늘을 말이오. 이렇게 평온하고 향기로운 분위기를 말이오.」

「좋아해요. 아주 많이요.」

「당신은 이상한 밤을 보냈소, 제인.」

「네, 맞아요.」

「그래서 당신 얼굴이 창백해졌소. 내가 당신을 메이슨과 혼자 놔두고 가버려서 무서웠소?」

「안쪽 방에서 누가 나오지 않을까 무서웠어요.」

「그러나 내가 그 문을 잠가 두었소. 열쇠는 내 호주머니에 있었소. 한 마리 양을, 가장 귀여워하는 그 양을 늑대 굴에 그렇게 가까이 무방비 상태로 내버려 두었다면 내가 부주의한 양치기였을 것이오. 당신은 안전했소.」

「그레이스 풀은 계속 여기서 살 건가요?」

「아, 그렇소! 그녀 때문에 골치 아파하지 말아요. 그 일은 당신 머릿속에서 싹 지워 버려요.」

「그렇지만 그녀가 머무는 한은 당신 목숨이 절대 안전할 수 없을 것 같아요.」

「전혀 걱정하지 말아요. 내가 알아서 조심할 테니.」

「어젯밤에 당신이 우려했던 위험은 이제 지나갔나요?」

「메이슨이 영국을 떠나기 전까지는 장담할 수 없소. 그때조차도 마찬가지요. 제인, 내게는 삶이 언제라도 금이 가서 불길을 토해 낼지 모르는 분화구의 지각 위에 서 있는 것과 같소.」

「그렇지만 메이슨 씨는 쉽게 움직일 수 있는 사람처럼 보였어요. 분명히 당신이 그에게 지대한 영향을 미치고 있어요. 절대 당신에게 도전하거나 고의로 당신을 해치진 않을 거예요.」

「아, 그렇소! 메이슨이 내게 도전하지는 않을 것이오. 고의로 날 해치지도 않을 것이오. 그러나 의도하지 않는다 해도 한순간에 말 한마디만 잘못하면 목숨까지는 아니더라도 내게서 영원히 행복을 앗아 가버릴 수 있소.」

「그에게 조심하라고 하세요. 당신이 걱정하는 바를 알려 주고 그런 위험을 어떻게 피할 수 있는지 보여 줘요.」

그가 냉소적으로 웃으며 덥석 내 손을 잡더니 이내 그 손을 놓았다.

「그렇게 할 수만 있다면 — 당신은 바보로군 — 무슨 위험이 있겠소? 한순간에 위험이 사라지겠지. 메이슨을 안 이후 그에게 〈저걸 하게〉라고 말만 하면 그대로 이루어지곤 했소. 그러나 이 경우에는 그에게 명령을 내릴 수가 없소. 〈나를 해치지 않도록 조심하게, 리처드〉라고 말할 수가 없소. 오히려 내게 해를 끼칠 수 있음을 알리지 않는 것이 굉장히 중요하기 때문이오. 어리둥절한 표정이군. 그럼 좀 더 어리둥절하게 만들어 주겠소. 당신은 내 친구요, 그렇지 않소?」

「당신에게 도움이 되고 싶어요. 옳은 일이라면 뭐든지 당신 말을 따를게요.」

「맞는 말이오. 당신 마음을 잘 알고 있소. 당신이 날 도와주고 날 기쁘게 해줄 때, 당신 말대로 옳은 일이라면 뭐든지 날 위해 나와 함께 일할 때 당신의 걸음걸이와 태도, 당신의 눈과 얼굴에서 진정으로 만족한 모습을 보았소. 내가 잘못된 것을 명한다고 생각한다면 당신이 그렇게 가벼운 발걸음으로 달려가지도, 그렇게 솜씨 좋고 민첩하게 일을 처리하지도 않았을 테고, 그렇게 생기 있는 시선이나 활기찬 얼굴을 보이지도 않았을 것이오. 잘못된 일을 명하면 내 친구는 조용하고 창백한 얼굴을 돌리며 〈아니요. 그건 불가능해요. 그것은 할 수 없어요. 잘못된 일이니까요〉라고 말할 것이오. 그리고는 박힌 별처럼 꼼짝도 하지 않을 것이오. 자, 당신 역시 날 좌지우지할 수 있고 나를 해칠 수 있소. 그렇지만 당신에게 내 약점이 무엇인지 감히 보여 줄 수가 없소. 아무리 당신이 충실하고 다정하다 해도 혹시라도 당신이 즉시 날 꼼짝 못하게 만들어 버릴까 두려워서 말이오.」

「메이슨을 두려워할 필요가 없듯이 절 두려워할 필요가 없어요. 당신은 매우 안전해요.」

「제발 하느님이 그렇게 해주시면 좋겠소. 제인, 자, 여기 정자에 앉으시오.」

정자는 담에 아치를 내어 만든 것으로, 안에 담쟁이가 붙어 있고 소박한 의자가 놓여 있었다. 로체스터 씨가 먼저 앉아서 내게 자리를 남겨 주었지만 나는 그 앞에 서 있었다.

「앉아요.」그가 말했다.「벤치는 두 사람이 앉아도 될 만큼 충분히 길어요. 내 옆에 앉기를 꺼려하는 건 아니겠지, 그렇소? 이것도 잘못된 일이오, 제인?」

나는 자리에 앉는 것으로 대답을 대신했다. 거절하는 것이 현명하지 못한 처사라고 생각했다.

「자, 내 작은 친구여. 태양이 이슬을 마시는 동안, 이 오래된 정원에서 꽃들이 깨어나 부풀어 오르고, 새들이 손필드 저택 밖으로 나가 새끼들에게 먹이를 물어다 주고, 부지런한 벌들이 하루의 첫 일과를 한바탕 하는 동안 내가 당신에게 한 가지 예를 들어 주겠소. 그것을 당신 자신의 일이라고 가정해 보시오. 그러기 전에 먼저 날 보고, 당신이 편안하며 내가 당신을 붙들고 있는 것이 잘못이거나 당신이 머무는 것이 잘못이라고 생각하지 않는다고 말해 줘요.」

「아니에요. 전 만족해요.」

「그렇다면 제인, 상상력의 도움을 빌려 봐요. 당신이 잘 교육받고 단정한 아가씨가 아니라 어렸을 때부터 제멋대로 자란 거친 남자아이라고 가정해 봐요. 먼 외국 땅에 있다고 상상하고 그곳에서 당신이 어떤 성격의 문제이건, 어떤 동기에서건 중대한 실수를 저질렀다고 생각해 봐요. 평생 당신을 따라다니면서 당신의 존재를 더럽힐 그런 실수를 말이오. 내가 범죄라고는 말하지 않았다는 데 주의해요. 피를 흘리게 하거나, 법의 심판을 받아야 하는 다른 모든 범죄 행위를 말하는 것이 아니오. 나는 실수라는 말을 썼소. 당신은 곧 당신이 한 행동의 결과를 도저히 견딜 수가 없게 되오. 그래서 위안을 얻기 위해 조치를 취하지. 불법적이거나 위법한 것이 아닌 특별한 조치를 말이오. 그럼에도 불구하고 당신은 비참하오. 희망이 삶에서 당신을 떠나 버렸기 때문이오. 정오에 당신의 해가 일식으로 어두워져 버렸소. 당신은 해가 질 때까지는 일식이 사라지지 않을 것이라고 느끼게 되지. 비참하고 비열한 생각이 당신 기억의 유일한 양식이 되었소. 당신은 이곳저곳을 떠돌아다니며 방랑 생활에서 위안을 구하오. 쾌락 속에서의 행복 말이오. 지성을 무디게 하고 감정을 메마르게 하는 것 같은 열의 없고 감각적인 쾌락 속에서의 행복 말이오. 가슴은 지치고 영혼은 시든 채 당신은 여러 해 동안의 자발적인 추방 생활을 마치고 집으로 돌아오게 되오. 그리고 새로운 사람을 만나게 되오. *어떻게, 어디서*는 중요하지 않소. 당신은 이 낯선 사람에게서 당신이 20년 동안 찾아 왔고 이전에는 한 번도 접해 보지 못했던 훌륭하고 밝은 자질들을 발견하게 되오. 그 자질들은 너무나 신선하고 건강하고 더럼도 없고, 티끌도 하나 없소. 그 사람과의 교제를 통해 다시 살아나고 새로운 사람이 되지. 당신은 더 좋은 시절이, 더 높은 소망과 더 순수한 감정이 돌아왔다고 느끼오. 당신은 삶을 다시 시작하고 남은 나날을 하느님에게 더 합당한 방식으로 보내고 싶어 하오. 이 목표를 이루기 위해 관습의 장애물, 다시 말해 양심도, 판단력도 승인하지 않는 단지 관습적인 방해물을 뛰어넘는다면 그것이 정당화될 수 있소?」

그가 대답을 기다리며 말을 멈췄다. 내가 뭐라고 답해야 하는 걸까? 아, 착한 요정이 내게 현명하고 만족스러운 답변을 제시해 준다면 좋으련만! 헛된 바람이여! 서풍이 내 곁의 담쟁이 속에서 속삭였다. 그러나 어떤 부드러운 공기의 요정도 그 숨결을 언어를 매개로 빌려 주지 않았다. 새들이 나무 꼭대기에서 노래했다. 그러나 그들의 노래가 아무리 달콤하다

해도 그것은 알아들을 수가 없었다.

다시 로체스터 씨가 질문을 제시했다.

「방랑하고 죄를 지었지만 이제는 휴식을 구하며 후회하는 남자가 이 상냥하고 우아하고 다정한 새 친구를 영원히 자신 곁에 둠으로써 마음의 평화와 삶의 소생을 얻기 위해 감히 세상의 의견에 맞선다면 그것은 정당화될 수 있겠소?」

「방랑자의 휴식이나 죄인의 개심은 절대 같은 인간에 의지해서는 안 돼요.」 내가 대답했다. 「남자건 여자건 모두 죽기 마련이니까요. 철학자의 지혜도 비틀거리고 기독교인도 선을 행하는 데 주저하죠. 당신이 아는 누군가가 고통을 당하고 실수를 했다면 같은 인간보다 더 높은 존재에 의지해서 잘못을 개선할 힘을 얻고 영혼을 치유할 위안을 찾으라고 하세요.」

「그렇지만 수단이 문제요, 수단이! 하느님이 그 일을 하고 그 수단을 임명하오. 돌려서 이야기하지 않겠소. 나는 세속적이고 방탕하고 침착하지 못한 사람이었소. 이제 나는 나를 치유할 수 있는 수단을 발견했다고 믿고 있소.」

그가 말을 멈췄다. 새들은 계속 지저귀었고 나뭇잎은 가볍게 바스락거렸다. 나는 새들이 정지된 계시를 듣기 위해 노래와 속삭임을 억제하지는 않을까 생각했다. 그러나 그들은 오랫동안 기다려야만 했을 것이다. 너무 오랫동안 그 침묵이 지속되었다. 마침내 나는 말을 망설이고 있는 사람을 올려다보았다. 그가 나를 열렬히 바라보고 있었다.

「작은 친구여.」 그가 완전히 바뀐 어조로 말했다. 그의 얼굴도 변해 있었다. 부드러움과 진지함이 모두 사라지고 험상궂고 냉소적이 되어 있었다. 「당신은 내가 잉그램 양에게 호감을 품고 있다는 점을 알아챘을 것이오. 그녀와 결혼하면 그녀가 나를 완전히 새사람으로 만들어 주리라고 생각하지 않소?」

그가 벌떡 일어나서 산책길의 저쪽 맨 끝으로 갔다가 노래를 흥얼거리며 돌아왔다.

「제인, 제인.」 그가 내 앞에 발을 멈추고 물었다. 「밤을 새워서 얼굴이 무척 창백하오. 당신의 휴식을 방해한 내가 밉지 않소?」

「당신을 미워하다니요? 전혀 아니에요.」

「그 말을 확인하는 의미에서 악수를 합시다. 손이 정말 차군요! 어젯밤 그 기괴한 방문 앞에서 당신 손을 만졌을 때는 오히려 더 따뜻했었소. 제인, 언제쯤 다시 나와 함께 밤을 새워 주겠소?」

「제가 쓸모가 있을 때마다 그럴게요.」

「예를 들어 내가 결혼하기 전날 밤 같은 때 말이오. 잠이 안 올 거라고 확신하오. 나와 함께 말벗이 되어 주며 밤을 새워 주겠다고 약속할 수 있소? 당신한테는 사랑하는 사람에 대해 이야기할 수 있소. 당신이 그녀를 보았고 또 알고 있기 때문이오.」

「네.」

「그녀는 보기 드문 사람이오. 그렇지 않소, 제인?」

「네.」

「건장하지. 정말 건장하지, 제인. 몸집이 크고 갈색 눈에 포동포동하고 카르타고의 여인 같은 머리카락을 가졌소. 저런! 덴트하고 린이 마구간에 있군. 저 옆문으로 해서 관목 숲으로 들어가요.」

내가 한쪽 길로 가자 그는 다른 길로 갔다. 그가 마당에서 쾌활하게 말하는 소리가 들려왔다.

「메이슨이 오늘 아침에 떠나 버렸소. 해뜨기 전에 말이오. 그를 배웅하러 새벽 4시에 일어났소.」

제6장

예감이란 이상한 것이다! 공감도 마찬가지고 전조도 그렇다. 그 세 가지가 뭉쳐 비밀을 만들어 냈고, 인류는 아직까지 그 비밀을 열 수 있는 열쇠를 찾아내지 못했다. 나 자신만의 이상한 예감을 느껴 보았기 때문에 살아오는 동안 예감을 비웃지 않았다. 어떻게 작용하는지 인간이 도저히 이해할 수 없는 공감이 존재한다는 것을 나는 믿는다(예를 들어 멀리 떨어져 있고 오랫동안 헤어져 있으며 완전히 멀어진 친척들 사이에도 공감이 존재한다. 서로 떨어져 있음에도 불구하고 이런 공감은 각자의 기원을 거슬러 올라가 보면 그 근원이 하나라고 확증해 준다). 공감의 작용은 인간이 도저히 이해할 수 없다. 또한 전조에 대해 잘은 모르지만 그것은 자연과 인간의 공감일 뿐인지도 모른다.

내가 여섯 살 정도 되었을 때였다. 어느 날 밤 베시 리벤이 마사 애보트에게 계속 어린아이에 대해 꿈을 꾼다고 말했다. 베시는 꿈에 아이를 보는 것은 꿈꾼 사람 자신이나 가족에게 문제가 일어날 확실한 징조라고 말했다. 절대 머릿속에서 지워질 수 없도록 즉시 새겨 두지 않았다면 그 말은 내 기억에서 사라져 버렸을 것이다. 그런데 다음 날 베시는 여동생의 임종을 보러 집으로 불려 갔다.

최근에 자주 베시의 말과 이 사건이 떠올랐다. 지난주 매일 밤 침대에 누워 잠을 잘 때마다 아기 꿈을 꾸었기 때문이다. 아기를 때로는 품에 안고 달랬고, 때로는 무릎 위에 앉히고 얼렀다. 때로는 잔디밭에서 데이지 꽃을 가지고 놀거나 흐르는 물에 손을 담그며 노는 아기를 바라보았다. 오늘 밤에는 울부짖는 아기였다가 다음 날 밤에는 웃고 있는 아기였다. 어느 때는 내 곁으로 가까이 다가왔고 어느 때는 내게서 달아나 버렸다. 그러나 어떤 기분을 나타냈건, 어떤 모습을 하고 있건 그 환영은 내가 잠의 나라에 들어가는 순간 일주일 내내 하루도 빠짐없이 연속해서 나를 만나러 왔다.

나는 이렇게 한 가지 생각이 반복해서 나타나는 것, 한 가지 형상이 이처럼 묘하게 반복해서 나타나는 것이 싫었고 잠자리에 들 시간이 다가오고 환영이 나타날 시간이 가까워지면 점점 불안해졌다. 달빛이 비치는 그 밤에 비명 소리를 들었던 것은 내가 이 아기의 환영과 함께 있다 잠에서 깨어난 바로 그때였다. 그리고 누군가가 페어팩스 부인의 방에서 나를 찾는다는 전갈에 아래층으로 불려 간 것은 그다음 날 오후였다. 방에 들어가자 종복 차림의 한 남자가 나를 기다리고 있었다. 그는 검은 상복을 입고 있었고 손에 들고 있는 모자에는 상장(喪章)이 둘러져 있었다.

「아가씨는 절 거의 기억하지 못하리라 생각합니다.」 내가 들어서자 그가 일어서며 말했다. 「제 이름은 리벤입니다. 8, 9년 전 아가씨가 게이츠헤드에서 지낼 때 리드 부인의 마부로 일했고 지금도 그곳에 살고 있습니다.」

「아, 로버트! 잘 지냈어요? 당신을 기억하고말고요. 조지아나 아가씨의 적갈색 조랑말에 날 가끔 태워 줬잖아요. 그리고 베시는 어떻게 지내고 있어요? 베시와 결혼하셨죠?」

「네, 아내는 무척 건강합니다. 고맙습니다. 두 달 전에 집사람이 아기를 또 낳았어요. 이제 아이가 셋입니다. 산모와 아기 모두 건강하고요.」

「그런데 저택 식구들은 모두 잘 지내나요, 로버트?」

「그분들에 대해 더 좋은 소식을 전해 드리질 못해서 죄송합니다, 아가씨. 그분들은 현재 상황이 무척 안 좋아요. 곤경에 처해 있어요.」

「누가 돌아가신 것은 아니길 빌어요.」 내가 그의 검은 상복을 바라보며 말했다. 그 역시 모자에 둘러진 상장을 내려다보며 대답했다.

「존 도련님이 일주일 전 런던의 하숙방에서 돌아가셨어요.」

「존이요?」

「네.」

「그럼 존의 어머니는 그걸 어떻게 견디고 계세요?」

「글쎄요, 아가씨. 그게 흔히 일어나는 불운이 아니라서요. 그분이 매우 방종한 생활을 해왔거든요. 지난 3년 동안 이상한 데에 빠져들었죠. 그의 죽음은 충격적이었답니다.」

「그가 제대로 살지 못하고 있다는 말을 베시에게서 들었어요.」

「제대로 살지 못한 정도가 아니었답니다. 그보다 더 나쁘게 살 수는 없을 겁니다. 건강을 망쳤을 뿐만 아니라 남녀를 막론하고 못된 사람들 틈에 섞여서 재산을 탕진했어요. 빚을 지고 감옥에도 들어갔답니다. 마님이 손을 써서 두 번이나 풀려났지만 나오자마자 옛날 친구들과 습관으로 되돌아가곤 했죠. 그분은 머리가 뛰어나지 못했어요. 함께 어울렸던 악당들이 제가 들은 것 이상으로 그를 농락했답니다. 삼 주 전에 그분이 게이츠헤드로 내려와서는 마님에게 모든 재산을 내놓으라고 했어요. 마님은 거절했죠. 그분의 낭비 때문에 마님의 재산이 오래전부터 많이 줄어들었거든요. 그렇게 그분이 돌아갔는데 그다음 소식은 그분이 죽었다는 것이었습니다. 그가 어떻게 죽었느냐 하면…… 자살했다고 합니다.」

나는 아무 말도 하지 않았다. 끔찍한 일이었다. 로버트 리벤이 다시 말을 이었다.

「마님은 오랫동안 건강이 안 좋은 상태였어요. 매우 뚱뚱해졌는데, 살이 쪘어도 튼튼하지는 않았으니까요. 돈을 잃은 것과 가난에 대한 두려움 때문에 건강이 많이 악화되었어요. 존 도련님의 죽음과 어떻게 죽었는지에 대한 소식이 너무 갑작스럽게 전해졌죠. 그 때문에 마님이 뇌졸중을 일으키셨어요. 사흘 동안 아무 말씀도 못 하시고요. 그런데 지난 화요일에 조금 나아지신 것 같았어요. 무슨 말인가를 하고 싶은 듯 제 아내에게 계속 신호를 보내고 중얼거리셨답니다. 그러나 어제 아침에야 마님이 아가씨 이름을 부르고 있다는 것을 베시가 알아들었어요. 그리고 마침내 마님이 〈제인을 데려와. 제인 에어를 불러와. 그 애한테 할 말이 있어〉라는 말을 소리 내서 말씀하셨답니다. 베시는 지금도 마님이 제정신인지, 아니면 진심으로 그 말을 하신 건지 정확히 알 수 없지만 리드 아가씨와 조지아나 아가씨에게 알리면서 아가씨를 데려오는 편이 좋겠다고 권했답니다. 젊은 아가씨들은 처음에는 펄쩍 뛰었는데 어머니 정신이 오락가락하고 〈제인, 제인〉 하고 하도 불러 대니까 마침내 동의를 하셨어요. 저는 어제 게이츠헤드를 출발했습니다. 아가씨가 준비만 되면 내일 아침 일찍 모시고 가고 싶은데요.」

「그럼요, 로버트. 준비할게요. 내가 꼭 가야 할 것 같아요.」

「제 생각도 그렇습니다, 아가씨. 베시는 아가씨가 절대 거절하지 않을 거라고 장담했어요. 그렇지만 출발하기 전에 아가씨가 먼저 허락을 구해야 할 것 같은데요.」

「네. 당장 그렇게 할게요.」 나는 그를 하인들의 홀로 안내해서 존 부부에게 잘 보살펴 달라고 부탁한 다음 로체스터 씨를 찾으러 갔다.

그는 아래층의 어느 방에도 없었다. 안마당에도 마구간에도 정원에도 없었다. 나는 페어팩스 부인에게 로체스터 씨를 보았느냐고 물었다. 그녀는 그가 아마 잉그램 양과 당구를 치고 있을 것이라고 알려 주었다. 나는 서둘러서 당구실로 갔다. 공이 구르는 소리와 웅성거리는 목소리들이 그곳으로부터 울려 퍼지고 있었다. 로체스터 씨와 잉그램 양, 에슈턴 자매, 그리고 그들의 숭배자들이 모두 바쁘게 게임을 하고 있었다. 그렇게 한창 게임에 열중해 있는 일행을 방해하려면 상당한 용기가 필요했다. 그러나 내 용무 또한 미룰 수 없는 일이었으므로 나는 잉그램 양의 옆에 서 있는 주인에게 다가갔다. 내가 가까이 다가가자 그녀가 몸을 돌리고 거만하게 나를 바라보았다. 그녀의 눈은 〈버러지 같은 저 여자가 또 무슨 일이지?〉라고 묻는 것 같았다. 내가 낮은 목소리로 〈로체스터 씨〉라고 부르자 그녀가 나를 쫓아 버리라는 명령을 내리고 싶어 하는 듯한 동작을 취했다. 그 순간 그녀의 모습이 지금도 눈에 선하다. 그녀의 모습은 매우 우아하고 멋있었다. 그녀는 하늘색 크레이프로 만든 모닝 드레스를 입고 얇고 가벼운 비취색 스카프를 머리에 두르고 있었다. 그녀는 게임으로 매우 신이 나 있었지만 자극받은 자존심 때문에 거만한 얼굴 표정이 줄어들지는 않았다.

「저 사람이 당신을 찾는 거예요?」 그녀가 묻자 로체스터 씨가 그 〈사람〉이 누구인지 보려고 몸을 돌렸다. 그가 묘하게 얼굴을 찡그리고는 ─ 그의 이상하고 애매한 표정 중 하나이다 ─ 큐를 내려놓고 나를 따라 방에서 나왔다.

「자, 제인?」 그가 공부방 문을 닫고 기대서서 물었다.

「괜찮으시다면 일이 주 동안 휴가를 받고 싶어서요.」

「뭘 하러, 어디에 가려고 그러는 것이오?」

「절 부르러 보낸 병든 숙녀를 뵈러요.」

「병든 숙녀가 누구요? 그분이 어디에 사시오?」

「게이츠헤드요. ○○○ 주에 있어요.」

「○○○ 주 말이오? 그곳은 백 마일이나 떨어져 있소. 그렇게 먼 데서 자기를 보러 오라고 사람을 보낸 부인은 누구요?」

「그분 성함은 리드예요. 리드 부인요.」

「게이츠헤드의 리드라. 치안 판사인 게이츠헤드의 리드라는 분이 있었는데.」

「그분의 미망인이에요.」

「그런데 그분과 당신이 무슨 연관이 있소? 당신이 어떻게 그분을 아는 것이오?」

「리드 씨가 제 삼촌이세요. 외삼촌요.」

「그렇다니 놀랍군! 당신은 그런 말을 한 번도 한 적이 없었소. 항상 친척이 전혀 없다고만 말했는데.」

「절 자기 친척으로 인정해 줄 사람은 아무도 없어요. 리드 씨는 세상을 떠났고 그분의 부인은 절 내쫓았으니까요.」

「왜요?」

「제가 가난하고 짐스러운 데다 그분이 절 싫어했으니까요.」

「그렇지만 리드 씨에게 자식들이 있을 텐데. 틀림없이 당신 사촌들이 있지 않소? 조지 린 경이 어제 게이츠헤드의 리드에 대해 이야기를 했었소. 그의 말로는 리드가 그 고장에서 가장 지독한 악당 중 하나였다고 하던데. 잉그램도 같은 곳에 사는 조지아나 리드에 대해 언급했었소. 한두 해 전 런던에서 미모로 많은 칭송을 받았다고 하더군요.」

「존 리드 역시 세상을 떠났어요. 자신을 망치고 집안을 반쯤 망하게 만들어 놓고요. 그가 자살을 한 것으로 알려져 있어요. 그 소식에 그의 어머니가 충격을 받아서 뇌졸중에 걸렸 대요.」

「그렇다면 당신이 간다고 뭐가 나아지겠소? 말도 안 되는 소리요, 제인! 나라면 당신이 도착하기 전에 세상을 떠나 버 릴지도 모를 노부인을 보러 백 마일을 달려갈 생각은 절대 안 할 것이오. 게다가 그 부인이 당신을 쫓아냈다고 당신 입으로 말하지 않았소?」

「그래요. 그래도 그건 오래전 일이에요. 그분의 상황이 매 우 다를 때였어요. 지금 그분의 바람을 무시하면 제 마음이 편치 못할 거예요.」

「얼마나 오래 머물 거요?」

「최대한 짧게요.」

「일주일만 있겠다고 약속하시오.」

「약속을 드리지 않는 편이 좋을 것 같아요. 어쩔 수 없이 약 속을 어겨야 하는 상황이 올지도 모르니까요.」

「무슨 일이 있더라도 꼭 돌아오시오. 그분과 함께 계속 살 수 있는 핑계를 만들어 내라는 꾐에 넘어가거나 하진 않겠죠?」

「아, 아니에요! 모든 것이 좋아지면 분명히 돌아올게요.」

「그럼 누구랑 함께 갈 거요? 혼자서 백 마일을 가진 못할 거요.」

「아니에요. 그분이 마부를 보냈어요.」

「믿을 만한 사람이오?」

「네. 그 집에서 10년을 살았어요.」

로체스터 씨가 곰곰이 생각에 잠겼다. 「언제 가고 싶소?」

「내일 아침 일찍요.」

「그럼 돈이 조금 있어야 할 거요. 돈도 없이 여행할 수는 없 으니까. 아마 당신에게 돈이 많지 않을 것이오. 내가 아직 봉 급을 안 줬으니 말이오. 지금 얼마나 가지고 있소, 제인?」 그가 미소를 지으며 물었다.

나는 지갑을 꺼냈다. 정말 변변찮았다. 「5실링요.」 그가 지갑을 들고 손바닥 안에 비장의 재산을 쏟은 다음 그 빈약함이 재미있다는 듯 그것을 보고 킥킥대고 웃었다. 곧 그가 자기 지갑을 꺼냈다. 「받아요.」 그가 내게 지폐를 주며 말했다. 50파운드였다. 그가 내게 줄 돈은 15파운드밖에 되지 않았다. 나는 거스름돈이 없다고 말했다.

「거스름돈은 필요 없소. 당신도 알잖소. 당신 보수이니 받아요.」

나는 응당 받아야 할 보수 이상을 받길 거부했다. 처음에 그는 얼굴을 찡그렸다. 그러다가 뭔가를 기억해 낸 것처럼 말했다.

「맞아, 맞아! 지금 전부 주지 않는 게 좋겠소. 50파운드가 생기면 석 달 동안 떠나가 있을지도 모르니 말이오. 10파운드요. 그거면 충분하지 않소?」

「네. 그렇지만 이제는 당신이 저한테 5파운드 빚이 있는 거예요.」

「그렇다면 그걸 받으러 돌아오시오. 40파운드는 내가 맡아 두겠소.」

「로체스터 씨, 이 기회에 다른 용건을 하나 더 말씀드리는 게 좋을 것 같아요.」

「용건이라고? 뭔지 듣고 싶소.」

「곧 결혼하실 거라고 저한테 알려 주신 거나 다름없었죠?」

「그렇소, 그런데 그건 왜?」

「그런 경우에는 아델을 학교에 보내야 할 거예요. 당신도 그럴 필요가 있다는 것을 아시게 되리라고 확신해요.」

「그 애를 내 신부에게 방해가 되지 않도록 치워 버리라는 말이오? 안 그러면 신부가 그 애를 너무 세게 짓밟고 지나갈

지도 모르니까? 그 제안은 일리가 있소. 의심의 여지가 전혀 없소. 당신 말대로 아델을 반드시 학교로 보내야 한다면, 당신은 당연히 곧장 떠나야 한다는 얘기오?」

「그렇지 않기를 바랍니다. 어디에선가 다른 일자리를 찾아봐야 할 거예요.」

「물론이오!」 그가 기이하고도 우스꽝스러운 표정으로 얼굴을 일그러뜨리며 콧소리 섞인 목소리로 크게 말했다.

「그러면 일자리를 찾아 달라고 리드 노부인이나 그분의 따님들에게 간청할 거요?」

「아니요. 친척들에게 부탁해도 괜찮을 만큼 친하게 지내는 사이는 아니에요. 제가 직접 광고를 낼 거예요.」

「차라리 이집트의 피라미드를 걸어 올라가 보시지!」 그가 으르렁대듯이 말했다. 「마음대로 광고를 내보라고! 10파운드 대신 1파운드 금화 한 개만 줄걸 그랬소. 제인, 9파운드를 돌려주시오. 그걸 쓸 데가 있소.」

「저도 쓸 데가 있어요.」 내가 지갑을 든 두 손을 몸 뒤로 감추면서 대꾸했다. 「어떤 일이 있더라도 이 돈을 절대 나눠 드릴 수 없어요.」

「깍쟁이 같으니라고!」 그가 말했다. 「내 금전적인 부탁을 거절하다니! 5파운드를 돌려줘요, 제인.」

「5실링도 안 돼요. 5페니도 안 돼요.」

「그냥 돈을 보여만 줘요.」

「안 돼요. 당신은 믿을 수가 없어요.」

「제인!」

「네?」

「한 가지만 약속해 주시오.」

「제가 할 수 있는 일이라면 뭐든지 약속할게요.」

「광고는 내지 마시오. 일자리 찾는 일은 내게 맡겨 두시오.

내가 조만간 구해 주겠소.」

「당신의 신부가 들어오기 전에 저와 아델 모두 안전하게 저택에서 내보내 주겠다고 약속해 주시면 저도 기꺼이 그렇게 할게요.」

「좋소! 아주 좋아요! 그 점에 대해 약속하겠소. 그러면 내일 떠날 거요?」

「네. 일찍요.」

「저녁 식사 후에 응접실로 내려오겠소?」

「아니요. 여행 준비를 해야 해요.」

「그렇다면 우리가 잠깐 동안 작별을 고해야겠군요.」

「그래야 할 것 같아요.」

「그런데 사람들은 작별 의식을 어떻게 하는 것이오, 제인? 내게 가르쳐 줘요. 나는 전혀 모르겠소.」

「사람들은 안녕이라고 말하거나 각자 좋아하는 다른 형태의 말을 해요.」

「그럼 그렇게 말해요.」

「당분간 안녕히 계세요, 로체스터 씨.」

「나는 뭐라 해야 하는 거요?」

「괜찮으시면 똑같이 하면 돼요.」

「당분간 잘 다녀와요, 에어 선생. 그게 전부요?」

「네?」

「내 생각에는 야박해 보이오. 건조하고 부드럽지도 못하고 말이오. 나는 다른 방식으로 인사를 나누고 싶소. 의식에 약간 덧붙여서 말이오. 예를 들어 악수를 한다면, 아니, 그것도 마음에 들지 않소. 그러니까 안녕히 계시라는 말 말고는 더 이상 아무 말도 안 할 거요?」

「그걸로 충분해요. 마음에서 우러나는 한마디가 수천 마디에 담긴 말만큼이나 큰 호의를 전달할 수 있어요.」

「그럴 거요. 하지만 휑하고 썰렁하오……. 〈안녕히 계세요.〉」

〈도대체 저 문에 등을 기대고 얼마나 더 서 있을 작정인 거지?〉 나는 속으로 물었다. 〈짐을 꾸리기 시작해야 하는데.〉 저녁 식사 종이 울리자 더 이상 한마디도 하지 않은 채 그가 돌연 모습을 감추어 버렸다. 낮 동안 내내 그를 보지 못했고 아침에는 그가 일어나기 전에 출발했다.

나는 5월 1일 오후 게이츠헤드의 문지기 집에 도착했다. 저택으로 올라가기 전에 나는 그곳으로 들어섰다. 그곳은 매우 깨끗하고 아담했다. 장식용 창문에는 작은 흰색 커튼이 걸려 있었다. 바닥에는 티끌 하나 없었다. 벽난로와 제구들은 반짝반짝 빛이 났다. 베시가 난롯가에 앉아서 갓 태어난 아기에게 젖을 먹이고 있었고 로버트와 그의 누이동생은 구석에서 조용히 놀고 있었다.

「아이고, 고마워라! 올 줄 알았어.」 내가 들어가자 리벤 부인이 소리쳤다.

「네, 베시.」 그녀에게 키스를 한 후 내가 말했다. 「너무 늦은 건 아니겠죠? 리드 부인은 어떠세요? 아직 살아 계시길 빌어요.」

「그럼, 살아 계셔. 이전보다 더 분별력도 좋고 더 침착해지셨어. 의사 선생님 말씀으로는 한두 주 정도 더 사실 수 있을 거래. 의사 선생님은 마님이 끝내 회복은 못 하실 거라고 생각하셔.」

「최근에도 날 찾으셨어요?」

「오늘 아침에만 해도 아가씨 이야기를 하시면서 와주었으면 좋겠다고 하셨어. 지금은 주무시고 계셔. 아니 내가 저택에 올라가 있던 10분 전에는 그러셨어. 대개 오후에는 내내 혼수상태로 누워 계시고 6시나 7시쯤 깨어나시거든. 여기서 한 시간 정도 쉬었다가 나랑 함께 올라가 봐요, 제인 양.」

이때 로버트가 들어왔고 베시는 잠이 든 아기를 요람에 누인 다음 나가서 그를 맞았다. 그 후 베시는 나더러 보닛을 벗고 차를 마시라고 강력하게 권했다. 내게 창백하고 피곤해 보인다고 말했다. 나는 기꺼이 그녀의 환대를 받아들였다. 내가 어렸을 적에 그녀에게 내 옷을 벗기게 했던 것처럼 내 여행복을 벗기도록 내버려 두었다.

그녀는 제일 좋은 자기로 찻상을 놓고 빵과 버터를 자르고 쿠키를 구우면서 이전에 내게 그랬던 것처럼 틈틈이 어린 로버트와 제인을 가볍게 두드려 주거나 어르면서 부산하게 이리저리 움직였다. 그런 모습을 보자 옛 시절의 기억들이 물밀듯 빠르게 밀려왔다. 베시는 가벼운 걸음걸이와 예쁜 외모뿐만 아니라 급한 성격도 그대로 간직하고 있었다.

차가 준비되었을 때 내가 식탁으로 가려고 했지만 베시는 옛날과 마찬가지로 단호한 어조로 꼼짝도 하지 말고 가만히 앉아 있으라고 말했다. 나를 난롯가에서 대접하겠다고 했다. 예전에 몰래 가져온 맛있는 음식을 육아실 의자 위에 올려놓고 내게 먹이곤 했던 것과 똑같이 그녀가 찻잔과 토스트 접시가 놓인 작은 둥근 탁자를 내 앞에 가져다 놓았다. 나는 미소를 지으며 지나간 시절에 그랬던 것처럼 그녀의 말을 따랐다.

그녀는 손필드 저택에서 내가 행복하게 잘 지내는지, 마님이 어떤 사람인지 알고 싶어 했다. 내가 바깥주인만 있다고 말해 주자 그녀는 주인이 좋은 신사분인지, 내 마음에 드는 분인지 궁금해 했다. 나는 그녀에게 그가 약간 못생기긴 했지만 점잖은 신사이고 내게 친절하게 대해 줘서 만족한다고 말했다. 그런 다음 계속해서 최근에 저택에 머물고 있는 사교계의 손님들에 대해 자세하게 이야기를 들려주었다. 베시는 그런 상세한 묘사에 관심을 기울이며 이야기를 들었다. 그것은 딱 그녀가 좋아하는 종류의 이야기였다.

그렇게 이야기를 나누다 보니 한 시간이 휙 지나갔다. 베시가 내게 보닛과 옷을 다시 입혀 주었다. 그녀와 함께 나는 문지기 집을 나와 저택으로 향했다. 지금 올라가고 있는 길을 9년 전쯤 내려올 때도 바로 그녀가 나를 배웅해 주었었다. 6월의 어둡고 안개 낀 쌀쌀한 아침에 나는 절망스럽고 비참한 심정과 추방당하고 거의 영벌(永罰)당하는 것 같은 기분으로 로우드의 싸늘한 피난처를 찾아 내게 적대적이었던 지붕을 떠났다. 적대적이었던 그 지붕이 이제 다시 내 앞에 솟아 있었다. 내 앞날은 아직도 불확실했고 마음은 여전히 쓰라렸다. 아직까지도 세상을 떠돌아다니는 방랑자 같은 기분이 들었다. 그러나 나는 나 자신과 내 능력에 대해 더 확고한 믿음을 경험했고 억압에 대해 기죽거나 두려워하는 마음도 덜 느끼게 되었다. 내가 당한 부당한 대우 때문에 생겨나서 쩍 벌어져 있던 상처 역시 이제는 상당히 치유되었다. 원한의 불길도 꺼졌다.

「먼저 거실로 들어가 있어.」 베시가 앞장서서 홀을 지나가며 말했다. 「아가씨들이 그곳에 있을 거야.」

곧 나는 그 방으로 들어갔다. 브로클허스트 씨를 처음 만났던 아침과 똑같은 모습으로 가구가 그대로 놓여 있었다. 그가 밟고 서 있었던 바로 그 양탄자가 아직도 난로 주변에 깔려 있었다. 책장을 훑어보며 세 번째 선반 위에서 옛날 그 자리를 그대로 차지하고 있는 비윅의 『영국 조류사』 두 권과 바로 그 위에 놓인 『걸리버 여행기』와 『아라비안나이트』를 가려낼 수 있을 것 같은 생각이 들었다. 생명이 없는 물건들은 변한 게 하나도 없었지만 살아 있는 이들은 알아볼 수 없을 정도로 변해 있었다.

두 젊은 숙녀가 내 앞에 나타났다. 한 숙녀는 거의 잉그램 양만큼 키가 컸고 창백한 얼굴과 엄해 보이는 태도에 무척 말라 있었다. 스커트에 주름이 없는 검은 모직 드레스와 풀 먹인 리넨 칼라, 관자놀이부터 빗어 넘긴 머리, 수녀 같은 흑단 로사리오와 십자가 장식이 보여 주는 극도의 소박함 때문에 그녀의 모습에는 금욕적인 면이 있다고 할 수 있었다. 나는 이 숙녀가 일라이자일 거라고 확신했다. 그러나 그렇게 길고 혈색 없는 얼굴에서 이전의 모습을 찾아보기 힘들었다.

다른 숙녀는 분명히 조지아나였다. 그러나 내가 기억하고 있던 조지아나, 날씬하고 요정 같던 열한 살의 그 소녀가 아니었다. 아름답고 가지런한 이목구비에 그녀의 파란 눈은 수심에 잠긴 것처럼 보였다. 금발의 고수머리에 피부가 밀랍인형처럼 희었다. 이제는 완전히 성숙한, 포동포동한 아가씨가 되어 있었다. 그녀도 검은 옷을 입고 있었지만 스타일이 너무 달랐다. 주름이 풍성하고 잘 어울렸는데 언니의 옷이 청교도적이라면 그녀의 옷은 유행에 따른 것처럼 보였다.

이들 자매의 모습에는 어머니와 닮은 점이 딱 한 가지씩 있었다. 마르고 창백한 큰딸은 어머니의 연수정 같은 눈을 닮았고, 활짝 핀 화려한 작은딸은 어머니의 턱 선을 닮았다. 어머니의 턱 선보다 조금 더 부드러워지긴 했지만 그 때문에 너무나 육감적이고 풍만한 얼굴에 말로 표현할 수 없는 딱딱함이 서려 있었다.

내가 다가가자 두 숙녀가 모두 일어나서 나를 맞았다. 두 사람 모두 나를 〈에어 양〉이라고 불렀다. 일라이자는 미소도 짓지 않은 채 퉁명스럽고 무뚝뚝한 목소리로 인사를 한 다음 다시 난롯불에 시선을 고정시킨 채 나를 잊은 듯 앉아 있었다. 조지아나는 별로 내키지 않는 어조로 〈오랜만이야〉라고 인사를 하고 내 여행과 날씨 등에 대해 몇 마디 의례적인 말을 덧붙였다. 그러면서 계속하여 곁눈질로 머리부터 발끝까지 나를 유심히 뜯어보았는데, 그녀의 시선이 내 우중충한 갈색 메리노 외투의 주름을 주의 깊게 바라보다가 다음에는 내 아담한 보닛의 장식 없는 테두리에서 오랫동안 머물렀다. 젊은 숙녀들은 실제로 말을 하지 않고서도 상대방의 옷차림을 괴상하게 생각한다는 것을 알려 주는 놀라운 방식을 지니고 있다. 실제로 무례한 말이나 행동으로 자신들의 생각을 드러내지 않더라도 거만한 표정이나 무뚝뚝한 태도라든가 냉담한 어조로 그것을 충분히 표현한다.

그러나 은밀하게 이루어지는 경멸이건 드러내 놓고 하는 경멸이건 나는 더 이상 그런 데에 예전처럼 좌지우지되지 않았다. 사촌들 사이에 앉아서 한 사람으로부터는 완전한 무시를 당하고 또 다른 한 사람으로부터는 반쯤 경멸하는 듯한 관심을 받으면서도 마음이 너무 편안해서 나 스스로도 깜짝 놀랐다. 일라이자 때문에 굴욕감을 느끼지도 않았고 조지아나 때문에 화가 나지도 않았다. 사실 내게는 그것 말고도 생각해야 할 일들이 너무 많았다. 지난 몇 달 동안 내 마음속에는 그들이 불러일으킬 수 있는 것보다 훨씬 더 강력한 감정들, 다시 말해서 두 사람이 가할 수 있는 그 어떤 것보다도 훨씬 더 날카롭고 격렬한 고통과 기쁨이 촉발되었기 때문에 그들의 태도에 나는 좋은 쪽으로건 나쁜 쪽으로건 전혀 개의치 않았다.

「리드 부인은 어떠셔?」 나는 침착하게 조지아나를 바라보며 물었고 그녀는 그런 노골적인 호칭이 예상치 못한 방자함이라도 된다고 여겼는지 콧방귀를 뀌듯이 대꾸했다.

「리드 부인이라고? 아! 어머니를 말하는 거로군. 어머니는 상태가 매우 안 좋으셔서. 오늘 밤엔 어머니를 만날 수 없을걸.」

「위층에 올라가서 내가 왔다고 말씀드려 주면 고맙겠는데.」 내가 말했다.

조지아나가 깜짝 놀라 거의 몸을 움찔하며 파란 눈을 부라렸다. 「그분이 날 특별히 만나 보고 싶어 하는 걸로 알고 있어.」 내가 덧붙였다. 「그리고 필요 이상으로 그분의 바람을 지체하고 싶지 않아.」

「저녁에 귀찮게 하는 걸 어머니가 싫어하시는데.」 일라이자가 말했다. 나는 곧 일어서서, 그러라는 말을 듣지 못했지만 조용히 보닛과 장갑을 벗고, 부엌에 있을지 모르는 베시한테 가서 리드 부인에게 오늘 밤 나를 만나 보고 싶은지 알아봐 달라고 부탁하겠다고 말했다. 나는 나가서 베시를 찾은 다음 심부름을 시켜 놓고 그 이상의 조치를 취하기 시작했다. 지금까지는 항상 오만함을 피해 버리는 것이 내 습관이었다. 1년 전에 오늘 같은 대접을 받았다면 나는 바로 그다음 날 게이츠헤드를 떠나기로 결심했을 것이다. 지금은 그것이 어리석은 생각임을 알았다. 외숙모를 보기 위해 백 마일을 여행해서 왔으니 그녀가 나아질 때까지, 그렇지 않으면 돌아가실 때까지 그 곁에 머물러 있어야 했다. 딸들이 보여 준 거만함이나 어리석음은 한쪽으로 밀쳐 두고 거기에 전혀 개의치 말아야 했다. 그래서 나는 가정부를 만나 방을 정해 달라고 부탁한 다음 일이 주 동안 손님으로 묵을 것이라고 말했다. 나는 짐 가방을 내 방으로 옮겨 달라고 한 다음 그 뒤를 따라가다가 층계참에서 베시를 만났다.

「마님이 깨셨어.」 그녀가 말했다. 「마님께 아가씨가 왔다고 말씀드렸어. 마님이 아가씨를 알아보실지 가봅시다.」

예전에 벌을 받고 꾸지람을 들으러 수도 없이 불려 다니느라 잘 알고 있는 방이었기 때문에 굳이 안내를 받을 필요도 없었다. 나는 베시보다 앞장서서 서둘러 갔다. 조용히 문을 열었다. 이제 날이 어두워지고 있었기 때문에 갓을 씌운 등불이 탁자 위에 세워져 있었다. 옛날과 마찬가지로 호박색 커튼이 드리워진 커다란 사주(四柱)식 침대가 놓여 있었다. 화장대와 안락의자와 발판도 있었다. 그 발판에 앉아 내가 저지르지도 않은 잘못에 대해 무릎을 꿇거나 용서를 빌라는 선고를 얼마나 자주 받았는지 모른다. 혹시 옛날에 내가 두려워했던 회초리의 가느다란 윤곽이 보이지 않을까 기대하면서 가까이 있는 구석을 들여다보았다. 그곳에 회초리가 숨어서 기다리다가 도깨비처럼 튀어나와서 내 떨리는 손바닥이나 움츠린 목을 후려치곤 했다. 나는 침대로 다가가서 커튼을 걷고 높이 쌓인 베개 위로 몸을 구부렸다.

나는 리드 부인의 얼굴을 잘 기억하고 있었고 간절하게 그 낯익은 모습을 찾았다. 시간이 복수의 갈망을 진정시키고 분노와 반감의 촉발을 잠재우는 것은 다행스러운 일이다. 나는 적의로 가득 차 미워하는 마음을 안고 이 여자를 떠났지만 지금은 그녀가 겪은 큰 고통에 대해 일종의 연민을 느끼면서, 그리고 모든 상처를 잊고 용서하고 화해하며 사이좋게 손을 맞잡고 싶다는 강한 열망만을 느끼면서 그녀에게 돌아왔다.

전과 같이 엄하고 무정해 보이는 낯익은 얼굴이 거기 있었다. 그 무엇도 녹일 수 없을 것 같은 그 특이한 눈과 약간 치켜 올라간 거만하고 냉혹해 보이는 눈썹이 그대로였다. 그 눈이 얼마나 자주 내게 위협과 증오를 내리쏟아 냈던가! 그 눈썹의 냉혹한 선을 따라가다 보니 어린 시절의 공포와 슬픔의 기억이 어떻게 되살아났던가! 그렇지만 나는 몸을 구부리고 그녀에게 키스했다. 그녀가 나를 쳐다보았다.

「제인이니?」 그녀가 말했다.

「네, 리드 외숙모. 어떠세요, 외숙모?」

나는 그녀를 다시는 외숙모라고 부르지 않겠다고 맹세했었다. 그러나 지금은 그 맹세를 잊어버리고 또 그 맹세를 깨는 것이 전혀 잘못이 아니라는 생각이 들었다. 나는 시트 밖으로 나와 있는 그녀의 손을 잡았다. 그녀가 내 손을 부드럽게 눌러 주었다면 그 순간 나는 진정한 기쁨을 느꼈을 것이다. 그러나 냉담한 본성은 그렇게 쉽게 부드러워지지 않고 타고난 반감은 그렇게 쉽게 근절되지 않는 법이다. 리드 부인은 손을 빼더니 오히려 내게서 얼굴을 돌리며 오늘 밤에는 날이 덥다고 말했다. 다시 그녀가 나를 차갑게 바라보았을 때 나는 나에 대한 그녀의 생각, 나를 향한 그녀의 감정이 바뀌지 않았고 바뀔 수도 없다는 것을 즉시 깨달았다. 부드러움이 통하지 않고 눈물로도 해소시킬 수 없는 그녀의 냉혹한 시선을 통해 나는 그녀가 마지막까지 나를 나쁘게 생각하기로 결심했다는 것을 알았다. 나를 착하다고 생각하는 것은 그녀에게 즐거움을 주는 게 아니라 억울하다는 느낌만을 줄 것이기 때문이었다.

마음이 아팠지만 곧 분노가 느껴졌다. 그러다가 그녀를 눌러 이겨야겠다는, 그녀의 본성과 의지에도 불구하고 그녀를 좌지우지하고 싶다는 결심이 들었다. 어렸을 때처럼 눈물이 솟구쳤다. 나는 눈물에 대고 원래 자리로 돌아가라고 명령했다. 나는 침대 머리맡으로 의자를 하나 가져가서 앉은 다음 베개 위로 몸을 구부렸다.

「숙모님이 저더러 오라고 사람을 보내셨어요.」 내가 말했다. 「그래서 왔어요. 숙모님이 좋아지실 때까지 여기 있으려고요.」

「아, 물론이지! 내 딸들은 만나 보았니?」

「네.」

「너에게 내 마음속에 있는 이야기를 해줄 수 있을 때까지 네가 여기 머물러 있기를 내가 바란다고 그 애들한테 말하렴. 오늘 밤은 너무 늦었다. 그리고 그 이야기를 기억해 내기도 좀 힘들구나. 분명히 너한테 하고 싶은 말이 있었는데…… 가만있어 보자.」

그녀의 종잡을 수 없는 표정과 변화된 어조를 통해 한때 원기 왕성했던 체력이 얼마나 망가졌는지 알 수 있었다. 그녀가 가만히 있지 못하고 돌아눕자 이불이 딸려 갔다. 한구석에 놓여 있던 내 팔꿈치에 이불이 눌렸다. 그녀가 즉시 성을 냈다.

「일어나 앉아라!」 그녀가 말했다. 「이불자락을 꽉 눌러서 날 짜증나게 하지 마라. 네가 제인 에어냐?」

「제가 제인 에어예요.」

「어느 누구도 믿을 수 없을 만큼 나는 그 애 때문에 고생을 많이 했다. 내 손에 그런 골칫거리가 맡겨지다니. 그 애는 매일, 매시간 도저히 이해할 수 없는 성격에다 갑작스럽게 화를 버럭 내고 사람들의 움직임을 계속 이상한 눈으로 바라보면서 나를 못살게 굴었다. 한번은 그 애가 미친 듯이, 악마처럼 대든 적이 분명히 있었어. 어떤 아이도 그 애처럼 말하거나 그 애 같은 표정을 짓지 않았어. 그 애를 멀리 보내 버리고 나자 얼마나 후련했는지 모른다. 로우드에서는 그 애를 어떻게 다뤘을까? 그곳에 열병이 번져서 학생들이 많이 죽었어. 그런데 그 애는 죽지 않았다. 그러나 나는 그 애가 죽었다고 말했어. 그 애가 죽었다면 좋을 텐데!」

「이상한 소원이네요, 리드 부인. 왜 그렇게 그 애가 싫은가요?」

「항상 그 애 엄마가 싫었어. 그 애 엄마는 내 남편의 유일한 여동생이었고 남편은 여동생을 무척 아꼈었지. 여동생이 신분이 낮은 사람과 결혼했을 때 가족들은 그녀와 의절하겠다고 했지만 남편은 그 의견에 반대했어. 여동생이 죽었다는 소식을 듣고 남편은 바보처럼 엉엉 울더구나. 나는 남편에게 아기를 유모에게 맡기고 양육비를 지불하자고 간청했지만 남편은 아기를 데려오고 싶어 했어. 나는 아기를 처음 본 순간부터 마음에 안 들었어. 약골에다 칭얼대는 비쩍 마른 아기였지. 밤새 요람에서 울어 대곤 했어. 다른 아이처럼 기운차게 앙앙 우는 것이 아니라 훌쩍이며 신음 소리를 냈어. 리드는 아기를 불쌍하게 여겼어. 그래서 친자식이라도 되는 것처럼 아기를 돌보고 정성을 쏟았다. 사실 친자식이 그 나이였을 때보다 더 정성을 쏟았어. 남편은 자기 자식들에게 그 어린 거지와 친하게 지내라고 시키곤 했지. 내 귀여운 자식들은 그러길 싫어했고 남편은 아이들이 싫어하는 내색을 하면 화를 냈어. 죽을 병이 들었을 때 남편은 그 애를 계속 자기 병상 옆으로 부르곤 했어. 죽기 한 시간 전에 나더러 그 애를 계속 돌봐 주겠다는 맹세를 하게 만들었다. 나는 차라리 구빈원에서 가난한 개구쟁이를 데려다 맡아 키우는 게 나을 것 같았다. 그러나 남편은 마음이 약했어. 천성적으로 그랬지. 존이 자기 아버지를 전혀 닮지 않은 것을 나는 다행으로 여긴다. 존은 나와 내 형제들을 닮았지. 진짜 깁슨가 사람 같았다. 아, 그 애가 돈을 보내 달라는 편지로 더 이상 날 괴롭히지 않으면 좋겠는데. 우리는 점점 돈에 쪼들리고 있어. 하인들 반은 내보내고 저택의 일부를 닫아 두는 형편이 되었다. 아니 집을 부분적으로 세를 주든지 해야 할 것 같아. 그런 일을 절대 할 수 없지만, 안 그러면 우리가 어떻게 먹고살겠니? 내 수입의 3분의 2는 저당금의 이자로 나가고 있다. 존이 도박으로 항상 돈을 잃으니 말이다. 불쌍한 녀석! 그 애는 사기꾼들한테 둘러싸여 있어. 존은 바닥까지 떨어졌고 타락했어. 그 애 노습을 보면 소름이 끼친다. 그 애를 보면 내가 창피해져.」

그녀가 무척 흥분하고 있었다. 「이제 그만 외숙모를 두고 나가는 게 좋겠어요.」 내가 침대 맞은편에 서 있던 베시에게 말했다.

「그러는 게 좋을 것 같아, 제인 양. 그런데 마님은 밤이 되면 자주 이렇게 말씀을 하셔. 아침에는 조용해지시지.」

내가 일어섰다. 「잠깐!」 리드 부인이 소리쳤다. 「하고 싶은 말이 한 가지 더 있다. 그 애가 나를 협박한다. 자기가 죽어 버리겠다거나 날 죽이겠다고 끊임없이 협박을 하는구나. 때로는 그 애가 목에 큰 상처를 입고 쓰러져 있거나 퉁퉁 붓고 시커멓게 변한 얼굴로 쓰러져 있는 모습을 꿈에서 보곤 한다. 참 야단났다. 어떻게 해야 할까? 어떻게 돈을 구하지?」

베시가 진정제를 먹이려고 그녀를 구슬리느라 애를 썼고 간신히 성공했다. 곧 리드 부인은 진정되었고 졸기 시작했다. 나는 그녀 곁을 나왔다.

열흘 이상이 지나고 나서야 다시 그녀와 이야기를 나눌 수 있었다. 그녀는 계속 정신 착란을 일으키거나 혼수상태에 빠져 있었다. 의사가 그녀를 고통스럽게 자극시킬 수 있는 것은 전부 금했다. 그동안 나는 조지아나와 일라이자와 최대한 사이좋게 지내려고 애썼다. 사실 두 사람은 처음에 무척 쌀쌀맞았다. 일라이자는 하루 중 반을 자리에 앉아 바느질을 하거나 책을 읽거나 편지를 쓰면서 내게도 자기 동생에게도 거의 한마디도 하지 않았다. 조지아나는 한 시간마다 카나리아에게 말도 안 되는 소리를 지껄이며 나를 본체만체했다. 나는 몰두할 일이나 소일거리가 없어서 쩔쩔매는 모습을 보이지 않기로 결심했다. 그림 도구를 가져왔기 때문에 그것이 두 가지 모두를 충족시켜 주었다.

나는 연필통과 종이 몇 장을 준비한 다음 그들과 멀리 떨어진 창가 자리에 앉아 끊임없이 움직이는 상상력의 만화경 속에서 순간적으로 모습을 드러내는 상상 속의 장면을 스케치했다. 예를 들어 두 개의 바위 사이로 얼핏 보이는 바다, 떠오르는 달과 둥근 달을 가로질러 가는 배, 갈대숲과 붓꽃, 그 꽃들 속에서 연꽃을 꽂고 솟아오르는 물의 요정의 머리, 가시나무 꽃 화환 아래 바위종다리의 둥지에 앉아 있는 요정 등을 스케치했다.

어느 날 아침 나는 얼굴을 스케치하기 시작했다. 어떤 얼굴이 될지 신경을 쓰지도 않았고 알지도 못했다. 부드러운 검은색 연필을 들고 끝을 뭉툭하게 깎은 다음 열심히 그리기 시작했다. 곧 종이 위에 넓고 두드러진 이마와 얼굴 아래쪽의 네모난 윤곽이 나타났다. 그 윤곽이 내게 기쁨을 주었다.

내 손가락은 열심히 그 윤곽에 이목구비를 채워 넣기 시작했다. 그 이마 아래에는 진한 일자 눈썹을 그려 넣어야 했다. 다음에는 당연히 곧은 콧날에 콧구멍이 크고 잘생긴 코가 뒤따랐고, 이어서 결코 얇지 않고 유연해 보이는 입이 뒤따랐다. 다음에는 중간쯤에서 선명하게 오목하게 들어긴 단단한 턱이 뒤따랐다. 물론 검은 구레나룻이 필요했고, 관자놀이 위를 술처럼 덮고 이마 위에서 물결치는 약간의 칠흑 같은 머리도 필요했다. 눈은 세심하게 공을 제일 많이 들여야 하기 때문에 마지막까지 남겨 두었다. 눈을 크게 그렸다. 눈의 모양을 잘 그린 다음 속눈썹을 길고 검게 그려 넣었다. 눈동자는 크고 반짝이게 그렸다. 〈좋아! 그런데 딱 원하던 바가 아니야.〉 나는 전체적인 효과를 살펴보며 생각했다. 〈힘과 기백이 더 필요해.〉 그래서 나는 빛이 더 환히 반짝이도록 음영을 더 어둡게 만들었다. 한두 번 정도 적절하게 가필을 해보자 원하던 결과가 나왔다. 그곳에서 친구의 얼굴이 내 시선을 마주하고 있었다. 저 젊은 숙녀들이 내게 등을 돌리고 있다 한들 그게 무슨 대수겠는가? 나는 그 얼굴을 바라보았다. 실물과 비슷한 그 모습에 나는 미소를 지었다. 나는 그 그림에 빠져들었고 만족했다.

「아는 사람의 초상화야?」 나도 모르게 다가온 일라이자가 물었다. 나는 그냥 상상해서 그린 초상화라고 대답하고 서둘러 그것을 다른 종이 밑에 집어넣었다. 물론 나는 거짓말을

했다. 사실 그것은 매우 충실하게 로체스터 씨를 그린 그림이
었다. 그러나 그것이 그녀나 나 이외의 어느 누구에게건 무슨
의미가 있겠는가? 조지아나도 곁으로 와서 그림을 보았다.
그녀는 다른 드로잉들은 무척 마음에 들어 하면서도 그 초상
화는 〈추남〉이라고 불렀다. 두 사람 모두 내 솜씨에 놀란 것
같았다. 나는 그들에게 초상화를 그려 주겠다고 제안했다. 그
들은 차례로 포즈를 잡고 앉아서 내가 연필로 스케치를 할 수
있게 해주었다. 그러자 조지아나가 자기 문집을 보여 주었다.
나는 그 문집에 수채화를 그려 주겠다고 약속했다. 그러자 그
녀의 기분이 즉시 좋아져서는 내게 마당으로 산책을 나가자
고 제안했다. 밖에 나가서 채 두 시간도 되기 전에 우리는 서
로 마음을 터놓고 이야기를 나누게 되었다. 그녀는 2년 전 런
던에서 보냈던 멋진 겨울 이야기를 들려주었는데 자기가 그
곳에서 어떤 감탄을 불러일으켰는지, 또 어떠한 주목을 받았
는지에 대한 내용이었다. 나는 그녀가 누군가의 사랑을 독차
지했다는 암시까지도 받을 수 있었다. 오후와 저녁에는 이런
암시들이 확장되었다. 여러 달콤한 대화가 전해졌고 감상적
인 장면들이 묘사되었다. 간단히 말해서 그날 그녀는 상류 사
회의 생활을 그린 소설 한 권을 즉흥적으로 써냈다. 그녀가
전해 주는 내용은 매일 새롭게 바뀌었다. 그러나 그 주제는
항상 똑같이 그녀 자신과 그녀의 연애, 그녀의 비애였다. 그
녀가 어머니의 병이나 오빠의 죽음, 혹은 현재로서는 암담한
집안의 장래에 대해 한 번도 언급하지 않는 것은 이상한 일이
었다. 그녀의 마음은 과거의 환락에 대한 추억과 방탕한 생활
이 다시 오기를 바라는 갈망에 사로잡혀 있는 것 같았다. 그
녀는 어머니가 아파 누워 있는 방에서 하루에 5분 정도만 보
냈고 그게 전부였다.
　일라이자는 여전히 말이 거의 없었다. 그녀는 이야기를 나

눌 시간이 없는 게 분명했다. 나는 그녀보다 더 바빠 보이는 사람을 본 적이 없었다. 그녀가 무슨 일을 하는지 말하기 힘들었다. 아니, 정확하게 말하자면 그녀가 그처럼 바쁘게 일하는 것의 결과를 발견하기가 힘들었다. 그녀는 아침에 일찍 깨워 줄 자명종 시계를 가지고 있었다. 아침 식사 이전에는 그녀가 무슨 일을 하는지 모른다. 그러나 식사 후에는 시간을 일정하게 나눠서 매시간 할 일을 정해 놓았다. 하루에 세 번씩 그녀는 작은 책을 가지고 공부했다. 나중에 알고 보니 그 책은 〈일반 기도서〉였다. 그녀에게 그 책의 큰 매력이 무엇이냐고 물은 적이 있었다. 그러자 그녀는 전례 법규라고 대답했다. 그녀는 세 시간 동안 거의 양탄자만큼 큰 네모난 선홍색 천의 가장자리에 금실로 수를 놓았다. 그 천으로 무엇을 할 작정이냐고 물었더니 그녀는 최근 게이츠헤드 근처에 세워진 새 교회의 제단에 쓸 깔개라고 알려 주었다. 두 시간 동안 그녀는 일기를 썼고 이후 두 시간 동안은 채마밭에서 혼자 일했다. 그리고 한 시간 동안은 자기 장부를 정리했다. 그녀에게는 친구나 대화가 필요하지 않은 것 같았다. 그녀는 나름대로 행복해 보였고 이런 틀에 박힌 생활이 그녀에게는 충분했다. 그녀는 정밀한 규칙성을 바꾸게 만드는 어떤 사건이 일어나는 것을 가장 끔찍하게 싫어했다.

평소보다 이야기를 더 나누고 싶은 기분이 들었는지 어느 날 저녁 일라이자는 존의 행동과 망할 위기에 처한 집안 때문에 그동안 정말 괴로웠다고 말했다. 그러나 이제는 마음이 안정되었고 결심을 다졌다고 말했다. 그녀는 그동안 자기가 관리해 온 자기 재산을 확고하게 지키기로 결심했다. 그리고 어머니가 세상을 떠나면 — 어머니가 회복되거나 오래 살 가능성은 전혀 없다고 그녀가 담담하게 말했다 — 오랫동안 품어 온 계획을 실천에 옮기겠다고 했다. 그 계획은 규칙적인 습관

이 아무 방해도 받지 않고 영원히 보장될 수 있는 은신처를
구해서 경박한 세상과 자신 사이에 튼튼한 장벽을 세우는 것
이었다. 나는 조지아나도 그녀와 함께 가느냐고 물었다.

「물론 아니야. 조지아나와 나는 공통점이 하나도 없어. 우
리는 한 번도 그런 적이 없었어. 나는 어떤 일이 있더라도 조
지아나와 함께 지내면서 속을 썩이고 싶지 않아. 조지아나는
자기 길을 갈 것이고 나는 내 길을 갈 거야.」

조지아나는 내게 마음을 털어놓지 않을 때면 소파에 누워
집에 있는 것이 무료하다며 안달하거나 깁슨 외숙모가 자기
를 런던 도시로 불러 주기를 빌면서 대부분의 시간을 보냈다.
「모든 것이 끝날 때까지 한두 달 정도 피해 있을 수 있다면 훨
씬 더 좋겠어.」 그녀가 말했다. 〈모든 것이 끝난다〉라는 말이
무슨 뜻인지 물어보지는 않았지만 나는 그녀가 어머니의 예
상된 죽음과 이후의 우울한 장례식을 말하는 것이라고 추측
했다. 일라이자는 투덜대며 빈둥거리는 대상이 자기 눈앞에
아예 보이지 않는 듯 대개는 동생의 게으름과 불평에 전혀 신
경을 쓰지 않았다. 그러나 하루는 그녀가 장부를 밀쳐 두고
자숫감을 펼치면서 갑자기 동생을 꾸짖었다.

「조지아나, 너보다 더 허영심 많고 황당한 동물은 절대 이
세상에 태어나서 폐를 끼치도록 허용되지 않았을 거야. 인생
을 눈곱만큼도 이용하지 않기 때문에 너에게는 태어날 권리
가 없었어. 이성적인 존재가 그래야 하듯이 너 자신의 힘으
로, 너 자신 속에서, 너 자신과 함께 사는 대신 너는 네 연약함
을 다른 사람의 힘에 의지해서 살려고만 해. 너처럼 그렇게
뚱뚱하고 허풍만 떠는 쓸모없는 존재를 기꺼이 떠맡으려는
사람이 아무도 나타나지 않는다면 너는 대접도 제대로 못 받
고 무시당하고 비참하다며 고래고래 소리를 질러 댈 거야. 또
한 네게 인생이란 끊임없는 변화와 흥분의 장이어야지 그렇

지 않으면 세상을 토굴 감옥으로 여길 거야. 너는 숭배의 대상이 되고 구애받고 찬사를 받아야 해. 너에게는 반드시 음악과 춤과 상류 사회가 있어야 하고. 그런 것이 없으면 넌 시들해지고 죽어 가겠지. 도대체 넌 네 것이 아닌 남의 노력과 의지에 의존하지 않고 살아갈 방책을 만들어 낼 분별력이 없는 거야? 하루를 놓고 생각해 봐. 시간을 조각조각 나누어서 그때그때 해야 할 일을 정해 보도록 해. 5분이고 10분이고 간에 할 일 없이 쓸모없는 시간을 남겨 두지 말고 전부 포함시켜. 언제 시작되었는지 깨닫기도 전에 금세 하루가 지나가 버릴 거야. 할 일 없는 시간을 보내기 위해 어느 누구에게도 신세 질 필요가 없게 될 거야. 친구도 대화도 동정도 관용도 구할 필요가 없어지는 거지. 간단히 말해 독립적인 존재로서 살게 되는 거야. 이 조언을 받아들여. 내가 처음이자 마지막으로 너에게 해주는 조언이다. 그러면 무슨 일이 일어나건 나나 다른 누구도 필요하지 않게 될 거다. 내 조언을 무시하고 지금까지 그랬던 것처럼 계속 바라기만 하고 투덜대고 빈둥거려 보렴. 그러면 아무리 나쁘고 극복할 수 없는 일이라 해도 네 어리석음의 결과로 고통을 당하게 될 거야. 분명하게 이야기해 줄 테니까 잘 들어. 지금 하려는 말을 절대 되풀이하지 않겠지만 그걸 꼭 지키고 말 테니까. 게이츠헤드 교회의 지하납골당으로 어머니 관을 옮긴 날부터 너와 나는 서로 전혀 모르는 사람처럼 떨어져 살 거야. 우연히 같은 부모 밑에서 태어났다는 이유 하나만으로 그 소소한 인연을 빌미 삼아 날 붙들어 매려고 해봤자 내가 봐줄 거라는 생각은 아예 하지 마라. 분명히 밝혀 두건대, 온 인류가 쓸려 가버리고 이 세상에 우리 둘만 남는다 해도 나는 너를 옛 세상에 남겨 두고 새 세상으로 떠날 거야.」

그녀가 입을 다물었다.

「그런 장황한 연설을 하는 수고는 아껴 두지 그랬어?」조지아나가 대답했다. 「언니가 이 세상에서 가장 이기적이고 매정한 사람이라는 것은 모두 알고 있어. 언니가 나를 얼마나 못되게 미워하는지 알아. 이전에 에드윈 비어 경에 대해 언니가 내게 쓴 술책이 바로 그 실례야. 언니는 내가 언니보다 신분이 더 높아지거나 작위를 받고, 언니는 감히 얼굴도 내밀 수 없는 사교계에 들어가는 것을 도저히 참을 수 없었던 거야. 그래서 스파이와 밀고자 노릇을 하여 내 장래를 영원히 망쳐 놓았어.」조지아나는 손수건을 꺼내서 그 후 한 시간 동안 코를 풀어 댔다. 일라이자는 냉정하게 꿈쩍도 하지 않은 채 앉아서 부지런히 일을 했다.

진실하고 너그러운 감정을 그리 대단치 않게 여기는 사람들이 있다. 그러나 이들 두 성격은 그런 감정이 없기 때문에 한 사람은 참을 수 없이 혹독하고 다른 한 사람은 멸시받을 정도로 무미건조한 성격이 되었다. 판단력 없는 감정은 사실 물 탄 약 같고 감정으로 순화되지 않은 판단력은 너무 쓰고 까칠까칠해서 도저히 삼킬 수 없는 조각 같다.

비가 내리고 바람이 부는 오후였다. 조지아나는 소설을 읽다가 소파에서 잠이 들었다. 일라이자는 새 교회에 성도제 예배를 보러 갔다. 종교적인 문제에 관한 한 그녀는 엄격한 형식주의자였다. 어떤 날씨도 그녀가 헌신적인 의무로 간주하는 것을 제시간에 엄수하지 못하도록 막지는 못했다. 날이 맑건 궂건 그녀는 일요일마다 교회에 세 번씩 갔고 주중에는 기도식 때문에 교회에 자주 갔다.

나는 이층에 올라가서 보살핌을 거의 받지 못한 채 죽어 가고 있는 부인이 어떤지 살펴봐야겠다고 생각했다. 하녀들이 그녀에게 기울이는 관심은 들쭉날쭉했다. 고용된 간호사는 감독을 거의 받지 않았기 때문에 틈만 나면 방에서 빠져나왔다. 베시는 충실했다. 그러나 그녀에게는 신경 써야 할 자기 가족이 있어서 저택에는 이따금씩만 들를 수 있을 뿐이었다. 내 예상대로 병실에는 돌보는 사람이 없었다. 간호사는 보이지 않았다. 환자는 가만히 누워 있었고 혼수상태에 빠진 것처럼 보였다. 그녀의 창백한 얼굴이 베개들 속에 파묻혀 있었다. 벽난로에는 불길이 꺼져 가고 있었다. 나는 석탄을 새로 올려놓고 이불을 다시 정리한 다음 이제는 나를 바라보지도 못하는 그녀를 잠깐 바라보다가 창가로 갔다.

빗방울이 창문을 세차게 두드렸고 맹렬하게 바람이 불어 댔다. 〈지상의 비바람을 벗어난 곳으로 곧 가게 될 사람이 저기 누워 있어.〉 나는 생각했다. 〈지금 육신을 벗어나려 애쓰고 있는 저 영혼은 마침내 육신으로부터 풀려났을 때 어디로 날아갈까?〉

이 커다란 불가사의에 대해 생각하면서 나는 헬렌 번스를 떠올렸고 그녀가 죽어 가면서 했던 말, 그녀의 믿음이었던, 육체를 벗어난 영혼은 평등하다는 원칙을 되새겼다. 평온하게 죽음의 자리에 누워서 다시 하느님 아버지의 품에 안기고 싶다는 소원을 속삭이던 친숙한 어조를 귓전에 떠올리며 그녀의 창백하고 고상한 모습과 쇠약한 얼굴과 숭고한 시선을 다시금 그려 보고 있을 때 뒤쪽 침대에서 기운 없는 목소리가 중얼거렸다. 「거기 누구냐?」

나는 리드 부인이 며칠 동안 아무 말도 하지 않았다는 것을 알고 있었다. 그녀가 다시 살아나고 있는 것일까? 나는 그녀에게 다가갔다.

「저예요, 리드 부인.」

「저라니, 누구냐?」 그녀가 대답했다. 「넌 누구냐?」 그녀가 놀라서 약간 경계하는 눈빛으로 나를 바라보았지만 그 눈빛이 그렇게 신랄할 정도는 아니었다. 「처음 보는 얼굴인데⋯⋯

베시는 어디에 있지?」

「문지기 집에 있어요, 외숙모.」

「외숙모라고?」 그녀가 되풀이했다. 「누가 날 외숙모라고 부르지? 깁슨가 사람은 아닌데. 널 알 것 같구나. 그 얼굴과 눈, 이마가 매우 낯이 익어. 너는 꼭…… 저런, 제인 에어랑 비슷하게 생겼구나.」

나는 아무 말도 하지 않았다. 내 신분을 밝혔다가 충격이라도 주게 되지 않을까 걱정스러웠다.

「그렇지만 내가 잘못 본 것 같구나. 내 생각에 내가 속은 거야. 내가 제인 에어를 만나고 싶어 했으니까. 전혀 닮은 점이 없는데도 닮았다고 착각한 거야. 8년 동안 그 애가 틀림없이 많이 변했을 거야.」 그녀가 말했다. 나는 부드러운 어조로 내가 바로 그녀가 닮았다고 추측한, 그녀가 만나 보고자 했던 그 장본인이라고 알려 주었다. 그녀가 내 말을 알아들었으며, 또 그녀의 정신이 상당히 온전한 상태임을 확인하고 나는 베시가 자기 남편을 보내 나를 손필드에서 데려온 과정을 설명했다.

「내 상태가 많이 안 좋다는 걸 알고 있다.」 그녀가 곧 말했다. 「몇 분 전에 돌아누우려고 했지만 팔다리가 꿈쩍도 하지 않더구나. 마음 편하게 죽는 게 나을 것 같다. 건강할 때는 별로 생각나지 않던 일들이 지금과 같은 때에는 사람의 마음을 무겁게 한단다. 방에 간호사가 있니? 아니면 너 말고 방에 아무도 없니?」

나는 그녀에게 우리 둘뿐이라고 알려 주었다.

「자, 나는 네게 두 번 잘못을 저질렀다. 지금은 후회하고 있단다. 첫 번째는 널 내 친자식처럼 키우겠다고 남편에게 했던 약속을 지키지 못한 것이고, 다른 하나는…….」 그녀가 말을 멈췄다. 「결국 그건 그렇게 크게 중요한 일은 아닌 것 같아.」

그녀가 혼자 중얼거렸다. 「생각해 보니 내가 나을지도 모르는 일이고. 또 그 애한테 그렇게 머리를 숙이는 일은 괴로워.」

그녀는 자세를 바꾸려고 애를 썼지만 실패했다. 그녀의 얼굴이 변했다. 그녀가 마음속에서 어떤 느낌, 어쩌면 마지막 격통의 전조를 받은 것 같았다.

「아, 그걸 전해야 하는데. 내세가 내 앞에 와 있어. 그 애한테 말해 주는 게 좋을 것 같아. 내 화장 도구 가방이 있는 데로 가서 그걸 열어라. 그리고 거기 들어 있는 편지를 꺼내라.」

나는 그녀의 지시에 따랐다. 「편지를 읽어 보렴.」 그녀가 말했다.

편지는 짤막했고 다음과 같이 쓰여 있었다.

부인, 부디 제 조카 제인 에어의 주소를 제게 보내 주시고 그 애가 어떻게 지내는지 알려 주시면 감사하겠습니다. 곧 편지를 써서 그 애를 제가 있는 마데이라로 부르려고 합니다. 하느님의 은총으로 상당한 재산을 모았습니다. 결혼도 안 한 데다 자식도 없기 때문에 제가 살아 있는 동안 그 애를 양녀로 삼아서 전 재산을 물려주고 싶습니다.

존 에어, 마데이라

그 편지는 3년 전에 온 것이었다.

「제가 왜 이 얘기를 여태 들어 보질 못했죠?」 내가 물었다.

「네가 너무나 확고하게, 철저하게 싫었다. 그래서 네가 잘되는 일에 손가락 하나도 까딱해 줄 수가 없었지. 네가 한 행동을 도저히 잊을 수가 없었다, 제인. 네가 예전에 나한테 대들 때의 그 광포함과, 세상에서 어느 누구보다도 가장 끔찍하게 날 싫어한다고 선언하던 어조와, 내 생각만 해도 진저리가 나며 내가 널 야비할 정도로 잔인하게 대했다고 대들던, 아이답지 않은 그 표정과 목소리를 잊을 수가 없었다. 네가 그렇게 마음속의 원한을 쏟아 내기 시작했을 때 느꼈던 나 자신의 기분을 잊을 수가 없었다. 내가 쳐서 밀쳐 낸 짐승이 사람의 눈으로 날 바라보면서 사람 목소리로 날 저주하는 것 같은 두려움을 느꼈다. 물을 좀 가져다 주렴. 아, 어서!」

「리드 부인.」 그녀에게 물을 가져다주면서 내가 말했다. 「이 모든 걸 더 이상 생각하지 마세요. 마음속에서 그냥 지워 버리세요. 그렇게 격렬하게 대들었던 절 용서해 주세요. 그때 저는 어린아이였어요. 그날 이후 벌써 8, 9년이 지났어요.」

그녀는 내 말에 전혀 주의를 기울이지 않았다. 물을 마시고 숨을 쉰 다음 이렇게 말을 이어 갔다.

「내 말은 그 일을 잊어버릴 수가 없어서 내가 복수를 했다는 얘기다. 네가 삼촌의 양녀가 되어 편안하고 안락하게 산다는 건 생각만 해도 참을 수가 없는 일이었지. 그래서 네 삼촌에게 편지를 썼다. 실망을 시켜 드려 유감이지만 제인 에어가 죽었다고 말이야. 로우드에서 열병에 걸려 죽었다고 했다. 이제는 네가 하고 싶은 대로 하렴. 편지를 써서 내가 한 말이 거짓이었다고 밝혀라. 최대한 빨리 내 잘못을 밝혀라. 너는 날 괴롭히려고 태어난 애 같아. 너만 없었다면 절대 저지를 엄두도 내지 못했을 행동을 되살리면서 내 마지막 시간을 괴롭게 보내니 말이다.」

「더 이상 그 일은 생각하지 마시고 용서하는 따뜻한 마음으로 절 봐주시면 좋겠어요.」

「너는 정말 못된 성격을 지녔어.」 그녀가 말했다. 「지금까지도 도저히 이해할 수 없는 성격이야. 어떤 대우를 받건 9년 동안 참고 순종하다가 10년째 되는 해에 어떻게 그렇게 온갖 분노를 터뜨릴 수 있는지 절대 이해할 수 없어.」

「외숙모가 생각하시는 것만큼 제 성격이 그렇게 못되지는 않았어요. 성격이 급하긴 하지만 앙심을 품거나 하진 않아요. 어렸을 적에 절 받아 주시려고만 했다면 외숙모를 사랑하려 한 적이 얼마나 많았는데요. 지금은 진심으로 화해하고 싶어요. 제게 키스해 주세요, 외숙모.」

내가 뺨을 그녀의 입술 가까이로 가져갔다. 그러나 그녀는 내 뺨에 입술을 대려고 하지 않았다. 그녀는 내가 몸을 굽히면서 자기를 누른다고 말하고는 다시 물을 달라고 했다. 그녀를 다시 누이면서 — 그녀가 물을 마시는 동안 나는 그녀를 안아 일으켜서 한 팔로 받치고 있었다 — 나는 얼음장 같이 차갑고 끈적끈적한 그녀의 손을 내 손으로 감쌌다. 기운 없는 손가락들이 내 손이 닿는 것을 피했고 생기 없는 눈은 내 시선을 피했다.

「절 사랑해 주세요. 아니, 마음대로 미워하세요.」 내가 마침내 말했다. 「모든 걸 다 용서해 드릴게요. 이제 하느님의 용서를 청하시고 편히 쉬세요.」

고통받고 있는 불쌍한 여인! 평소의 마음 상태를 고치기에는 너무 늦었다. 살아서는 항상 나를 미워했고, 죽어 가면서도 그녀는 여전히 날 미워했다.

이때 간호사가 들어왔고 베시도 따라 들어왔다. 나는 화해의 표시를 보게 되길 바라면서 반 시간을 더 머물렀다. 그러나 그녀는 그런 표시를 전혀 해주지 않았다. 그녀는 빠르게 혼수상태로 빠져들었고 다시는 의식을 회복하지 못했다. 그날 밤 자정에 그녀는 세상을 떠났다. 나는 그녀의 임종을 보지 못했다. 두 딸도 마찬가지였다. 다음 날 아침 그들이 우리에게 와서 모든 것이 끝났다고 알려 주었다. 그때쯤에는 이미 입관이 끝나 있었다. 일라이자와 나는 그녀를 보러 갔다. 큰 소리로 울고 있던 조지아나는 무서워서 못 가겠다고 했다. 한때 강건하고 활발하게 움직였던 사라 리드의 몸이 딱딱하게 굳은 채 조용히 누워 있었다. 무정한 눈은 차가운 눈꺼풀로 덮여 있었고 이마와 강해 보이는 얼굴 모습은 그녀가 냉혹한 영혼을 지니고 있다는 인상을 여전히 풍기고 있었다. 그 시신은 내게는 이상하고도 엄숙한 물체였다. 나는 우울하고 고통스러운 마음으로 시신을 바라보았다. 그것은 부드러움이나 상냥함, 연민이나 희망, 평온함을 전혀 불러일으키지 않았다. 시신을 보면서 *내* 상실감이 아닌 *그녀가* 겪었을 고통 때문에 불쾌하게 괴로웠고 그런 형태로 나타나는 죽음의 무시무시함 때문에 눈물도 나지 않은 채 우울하게 낙담했을 뿐이다.

일라이자가 어머니를 조용히 바라보았다. 몇 분 동안 아무 말도 하지 않던 그녀가 말했다.

「저런 체격이라면 어머니가 상당히 더 오래 사실 수 있었을 텐데. 마음고생을 많이 하셔서 일찍 돌아가신 거야.」 경련 때문에 잠깐 동안 그녀의 입이 수축되었다. 경련이 가라앉자 그녀가 돌아서 방을 나갔고 나도 그 뒤를 따랐다. 우리 둘 다 눈물 한 방울 흘리지 않았다.

〈하권에 계속〉

388

열린책들 세계문학 **165** 제인 에어 상

옮긴이 이미선 경희대학교 영어영문학과를 졸업하고 동 대학원에서 박사 학위를 받았다. 옮긴 책으로는 『욕망이론: 자크 라캉』(공역), 『자크 라캉』, 『연을 쫓는 아이』, 『프랑켄슈타인』, 『로스트 페인팅』, 『프랭크 바움』, 『아동문학 작품 읽기』, 『순수의 시대』 등이 있고 저서로는 『라캉의 욕망이론과 셰익스피어 테스트 읽기』가 있다.

지은이 샬럿 브론테 **옮긴이** 이미선 **발행인** 홍지웅·홍예빈
발행처 주식회사 열린책들 **주소** 경기도 파주시 문발로 253 파주출판도시
전화 031-955-4000 **팩스** 031-955-4004 **홈페이지** www.openbooks.co.kr
Copyright (C) 주식회사 열린책들, 2011, *Printed in Korea.*
ISBN 978-89-329-1165-6 04840 ISBN 978-89-329-1499-2 (세트)
발행일 2011년 4월 5일 세계문학판 1쇄 2019년 4월 30일 세계문학판 6쇄

이 도서의 국립중앙도서관 출판예정도서목록(CIP)은 서지정보유통지원시스템 홈페이지(http://seoji.nl.go.kr)와 국가자료공동목록시스템(http://www.nl.go.kr/kolisnet)에서 이용하실 수 있습니다.(CIP제어번호:CIP2011001314)